BRENDA JOYCE

Una Rosa en la Tormenta

Editado por Harlequin Ibérica.
Una división de HarperCollins Ibérica, S.A.
Núñez de Balboa, 56
28001 Madrid

Una rosa en la tormenta, n.º 165 - 1.1.14
Título original: A Rose in the Storm
Publicada originalmente por HQN™ Books
Traducido por María Perea Peña

I.S.B.N.: 978-84-687-4074-4

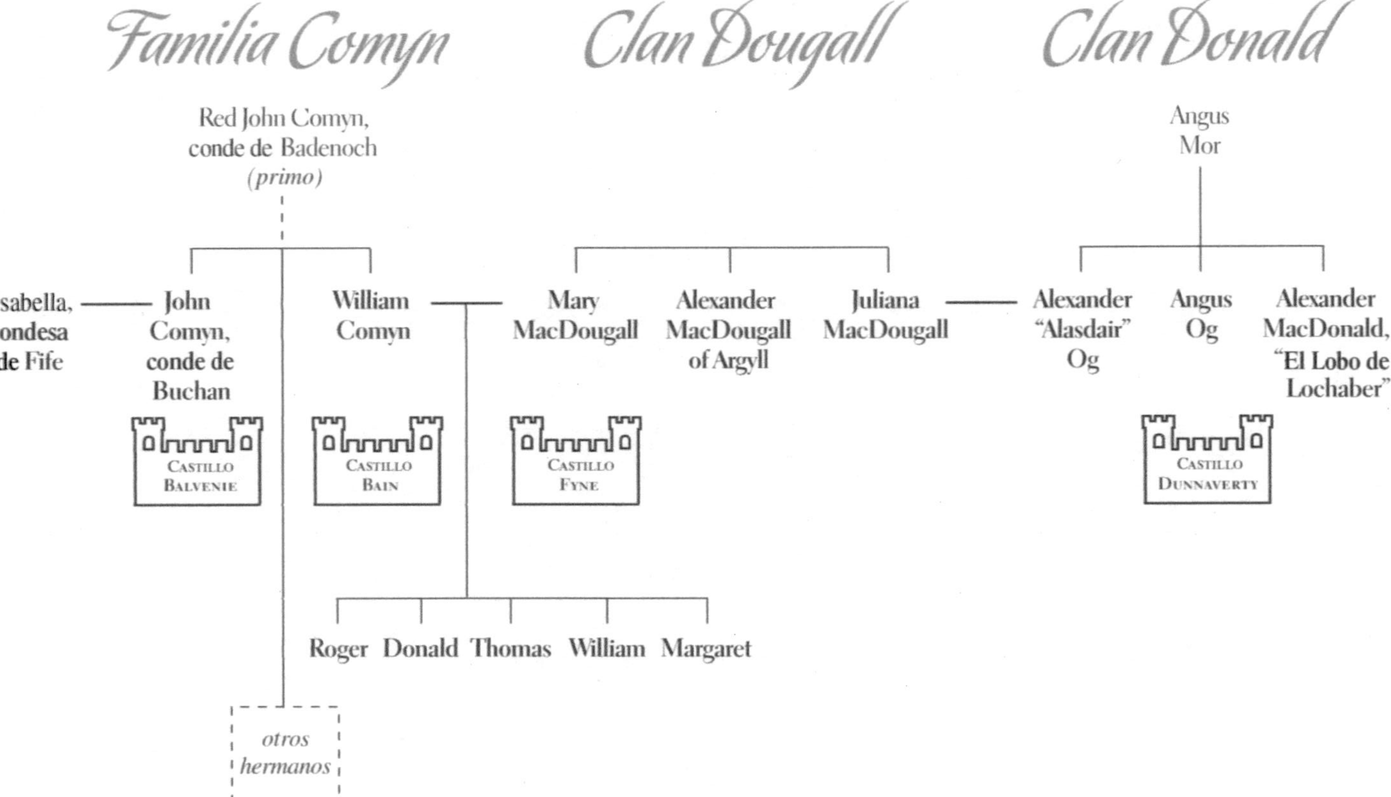
Familia Comyn
Clan Dougall
Clan Donald
Red John Comyn, conde de Badenoch (primo)
Angus Mor
Isabella, condesa de Fife
John Comyn, conde de Buchan
William Comyn
Mary MacDougall
Alexander MacDougall of Argyll
Juliana MacDougall
Alexander "Alasdair" Og
Angus Og
Alexander MacDonald, "El Lobo de Lochaber"
Castillo Balvenie
Castillo Bain
Castillo Fyne
Castillo Dunnaverty
Roger
Donald
Thomas
William
Margaret
otros hermanos

CAPÍTULO 1

Loch Fyne, las Highlands, 14 de febrero de 1306

—Hay demasiado silencio.

Margaret no oyó la voz de Will. Iba a caballo por el bosque de Argyll, junto a su hermano, a la cabeza de una columna de caballeros, soldados y sirvientes. Miraba al frente.

El castillo surgía tan repentinamente de entre los acantilados y las colinas nevadas que, cuando uno salía del bosque, tal y como acababan de hacer ellos, podía confundirlo con un peñasco negro. Sin embargo, era una antiquísima fortaleza situada sobre un lago helado. En la parte más baja del recinto, las murallas eran gruesas y sólidas, y en la parte norte había varias torres que se erguían hacia el cielo. El bosque que rodeaba el castillo y el lago estaba nevado, al igual que las montañas del noroeste.

Margaret respiró profundamente. Estaba emocionada, y se sentía muy orgullosa.

Y pensó: «Castle Fyne es mío».

Mary MacDougall, su madre, había nacido en aquella fortaleza, y más tarde la había recibido como dote para su matrimonio. Castle Fyne era una magnífica posesión: estaba en los límites más occidentales de Argyll, en el camino de salida del fiordo de Solway, rodeado por tierras del clan Donald y del clan Ruari. Durante siglos, los hombres habían luchado por él, pero nunca habían podido arrebatárselo a la familia MacDougall.

Margaret se echó a temblar y sintió aún más orgullo, porque adoraba a su madre y porque aquella espléndida fortaleza también iba a ser la dote que ella aportaría a su matrimonio. Sin embargo, no pudo librarse de la ansiedad que había sentido durante las últimas semanas. Desde la muerte de su padre, ella estaba bajo la tutela de su poderoso tío, John Comyn, el conde de Buchan y, recientemente, él había le había arreglado un matrimonio con un famoso caballero inglés, sir Guy de Valence.

—Este sitio está dejado de la mano de Dios —dijo Will, interrumpiendo sus pensamientos—. No me gusta nada. Está demasiado silencioso. No hay pájaros.

Al darse cuenta de que su hermano tenía razón, ella también se preguntó el porqué del silencio. No se oía el ruido que hacían las ardillas en los arbustos, ni a los ciervos ni a los zorros. No se oía nada más que el tintineo de las bridas de los caballos y algún relincho.

Su tensión aumentó.

—¿Por qué está todo tan silencioso?

—Algo debe de haber espantado a los animales —respondió Will.

Se miraron. Su hermano tenía dieciocho años, uno más que ella, y era rubio como su padre, muy parecido a él. Sin embargo, todo el mundo decía que ella era la viva imagen de su madre, Mary: menuda, con el pelo rubio rojizo y la cara ovalada.

—Deberíamos irnos —dijo Will bruscamente, alzando las riendas—. Por si acaso en estas colinas hay algo más que lobos.

Margaret miró hacia la fortaleza. Faltaba muy poco tiempo para que estuvieran a salvo entre sus murallas. Sin embargo, antes de apremiar a la yegua para que avanzara, recordó el castillo en primavera, cuando a los pies de las murallas se extendía un manto de flores azules y moradas. Y recordó haber saltado entre aquellas flores, a las orillas de un arroyo, por donde pastaban los ciervos. Sonrió al recordar también la voz suave de su madre, que la llamaba para que volviera, y a su padre, guapísimo, entrando en el salón de la torre seguido por sus cuatro hijos, todo el mundo entusiasmado y hablando a la vez…

Tuvo que contener las lágrimas. ¡Cuánto echaba de menos a sus hermanos, a su padre y a su amada madre! ¡Cuánto valoraba su legado! Y qué feliz se sentiría Mary al saber que su hija había vuelto a Loch Fyne.

Sin embargo, su madre despreciaba y odiaba a los ingleses. Su familia había luchado siempre contra ellos; únicamente en tiempos más recientes habían alcanzado una tregua. ¿Qué pensaría Mary de su matrimonio con un inglés?

Se giró hacia William y, al hacerlo, miró también a los sesenta caballeros y damas de su séquito. Había sido un viaje difícil debido al frío y a la nieve, y Margaret sabía que los soldados y los sirvientes estaban deseosos de llegar al castillo. Ella no había vuelto a Castle Fyne desde hacía diez años, y también estaba ansiosa por verse entre el calor de sus muros. Y no solo para revivir sus recuerdos, sino porque estaba preocupada por su gente. Algunos de los sirvientes se habían quejado de que tenían helados los dedos de los pies y de las manos.

Los atendería inmediatamente, en cuanto llegaran a la gran fortaleza, tal y como había visto hacer a su madre.

Sin embargo, no iba a conseguir librarse de la tensión que sentía desde hacía semanas. No podía fingir que no estaba preocupada por su matrimonio, que era inminente. Debería sentirse agradecida: su tío controlaba la mayor parte del norte de Escocia y sus posesiones eran muy extensas, y podría haberse desentendido de su situación después de que sus padres murieran. Podría haberla dejado en su castillo, Balvenie, olvidada en alguna torre remota, y haber enviado a uno de sus mayordomos a Castle Fyne. Podría haberla mandado a Castle Bain, la fortaleza que William había heredado de su padre. Y sin embargo, había procurado para ella una ventajosa alianza política que elevaría su estatus, además de ser muy provechosa para la gran familia Comyn.

—Castle Fyne es magnífico —dijo—, aunque desde la muerte de mamá esté un poco descuidado —añadió. Tenía intención de arreglar hasta la última madera podrida, hasta la última piedra rota.

—Es lógico que lo pienses —respondió William, cabeceando—. Eres igual que nuestra madre.

Margaret consideró aquello como un gran cumplido.

—Mamá siempre adoró este sitio. Si hubiera podido vivir aquí, y no en Bain con papá, lo habría hecho.

—Mamá era una MacDougall cuando se casó con papá, y era una MacDougall cuando murió —dijo William con algo de impaciencia—. Tenía una afinidad innata con estas tierras, como tú. Sin embargo, primero perteneces a la gran familia Comyn, y Bain es más apropiado para ti que esta pila de piedras, aunque necesitemos defender nuestras fronteras —añadió su hermano, mirándola fijamente—. Todavía no entiendo por qué te has empeñado en venir aquí. Buchan podría haber mandado a cualquiera. Yo mismo podría haber venido sin ti.

—Cuando nuestro tío concertó este matrimonio, sentí la necesidad de venir. Tal vez porque necesitaba verlo con ojos de adulta, y no de niña.

No añadió que había querido ir a Castle Fyne desde que su madre había muerto, hacía un año y medio.

Margaret había crecido en un tiempo de guerras constantes. No recordaba cuántas veces había invadido Escocia el rey inglés Edward, ni cuántas veces se habían rebelado contra los ingleses hombres como Andrew Moray, William Wallace y Robert Bruce. Tres de sus hermanos habían muerto luchando contra el invasor inglés: Roger, en Falkirk, Thomas en la batalla de River Cree y Donald en la masacre de Stirling Castle.

Su madre había enfermado de un catarro sin importancia después de la muerte de Donald. Su tos había ido empeorando y, de repente, había aparecido la fiebre. Nunca se había recuperado y, el verano pasado, había muerto.

Margaret sabía que su madre había perdido las ganas de vivir después de que sus tres hijos murieran. Y su esposo la quería tanto que tampoco había podido continuar sin ella. Seis semanas después de enterrarla, su padre había salido a cazar y, durante la persecución de un ciervo, cayó del caballo y se rompió el cuello. Margaret creía que había sido deliberadamente temerario porque no le importaba si vivía o moría.

—Al menos, ahora estamos en un momento de paz —comentó, en medio de aquel silencio angustioso.

—¿Tú crees? No ha habido más remedio que aceptar la paz, después de la masacre de Stirling Castle. Tal y como dijo Buchan, ahora tenemos que demostrarle lealtad al rey Edward —dijo William, con los ojos encendidos—. Y por eso te ha arrojado a los brazos de un inglés.

—Es una buena alianza —respondió Margaret.

Era cierto que Buchan había luchado contra el rey Edward durante años, pero aquellos eran tiempos de tregua, y ella deseaba proteger a su familia con su matrimonio.

—¡Oh, sí, es una alianza excelente! ¡Vas a formar parte de una gran familia inglesa! Sir Guy es el hermano bastardo de Aymer de Valence, y Aymer es la mano derecha del rey. Además, seguramente se convertirá en el próximo virrey de Escocia. ¡Qué listo es Buchan!

—¿Por qué estás haciendo esto? —protestó ella con angustia—. ¡Tengo que cumplir mi deber para con la familia, Will, y Buchan es mi tutor! ¿Es que quieres que proteste?

—¡Sí, quiero que protestes! A nuestros hermanos los mataron soldados ingleses.

Will siempre había tenido carácter. No era un joven muy racional.

—Si puedo servir a nuestra familia en estos tiempos de paz, voy a hacerlo —dijo ella—. No soy la primera mujer que tiene que casarse con un rival por motivos políticos.

—Ah, así que por fin admites que sir Guy es un rival.

—Estoy intentando cumplir con mi deber, Will. Ahora hay paz en esta tierra. Y sir Guy podrá fortificar y defender Castle Fyne. Podremos conservar nuestra posición, aquí en Argyll.

Will resopló.

—¿Y si te mandaran a la horca? ¿Irías tan dócilmente como ahora?

Margaret se puso aún más tensa. Por supuesto que no iría dócilmente a la horca. Al principio, había pensado en hablar con su tío para intentar disuadirlo. Sin embargo, ninguna mujer en su posición haría algo así. Era una locura. A Buchan no le importaría su opinión y, además, se pondría furioso con ella.

Por otra parte, muchos escoceses habían perdido sus títulos y sus tierras antes de que llegara aquella época de paz. El rey Edward los había confiscado y se los había entregado a sus aliados. Buchan no había perdido ni una sola fortaleza, e iba a casar a su sobrina con un gran caballero inglés. Aquel trato era bueno para todo el mundo, incluyéndola a ella.

—Y, Meg, ¿qué vas a hacer si, después de casarte, sir Guy prefiere que vivas en sus tierras de Liddesdale?

A Margaret se le encogió el corazón. Ella había nacido en Castle Bain, en medio del territorio de Buchan; aquel castillo estaba entre grandes bosques y era de su padre por derecho de nacimiento. Su familia también pasaba mucho tiempo en Balvenie, la magnífica fortaleza que había al este de su territorio, en la que Buchan también residía a menudo.

Aquellos dos castillos de la familia Comyn eran muy distintos a Castle Fyne, pero todos eran tan escoceses como el aire montañoso de las Highlands que estaban respirando en aquel momento. Los bosques eran espesos e impenetrables. Las montañas eran escarpadas y tenían altísimos picos. Los lagos eran serenos. El cielo era azul y, en todas las estaciones del año, soplaba un viento fuerte y frío.

Liddesdale estaba en la frontera, prácticamente al norte de Inglaterra. Era una tierra llana salpicada de pueblos, granjas y praderas. Después de haber recibido su título de caballero, a sir Guy le habían concedido tierras allí.

Margaret no podía imaginarse a sí misma viviendo en Inglaterra. Ni siquiera quería pensarlo.

—Intentaría acompañarlo cuando viniera a Castle Fyne. Con el tiempo, creo que le otorgarán más tierras. Tal vez me permita viajar por todas sus posesiones.

William la miró fijamente.

—Puede que seas una mujer, Meg, y puedes fingir que eres obediente, pero los dos sabemos que eres igual de obcecada que mamá, sobre todo cuando intentan controlarte. Tú nunca te adaptarás a vivir en Inglaterra.

Margaret se ruborizó. No se consideraba obcecada. Se consideraba amable y gentil.

—Ya me enfrentaré a esa situación cuando llegue. Tengo grandes esperanzas con respecto a esta unión.

—A mí me parece que tú estás tan enfadada como yo, e igual de preocupada. También me parece que estás fingiendo que te agrada.

—Me agrada —respondió ella—. ¿Por qué me estás presionando de esta manera? ¡Quedan muy pocos meses para junio! He venido aquí para arreglar el castillo y sus murallas, de modo que le resulte satisfactorio a sir Guy. ¿Es que quieres causarme congoja?

—No. No quiero acongojarte. Sin embargo, he intentado hablar contigo de este matrimonio en varias ocasiones, y siempre sales corriendo o cambias de tema. Tengo muchas dudas sobre tu boda, y sé que tú también —replicó su hermano. Después, suavizó el tono de voz y añadió—: Ahora solo nos tenemos el uno al otro.

Tenía razón. Ella sabía perfectamente que estaba consternada, preocupada y temerosa. Sin embargo, no lo admitió. Apartó la mirada.

—Puede que sea inglés, pero es un buen hombre, y lo han nombrado caballero por sus servicios a la corona —dijo, repitiendo lo que había dicho su tío—. Además, me han contado que es guapo —añadió. Quería sonreír, pero no pudo hacerlo—. Él desea esta unión, Will, y seguro que eso es buena señal. Además, mi matrimonio no va a cambiar nuestra relación.

—Claro que sí —respondió William—. ¿Qué vas a hacer cuando acabe este periodo de paz?

—Nuestro tío no cree que la paz vaya a terminar. Para haber arreglado este matrimonio, debe de pensar que es una paz duradera.

—¡Nadie cree eso! —estalló William—. Tú eres una marioneta, Meg, y te va a usar para poder conservar sus tierras, cuando muchos de nuestros compatriotas han perdido posesiones y títulos por su supuesta traición. ¡Nuestro padre nunca habría permitido este matrimonio!

Nuevamente, William tenía razón.

—Buchan es nuestro señor ahora, Will. No quiero que pierda sus tierras.

—¡Yo tampoco! ¿Es que no escuchaste la conversación que tuvieron Buchan y Red John la semana pasada, cuando pasaron una hora entera maldiciendo a Edward y jurando que iban a derrocar a los ingleses, y jurando que se vengarían en nombre de William Wallace?

Margaret sintió una punzada de angustia. Ella estaba sentada en un rincón del gran salón con Isabella, la bella y joven esposa de Buchan, cosiendo. Había escuchado la conversación, sí.

Ojalá no lo hubiera hecho. Los grandes señores de Escocia estaban furiosos por las humillaciones que les había infligido el rey Edward. Los había despojado de todos sus poderes y había puesto a su país bajo el mandato de un inglés nombrado por él mismo. Había impuesto multas y gravado a todos los vasallos, fueran granjeros o nobles. Escocia tendría que pagar impuestos para sufragar las guerras de Inglaterra contra Francia y otras naciones. Edward iba a obligar a los escoceses, incluso, a servir en su ejército.

Sin embargo, la gota que había colmado el vaso había sido la brutal ejecución de William Wallace. Lo habían arrastrado con un caballo por Londres, lo habían colgado y eviscerado mientras todavía estaba con vida y, después, lo habían decapitado.

Todos los escoceses, tanto los de las montañas como de las tierras bajas, príncipes o pobres, nobles o granjeros, estaban horrorizados por la infame ejecución de aquel rebelde escocés. Todos los escoceses querían venganza.

—Por supuesto que mi matrimonio se arregló por una cuestión política —dijo ella, con la voz ahogada—. Nadie se casa por amor. Yo esperaba una unión política. Ahora somos aliados de la corona inglesa.

—Yo no he dicho que tú tengas que casarte por amor, pero nuestro tío no es ningún aliado del rey Edward. Esto va más allá de la política. Te está sacrificando.

Margaret no iba a admitir nunca que se sentía exactamente así: como si su tío la estuviera usando sin ningún escrúpulo para conseguir sus objetivos, como si estuviera utilizándola en aquel momento concreto antes de que su lealtad cambiara de nuevo.

—Deseo cumplir con mi deber, Will. Quiero que la familia permanezca a salvo y sea fuerte.

William acercó su caballo al de ella y le habló en voz baja.

—No tiene ningún derecho legítimo, pero creo que Red John va a intentar hacerse con el trono, si no para sí mismo, sí para el hijo del rey Balliol.

Margaret miró a su hermano. Red John Comyn, el señor de Badenoch, era el cabeza de familia de los Comyn, incluso del conde de Buchan. Era como otro tío para ella, pero, en realidad, solo era un primo lejano. Las palabras de Will no la sorprendieron, porque ya había oído antes aquellas especulaciones, pero en aquel momento se dio cuenta de que, si Red John intentaba hacerse con el trono o intentaba recuperarlo para el hijo del antiguo rey escocés, John Balliol, Buchan lo apoyaría, y ella estaría casada con inglés, en el otro bando de una gran guerra.

—Eso son rumores —dijo.

—Sí, es verdad. Y todo el mundo sabe que Robert Bruce quiere el trono escocés —respondió William con amargura. Los Comyn odiaban a Robert Bruce tanto como habían odiado a su padre, Annandale.

Margaret estaba cada vez más asustada. Si Red John o Robert Bruce intentaban recuperar el trono escocés, habría una guerra, y ella sería la esposa de un inglés.

—Debemos rezar para que esta paz perdure.

—Eso no va a suceder. Voy a perderte a ti también.

—No. Solo voy a casarme, no voy a morir en la Torre, ni voy a la horca. No me vas a perder.

—¿Ah, no? Dime, Meg, cuando haya guerra, si eres leal a tu esposo sir Guy y a Aymer de Valence, ¿cómo vas a guardarme lealtad también a mí?

La expresión de su hermano se había vuelto de asco y de ira. William espoleó al caballo y se adelantó.

Margaret se sintió como si la hubiera golpeado en el pecho. Ella también espoleó a su yegua y lo siguió. Sabía que su hermano estaba más temeroso que enfadado.

Ella también sentía temor. Si había otra guerra, se vería en una posición terrible. Y era cierto: más tarde o más temprano, habría otra guerra. En Escocia, la paz nunca era duradera.

¿Podría ser leal a su familia y a su nuevo marido? ¿Cómo? ¿No tendría que deberse a su esposo?

Aunque se le llenaron los ojos de lágrimas, alzó la barbilla y los hombros, y se recordó que era una mujer adulta, una Comyn y una MacDougall, y que tenía que cumplir con su deber.

—Nunca seremos enemigos, Will.

Él la miró con una expresión sombría.

—Será mejor que recemos para que ocurra algo que impida tu matrimonio, Meg.

De repente, sir Ranald, uno de los caballeros de Buchan, un guapo joven de unos veinticuatro años, se les acercó.

—¡William! ¡Señor! ¡A sir Neil le ha parecido ver a un vigía en los árboles de esa colina!

A Margaret se le encogió el estómago. William palideció y soltó una imprecación.

—¡Sabía que había demasiado silencio! ¿Está seguro?

—Sí, está casi seguro. Y lo lógico es que un vigía haya espantado a los animales del bosque.

Sir Ranald se había colocado en medio del camino, obligándoles a parar. Margaret se dio cuenta de que el bosque estaba silencioso de una manera antinatural e inquietante.

—¿Quién va a estar vigilándonos? —preguntó en un susurro. Sin embargo, no tenía que preguntarlo. Ya lo sabía.

Las tierras de los MacDonald se extendían al otro lado del risco junto al que estaban cabalgando.

—¿Quién va a ser sino un MacDonald? —respondió sir Ranald.

Margaret se echó a temblar. La enemistad entre la familia de su madre y el clan de los MacDonald se remontaba a siglos atrás. El hijo de Angus Mor, Alexander Og, conocido como Alasdair, era el señor de Islay, y su hermano Angus Og era el señor de Kintyre. El hermano bastardo, Alexander MacDonald, era conocido como el Lobo de Lochaber. Los MacDougall llevaban años luchando contra los MacDonald por las tierras de Argyll.

Margaret miró la colina boscosa que todavía tenían que recorrer. No vio nada, ni a nadie, entre los abetos nevados.

—Solo tenemos cincuenta hombres —dijo Will—. Sin embargo, hay cuatro docenas de hombres en la guarnición del castillo, o eso creo.

—Esperemos que el hombre que ha visto sir Neil sea simplemente un cazador de una partida —respondió sir Ranald—. Señor, vuestra hermana y vos debéis entrar en las murallas del castillo cuanto antes.

William asintió, mirando a Margaret.

—Deberíamos cabalgar inmediatamente hacia la fortaleza.

Estaban en peligro, porque, si los hermanos MacDonald tenían intención de atacar, lo harían con más de cincuenta hombres. Margaret miró a su alrededor.

—Vamos —dijo, asintiendo.

Sir Ranald se puso en pie en las espuelas y se giró para mirar a los jinetes y los carros. Alzó una mano e hizo una señal para que el séquito continuara.

Will espoleó al caballo, y Margaret lo siguió.

Todo permaneció absolutamente silencioso mientras su cabalgata atravesaba la barbacana y se acercaba al puente levadizo que había delante la torre de la entrada. Margaret tenía miedo de hablar; se preguntaba el motivo de aquel silencio, porque ellos habían enviado a un mensajero con antelación para que avisara de su llegada. Por supuesto, los mensajes podían interceptarse, y los mensajeros podían sufrir ataques pese a que estuvieran en tiempos de paz. Sin embargo, las cabezas comenzaron a asomarse por las almenas de las murallas del castillo, junto a la garita de la entrada.

—Son los sobrinos de Buchan...

—Son lady Margaret y el señor William Comyn...

Su grupo se había detenido, la mayoría en la barbacana. Sir Ranald hizo una bocina con las manos alrededor de la boca y gritó hacia la torre:

—Soy sir Ranald de Kilfinnan y tengo bajo mi protección a lady Margaret Comyn y a su hermano, William Comyn. Bajad el puente para que entre vuestra señora.

Se oyeron susurros en las almenas. El gran puente levadizo comenzó a descender entre crujidos y chirridos. Margaret vio que aparecían algunos niños en las almenas y, al mirarlos, cruzó la vista con una mujer. La mujer se quedó asombrada; instintivamente, Margaret sonrió.

—¡Es la hija de lady Mary! —gritó la anciana.

—¡Es la hija de Mary MacDougall! —gritó un hombre con emoción.

—¡La hija de Mary MacDougall! —gritaron otros.

A Margaret se le aceleró el corazón al darse cuenta de lo que estaba ocurriendo: aquellas buenas gentes recordaban a su madre, la que había sido su señora, a quien habían respetado y amado y, en aquel momento, le daban la bienvenida a ella. Se le empañaron los ojos de emoción.

Aquella era su gente, igual que Castle Fyne era suyo. Debía ocuparse de su bienestar y de su seguridad, porque era su señora.

Sonrió de nuevo y pestañeó para que no se le cayeran las lágrimas. Desde las almenas, la gente empezó a vitorearla.

Sir Ranald sonrió.

—Bienvenida a Castle Fyne, milady —bromeó.

Ella se enjugó las lágrimas rápidamente y recuperó la compostura.

—Se me había olvidado lo mucho que querían a mi madre. Ahora recuerdo que a ella también la saludaban así, con gran entusiasmo, cuando yo era niña y veníamos aquí.

—Era una gran señora, así que no me sorprende —dijo sir Ranald—. Todo el mundo quería a lady Mary.

William le tocó el codo a Margaret.

—Saluda —le dijo suavemente.

Ella se quedó asombrada, pero después levantó el brazo y comenzó a saludar, y la multitud que había en las almenas y en la torre de la entrada le devolvió gritos y vítores de aprobación. Margaret se ruborizó.

—Yo no soy una reina.

—No, pero este castillo es tu dote, y tú eres su señora —dijo William con una sonrisa—. Y ellos no han tenido a una señora en el castillo desde hace muchos años.

Le hizo una señal para que avanzara y los precediera, y ella se asombró de nuevo. Entonces miró a sir Ranald, pensando que él iba a encabezar la marcha. Sin embargo, sir Ranald sonrió de nuevo y, después, con deferencia, inclinó la cabeza.

—Después de vos, lady Margaret —dijo.

Margaret dirigió a su yegua hacia el interior de las murallas entre los vítores de la gente. Atravesó el puente levadizo y, al entrar al patio, sintió una gran emoción. Detuvo la yegua y desmontó delante de los escalones de madera que subían a la entrada de la torre del homenaje. Entonces, la puerta de la torre se abrió y salieron varios hombres.

—Lady Margaret, os estábamos esperando —dijo un escocés alto, de pelo cano—. Soy Malcolm MacDougall, el primo de vuestra madre y alcaide de esta fortaleza.

Iba vestido con la saya de lino tradicional que llevaban la mayoría de los montañeses, calzaba botas altas y llevaba una espada al cinto. Aunque no llevaba medias ni capa de tela tradicional escocesa, claramente no se preocupó del frío al bajar las escaleras e hincar una rodilla en el suelo, ante ella.

—Milady —dijo con reverencia—, a partir de este momento os juro fidelidad a vos, por encima de todos los demás.

Ella respiró profundamente, temblando.

—Gracias por vuestro juramento de lealtad.

El escocés se puso en pie y la miró a la cara.

—¡Cuánto os parecéis a vuestra madre! —exclamó.

Después se giró y le presentó a sus hijos, dos chicos jóvenes, tan solo un poco mayores que ella. También ellos le hicieron un juramento de lealtad.

William y sir Ranald se habían acercado, y hubo más saludos. Después, sir Ranald se excusó para ayudar en la organización de los soldados de sir Neil. William se apartó un momento con él, y Margaret se distrajo, puesto que quería saber de qué hablaban; deliberadamente, se habían alejado para que nadie pudiera escuchar su conversación.

—Debéis de estar cansada —dijo Malcolm—. ¿Puedo mostraros vuestra alcoba?

Margaret miró a William, que seguía hablando seriamente con sir Ranald.

—Estoy fatigada, pero no quiero ir a mi aposento todavía. Malcolm, ¿ha habido alguna señal de discordia en Loch Fyne últimamente?

—¿Con nuestros vecinos? Por supuesto, milady. Uno de los muchachos de los MacRuari nos robó tres vacas la semana pasada. ¡Son atrevidos como piratas! Usan las mareas para ir y venir a su antojo. Y, un día después, mis hijos encontraron a un vigía de los MacDonald al este, espiándonos. Aunque hace meses que no veíamos a un MacDonald por aquí.

Ella se puso muy tensa.

—¿Y cómo supisteis que era un espía del clan MacDonald?

—Milady, lo interrogamos concienzudamente antes de dejarlo marchar.

A ella no le gustó cómo sonaba aquello, y se estremeció.

Él le tocó el brazo.

—Permitidme que os acompañe al interior de la torre, milady. Hace demasiado frío para que estéis aquí fuera.

Margaret asintió mientras William volvía a su lado. Ella lo miró interrogativamente, pero él la ignoró y le indicó que siguiera a Malcolm. Margaret obedeció, aunque disgustada.

El gran salón era una enorme estancia de piedra con el techo de vigas de madera y un hogar en uno de los laterales. Contaba con unas cuantas troneras que dejaban pasar algo de luz. Había dos grandes mesas en el centro de la habitación, con bancos a cada lado, y tres butacas con cojines ante el hogar. Los jergones para dormir estaban alineados contra las paredes más alejadas de la puerta y, colgado de la pared central, había un enorme tapiz con una escena de caza.

Margaret olisqueó con gusto. El suelo estaba cubierto de lavanda fresca. De repente, sonrió; recordó que aquel salón también olía a lavanda la última vez que había estado allí.

Malcolm también sonrió.

—Lady Mary quería que hubiera hierba fresca en el suelo cada tres días, y la lavanda le gustaba especialmente. Esperamos que a vos os guste también.

—Muchas gracias —dijo Margaret conmovida—. Me encanta.

Los sirvientes de su séquito estaban llevando sus pertenencias, empaquetadas en varios baúles grandes, a la torre. Margaret vio a su doncella, Peg, que era tres años mayor que ella y estaba casada con uno de los arqueros de Buchan. Conocía a Peg desde pequeña, y las dos eran buenas amigas. Margaret se excusó y fue a su lado.

—¿Tienes frío? —le preguntó, tomando sus manos heladas—. ¿Cómo están tus sabañones?

—¡Ya sabes que odio el frío! —exclamó Peg, estremeciéndose.

Era alta y voluptuosa, mientras que Margaret era menuda y esbelta. Peg tenía el pelo caoba oscuro, y sobre la saya llevaba un grueso manto de lana que le llegaba por los tobillos. Sin embargo, estaba temblando.

—¡Claro que estoy helada, y ha sido un viaje demasiado largo, en mi opinión!

—Pero hemos llegado sanos y salvos, cosa nada fácil —dijo Margaret.

—Es normal, porque ahora no hay guerra —replicó Peg con un resoplido. Después, exclamó—: ¡Margaret, tú también tienes heladas las manos! ¡Sabía que debíamos haber acampado antes! ¡Estás helada, como yo!

—Voy entrando en calor, y me alegro mucho de estar aquí —dijo Margaret, y miró a su alrededor de nuevo. Casi esperaba que su madre apareciera por la puerta de aquella gran sala, con una gran sonrisa.

Le costó apartarse aquella ilusión de la cabeza, porque nunca había echado más de menos a su madre.

—Voy a encender el fuego de tu alcoba —dijo Peg con firmeza—. No podemos permitir que enfermes antes de casarte con tu caballero inglés.

Margaret miró con tristeza a la doncella. Por su tono de voz, sabía que Peg esperaba que se acatarrara y fuera incapaz de asistir a su propia boda en junio.

Y no la culpaba. Peg era escocesa. Odiaba a los MacDonald y a los demás clanes rivales, pero también odiaba amargamente a los ingleses. Se había quedado horrorizada al conocer el compromiso de Margaret y, como era franca y directa, había despotricado durante un tiempo, hasta que Margaret le había ordenado que contuviera la lengua.

—Creo que la alcoba de mi madre está justo al subir la escalera —dijo Margaret—. Me parece buena idea. ¿Por qué no enciendes el fuego? Después, encárgate de que preparen la cena.

Margaret no tenía hambre, pero quería recorrer el hogar de su madre con algo de intimidad. Vio a Peg dirigirse a un mozo, que llevaba uno de sus baúles. Cuando los dos comenzaron a subir las escaleras de la torre norte, donde estaba su habitación, Margaret los siguió.

Como la fortaleza era tan antigua, los techos eran muy bajos y la mayoría de los hombres tuvieron que encorvarse al subir las escaleras. Margaret no tuvo que agachar la cabeza. Llegó al segundo rellano, donde estaba su aposento. Miró al interior; las contraventanas de la única ventana estaban abiertas. Había una robusta cama de madera, y el mozo ya había depositado el baúl a sus pies. Peg estaba inspeccionando el hogar. Margaret continuó escaleras arriba antes de que su doncella pudiera objetar algo. El tercer piso se abría al adarve.

Margaret salió de la torre y caminó hacia las almenas. Hacía mucho frío, porque estaba atardeciendo y las nubes cubrían el sol. Se arrebujó en el manto rojo oscuro que llevaba.

Desde aquella altura, las vistas eran magníficas. El lago que había debajo del castillo estaba helado por las orillas, pero no en el centro. Ella sabía que los navegantes más valientes intentaban atravesarlo aun en mitad del invierno y que, a menudo, lo conseguían. En la orilla opuesta no había nada más que bosque.

Miró hacia el sur, hacia el camino por el que habían llegado a Castle Fyne. Era estrecho y empinado, y subía serpenteando por la colina del castillo. Desde allí también se veía el valle cercano. El viento movía las hojas de los árboles del bosque.

Era bellísimo. Se abrazó a sí misma al sentir una alegría inmensa por haber ido a Castle Fyne, aunque fuera justo antes de su boda con un inglés.

Entonces, miró hacia el valle con más atención; era como si el bosque se estuviera moviendo, como si los árboles avanzaran en formación, colina arriba, hacia el castillo.

Empezó a sonar una campana, y Margaret sintió una punzada de angustia. Aquel sonido era una advertencia inconfundible y, de repente, oyó pasos a sus espaldas. Los hombres empezaron a salir de la torre al adarve, armados con arcos y flechas, y ocuparon posiciones defensivas a lo largo de las murallas del castillo.

Margaret gritó y se inclinó por el parapeto para mirar hacia el valle. Quería divisar el ejército que se movía entre los árboles.

—¡Margaret! ¡Lady Margaret!

Alguien le estaba gritando desde dentro de la torre, pero ella no pudo moverse ni responder. No daba crédito a lo que veía, aunque las campanas siguieran tocando sin cesar.

No era el bosque lo que marchaba hacia el castillo, sino cientos de hombres que portaban estandartes oscuros…

Los arqueros ya estaban alineados para defender el castillo de aquellos invasores. Margaret entró en la torre y bajó rápidamente por la escalera de piedra.

William estaba en el salón, pálido, con una mano en la empuñadura de la espada.

—Nos atacan, Meg —dijo—. ¡Había un vigía espiándonos cuando hemos llegado! ¿Estabas en el adarve? ¿Has visto quiénes son?

A ella le latía el corazón con una fuerza insoportable.

—No he visto sus colores, pero sus estandartes son oscuros, ¡muy oscuros!

Los dos hermanos se miraron fijamente. Los colores de los MacDonald eran el azul, el negro y el rojo.

—¿Son el clan de los MacDonald? —preguntó ella.

—Me imagino que sí —respondió William. De repente, tenía dos manchas de color en las mejillas.

—¡Will! —exclamó Margaret, y se dio cuenta de que estaba temblando—. No he podido contarlos, pero, por el amor de Dios, ¡creo que eran cientos de hombres! ¡Están subiendo por la cañada que hay debajo del risco!

—Voy a dejar a cinco de mis mejores caballeros contigo.

—¿Qué quieres decir?

—Vamos a luchar contra ellos, Meg. No tenemos más remedio.

—¡No! ¡No puedes luchar contra cientos de hombres! Solo tenemos unas docenas de caballeros y soldados. ¡Y no puedes dejar a cinco caballeros conmigo! Los necesitarás a todos.

—¿Desde cuándo sabes tú algo de batallas? Además, los caballeros que están al servicio de la familia Comyn valen diez veces más que los de los MacDonald.

¡Oh, cómo esperaba que su hermano tuviera razón! Peg entró corriendo al salón. Estaba blanca como un fantasma. Margaret le tendió la mano y ella se la estrechó con fuerza.

—Todo va a salir bien —dijo Margaret.

Peg la miró con espanto.

—Dicen que es Alexander MacDonald, el poderoso Lobo de Lochaber.

Margaret guardó silencio, con la esperanza de que su doncella hubiera oído mal.

Sir Ranald entró en el salón con Malcolm.

—Tenemos que apresurarnos, William, para intentar emboscar a su ejército en el barranco. No pueden seguir atravesando la cañada durante mucho más tiempo, tendrán que tomar el paso estrecho que se une al camino por el que hemos venido nosotros. Si conseguimos situar a nuestros hombres en lo alto del barranco, tendremos posibilidades de enfrentarnos a ellos uno a uno y dos a dos, y no podrán salir vivos.

—Peg acaba de decir que se trata del hermano bastardo.

William palideció aún más. Incluso sir Ranald, el más valiente de sus hombres, se quedó inmóvil, con los ojos muy abiertos y fijos en ella.

Uno de los hijos de Malcolm entró en aquel momento y confirmó sus temores.

—Es el Lobo —dijo—. Es el bastardo de Angus Mor, el Lobo de Lochaber, y tiene quinientos o seiscientos hombres.

Margaret tenía el corazón en un puño. El Lobo de Lochaber era una leyenda en vida. Todo el mundo conocía a Alexander MacDonald. Se decía que no había ningún highlander, hombre de las Tierras Altas, tan implacable, que nunca había perdido una batalla y que nunca dejaba vivo a un enemigo.

Mientras recordaba lo que había oído de él, la angustia la atenazaba. Le apretó con fuerza la mano a Peg.

Pocos años antes, Alexander había querido casarse con su amante, la hija viuda de lord MacDuff, pero había sido rechazado. Así pues, había sitiado el castillo de Glen Carron en Lochaber. Y, cuando finalmente venció, aprisionó al señor, le obligó a arrodillarse y a mirar mientras, fría y cruelmente, ejecutaba a todos aquellos que habían luchado contra él. Después quemó Glen Carron hasta los cimientos. Estaba a punto de ahorcar a lord MacDuff, pero su amante le pidió clemencia. El Lobo le perdonó la vida a su suegro, aunque solo después de haberle obligado a que le jurara lealtad; después lo había mantenido prisionero durante años. En cuanto a su amante, el Lobo de Lochaber se casó inmediatamente, pero ella murió al dar a luz unos meses más tarde.

Si Alexander MacDonald marchaba hacia ellos con un ejército de quinientos hombres, tomaría Castle Fyne y lo destruiría.

—¿Qué debemos hacer? —preguntó.

—Hay dos opciones, lady Margaret. Rendirse o luchar —respondió sir Ranald.

Margaret tomó aire. Ningún Comyn ni ningún MacDougall pensarían en rendirse sin haber luchado antes.

—Lo sorprenderemos con una emboscada en el barranco y lo detendremos —dijo William.

Miró a sir Ranald y a sir Neil, que acababa de llegar junto a Malcolm.

—¿Podremos vencer con una emboscada como esa?

—Es nuestra única esperanza —dijo sir Neil.

Margaret sintió que el miedo le atenazaba el corazón con más y más fuerza. Peg gimió a su lado. Tal vez aquellas historias no fuera ciertas, tal vez Dios los ayudara y, tal vez, el Lobo sufriera una derrota en aquella ocasión.

—Entonces, vamos a tender esa emboscada —dijo William—. Pero, Margaret, quiero que vuelvas a Bain inmediatamente.

—¿Que quieres que huya?

—Te vas a marchar con sir Ranald y con sir Neil. Si salís ahora mismo, no correrás ningún peligro.

A ella comenzó a darle vueltas la cabeza. ¡No podía marcharse! Miró a su alrededor; el salón se había llenado de mujeres y niños. Los hombres, incluso los mayores, estaban en el adarve, preparándose para la batalla.

Sir Ranald la tomó del codo.

—Tiene razón. Debéis alejaros del peligro. Este castillo os pertenece, lo que os convierte en una novia muy valiosa, y también en una prisionera muy valiosa.

Margaret se estremeció, pero se encogió de hombros y liberó su brazo.

—No soy una cobarde, y no voy convertirme en prisionera de nadie. ¡Soy la señora de esta fortaleza! No puedo escapar y dejaros solos para que la defendáis. ¿Y qué pasa con los hombres, mujeres y niños del castillo, que me recibieron con tanto afecto?

—¡Por eso debes irte, Margaret! El castillo es parte de tu dote, ¡y eso te convierte en alguien muy valioso! —le gritó William.

Ella tuvo ganas de devolverle los gritos, pero consiguió contenerse.

—Tú ve a contener a Alexander MacDonald. ¡Encárgate de

que no vuelva por aquí! ¡Atrápalo en el barranco y mátalo, si puedes!

A Peg se le escapó un jadeo de horror.

Sin embargo, Margaret ya tenía la cabeza más clara. William iba a salir con sus hombres a luchar contra el infame Lobo de Lochaber y, si podía matarlo, mejor que mejor. ¡Era su enemigo!

Sir Ranald se volvió.

—Malcolm, envía aviso al conde de Argyll y a Red John Comyn.

El conde de Argyll, Alexander MacDougall, era el hermano de su madre. Sin duda, Red John y él irían a auxiliarlos. Sin embargo, ambos estaban a un día de camino, y tal vez ninguno estuviera en su castillo en aquel momento; cabía la posibilidad de que el mensajero tuviera que recorrer un camino más largo para entregar su mensaje.

Margaret siguió pensando febrilmente mientras Malcolm se alejaba. Sir Ranald le dijo:

—Si la emboscada fracasa, necesitaréis ayuda para defender la fortaleza.

—¿Qué queréis decir?

William se dirigió a sir Ranald.

—¿Deberíamos preparar la emboscada con los hombres que nos han acompañado, y dejar aquí la guarnición del castillo?

Margaret intentó entender por qué querían dejar a cincuenta hombres allí y, justo cuando lo comprendió, Sir Ranald se giró hacia ella.

—Debéis preparar el castillo para resistir un sitio.

Al oír que se confirmaban sus temores, Margaret tuvo una sensación de ahogo. Ella no sabía nada de batallas, y mucho menos de sitios. Era una mujer, ¡y solo tenía diecisiete años!

—¡No vais a fracasar!

La sonrisa de sir Ranald fue extraña, casi triste, como si esperara lo peor, no lo mejor.

—No queremos fracasar, y odio dejaros aquí sola, lady Margaret, pero tenemos muy pocos hombres. Vuestro hermano me necesita.

Ella se había echado a temblar. Rezó por que William y sir Ranald vencieran a Alexander MacDonald.

—Por supuesto que debéis ir con William.

William puso la mano en el hombro de sir Neil.

—Quédate con mi hermana y defiéndela, si es necesario, con tu propia vida.

Sir Neil frunció los labios. Margaret sabía que quería luchar junto a sir Ranald y a William; sin embargo, el caballero asintió.

—La protegeré y la mantendré a salvo del peligro —respondió.

Malcolm volvió al salón en aquel momento.

—He enviado a Seoc Macleod y a su hermano. Nadie conoce estos bosques como ellos.

De repente, Margaret pensó en lo malos que eran allí los caminos, siempre llenos de nieve. Argyll y Red John estaban cerca, pero llegar hasta ellos iba a ser muy difícil, y más a mediados de invierno.

—Si tenemos éxito con la emboscada, no necesitaremos a Argyll ni a Red John —dijo William, y miró a Margaret—. Si fracasamos, y él sitia el castillo, tú tendrás que decidir si resistes hasta que lleguen nuestro tío o nuestro primo. Sir Neil estará a tu lado, y Malcolm, también.

Ella asintió y se humedeció los labios.

—No vais a fracasar, William. Tengo fe en vosotros. Dios os ayudará a triunfar. Destruiréis a MacDonald en el barranco.

William le besó la mejilla de repente y se marchó de la habitación. Los demás caballeros de Buchan lo siguieron, pero sir Ranald no se movió. Siguió mirándola.

—Que Dios os acompañe, sir Ranald.

—Que Dios os proteja, lady Margaret —respondió él, y titubeó, como si quisiera decir algo más.

Margaret esperó, pero él asintió hacia sir Neil y Malcolm y después corrió detrás de William y los demás.

A Margaret le flaquearon las rodillas al verlos marchar. Estaba a punto de dejarse caer en el banco más cercano cuando se dio cuenta de que todos los niños y mujeres de la habitación la estaban mirando. El gran salón estaba en completo silencio y, lentamente, ella giró sobre sí misma, escrutando las caras que la rodeaban, fijándose en cada una de las expresiones temerosas y expectantes.

Tenía que darles ánimos.

Sin embargo, ¿qué iba a decir ella, cuando estaba tan asustada? ¿Cuando, tal vez, aquellas vidas estuvieran en sus torpes manos?

Irguió los hombros y sonrió.

—Mi hermano vencerá al Lobo —dijo—. Pero nosotros debemos prepararnos para un sitio. Encended las hogueras y comenzad a hervir agua y aceite.

Peg la estaba mirando con la boca abierta, y ella se dio cuenta de que su tono de voz había sido firme, decidido, autoritario.

Entonces, alzó la barbilla y añadió:

—Haced montones de piedras. Preparad las catapultas. En cuanto William haya salido, levantad el puente levadizo y poned una barricada.

Sus órdenes fueron recibidas con murmullos de aprobación. Mientras todo el mundo se marchaba a cumplir su cometido, ella rezó por que William pudiera rechazar el ataque del Lobo de Lochaber.

CAPÍTULO 2

Margaret observó el adarve del castillo con la sensación de que había viajado a un lugar diferente y a un tiempo anterior, mucho más espantoso. Las almenas ya no se parecían a las de ningún castillo que ella hubiera conocido. Temblando, se arrebujó en la capa.

El adarve estaba lleno de barriles de aceite, montones de piedras, hondas y catapultas de varios tamaños y una docena de hogueras aún sin prender. Todas las mujeres estaban presentes, y también muchos de los niños, que habían clasificado las piedras por tamaños y habían preparado las pilas de leña que se encenderían más tarde. Aunque el puente levadizo estaba cerrado, se podía entrar y salir de la fortificación por una pequeña puerta que había al norte de las murallas. Margaret se dio cuenta de que, si verdaderamente el enemigo sitiaba el castillo, no podían quedarse sin madera, ni sin piedras, ni sin aceite.

Sus arqueros estaban situados en las murallas. Por suerte, quizá, solo había dos lienzos que defender; como el castillo estaba sobre un acantilado que dominaba el lago, los otros dos costados eran insalvables. Había tres docenas de arqueros en las partes más vulnerables y, junto a cada uno de los hombres, varias filas de aljabas llenas de flechas. Detrás de los arqueros había unos doce guerreros armados con espadas, mazas y puñales, porque en caso de que los soldados enemigos consiguieran escalar las murallas, los arqueros no podrían hacer nada: la batalla por el control del castillo se convertiría en un combate cuerpo a cuerpo.

Margaret miró hacia la cañada, donde estaba reunido el gran ejército de MacDonald. Los hombres no se habían movido durante las últimas tres horas.

Notó un movimiento a sus espaldas, y se giró. Malcolm estaba sonriéndole. No había dado ninguna señal de que tuviera miedo. La verdad era que todo el mundo se estaba comportando con una gran valentía. A Margaret le había impresionado mucho el coraje de los habitantes de su castillo. Ojalá nadie se diera cuenta de lo acelerado que tenía el corazón ni de lo asustada que estaba.

—¿Ha habido alguna noticia? —susurró.

—Nuestros mensajeros no han vuelto —respondió Malcolm—, pero es una buena señal que el Lobo no pueda avanzar más con sus hombres.

Margaret se estremeció. ¿No había oído decir que el Lobo tenía muy mal carácter? Se habría puesto furioso por aquel contratiempo. A menos, por supuesto, que hubiera muerto ya.

—Deberíais bajar, milady —le dijo Malcolm amablemente—. Sé que queréis animar a los hombres y a las mujeres, pero hace mucho frío y, si enfermáis, los desanimaréis a todos.

Margaret vio a sir Neil, que estaba al otro lado del adarve, reparando una de las catapultas con un anciano. Peg estaba con ellos y parecía que les estaba diciendo cómo creía que debían arreglarla. Si la situación no hubiera sido tan grave, Margaret se habría divertido con aquella escena, porque Peg era muy entrometida y un poco coqueta, y sir Neil era muy guapo, con su piel blanca y su pelo negro.

Además, era un soldado infatigable. Margaret no lo conocía bien, pero admiraba que hiciera tantos esfuerzos por defender el castillo y por protegerla a ella.

Por supuesto, si los sitiaban y los vencían, todos iban a morir.

Miró a Malcolm.

—¿Es cierto que el Lobo asesina a todos sus enemigos y que nunca permite que vivan?

Malcolm titubeó, y ella tuvo su respuesta.

—No lo sé —dijo él, encogiéndose de hombros.

—¿Lo conoces?

—Si, milady, lo conozco.

—¿Es un monstruo, tal y como dicen?

Malcolm abrió mucho los ojos.

—¿Es eso lo que dicen? El Lobo es un soldado poderoso, un hombre de gran valor y gran ambición. Es una pena que sea nuestro enemigo, y no nuestro amigo.

—Espero que haya muerto.

—No morirá en una emboscada, milady. Es demasiado listo como para eso —respondió Malcolm. Entonces, miró más allá de ella y palideció.

Margaret se giró a mirar hacia la cañada, y se atragantó. El ejército se movía. Avanzaba lentamente, como si fuera una ola enorme hecha de hombres.

—¿Qué significa eso?

Antes de que Malcolm pudiera responder, sir Neil se acercó corriendo con un highlander pelirrojo que tenía la respiración entrecortada. Peg los seguía.

—Lady Margaret —dijo sir Neil—. Uno de los mensajeros ha vuelto, y desea hablar con vos.

Margaret vio la cara pálida del mensajero y se dio cuenta de que las noticias no eran las que esperaba. Sin embargo, aunque hubiera querido gritarle que le diera ya el mensaje, alzó una mano.

—¿Quién eres?

—Coinneach MacDougall, milady.

—Por favor, ven conmigo. Malcolm, sir Neil, venid conmigo.

Aunque tenía el corazón en un puño, era consciente de que todos los estaban observando, así que guardó la compostura y condujo a los hombres, por la estrecha escalera, hacia el salón. Allí, se volvió hacia ellos.

—¿Qué ha ocurrido?

—La emboscada ha fracasado, milady. El Lobo y su ejército están pasando por el desfiladero. Dentro de una hora estarán ante las puertas del castillo —dijo Coinneach.

—¿Estás seguro?

—Sí. Ahora hay una docena de caballeros suyos en el paso.

Margaret se quedó mirándolo fijamente, aunque no lo veía.

—¿Y mi hermano? ¿Y sir Ranald?

—No lo sé, milady.

Era mejor no tener noticias que recibir la noticia de su muerte. «Por favor, Dios, que no hayan muerto William y sir Ranald, ¡por favor!».

No sabía si podría soportar la pérdida de su hermano.

—¿Sabes si alguno de nuestros hombres sigue con vida?

—Vi a un puñado de vuestros caballeros huyendo hacia el bosque, milady.

—Volverán al castillo, si pueden —dijo ella, sin dudarlo.

—Sería mejor si cabalgaran a todo galope hacia el castillo de Red John o Argyll —dijo sir Neil—. Pronto nos habrán sitiado, y ellos podrían atacar a MacDonald por la retaguardia.

Tal vez sus hombres no volvieran, después de todo. Reprimió su consternación y se volvió hacia Coinneach.

—¿Está vivo Alexander MacDonald?

—Sí. Va dirigiendo a sus hombres —dijo Coinneach, con una mirada llena de temor.

Ella se sintió enferma.

Sonaron unos pasos por la escalera, y todos se dieron la vuelta. Peg entró corriendo al salón, con los ojos muy abiertos.

—¡Hay un hombre abajo, junto a la barbacana, con una bandera blanca!

Margaret se quedó desconcertada y se giró hacia Malcolm, que le dijo rápidamente:

—El Lobo ha enviado un mensajero, milady. No tengo ninguna duda.

A ella se le abrieron mucho los ojos.

—¿Qué puede querer?
—Vuestra rendición.

Margaret estuvo paseándose de un lado a otro durante media hora, mientras esperaba a que sir Neil y Malcolm desarmaran al mensajero y verificaran que realmente tenía un mensaje, y a que lo llevaran ante su presencia. Peg estaba sentada en uno de los bancos de las mesas, observándola con una expresión de miedo. Margaret estaba acostumbrada al ingenio y el buen humor de su amiga, no a su silencio y a su pavor.

Se giró cuando ellos entraron, y vio a un highlander con una banda de tela escocesa de color rojo, azul y negro sobre el hombro, que caminaba entre sir Neil y Malcolm. Era de mediana edad, delgado y musculoso, y tenía barba. Iba desarmado. Cuando la vio, sonrió, pero no de una manera agradable. Margaret se estremeció.

—¿Margaret de Bain? —preguntó.

Ella asintió.

—¿Venís en nombre del Lobo?

—Sí. Soy Padraig MacDonald. Él desea negociar, lady Margaret, y me ha pedido que os lo diga. Si estáis de acuerdo, traerá dos hombres, y vos podéis llevar dos hombres también. Mantendrá su ejército debajo de la barbacana, y podéis reuniros fuera de las murallas.

Margaret se quedó mirándolo con incredulidad. Después se volvió hacia Malcolm y sir Neil.

—¿Es una trampa?

—Las negociaciones no son raras —dijo Malcolm—, pero el Lobo es astuto. No cumplirá su palabra.

—Es una trampa —dijo Neil—. ¡No podéis ir!

Margaret se volvió hacia el mensajero.

—¿Por qué desea parlamentar? ¿Qué quiere?

Cuando lo preguntó, Peg se acercó a ella de manera protectora.

—Me dijo que os ofreciera un parlamento, milady, nada más. No sé de qué hablará.

—No podéis ir —dijo de nuevo sir Neil—. ¡Os tomará como rehén, milady, en un abrir y cerrar de ojos!

¡Era tan difícil pensar! Margaret miró a sir Neil y, después, miró al mensajero, Padraig.

—Por favor, hazte a un lado.

Malcolm lo tomó un de un brazo y lo alejó un poco para que no pudiera oír. Margaret se acercó a sir Neil, con Peg.

—¿Hay alguna manera de que yo me pueda reunir con él para que lo hagamos prisionero?

Sir Neil la miró como si se hubiera vuelto loca. Peg exclamó:

—¡Margaret! ¡Es el Lobo! ¡No podrás engañarlo! Él te hará prisionera a ti y, entonces, ¿qué pasará?

—No creáis que podéis embaucarlo, milady —dijo Malcolm, que acababa de regresar.

Margaret miró al mensajero, que a su vez los estaba mirando con una sonrisa de suficiencia. ¿Qué podía saber él, que ellos ignoraran?

—¿Hay algún modo de parlamentar con ellos sin correr el peligro de que me hagan prisionera?

—Es demasiado peligroso —dijo sir Neil rápidamente—. Le juré a sir Ranald que os mantendría a salvo. ¡No puedo permitir que os reunáis con el Lobo!

—¡Margaret, por favor! No soy más que una mujer, y hasta yo sé que es una trampa —le dijo Peg.

—Y aunque no lo fuera, hay muchas cosas que podrían salir mal –intervino Malcolm, con calma.

Tenía razón; además, a Margaret le daba miedo salir de las murallas del castillo. Nunca podría convencer a aquel maldito Lobo de que se retirara. Irguió los hombros y se acercó hacia el highlander.

—Decidle al Lobo de Lochaber que lady Comyn ha rehusado. No voy a negociar.

—Eso le va a contrariar.

Ella tuvo que contener un estremecimiento.

—Pero deseo saber qué quiere. Por lo tanto, puedes volver para traerme su mensaje.

—No creo que él me envíe de nuevo para hablar con vos.

¿Qué significaba eso? ¿Los atacaría el Lobo directamente? Margaret miró a Padraig; él tenía una expresión fría.

Un momento después, Malcolm se lo llevó. En cuanto se hubieron marchado, Margaret se dejó caer sobre un banco. Peg se sentó a su lado y le tomó las manos.

—Ay, ¿qué vamos a hacer?

—Tal vez debiera haberme reunido con él.

—¡Nunca te habría dejado que fueras a verlo! —gimió Peg, que estaba al borde de las lágrimas—. ¡Es un hombre horrible, y toda Escocia lo sabe!

—Si te echas a llorar, te voy a dar una bofetada —respondió Margaret, casi gritando.

Peg contuvo el llanto.

—Te necesito, Peg —añadió Margaret.

Peg se calmó e intentó recuperar la compostura.

—¿Te traigo algo de vino?

Margaret no tenía sed, pero sonrió.

—Gracias —dijo.

En cuanto Peg salió, ella se puso en pie.

Oh, Dios, ¿qué iba a ocurrir? ¿Sería capaz de defender el castillo hasta que llegara la ayuda? ¿Y si la ayuda no llegaba?

Su tío materno, Alexander MacDougall de Argyll, iría a socorrerla. Él odiaba a todos los MacDonald que había sobre la faz de la Tierra; no solo desearía defender la fortaleza, sino luchar contra el ejército del Lobo.

Red John Comyn también acudiría si llegaba a enterarse de lo que estaba sucediendo. Era el más estrecho aliado de su tío, además de su primo. Sin embargo, el tiempo era esencial; tenían que recibir pronto el mensaje que les había enviado y reaccionar inmediatamente.

Le dolía mucho la cabeza. Debía tomar muchas decisiones, y el peso de la responsabilidad le resultaba abrumador.

Sonaron pasos y, con miedo, se giró justo en el momento en que sir Neil entraba en el salón.

—El Lobo está delante del puente levadizo, bajo las murallas, y desea hablar con vos.

Margaret se quedó helada. Solo había pasado un cuarto de hora desde que Padraig se había marchado; si el Lobo de Lochaber estaba ante su puerta en aquel momento, era porque todo el tiempo había estado allí. Ella solo quería ir a esconderse a su habitación, como si fuera una niña.

—Puedo acompañaros al adarve —dijo sir Neil.

Entre la confusión y la angustia, Margaret pensó que sir Neil solo sugeriría algo así si fuera totalmente seguro y, por supuesto, si el Lobo deseaba parlamentar en aquel momento, ella debía ir. Respiró profundamente. Estaría a salvo en el adarve, detrás de las almenas, rodeada por sus caballeros y sus arqueros. Por lo tanto, asintió.

Sin embargo, mientras se encaminaban a la escalera, Margaret se detuvo bruscamente. ¿Cómo podía ser seguro para el Lobo acercarse a las murallas de su castillo?

Miró a sir Neil con una súbita esperanza.

—¿Podrían abatirlo nuestros arqueros mientras hablamos?

Sir Neil se sobresaltó.

—Han traído una bandera de tregua.

Lo que había sugerido era una falta de honor, y Margaret sabía que sir Neil lo consideraba así.

—Pero ¿es posible?

—Sin duda, estará rodeado por sus hombres, y llevará escudo. El disparo no sería fácil. ¿Estáis dispuesta a violar la tregua?

Se preguntó si estaba soñando. Estaba pensando, de verdad, en violar una tregua y asesinar a un hombre. Sin embargo, sabía que no debía rebajarse hasta ese punto. Ella había recibido la educación de una mujer noble: una mujer de palabra y de honor. Debía ser bondadosa, amable y responsable. No podía asesinar al Lobo, y menos durante una tregua.

Intentó respirar con calma y comenzó a subir la estrecha escalera que conducía al adarve de las murallas. Cuando salió al exterior, sintió un intenso frío y percibió un completo silencio. Había luz, pero no hacía sol. Los arqueros y los soldados seguían allí, acompañados de las mujeres y los niños, pero parecía que nadie respiraba ni se movía.

Junto a sir Neil, se acercó a las almenas como si estuviera en mitad de una pesadilla, intentando conservar la compostura y mantener la cabeza clara antes de hablar con su peor enemigo. Permaneció a cierta distancia del parapeto de piedra y miró hacia abajo.

Entre la barbacana y el bosque había varios cientos de hombres esperando; las primeras filas iban a pie, protegidos con escudos, pero detrás de ellos había muchos jinetes. Sobre las primeras columnas ondeaba una bandera blanca y, a su lado, un estandarte enorme de colores negro y azul marino con un fiero dragón rojo en el centro.

Entonces, Margaret lo vio.

El resto del ejército desapareció de su vista. Solo podía ver a un hombre: el highlander a quien llamaban el Lobo de Lochaber.

Alexander MacDonald era el soldado más alto, el más grande y el más moreno de todos ellos. Estaba en la primera fila, en el centro, mirándola fijamente con una sonrisa, sujetando un escudo. Su saya estaba manchada de sangre.

—Lady Comyn —dijo—. Sois tan bella como dicen.

Ella se echó a temblar. El Lobo era exactamente como podía esperarse: Tenía el pelo negro y largo hasta los hombros, y era muy musculoso, seguramente debido a todos los años que había pasado blandiendo la espada y el hacha. Margaret se quedó paralizada, mirándolo, hasta que se dio cuenta de que no había dicho nada y reaccionó.

—No me impresiona vuestra adulación.

Él sonrió fríamente.

—¿Estáis dispuesta a rendiros ante mí?

—No. Nunca tomaréis este castillo. Mi tío está en camino, y también el gran lord Badenoch.

—¡Si os referís a vuestro tío de Argyll, estoy impaciente por verlo! ¡Estoy impaciente por cortarle la cabeza! —exclamó, y lo hizo con tanta ferocidad, que ella supo que lo decía completamente en serio—. Y no creo que el todopoderoso lord Badenoch venga.

¿Qué significaba aquello? Margaret se estremeció.

—¿Dónde está mi hermano?

—Está a salvo, en mi poder, lady Comyn, aunque ha sufrido heridas.

Ella sintió tanto alivio que le flaquearon las rodillas, y tuvo que agarrarse al parapeto para permanecer erguida.

—¿Es vuestro prisionero?

—Sí, lo es.

—¿Son de gravedad sus heridas?

—No morirá —dijo él, y añadió con más suavidad—: Yo no dejaría morir a un prisionero tan valioso.

—Deseo verlo —dijo ella.

Él negó con la cabeza.

—No estáis en posición de hacer exigencias, lady Comyn. He venido aquí a negociar vuestra rendición.

—¡No! No hablaré de nada hasta que me hayáis demostrado que mi hermano está vivo.

—¿No aceptáis mi palabra?

—No, no acepto vuestra palabra.

—Así que me consideráis un mentiroso —dijo él.

Margaret notó que sir Neil daba un paso hacia ella, a su espalda.

—Mostradme a mi hermano, demostradme que está vivo —dijo ella.

—Os comportáis de un modo peligroso —respondió él, finalmente—. Os mostraré a William después de vuestra rendición. Tengo seiscientos hombres, y vos solo tenéis unas cuantas docenas. Soy el mejor guerrero del mundo, y vos sois una mujer, y muy joven. Y, sin embargo, os estoy ofreciendo una negociación.

—No he oído vuestros términos —dijo ella.

Él volvió a sonreír.

—Rendíos ahora, y podréis marcharos con una escolta. Vuestra gente será libre para poder marchar también. Si os negáis, sufriréis un ataque y, en la derrota, nadie salvará la vida.

Margaret tuvo que contener un grito. ¿Cómo iba a responder, si no pensaba rendirse?

¡Ojalá supiera con certeza que Argyll y Red John acudían en su ayuda con sus enormes ejércitos! Sin embargo, ¿cuánto iba a poder resistir ella al ataque del Lobo? ¿El tiempo suficiente hasta que ellos llegaran?

Porque si no llegaban a tiempo, si él conseguía entrar en el castillo, no le perdonaría la vida a nadie. Acababa de decirlo.

—Ganad tiempo —le susurró sir Neil.

Margaret lo entendió al instante.

—Es cierto —gritó ella—. Tenéis la fama de ser el mejor guerrero de la nación, y yo soy una mujer de diecisiete años. No sé lo que hacer. Si yo fuera vuestra prisionera y mi hermano estuviera aquí, en mi lugar, él no se rendiría, de eso estoy segura.

—¿Acaso creéis que podéis engañarme? —le preguntó él.

—Solo soy una mujer. Nunca sería tan necia como para pensar que puedo engañar al poderoso Lobo de Lochaber.

—¿Y ahora os reís de mí?

Ella se echó a temblar y se arrepintió de haber usado un tono de voz irónico.

—Vuestra respuesta, lady Margaret —le advirtió él.

Ella se atragantó.

—¡Necesito tiempo! ¡Os daré mi respuesta por la mañana!

Entonces, tal vez la ayuda ya hubiera llegado.

—¿Me llamáis mentiroso y me tomáis por estúpido? Lady

Margaret, el país está en guerra. Robert Bruce ha conquistado el Dumfries Castle, y Red John ha muerto.

Ella gritó. De repente, todo comenzó a dar vueltas a su alrededor.

—¡Ahora sois vos quien miente!

—Vuestro gran Lord Badenoch murió hace cuatro días en la iglesia de Dumfries, Greyfriars Church.

Ella se giró y miró a sir Neil con incredulidad. Sir Neil estaba tan aturdido como ella. ¿Era cierto que había muerto el patriarca de la familia?

—¿Por qué decís que Red John ha muerto? ¡Tenía muy buena salud!

El Lobo sonrió.

—¿Queréis saber lo que ocurrió? Fue asesinado, lady Comyn, por Bruce, aunque él no dio el golpe mortal.

Margaret se quedó horrorizada. ¿Había matado Robert Bruce a Red John Comyn?

Si eso era cierto, ¡el país estaría de verdad en guerra!

—Bruce va de camino a Galloway, lady Comyn, y vuestro tío, el MacDougall, también. ¿Y no queréis saber dónde está vuestro amado sir Guy? También estaba en Dumfries; lo habían enviado allí para defender al rey.

Ella no había vuelto a pensar en su prometido desde aquella mañana. ¿Habría luchado sir Guy contra Bruce en Dumfries? De ser así, estaba a tan solo dos días de camino de allí. No sabía lo que estaba insinuando aquel highlander, pero sir Guy iría a rescatarla, seguramente.

—Este castillo es parte de mi dote. Sir Guy no permitirá que caiga.

—Sir Guy está luchando contra Bruce. Argyll está luchando en Galloway. El señor de Badenoch ha muerto. No tenéis ninguna esperanza.

—Puede que esté mintiendo —le susurró sir Neil a Margaret. Sin embargo, su tono era de duda.

Margaret lo miró y se dio cuenta de que su caballero también estaba asustado, como ella. Volvió a girarse hacia el Lobo de Lochaber.

—Necesito unas horas para decidir —dijo, con la voz ronca.

—No tenéis tiempo. Os exijo una respuesta, lady Comyn.

Ella negó con la cabeza.

—No quiero desafiaros.

—Así pues, aceptad mi generosa oferta y rendíos.

Margaret se mordió el labio con tanta fuerza que probó su propia sangre. Sabía que todos tenían los ojos puestos en ella, pero siguió mirando fijamente al Lobo. Mientras lo hacía, pensó en su madre, la mujer más valiente que había conocido en la vida.

—No puedo entregaros Castle Fyne.

Se produjo un terrible silencio.

Margaret sintió una tensión tan fuerte que no pudo seguir respirando con normalidad.

Entonces, un halcón voló por encima de sus cabezas, ascendiendo hacia el cielo, graznando, y rompió el momento.

El Lobo la miró con desagrado. Tras él hubo murmullos; sus hombres se movieron. También a sus espaldas hubo susurros. Todos aquellos sonidos eran contenidos, casi de admiración.

Por fin, él respondió. Habló con frialdad.

—Sois una estúpida.

Sir Neil llevó su mano a la espada, y Margaret tuvo que tocarlo para advertirle que no intentara defenderla. Entonces, se volvió hacia el highlander una vez más.

—Este castillo es mío. No puedo y no debo rendirme.

—¿Aunque tengáis que luchar sola?

—Alguien vendrá.

—No acudirá nadie. Si viene Argyll, llegará después de que el castillo haya caído.

Ella tragó saliva. Sabía que el Lobo estaba en lo cierto.

Pasó un momento antes de que él volviera a hablar, y lo hizo con la voz ronca de ira.

—Lady Margaret, admiro vuestra valentía, pero no consiento los desafíos, ni siquiera los de una mujer bella.

Margaret permaneció en silencio. Ya le había dado su respuesta y no tenía nada más que decir.

Y él lo sabía. El brillo de sus ojos era aterrador, incluso a aquella distancia.

—No me complace lo que tengo que hacer —dijo. Entonces, alzó una mano, aunque no apartó la vista de ella—. Preparad los arietes. Preparad las bastidas. Preparad las catapultas. Sitiaremos el castillo al amanecer.

Entonces, se dio la vuelta y desapareció entre los hombres de su ejército.

Margaret se desplomó en brazos de sir Neil.

Peg le dio una copa de vino. Margaret la aceptó; necesitaba desesperadamente algo que le diera fuerzas. Estaban sentadas junto a una de las largas mesas del salón, mientras fuera anochecía con rapidez.

Y, al amanecer, comenzaría el asedio.

Sir Neil estaba sentado a su lado, y Malcolm tomó asiento frente a ellas. Peg gimió:

—¡Deberías haberte rendido, y todavía no es demasiado tarde para hacerlo!

Margaret se puso muy tensa, sabiendo que Peg estaba aterrada. Cuando había bajado del adarve, había visto las miradas de muchos de sus soldados y de las mujeres; todo el mundo estaba asustado.

¿Cómo no iban a estarlo?

Alexander MacDonald lo había dejado bien claro: si no se rendían, tomaría el castillo y no perdonaría la vida de nadie.

Se abrazó a sí misma. Estaba helada. ¿Debería haberse rendido? ¿Y por qué era ella quien debía tomar aquella decisión?

Respiró profundamente.

—¿Es posible que haya dicho la verdad? ¿Es posible que Red

John haya muerto, y que Robert Bruce haya tomado el castillo real de Dumfries?

Sir Neil estaba muy pálido.

—Bruce siempre ha querido el trono, pero yo no sabía nada de esto.

—Ni siquiera el Lobo inventaría una historia tan absurda —dijo Malcolm—. Yo lo creo.

Margaret no comprendía qué podía haber sucedido.

—¿Acaso Bruce aspira al trono de Escocia? ¿Ese es el motivo por el que ha atacado Dumfries?

¿Y significaba eso que sir Guy estaba allí, con sus hombres? Sir Guy estaba al servicio del rey Edward y, a menudo, lo enviaban a luchar por su rey. ¿Era ese el motivo por el que Alexander MacDonald había dicho que nadie iba a acudir en su ayuda? ¿Porque sir Guy estaba ocupado en sus propias batallas en nombre del rey Edward?

Sir Neil negó con la cabeza.

—Bruce tiene una gran ambición, pero ¿asesinar a Red John? ¿En un lugar sagrado?

—Si el maldito Lobo ha dicho la verdad —respondió ella—, si Red John ha sido asesinado, Buchan estará furioso. Habrá una gran guerra.

Los Comyn y los Bruce eran enemigos desde hacía muchos años. Habían luchado antes por el trono; los Comyn habían ganado su última batalla y John Balliol, un miembro de la familia, se había convertido en rey de Escocia.

—Lady Margaret, lo que importa en este momento es que, si todo esto es cierto, Red John no va a venir a ayudaros. Ni tampoco sir Guy.

Margaret se quedó mirando a Malcolm, y Peg gritó:

—¡Todavía podemos rendirnos!

Ella ignoró a su doncella.

—Pero Argyll vendrá a ayudarnos si puede.

—Si el país está en guerra, tal vez no sea posible —replicó sir Neil—. Y MacDonald dice que él puede detenerlo.

Margaret miró a sir Neil y después a Malcolm.

—Estoy asustada. Me siento insegura. Así pues, decidme, ¿qué creéis que debería hacer?

—Vuestra madre hubiera muerto defendiendo Castle Fyne —dijo Malcolm.

Sir Neil se puso en pie.

—Y yo moriría por defenderos, milady.

¡Dios, aquellas no eran respuestas reconfortantes!

—Pero, milady, si decidís rendiros, yo os apoyaré —añadió Malcolm.

Sir Neil asintió.

—Y yo también. Y, pese a lo que ha dicho MacDonald, podéis decidir rendiros en cualquier momento, y exigirle las condiciones que os ofreció al principio.

Pero eso no significaba que el Lobo se las concediera. Cuando se había marchado, estaba furioso.

Margaret cerró los ojos e intentó dominar el miedo que sentía. Intentó imaginarse a sí misma llamando a MacDonald y entregándole las llaves de la fortaleza. Entonces, supo que no podría hacerlo. Abrió los ojos; todos la estaban mirando.

—Debemos luchar, y rezar para que Argyll venga a ayudarnos —dijo Margaret, poniéndose en pie. Si iban a entrar en batalla, debía aparecer como una figura fuerte, por muy aterrada que estuviera.

Los hombres asintieron gravemente, y Peg se echó a llorar.

Margaret no durmió en toda la noche, pensando en lo que iba a ocurrir al amanecer. Como Peg no cesaba de decirle que debía rendirse, que era una loca por pensar que podía vencer al Lobo de Lochaber, había tenido que echarla de la habitación.

En aquel momento estaba ante la ventana, con las contraventanas abiertas de par en par. El cielo negro se estaba volviendo gris, y el amanecer estaba lleno de humo. Los soldados y las mujeres que estaban en el adarve, sobre ella, hablaban en voz baja mientras avivaban las hogueras sobre las que hervían los calderos de aceite.

No podía soportar aquella espera. Nunca había sentido tanto miedo. Oyó que alguien se acercaba por el pasillo; entonces, se puso el manto sobre los hombros y salió de la alcoba. Sir Neil estaba allí, con una antorcha en la mano.

—¿Estamos preparados? —le preguntó.

—Sí, milady. Si piensan trepar por las murallas, sufrirán grandes quemaduras, como mínimo.

En aquel momento se oyó un ruido espantoso: el estruendo de un choque y el crujido de la madera.

—Ha comenzado —dijo sir Neil—. Están golpeando las primeras puertas de la barbacana.

—¿Conseguirán romperlas?

—Al final, sí.

Margaret se dirigió rápidamente hacia la escalera que subía a las almenas. Él la agarró del brazo antes de que pudiera alejarse.

—¡No tenéis por qué subir! —exclamó.

—¡Claro que sí! —respondió ella. Se zafó de su mano y subió rápidamente.

Al salir al adarve, percibió el olor del humo de las hogueras y del aceite hirviendo. El cielo estaba aclarándose rápidamente, y Margaret vio a los hombres y a las mujeres junto al parapeto. Nadie se movía.

—¿Qué ocurre?

Malcolm se le acercó y le dijo:

—Están acercando las escaleras a la muralla, milady.

Margaret tenía que verlo por sí misma; se asomó al parapeto y miró hacia abajo. Había docenas de hombres sacando escaleras de unos carros y acercándolos a las murallas. No podía distinguir lo que estaban haciendo el resto de los hombres, y miró al sur, hacia la barbacana. Allí, otro grupo de hombres batía las puertas con el ariete. Contuvo la respiración al ver la máquina de madera rodante acercarse más y más a las puertas y, finalmente, golpearlas con fuerza.

Al oír el rechinar de la madera, Margaret se dio cuenta de que no aguantarían mucho más. Sus arqueros lanzaron una lluvia de flechas hacia la entrada de la torre, y dos de los soldados que estaban manipulando el ariete cayeron al suelo.

Al instante acudieron más soldados, algunos para llevarse a los heridos y otros para ocupar sus puestos.

—No estáis a salvo aquí arriba —dijo sir Neil.

Las palabras acababan de salir de sus labios cuando hubo otra lluvia de flechas, algunas disparadas por sus arqueros hacia la torre de entrada, y otras hacia sus arqueros y las mujeres que estaban en el adarve. Sir Neil tiró de ella hacia el suelo; las flechas pasaron por encima de sus cabezas y chocaron contra la pared que había detrás.

—Sois la señora de este castillo —dijo sir Neil—. No podéis estar aquí. Si resultáis herida, o morís, no habrá nadie que nos guíe en esta lucha.

—Si ocurre algo así, vos debéis guiar el castillo —respondió Margaret.

Entonces, oyó un silbido extraño y pavoroso que se les acercaba.

Margaret se cubrió instintivamente la cabeza, y sir Neil la protegió con su propio cuerpo. Un proyectil aterrizó junto a la torre por la que habían salido y explotó en llamas. Sonaron más silbidos como aquel y comenzaron a llover rocas sobre ellos, por todo el adarve, algunas envueltas en explosivos. Dos hombres se apresuraron a apagar el fuego.

Margaret se puso de rodillas y clavó la mirada en los ojos azules de sir Neil.

—Debéis decirme lo que ocurre, cuando podáis.

El fragor del asedio empeoró cada vez más. Los golpes del ariete en la puerta de las murallas, el siseo de las flechas y los silbidos de los proyectiles y de los explosivos; los relinchos de los caballos aterrados, los gritos de los hombres heridos y, peor aún, los aullidos de dolor de aquellos que recibían el aceite hirviendo en la cabeza, los hombros y los brazos.

Margaret estaba en la parte sur de la muralla, cerca de la torre de entrada y de la barbacana. Desde allí podía ver la batalla. Hasta el momento, ninguno de los soldados de MacDonald había conseguido pasar el muro, y las puertas resistían. Sus arqueros eran espléndidos tiradores que habían derribado a muchos de los soldados del Lobo, tanto de los que intentaban subir por los lienzos como de los que manejaban el ariete.

Sin embargo, también había bajas entre sus hombres.

Había visto a tres de sus arqueros caer bajo las flechas y los proyectiles del Lobo en la muralla que había junto a la torre sur. Él tenía a cientos de hombres en aquella lucha, y ella tenía a menos de cincuenta. No podía permitirse perder, ni siquiera, a tres de sus arqueros.

Y él dirigía su ejército a caballo, sin dejar de moverse entre sus hombres. Nunca estaba solo, y nunca salía de la columna que formaban sus caballeros y los soldados de infantería. Era una figura poderosa y dominante, incluso desde la distancia.

Margaret nunca había odiado y temido tanto a nadie.

—¿Cómo puedes mirar? —le preguntó Peg.

Margaret no se volvió hacia ella.

—No me queda otro remedio.

—Siempre hay otro remedio —respondió Peg, con amargura.

Entonces, Margaret la miró.

—Siempre has sido muy clara, Peg, pero, aunque he valorado tus opiniones en el pasado, ahora no me resultan de ayuda.

—Todos vamos a morir —dijo su doncella, y estalló en lágrimas.

Margaret hizo una mueca de dolor y se apartó de la ventana.

—No, no vamos a morir —respondió, y abrazó a Peg—. Si mi tío Argyll llega a tiempo a rescatarnos, no moriremos.

Peg asintió.

—Eres igual de valiente que tu madre y, ahora, todo el mundo lo sabrá.

Margaret no era valiente; estaba muerta de miedo, pero no se lo iba a decir a Peg.

Su preocupación aumentó, porque la batalla no avanzaba de manera propicia para ellos. El ritmo de los golpes del ariete era cada vez más rápido; el Lobo había destinado más hombres a su manejo. Los arqueros del castillo derribaban cada vez a menos enemigos; ya no veía caer a tantos hombres al suelo como al principio, y sí a más que subían hacia las almenas. Volaban menos flechas desde sus murallas hacia el ejército del Lobo, mientras que la descarga de flechas y proyectiles desde abajo era constante.

Vio a uno de sus arqueros caer desde las almenas, atravesado por una saeta, y no pudo soportarlo más. Salió corriendo de la torre y, mientras lo hacía, oyó un ruido desde la barbacana: el estruendoso crujir de la madera.

Margaret corrió hacia el adarve e intentó asimilar el caos que la rodeaba. En aquel momento, los soldados de MacDonald estaban literalmente en las almenas, y las mujeres del castillo les arrojaban aceite hirviendo. Sobre ellas caía una lluvia constante de flechas, piedras y explosivos.

—¡Han abierto una brecha en la barbacana! —gritó alguien.

Una mujer de su edad trató de echar un caldero de aceite a un soldado que había conseguido pasar las almenas y pisar el adarve, pero el hombre empujó el caldero con un brazo y lo echó a un lado. El aceite lo salpicó, pero él se limitó a gruñir. Después, agarró a la muchacha del pelo.

En su mano brilló la hoja de un puñal.

Margaret no lo pensó dos veces. Se acercó por su espalda y lo apuñaló.

Con un rugido, él se dio la vuelta iracundo. Antes de que ella pudiera apuñalarlo de nuevo, en aquella ocasión en defensa propia, sir Neil lo atravesó con la espada por detrás. El soldado enemigo cayó al suelo con los ojos desorbitados de dolor, agarrándose el vientre ensangrentado.

—No podéis estar aquí —le gritó sir Neil.

Ella lo ignoró; agarró el caldero que se le había caído a la mujer y lo llevó hacia una de las hogueras. Entonces, se detuvo, sin saber cómo podía echar el aceite caliente en el caldero.

La joven cuya vida había salvado tenía un cazo en la mano, y echó algo de aceite hirviendo en su caldero. Se miraron a los ojos.

Margaret asintió, se giró y se apresuró a arrojarle el aceite a otro soldado que había superado las almenas. Por el rabillo del ojo vio a sir Neil, que comenzaba a luchar contra un enemigo. Los dos hombres cruzaron golpes aterradores.

Su aceite dio de lleno al soldado en la cara, en el cuello y en los hombros. El hombre gritó de dolor y cayó muralla abajo.

Sin embargo, tras ella había otro soldado. Margaret se giró y arrojó más aceite. Mientras lo veía caer, pensó que aquella tarea era imposible, que no iban a poder contener a los hombres de MacDonald.

Durante los siguientes minutos o, tal vez, las horas siguientes, la muchacha rubia y ella continuaron haciendo aquello mismo. Sin embargo, aunque algunos de los invasores caían de las escaleras y de las almenas, otros consiguieron pasar al adarve, donde sir Neil, Malcolm y sus hombres se enfrentaban a ellos con espadas, puñales y mazas.

—¡Milady! —exclamó sir Neil. Ella se giró y se dio cuenta de que el caballero sangraba por un hombro—. Están a punto de escalar la muralla bajo la primera torre y, cuando consigan entrar, bajarán el puente levadizo —le dijo, entre jadeos.

Ella se quedó mirándolo fijamente.

—Todo ha terminado, milady. Hemos perdido. Debéis huir.

Margaret nunca había sentido tanta desesperación, tanta tristeza.

—¿Cabe la más mínima posibilidad de que consigamos mantenerlos abajo?

—Hemos perdido a la mayoría de los arqueros. No.

Ella tomó aire.

—Lady Margaret, dentro de pocas horas habrán traspasado nuestras murallas. Ya no tenemos suficientes hombres para seguir luchando. Vuestro caballo está preparado. Yo os acompañaré a un lugar seguro.

Sir Neil hablaba en serio. Quería llevársela. Habían perdido.

Sabía que no debía caer en manos del Lobo, pero miró hacia el adarve. Las mujeres continuaban arrojándole aceite hirviendo al enemigo, aunque estaban exhaustas. No lejos de ellos, algunos de sus soldados estaban luchando con puñales. Solo habían sobrevivido cuatro arqueros, aunque en aquel momento ya no estaban disparando flechas, sino mirándola fijamente. Malcolm también la observaba.

¿Cómo iba a dejarlos en aquel momento? Sabía que el Lobo iba a ejecutarlos a todos.

—No voy a abandonar a mi gente.

Sir Neil se atragantó.

Ella no tenía ganas de dar explicaciones, pero aquellos hombres y mujeres que habían sobrevivido eran responsabilidad suya.

Debía suplicarle piedad al Lobo.

—Tenemos que rendirnos —dijo con tirantez.

—Lady Margaret —respondió sir Neil—, ¡él no va a aceptar vuestra rendición ahora, cuando conseguirá la victoria dentro de pocas horas!

—Si tratamos de rendirnos ahora, tal vez más tarde él tenga clemencia.

Sir Neil se quedó espantado.

—Os convertiréis en su prisionera, lady Margaret, y vos sois demasiado valiosa como para permitir que seáis su rehén. ¡Debemos irnos! ¡He jurado que os mantendría a salvo!

Tenía razón; el Lobo iba a hacerla prisionera. Sin embargo, Margaret sabía que prefería ser rehén durante el resto de su vida que dejar abandonada a su gente para que el Lobo de Lochaber los asesinara a todos. Tenía que luchar contra él con uñas y dientes hasta que tuviera piedad con todos ellos.

Había terminado una batalla; en aquel momento iba a comenzar otra.

—Izad la bandera blanca —ordenó.

CAPÍTULO 3

Margaret alzó la vista hacia el cielo gris. La bandera blanca de la rendición fue izada en la torre sur, y se desplegó lentamente.

Con los ojos llenos de lágrimas, vio que la lluvia de flechas disminuía, que la descarga de proyectiles y las piedras se suspendía. Las espadas dejaron de entrechocar, y cesaron los gritos de dolor e ira de los soldados.

Había perdido Castle Fyne. El Lobo había ganado.

Con el corazón encogido de dolor, miró a su alrededor. La mayoría de las mujeres había sobrevivido a la batalla, pero de entre los hombres solo permanecían en pie cuatro arqueros, tres soldados, Malcolm y sir Neil. Margaret sintió una enorme congoja.

No quería contar los muertos, cuyos cuerpos estaban desperdigados por el adarve. Sin embargo, había muchos heridos que necesitaban cuidados.

Nadie se movía. Todo estaba silencioso. También los soldados de MacDonald permanecían inmóviles en el adarve y más allá de las murallas. Margaret buscó al Lobo entre sus hombres.

—¿Dónde está? —preguntó, con la voz ronca.

—Allí —dijo sir Neil.

Margaret miró hacia el ejército, pero no lo vio.

—Sir Neil, es hora de que os marchéis. Debéis contarle a Buchan lo que ha ocurrido.

Sir Neil vaciló. Ella sabía que no deseaba dejarla.

—Debéis marcharos. ¡Os lo ordeno! —exclamó ella.

No sabía si los MacDougall intentarían arrebatarle la fortaleza a MacDonald, pero Buchan iba a ponerse furioso y reuniría un ejército. Seguro.

—Muy bien —dijo sir Neil, y entró corriendo en la torre norte.

Entonces, Margaret oyó la voz áspera de Alexander MacDonald.

—¡Señora de Fyne!

Ella miró en dirección a aquel sonido, y vio al Lobo aparecer entre las hordas de sus soldados, montado a lomos de un caballo gris. Margaret se agarró al parapeto de la muralla y se inclinó sobre él. Sintió una oleada de repulsión, de ira, que reemplazaba al miedo.

Él detuvo el caballo y la miró. Pasó un momento eterno, horrible.

Margaret no podía ver su expresión, pero sabía que él también estaba furioso. Lo percibía.

—Así que ahora os rendís —dijo el Lobo.

—Sí —respondió ella, temblando.

—Deberíais haberlo hecho ayer por la noche.

Ella observó su rostro curtido. Tenía los pómulos marcados y la mandíbula fuerte. Seguramente, a la mayoría de las mujeres les parecería un hombre atractivo.

Su saya estaba manchada de sangre. ¿Habría sufrido alguna herida? ¡Ojalá! Llevaba dos espadas, ambas en su funda, y portaba un escudo en el brazo izquierdo. Tenía los muslos desnudos, y las botas mojadas y llenas de barro.

Margaret alzó la vista y lo miró a los ojos.

—Soy una mujer, no un guerrero. Tomé una decisión, y me equivoqué.

Entonces, se dio cuenta de que tenía su puñal en la mano y, simbólicamente, lo lanzó muralla abajo, a los pies de MacDonald.

—No, lady Comyn —respondió él—. Sois una guerrera, y lo habéis demostrado en este día. Que vuestros hombres abran las puertas de la muralla.

Margaret recordó a sir Neil que, probablemente, estaba escabulléndose por la salida lateral de la torre norte, y quiso ganar todo el tiempo posible para facilitarle la huida.

—Bajaré a abrirlas yo misma —dijo ella.

Él entrecerró los ojos.

—Milord —añadió Margaret, y apartó la mirada rápidamente.

El castillo permaneció en completo silencio mientras Margaret bajaba al patio de armas. Tan solo se oía el llanto de un bebé y los relinchos de los caballos del ejército del Lobo. Malcolm la acompañó; pasaron por delante de los ancianos, las mujeres y los niños que se habían congregado en el patio y se dirigieron hacia la entrada del puente levadizo. Todo el mundo la miró mientras ella abría los enormes cerrojos de las puertas para dejar paso a su conquistador.

Margaret estaba haciendo un gran esfuerzo para dar una apariencia de calma y de dignidad. Y de valentía.

—Tal vez no podáis descorrer los cerrojos sola —le dijo Malcolm.

«Mejor», pensó ella, porque deseaba que sir Neil hubiera puesto distancia entre el castillo y él cuando consiguiera abrirle la puerta al maldito Lobo.

Al final, no lo consiguió, y Malcolm tuvo que ayudarla. Después se acercaron al torno, que ella nunca hubiera podido manejar por sí misma, y se miraron. Margaret tiró de la palanca con todas sus fuerzas. No se movió, y ella siguió intentándolo durante unos minutos hasta que, por fin, tuvo que hacerles una señal a los hombres que habían sobrevivido. Ellos se adelantaron y, lentamente, el puente levadizo comenzó a descender entre crujidos.

Cuando la plataforma de madera se posó en el suelo, se oyeron los cascos de los caballos, y el Lobo apareció sobre su montura con una expresión implacable, seguido por una docena de caballeros. Atravesaron el puente y se acercaron a ella.

Margaret no se movió; quería dar una impresión de valentía, aunque, en realidad, estaba muy asustada.

El Lobo de Lochaber era tal y como lo había imaginado: un guerrero poderoso e indomable, una leyenda entre los hombres.

En sus ojos azules se reflejaba una gran hostilidad; su mirada resultaba glacial. La observó de pies a cabeza y estiró un brazo hacia ella. Margaret no tuvo más remedio que entregarle la gran llave del castillo.

—Toda Escocia hablará de este día.

Margaret sintió furia y se cuadró de hombros. Castle Fyne había caído por primera vez en su historia. Por primera vez, en cien años, ya no era una fortaleza de los MacDougall.

—Toda Escocia hablará de la señora de Fyne y del Lobo de Lochaber, y de la batalla que mantuvieron —añadió el Lobo.

Ella se echó a temblar. ¿Qué era lo que intentaba decirle?

—Pocos hombres se atreverían a enfrentarse a mí. Los bardos cantarán sobre vuestro valor, lady Margaret —dijo él, e inclinó la cabeza con solemnidad.

¿Acaso le estaba haciendo una demostración de respeto? Ella no podía dar crédito.

—No me importa lo que penséis —dijo, intentando no demostrar todo su desprecio—. Pero sí me preocupan mucho los hombres, mujeres y niños que viven en este castillo. Y los heridos, que necesitan atención inmediata.

Él la escrutó con suma atención.

—Vuestro odio es notable —dijo—. Venid conmigo.

Su manto escocés de color negro y azul se movía sobre sus hombros cuando empezó a atravesar el patio. La multitud permaneció en silencio.

Margaret titubeó, aunque la orden había sido clara. Entonces, vio que varias mujeres se inclinaban ante su paso, y que él inclinaba la cabeza en señal de reconocimiento.

Margaret se dio cuenta de que tenía conducirse con cuidado para ganarse su clemencia. Lo odiaba, pero tenía que disimular. Caminó tras él en silencio.

Él ya había llegado al salón y se estaba quitando el manto. Peg y otras dos mujeres lo atendieron nerviosamente. El fuego estaba encendido en el hogar.

—Tengo hambre —dijo él, paseándose de un lado a otro—. Y mis hombres también. Traed comida y bebida.

Margaret se quedó muy quieta al entrar al salón, y vio que una docena de enormes highlanders entraban también. Alexander se volvió hacia ellos.

—Llevad a todos los prisioneros a los calabozos. A los heridos también.

—Muy bien —dijo Padraig, el mensajero.

—Y registrad todas las habitaciones. Aseguraos de que no haya nadie escondido, ni ningún arma oculta que puedan usar contra nosotros.

Entonces, el Lobo se volvió hacia ella.

—Quedaos aquí —le dijo.

Alexander hizo un gesto a dos de sus hombres y se marchó hacia la escalera norte. Les hizo un gesto a otros tres hombres y desapareció con ellos.

Margaret miró a Peg. Tres de los highlanders se habían quedado allí para vigilarla. Sin embargo, aunque la hubieran dejado sola, ella no habría podido escapar. Ignoró a sus guardias y le dijo a la doncella:

—Trae comida. Y haz todo lo posible por complacerlo.

Peg asintió y se marchó apresuradamente.

MacDonald volvió. Claramente, había ido al adarve para inspeccionarlo en persona. Les ordenó a sus hombres que establecieran los turnos de vigilancia y que organizaran los puestos de los soldados de la guarnición dentro del castillo. Ella intentó oír lo que decían; muchos de sus hombres iban a dormir dentro de las murallas, pero también había muchos acampados fuera. Para que ordenara una vigilancia tan excesiva, debía de estar esperando un ataque. ¿Tal vez de su tío Argyll, o de Red John, si acaso había mentido con respecto a su muerte?

—Habéis luchado con valentía. Tenéis el valor de un hombre, pero deberíais haberos rendido anoche.

Ella se puso muy rígida.

—No podía rendirme. Castle Fyne era de mi madre, y ella me lo dejó en herencia a mí.

—¿De veras pensabais que podríais vencerme?

—Esperaba resistir hasta que llegara mi tío. ¡Esta tierra es de los MacDougall!

—Era de los MacDougall —la corrigió él—. Ahora son tierras de los MacDonald.

Margaret respiró profundamente. Odiaba a los MacDonald tanto como los había odiado su madre.

—El señor de Argyll no permitirá que me arrebatéis este castillo. Y mi tío Buchan se pondrá furioso. Uno, o el otro, o juntos, recuperarán Castle Fyne.

—Si atacan, los destruiré.

Se puso tensa, porque no era difícil creer lo que decía. Cuando afirmaba algo, parecía que podía mover montañas con sus propias manos. Pero era humano. No era un héroe de una leyenda, aunque se hubiera creado una leyenda sobre él.

—¿Por qué? —preguntó ella—. ¿Por qué habéis atacado ahora? ¡Vuestros hermanos son Alasdair Og y Angus Og! ¡Tenéis muchas islas en alta mar! Tenéis muchas tierras aquí también, en Argyll. Castle Fyne ha estado siempre en vuestras fronteras.

Él se cruzó de brazos y dijo:

—Siempre he querido poseer Castle Fyne. Quien manda en este castillo controla la ruta hacia Argyll desde el mar.

—Provocaréis una guerra.

Él se echó a reír.

—¿De veras? Vuestra familia y la mía siempre han estado en guerra.

—Entonces, ¿se trata de una ruta desde el mar, o de venganza?

—Sois inteligente, lady Margaret. Por supuesto que deseamos venganza.

—¿Y la buscáis ahora, contra mi tío, por la matanza del clan Donald? ¿Aunque hayan pasado tantos años, y aunque mi tía Juliana se casara con vuestro hermano?

La sonrisa glacial de Alexander Lochaber desapareció.

—Hay algo más que venganza en todo esto, milady. Hay un reino en juego.

Estaba refiriéndose a Bruce, pero todos los highlanders a quienes ella conocía se preocupaban más por la venganza que por cualquier otra cosa.

—Habéis dicho que estáis deseando enfrentaros a mi tío.

—Y es cierto. ¿No os he explicado ya que se ha desatado una gran guerra en el país? Robert Bruce se ha levantado en armas contra el rey Edward. Castle Fyne es más importante ahora que nunca.

Durante años, los malditos señores del clan MacDonald habían sido súbditos leales al rey Edward. ¿Por qué habían cambiado súbitamente de bando?

—¿Ahora os rebeláis contra el rey Edward? ¿Os habéis puesto de parte de Bruce?

—Somos leales a Bruce, lady Margaret. Vamos a la guerra con él. Bruce es el pretendiente legítimo del reino de Escocia, y será el próximo rey. El rey Edward no reinará más sobre nosotros.

¿Había visto el orgullo en sus ojos? Dios, ¿y qué significaba todo aquello para su familia?

—Mi primo, Red John Comyn, ¿está verdaderamente muerto?

—Sí, ha muerto.

A Margaret se le encogió el corazón.

—¿Lo asesinó Bruce?

Él la miró con fijeza. Después, asintió.

—¿Por qué? —gritó ella—. ¿Por qué iba a matar Robert Bruce al señor de Badenoch y provocar la ira de media Escocia?

—No quería matarlo. Discutieron —respondió Alexander—. Christopher Seton intervino en la pelea para defender a Bruce. En realidad, fue Roger de Kirkpatrick quien dio el golpe mortal.

Margaret se sintió como si todo su mundo se hubiera vuelto del revés. El patriarca de su familia había sido asesinado, y su rival ambicionaba el trono del país de tal modo que estaba dispuesto a iniciar una guerra. Dios Santo, Robert Bruce se había rebelado contra Inglaterra.

Y, aparentemente, tenía a Alexander MacDonald y su clan como aliados.

Seguramente, Bruce estaba de acuerdo con aquel ataque a Castle Fyne. La gran familia Comyn siempre había sido su enemiga, y querría que MacDonald, su aliado, dominara la ruta más importante hacia Argyll desde el sur y desde las islas.

Margaret se acercó a una mesa y se sentó en un banco, temblando. ¿Qué significaba todo aquello? ¿Cómo afectaba a su familia y a Castle Fyne, sobre todo teniendo en cuenta que ella era un rehén?

En un instante, habían cambiado todas las alianzas y amistades de la pasada década. En cuanto a ella, el Lobo había dicho que su tío Argyll no iba a acudir a rescatarla. ¿Sería cierto? Él siempre había odiado a los ingleses, pero nunca se aliaría con el clan MacDonald, que eran sus enemigos. Así que ¿se había puesto su familia de parte de los ingleses?

Pensó también en su tío Buchan. Él estaría furioso por el asesinato de su primo. Siempre había despreciado a Robert Bruce y a su padre, y debía de estar preparando una venganza contra él. No iba a quedarse de brazos cruzados ni a permitir que Bruce se convirtiera en el primer rey de Escocia. Salvarla a ella sería lo último en lo que estaría pensando su poderoso tutor.

Margaret se estremeció al recordar lo que le había dicho William el día anterior: «¡Te está sacrificando!».

El corazón volvió a encogérsele dolorosamente al pensar en sir Guy, su único aliado.

No se conocían personalmente; tan solo habían cruzado dos cartas. En su misiva, él había sido un pretendiente muy galante, pero eso no significaba nada. ¿Cómo iba a afectar a su matrimonio aquella guerra? Sir Guy estaba al servicio del rey Edward, y eso no podía cambiar, puesto que su hermano Aymer de Valence era el jefe militar de Berwick. Así pues, sir Guy tendría que luchar contra Bruce.

¿Seguiría queriendo casarse con ella? De ser así, ¡sir Guy trataría de recuperar Castle Fyne!

De repente, Alexander MacDonald se sentó frente a ella.

Margaret, al sentir su proximidad, se puso muy tensa.

—¿Y qué va a pasar ahora?

Él le dio un sorbo a su vino y dijo:

—Bruce va a enfrentarse a sus enemigos. Está buscando aliados.

—¿Vos seréis uno de esos aliados?

—Me uniré a él, milady, cuando tenga la certeza de que Castle Fyne está seguro.

Margaret se contuvo para no decirle que él nunca podría tener asegurado Castle Fyne mientras ella estuviera viva.

—¿Y dónde está ahora Bruce? —preguntó. Probablemente, sir Guy estaba con los hombres del rey, luchando contra él.

—Cuando salí de Dumfries, él se dirigía a Castle Ayr, mientras algunos de sus aliados atacaban Tibbers, Rothesay e Inverskip.

Margaret sintió aún más desesperación. Si Bruce estaba en campaña, ella tampoco podía contar con un rescate por parte de sir Guy.

—Todavía no habéis preguntado por vuestro futuro esposo, milady. ¿No queréis saber si va a venir a rescataros?

Sabía que aquello era una trampa, y no le gustó que él adivinara lo que pensaba con tanta facilidad.

—¿Cómo va a venir? Él lucha por el rey. Ahora estará en Castle Ayr.

—¿Y no os preocupa su bienestar? ¿No deseáis saber si está herido o ileso?

Ella se puso muy tensa.

—¿Y cómo vais a saber vos si está herido?

—Luché contra él en Dumfries. Os complacerá saber que escapó de allí sin un solo rasguño —respondió el Lobo, sin apartar la mirada de su rostro.

Margaret se dio cuenta de que no había pensado ni una sola vez en el bienestar de su prometido.

—Me agrada saberlo —dijo, finalmente.

De repente, se le llenaron los ojos de lágrimas de frustración y desesperación. Había un motivo más por el que tal vez sir Guy no acudiera a rescatarla: sin Castle Fyne, ella no tenía dote, y no tenía ningún valor como prometida.

Sintió pánico, pero se dominó. Buchan pagaría su rescate más tarde o más temprano.

—¿Cuándo vais a pedir el rescate por William y por mí?

Él apoyó la espalda en la pared.

—Todavía no he decidido lo que deseo hacer con vos.

A Margaret se le escapó un jadeo. Había pensado que pediría un rescate por ella; aquello era lo más común en tal situación.

—Soy un rehén muy valioso.

—Sí, sois un rehén muy valioso, milady. Todavía tengo que decidir lo que será mejor para mí.

Margaret se enfureció. Si no pensaba pedir un rescate por ella, ¡sería su prisionera durante meses, o quizá años!

—¿Voy a convertirme en vuestro títere durante los años de guerra que nos esperan?

—Tal vez —respondió él.

Ella sintió tanta consternación que tuvo que hacer otro esfuerzo por no echarse a llorar. Se dio cuenta de que estaba exhausta. Aquel día de batalla contra aquel hombre había sido el más largo de su vida, y todavía tenía que seguir luchando con él.

—¿Y los demás prisioneros? ¿Y mi hermano?

—¿Qué pasa con ellos? —dijo él, e hizo un gesto para que Peg le llevara más vino.

Peg se acercó rápidamente y, mientras le servía una copa, Margaret preguntó:

—¿Puedo ver a William? Me gustaría curarle las heridas.

—¿Curarle las heridas, o conspirar contra mí?

Margaret se puso muy tensa.

—Ni siquiera sé si tiene heridas de gravedad. ¿Dónde está?

—Lo voy a instalar en una habitación de la torre de entrada. Permanecerá allí, bajo vigilancia.

Ella no esperaba que lo llevara a los calabozos con los demás prisioneros, puesto que era un noble.

—¿Cuándo lo trasladaréis?

Él sonrió de nuevo. Margaret odiaba su sonrisa. Era fría.

—No podéis verlo, lady Margaret. No lo permitiré.

—¿Vais a negarme la oportunidad de atender a mi hermano, si está herido?

—Sí.

Ella jadeó.

—He perdido a tres hermanos y a mis padres. William es mi único hermano; os pido que lo reconsideréis. ¡Ni siquiera sé si sus heridas son graves!

—Entonces, tenéis que preguntarlo, y yo os lo diré. Sufrió un corte de espada en el muslo, milady, además de un golpe en la cabeza. Y ha recibido la atención necesaria.

—Pero ¡yo estoy acostumbrada a cuidar de los heridos! Por favor, permitid que lo cure.

—¿Me dais vuestra palabra de que no vais a conspirar contra mí? ¿De que no vais a elaborar un plan para derrocarme?

Ella permaneció en un silencio tenso. ¡Por supuesto que

iban a hablar de cuál era la mejor manera de vencer a aquel maldito!

—No, ya sabía que no —dijo él.

Margaret no podía moverse. Sentía incredulidad por su negativa.

—¿Y si os lo suplico?

—Vuestras súplicas no serán escuchadas —respondió él categóricamente—. Sentaos, lady Margaret, antes de que os desmayéis.

Margaret estaba tan furiosa que temblaba, pero sabía que debía contener la lengua en aquel momento, cuando solo deseaba maldecirlo por su crueldad y por todo lo que había hecho.

—¿Y el resto de vuestros prisioneros? ¿Y mis arqueros, y Malcolm? ¿Y los caballeros de Buchan que apresasteis en el desfiladero?

Entonces, fue él quien se puso en pie.

—Serán ahorcados mañana al mediodía.

Ella no gritó. Esperaba aquella respuesta. En la guerra, el enemigo era ejecutado frecuentemente. Además, él le había advertido que, si no se rendía, ejecutaría a todo el mundo.

—¿Y si os suplico clemencia para ellos? ¿Y si os ruego que les perdonéis la vida?

—La clemencia —respondió él con suavidad— debilita a un guerrero.

Ella tomó aire profundamente.

—No puedo permitir que ejecutéis a mi gente.

—Vos no estáis en situación de permitir o prohibir nada aquí, milady. Yo soy el dueño y señor del castillo.

Tenía que controlarse. Tenía que dominar su miedo. Tenía que convencer a aquel hombre de que tuviera piedad con su gente. Margaret miró la mesa; estaba agarrada con tanta fuerza al borde de la madera que tenía blancos los nudillos. ¿Cómo podría conseguir que él cambiara de opinión?

Consiguió calmarse, y miró a MacDonald.

—Milord, perdonadme. No soy más que una mujer, y estoy muy cansada. Nunca había tenido que defender un castillo ni librar una batalla, y nunca había estado sitiada. Nunca había tenido que tomar tantas decisiones, decisiones que deberían haber tomado los hombres. ¡Nunca había tenido tanto miedo!

—Pero os negasteis a rendiros —le recordó él con suavidad.

—Fui una estúpida, pero recordad que soy una mujer.

Él negó lentamente con la cabeza.

—No me toméis por tonto, milady. Los dos sabemos que vos no sois estúpida.

—¡Mi elección fue estúpida!

—Y habréis de pagar un precio por ello. Solo un tonto permitiría a su enemigo vivir un día más para que pueda luchar contra él. Serán ahorcados mañana al mediodía.

Había perdido. Él ya había tomado su decisión. Margaret comenzó a temblar de furia.

—¡Maldito seáis!

—Tened cuidado —le advirtió él.

—No —respondió ella, con lágrimas en los ojos—. No voy a tener cuidado. Me habéis robado mi castillo y, ahora, vais a ejecutar a mi gente.

—Os he vencido justamente, lady Margaret, justamente, en una batalla. El botín de guerra es mío.

—¡No tiene nada de justo haber sido atacada tan salvajemente por el poderoso Lobo de Lochaber! —gritó ella. Sabía que no debía gritarle, pero no podía contenerse más—. Puede que hayáis ganado ahora, Lobo, pero este es mi castillo. Estas tierras son de los MacDougall. A pesar de lo que ha ocurrido hoy, ¡estas tierras siempre serán de los MacDougall!

—La guerra lo cambia todo.

—¡Nunca permitiré que os quedéis con este lugar!

Él abrió mucho los ojos.

—¿Qué decís?

—Si no viene nadie a luchar contra vos, MacDonald, ¡yo lucharé!

—Pero si ya habéis luchado, y habéis perdido.

—Sí, he luchado y he perdido, pero también he aprendido mucho. La próxima vez estaré preparada. Y habrá una próxima vez.

—¿Os atrevéis a amenazarme?

—¡Juro que os derrotaré! —gritó ella.

Y, estaba tan cansada y tan angustiada que, debido a aquel esfuerzo, las rodillas le fallaron. Entonces, todo empezó a dar vueltas a su alrededor y el suelo se movió…

Después, solo hubo oscuridad.

CAPÍTULO 4

La primera persona a la que vio Margaret cuando abrió los ojos fue a Peg, que estaba sentada en la cama junto a ella, sujetándole la mano. Después vio a Alexander MacDonald, que estaba en la puerta de su alcoba, mirándola fijamente con una expresión inflexible. Cuando ella pestañeó, al darse cuenta de que se había desmayado y de que la habían llevado a su habitación, él se dio la vuelta y se marchó.

Margaret se echó a temblar. Estaba demasiado cansada como para intentar incorporarse.

—¡Te has desmayado! Tú nunca te desmayas —dijo Peg quejumbrosamente—. ¡Hoy has luchado como si fueras un hombre, pero eres una dama!

Margaret comenzó a llorar de desesperación. Como el Lobo se había marchado, ya no necesitaba disimular.

—Oh, Peg, ¿qué vamos a hacer? ¡Va a ahorcar a Malcolm y a todos los demás mañana, al mediodía! —exclamó. Y la muerte de aquellos hombres sería culpa suya.

Peg, que era tan locuaz, se quedó callada, pálida y acongojada.

Margaret se dio cuenta de que su doncella estaba pensando en algo, y se incorporó de golpe.

—¿Qué?

Peg negó con la cabeza.

—Antes has luchado contra él con flechas y espadas, pero hace un instante has vuelto a luchar contra él con palabras, Margaret, y eso no sirve de nada para tu causa.

—Me ha atacado y me ha arrebatado mi castillo. Muchos de mis hombres han muerto. No podía alabarlo y darle una buena comida.

Peg puso los ojos en blanco.

—Para ser tan lista, ¡a veces eres boba!

—¿Qué significa eso?

—Significa que te ha estado mirando toda la noche como si fueras un delicioso bocado, y él es un verdadero lobo. Te desea.

Margaret se quedó horrorizada.

—¿Qué es lo que quieres decir?

—Si lo complacieras, seguramente iría a Londres y volvería por ti, ¡o a Roma, incluso!

A ella se le aceleró el corazón.

—¿Me estás sugiriendo que… lo seduzca? —preguntó Margaret, y se quedó mirando a Peg, mientras su doncella se levantaba de la cama.

—Voy a traerte sopa y un poco de pan —dijo, como si no hubiera oído la pregunta.

—No, espera —dijo Margaret—. ¿De verdad piensas que podría conseguir que cambiara de opinión si… me acostara con él?

—Sí, lo pienso, siempre y cuando lo beses y lo acaricies apasionadamente. Si le escupes, ¡mañana no querrá complacerte!

Margaret se estremeció. Tenía que salvarles la vida a sus hombres. Sin embargo, ¿podría usar su cuerpo de aquella forma? ¿Podría tolerar que la tocara? Pensó en él tal y como lo había visto ante las murallas de su castillo, poderoso y orgulloso. A la mayoría de las mujeres debía de parecerles atractivo. Ella misma pensaría que era guapo si no fueran enemigos mortales.

—Se supone que voy a casarme con sir Guy en junio —murmuró.

Peg se encogió de hombros.

—¿Y qué? De todos modos, detestas el hecho de tener que casarte con un inglés.

Ella hizo una mueca. ¡Peg era tan franca que resultaba hiriente!

—Sí, temo casarme con un inglés. Pero eso no es odio —replicó ella, y añadió—: Si hay un hombre al que odio, ese es Alexander MacDonald.

—A mí me parece que es lo mismo. ¿Y no te has dado cuenta de lo guapo que es?

Margaret miró a Meg con incredulidad.

—No —dijo ella.

Hacía frío, y se tapó con la manta. Se dio cuenta de que estaba en una pequeña alcoba, junto a la que había ocupado cuando había llegado a Castle Fyne y que había considerado suya. MacDonald debía de haberla reservado para su uso.

—Buchan se va a poner furioso —musitó.

—Sí, es cierto —dijo Peg—. ¡Tal vez más furioso que sir Guy! Pero, si quieres salvar a Malcolm y a los demás, ¿qué otra elección tienes?

Se imaginó a su poderoso tutor hecho una furia. Lo había visto así muchas veces, y se estremeció. No estaba segura de lo que haría su tío, pero sí estaba segura de que, si ella se acostaba con MacDonald, lo consideraría una traición.

—¿Qué vas a hacer? —preguntó Peg.

—No lo sé, pero no tengo mucho tiempo para pensarlo.

Sin embargo, sabía que no tenía ninguna decisión que tomar. No podía quedarse de brazos cruzados, sino que debía convencer a su carcelero de que no ejecutara a sus hombres.

Se levantó de la cama y dijo:

—Peg, una cosa más. ¿Podrías ir a la torre de la entrada e intentar ver a William?

Peg asintió.

—Primero calentaré la sopa.

Cuando la doncella se marchó, ella se asomó a la puerta y miró hacia el pasillo. A la luz de las antorchas, vio a un highlander que estaba sentado en un taburete cerca de su puerta. Él sonrió amablemente.

Era su guardia.

Después, Margaret miró hacia la alcoba de al lado, la que había sido su habitación. Estaba vacía; Alexander seguía abajo, en el salón. Sin embargo, ella miró la cama que había en el centro de la alcoba e intentó imaginarse cómo sería ir con él aquella noche.

No podía.

Una hora después, Peg volvió con una bandeja en la que había un cuenco de sopa humeante y, a pesar de la angustia que sentía, Margaret notó una punzada de hambre en el estómago.

Peg cerró la puerta empujándola con la cadera y dejó la bandeja sobre la cama.

—Gracias —dijo Margaret. Tomó un poco de pan y lo hundió en la sopa—. ¿Sigue abajo?

—Han terminado de cenar, y la mayoría de sus hombres se está preparando para acostarse. Seguramente, el Lobo subirá enseguida —respondió Peg, mirándola atentamente.

Margaret sintió una tensión inmediata y dejó la sopa a un lado.

—No tengo ninguna decisión que tomar. No puedo esperar a que Dios provoque un cataclismo que impida las ejecuciones de mañana.

Peg asintió.

—Creo que deberías ir con él. Tal vez disfrutes estando entre sus brazos, aunque sea el enemigo.

Margaret no quería pensarlo. Tomó la sopa y echó otro pedazo de pan en ella.

—¿Has visto a William?

—Sí, lo he visto, pero no hemos podido hablar, Margaret. Le estaban llevando comida y agua, así que la puerta de su alcoba estaba abierta.

—¿Y cómo está?

—¡Está herido! Tiene la cabeza vendada y las vendas estaban ensangrentadas. También el vendaje de su hombro. Estaba muy pálido y muy quieto; ni siquiera sé si estaba consciente.

Margaret se levantó de la cama de un salto y comenzó a pasearse de un lado a otro.

—¡Maldito Lobo de Lochaber! ¡Me dijo que lo habían atendido! ¡Tengo que ir a verlo!

Peg la tomó del brazo.

—Si lo seduces esta noche, mañana te dejará hacer todo lo que quieras. ¡Estoy segura!

Pero no puedes dejar que se dé cuenta de lo mucho que lo odias.

Peg tenía razón. Debía controlar sus emociones, por muy difícil que le resultara.

—Sé que estás nerviosa y preocupada —prosiguió la doncella—. Tengo más noticias, y algunas son buenas. He oído hablar a los guardias de William. Sir Ranald es uno de los caballeros que consiguió escapar después de la batalla del desfiladero.

—¡Gracias a Dios! ¡Debe de ir un día por delante de sir Neil!

—No —dijo Peg consternada—. Sir Ranald no puede ir por delante de sir Neil. A sir Neil lo atraparon poco después de escapar del castillo. Está en los calabozos, abajo.

Margaret se acercó a la cama y se sentó. Al menos, sir Neil no estaba muerto, y le daba las gracias a Dios por ello. Sin embargo, iba a morir en la horca al día siguiente si ella no hacía nada por remediarlo.

Peg se le acercó y se sentó a su lado. Se abrazaron, y la doncella le dijo suavemente:

—No puedes dejar que ahorquen a sir Neil. Es tan joven, tan guapo, y tan leal a ti…

—No, no puedo.

Entonces, Margaret tuvo la convicción de que debía seducir a su enemigo para salvar a sus hombres. Oyó la puerta de la alcoba contigua.

Alexander había llegado a su habitación. Ella se quedó acongojada. Oyeron su voz calmada mientras hablaba con el guardia, y Margaret recordó lo frío y despiadado que podía ser Alexander MacDonald. ¿Realmente sería capaz de seducirlo y engañarlo? ¿Realmente podría enfrentarse a semejante guerrero y vencerlo? Al fin y al cabo, las mujeres y los hombres habían jugado a aquel juego desde el principio de los tiempos.

Sin embargo, en aquel momento le vino a la cabeza lo mucho que se habían querido sus padres. Su matrimonio había sido poco corriente, porque no había muchas parejas que sintieran amor. Normalmente, las uniones se arreglaban por cuestiones políticas y familiares, pero el amor era un asunto diferente. Por supuesto, había relaciones amorosas, pero por lo general los amantes debían desafiar a sus familias, a la política y al sentido común.

Aquella aventura sería una cuestión meramente política, una seducción que tendría por objeto salvar la vida de sus hombres.

Margaret se puso en pie.

—Deséame buena suerte.

Peg la tomó de la mano.

—Olvida que es el enemigo. Es grande y guapo. ¡Piensa en eso!

Ojalá pudiera hacerlo, pero no era el caso. Cuando caminaba hacia la puerta, pensó en su tío Buchan. Después de lo que pensaba hacer, él la enviaría a un convento para el resto de su vida. Sin embargo, tenía que salvar a su gente.

Margaret abrió la puerta, y el guardia se puso en pie.

—Deseo hablar con Alexander —dijo, con toda la dignidad de la que fue capaz.

Entonces, ignorando cualquier respuesta que el guardia quisiera darle, además de su sorpresa, se acercó a la puerta abierta del Lobo.

Él estaba en el centro de la alcoba y acababa de quitarse el cinto de la espada y las botas, que estaban en el suelo. Estaba descalzo sobre una alfombra de piel; el suelo del castillo era de piedra y estaba helado en pleno invierno. Se giró para mirarla con las manos puestas en el cinturón de la túnica.

Margaret se había detenido en el vano de la puerta y, bajo su mirada, se ruborizó. ¿Acaso sabía lo que ella tenía en mente?

En la alcoba reinaba el más absoluto silencio. Ella entró, consciente de que él la estaba observando con la precaución reservada a un enemigo. Después, cerró la puerta y se giró hacia él.

—¿Habéis comido bien, milord? ¿Habéis bebido lo suficiente?

Él comenzó a sonreír. Se quitó el cinturón y lo dejó sobre la cama. Margaret se fijó en la funda de la daga.

—¿De veras queréis jugar a esto? —le preguntó Alexander suavemente. Sin embargo, tenía los ojos puestos en su boca.

Margaret pensó, con asombro, que la deseaba de verdad. Peg tenía razón.

—Ha llegado el momento de que acepte que soy vuestra prisionera, milord. No deberíamos ser rivales —respondió.

Él siguió sonriendo, y aquella sonrisa, por muy irónica que fuera, mitigaba la dureza de su expresión. Margaret tuvo que admitir que era un hombre muy guapo.

—¿Y ahora deseáis mi compañía?

—Deseo hacer lo que tenga que hacer para que mi estancia con vos sea lo más agradable posible —dijo ella, con tirantez.

A él se le borró la sonrisa de los labios.

—Siento desprecio por los mentirosos, lady Margaret.

Aquella advertencia había sido muy clara.

—Yo nunca he sido mentirosa —replicó ella, y era cierto, aunque en aquel momento sí estuviera mintiendo—. He tenido unas cuantas horas para pensar. Soy vuestra prisionera y mi bienestar depende enteramente de vos. Solo una mujer muy tonta seguiría luchando contra vos, milord.

—Así que, en vez de luchar, ¿venís a mi lecho?

—¿Por qué os resulta tan extraño? Sois el señor del castillo y, una vez, yo fui su señora.

La mirada del Lobo se hizo más intensa. Margaret estaba junto a la puerta, inmóvil, y los latidos de su corazón eran tan fuertes que temió que él pudiera oírlos. Seguramente, Alexander MacDonald conocía el tipo de juego al que ella estaba jugando y sabía que estaba desesperada y atemorizada.

Durante un largo instante, él no dijo nada. Después habló en voz baja.

—Vos no sois una desvergonzada.

Cuánta razón tenía.

—No, no lo soy, pero tengo miedo, milord —respondió Margaret—. Mi tío se va a poner furioso conmigo cuando sepa que he perdido la fortaleza. Y sir Guy también. Necesito un protector.

—Se pondrían más furiosos si se enteraran de que habéis dormido en mi cama.

También tenía razón, pero ¿por qué estaba poniendo objeciones? ¿Acaso pensaba rechazarla?

—No tienen por qué enterarse.

—Si os quedáis aquí, todo el mundo lo sabrá.

Margaret no había pensado que aquello fuera fácil, pero no se esperaba que él pusiera reparos y no entendía por qué no se limitaba a abrazarla, como harían la mayoría de los hombres. Sonrió con tirantez y se acercó a la cama.

Él se giró hacia ella para seguir mirándola. Su expresión era de alerta, de cautela.

—Necesito un protector —repitió Margaret, de espaldas a él.

Se desabrochó el cordón de la cintura con la esperanza de que él no se diera cuenta de lo mucho que le temblaban las manos, y lo dejó sobre la cama, junto al cinturón de Alexander. La daga estaba en la funda.

Le resultaría tan fácil sacarla...

—Vuestro tío os repudiará si os quedáis a dormir aquí. Entonces, sí necesitaréis un paladín.

Ella hizo un gesto negativo mientras se sacaba el pellote por la cabeza. Oyó que él tomaba aire bruscamente. No se giró; en aquel momento, ya solo llevaba puestas una fina saya y una camisa.

—Vos no conocéis a Buchan. Me culpará de la pérdida del castillo, de permitir que hayáis entrado y de las muertes de todo el mundo. Tengo miedo.

En aquel momento sí que estaba mintiendo. Buchan no iba a culparla por intentar luchar contra el Lobo de Lochaber.

Él no respondió.

¿Qué iba a hacer? ¿Continuaba desnudándose? Si se quitaba la saya, quedaría cubierta tan solo por la camisa y el calzado.

—No voy a perdonar la vida de los prisioneros, lady Margaret —dijo él suavemente. Estaba justo detrás de ella—. Si es ese el motivo por el que habéis venido.

Ella se sobresaltó al sentir su respiración junto a la oreja, y al notar que la agarraba por la muñeca. Dio un respingo y sus hombros golpearon suavemente el pecho de MacDonald. Entonces, él le apretó la muñeca y la agarró por la cintura con la otra mano.

A Margaret le dio un vuelco el corazón. ¿Qué estaba haciendo? La había tomado entre sus brazos. Sin embargo, ¿no era eso lo que quería de él?

¿Y de verdad había dicho que no le iba a perdonar la vida a sus hombres? Aquella posición tan íntima en la que se encontraban le impedía pensar con claridad. Margaret solo podía sentir su respiración en la oreja y la dureza de su pecho contra la espalda, y el calor que irradiaba...

Tenía el corazón acelerado y los nervios de punta.

—¿Os he pedido que les perdonéis la vida, milord? —preguntó, con la voz ronca—. He venido aquí libremente.

—No habéis venido libremente. Me despreciáis —dijo, pero le rozó la oreja con la boca.

Ella jadeó al sentir que un fuego le recorría los brazos y las piernas. ¿Acaso deseaba al Lobo de Lochaber? No podía pensar, solo podía notar lo fuerte y musculoso que era, y el calor que le estaba provocando.

—No —respondió—. He venido libremente, milord.

Él le apretó la cintura.

—Mañana querréis pedirme clemencia para vuestros hombres. Ese es el motivo por el que habéis venido a mi alcoba. Si os quedáis, mi respuesta no va a cambiar —le advirtió.

Margaret tenía su boca tan cerca el lóbulo de la oreja que sentía el roce de sus labios cuando él hablaba. Era como si le hubiera prendido fuego, y aquel fuego estuviera devorando todo su cuerpo. Además, sabía que él también estaba muy excitado; no había forma de ignorarlo, porque su cuerpo estaba duro y caliente.

¿Qué debía hacer?, se preguntó, entre el pánico y la excitación.

Alexander la tomó de los hombros, la estrechó contra sí y le besó el cuello. Entonces, Margaret sintió un arrebato de deseo más profundo. Fue como si su abdomen se hubiera quedado vacío ante la expectativa del placer.

Él deslizó una mano desde su hombro a uno de sus pechos, lo cubrió enteramente con la palma y consiguió que se le endurecieran aún más los pezones, casi de una forma dolorosa.

—Entonces, ¿vais a quedaros de todos modos?

¡Tuvo la tentación de decir que sí! Pero ¿cómo iba a quedarse con él? ¿En qué estaba pensando? Ella era lady Margaret Comyn, sobrina del gran conde de Buchan y su pupila, ¡y era hija de Mary MacDougall! ¡El Lobo de Lochaber era enemigo de su familia! Y de todos modos, al día siguiente iba a ahorcar a todos sus hombres.

—Quiero quedarme. Quiero salvar a mis hombres —susurró ella.

—No podéis salvarlos —dijo Alexander, y la giró bruscamente hacia él.

Sus miradas quedaron clavadas la una en la otra, y ella advirtió que sus ojos azules ardían de lujuria. Se preguntó qué era lo que se reflejaba en los suyos.

—Ojalá fuerais una desvergonzada.

Margaret se abrazó a sí misma y dio un paso atrás. ¿Qué acababa de suceder? Comenzó a temblar. Estaba ardiendo.

—No, no soy una desvergonzada —admitió con la voz ronca—. Pensé que podría seduciros.

—Podríais seducirme si de verdad lo desearais.

Su tono de voz era extraño, casi como un lamento. Margaret siguió temblando mientras él se alejaba, y miró de nuevo la daga que había sobre la cama. Sin embargo, no tuvo el valor necesario para tomarla; ella no era una seductora, ni tampoco una asesina.

Se dio cuenta de que él la estaba observando.

—Deberíais desentenderos de los asuntos de guerra, lady Margaret, y los prisioneros son un asunto de guerra. Buchan os perdonará la pérdida del castillo y supondrá que los hombres han sido ahorcados, pero nunca os perdonaría que hubierais dormido en el lecho de su enemigo cuando estáis a punto de casaros con sir Guy.

De repente, Margaret tuvo la sensación de que él estaba intentando protegerla. Sin embargo, ellos eran enemigos, así que, ¿por qué iba a hacer algo así?

—Me importan más mis hombres que la aprobación de mi tío, pero eso no importa ahora. No puedo continuar con esta seducción, y mis hombres van a morir aunque lo haga. Además, dudo que haya matrimonio ahora —dijo ella, por fin.

—¿Por qué pensáis eso? Buchan necesita más que nunca a sir Guy. Y sir Guy querrá tener, ahora más que nunca, Castle Fyne.

—Vos habéis robado Castle Fyne —replicó ella con amargura—. Me habéis dejado sin nada.

—Sir Guy es un hombre muy ambicioso, como su hermano Aymer. Estoy seguro de que vendrá a recuperar su castillo y a su prometida. Ya os he dicho que debéis dejar los asuntos de guerra a los hombres, lady Margaret —dijo Alexander—. Y debéis salir de mi alcoba. Buenas noches.

No había conseguido nada, y nunca sería capaz de entender a MacDonald. ¿Por qué no había tomado lo que ella le había ofrecido? La mayoría de los hombres lo hubiera hecho, sobre todo si servía para provocar la ruptura entre sir Guy y ella, lo cual le beneficiaría mucho a él. Ella no quería pensar que MacDonald era un hombre honorable, así que no lo hizo. Sin embargo, aunque sabía que debía huir de allí, no lo hizo.

—La mayoría de los hombres habría aceptado mi oferta.

—Yo no soy como la mayoría de los hombres.

—¿Por qué? ¿Por qué me habéis disuadido de mi necedad?

Él la miró con fijeza.

—Mañana me despreciaríais aún más.

Tenía razón, pero ¿por qué iba a importarle eso a él? Margaret se dio cuenta de que Alexander MacDonald no era un guerrero sediento de sangre, obtuso y simple. Era un hombre astuto, un oponente digno. Ella no imaginaba cuáles eran sus ambiciones, aparte de conseguir Castle Fyne.

Solo había una cosa clara: aquel guerrero la deseaba. Y lo peor era que Peg estaba en lo cierto: ella había disfrutado entre sus brazos. ¿Cómo podría sacar provecho de aquella atracción que sentían los dos, sin ponerse en una situación comprometida?

Margaret recogió su ropa y se estremeció al volverse hacia él.

—No esperaba disfrutar entre vuestros brazos.

Él la miró con los ojos muy abiertos, llenos de cautela.

—Somos enemigos; vos habéis robado mi castillo y mañana vais a ejecutar a mis hombres. Y, sin embargo, hemos compartido un abrazo del que los dos hemos disfrutado.

Él siguió mirándola un instante.

—Sois joven, lady Margaret, y os falta experiencia. La vida está llena de sorpresas, sobre todo en tiempos de guerra —dijo.

Después de una pausa, añadió—: Pero me agrada que queráis estar conmigo. Podéis estar segura de que habrá más sorpresas para nosotros.

—No. Nunca volveremos a estar juntos, si es eso lo que sugerís.

—¿Nunca? Esa es una palabra demasiado categórica. Yo la uso muy pocas veces.

—Sois un MacDonald, lo que os convierte en uno de mis peores enemigos. Pero, si colgáis mañana a mis hombres, os convertiréis en mi enemigo de sangre.

—Vos sois una mujer —replicó él, con una expresión dura—. No necesitáis enemigos de sangre, no necesitáis buscar la venganza por ningún motivo.

—¡Qué equivocado estáis!

—Me asombráis, lady Margaret, con vuestra audacia —dijo él.

No estaba sonriendo, y no parecía muy complacido. ¿Acaso había conseguido conmoverlo un poco?

—No pretendo asombraros, pero soy la hija de mi madre.

—Sí, es cierto.

Margaret se preguntó si él habría conocido a Mary MacDougall.

—No tiene por qué ser así. No tenemos por qué ser enemigos mortales —dijo ella. Era, tal vez, su última súplica.

—Vos ya tenéis decidido que somos enemigos mortales —respondió él—. Serán ahorcados mañana por la mañana.

Margaret se giró bruscamente para ir hacia la puerta. Entonces, se detuvo.

—Yo estaba en el adarve con ellos. También he luchado contra vos.

Él se cruzó de brazos y la miró con frialdad.

—Deberíais colgarme a mí también.

—No voy a colgaros.

MacDonald se había puesto furioso. Ella se echó a temblar.

—¿Porque soy un rehén muy valioso?

—Porque sois un rehén muy valioso y porque sois una mujer.

—¿Cómo podéis ser tan despiadado?

—Me gusta vivir.

Margaret se apretó la ropa contra el pecho. En aquel momento, se dio cuenta de algo, y dejó de odiarlo un instante. Entendió que él estaba luchando por su vida, igual que ella estaba luchando por la suya y la de sus hombres. Era un guerrero temido y respetado. Entonces, el momento pasó.

—Tenéis que marcharos, lady Margaret —dijo él.

Ella negó con la cabeza.

—Mi hermano está herido. Es el único familiar que me queda. Quiero curarlo. Por favor.

—Podéis curar sus heridas mañana —respondió MacDonald.

Se acercó a la puerta, la abrió y se hizo a un lado.

Ella se quedó asombrada.

—¿Me vais a permitir verlo?

—Os permitiré verlo únicamente en esta ocasión.

Margaret asintió y, entre lágrimas, salió corriendo de la alcoba.

Margaret estaba acurrucada bajo las mantas de piel de la cama, mirando por la ventana. Estaba amaneciendo. Apenas había dormido aquella noche, y estaba exhausta, cuando hubiera necesitado descansar para poder luchar un día más.

Como hacía tanto frío y estaban prisioneras, Peg y ella habían dormido juntas. Sin embargo, la inquietud de Margaret había hecho que la doncella terminara por acostarse en el suelo, en un jergón. Peg se incorporó en aquel momento, bostezando.

Margaret iba a saludarla cuando oyó ruidos en la alcoba contigua. Alexander se había despertado. Ella no quería pensar en lo que había sucedido la noche anterior, pero MacDonald le había permitido, al menos, ir a ver a William. Peg se disponía a hacerle una trenza, pero ella se levantó de la cama de un salto, se vistió apresuradamente y abrió la puerta justo cuando Alexander salía de su dormitorio.

—Buenos días —dijo él, sin sonreír. Miró al guardia y añadió—: Alan os acompañará a ver a vuestro hermano cuando deseéis.

—Ya estoy lista, gracias —dijo ella—. ¿Puede acompañarme Peg?

Él apartó la mirada.

—Sí —dijo. Después se dirigió a Alan—: Puede curarle las heridas a su hermano, pero no los dejes a solas.

Después, asintió para despedirse, y bajó las escaleras.

Un momento más tarde, las dos mujeres seguían a Alan por el patio de armas. El guardia llevaba un pequeño cofre de Margaret, en el que ella guardaba sus pociones y sus hierbas medicinales. Hacía mucho frío, y atravesaron el patio rápidamente. Los caballos estaban en los establos, y unos pocos hombres les estaban llevando forraje. Ellos entraron rápidamente en la torre de la entrada y subieron la estrecha escalera de caracol hacia el segundo piso.

Junto a la puerta de la alcoba de William había un highlander haciendo guardia, sentado en un barril. Alan habló durante un segundo con él, y el centinela abrió la puerta.

William estaba tendido en un camastro en el suelo y, al verlo, Margaret tuvo que contener un grito de horror.

Parecía que estaba dormido o, tal vez, inconsciente. Había sangrado mucho, porque tenía el vendaje de la cabeza, y el del pecho, ensangrentados. Estaba muy pálido, como un cadáver. Margaret se angustió.

—¡Will! —exclamó, y se arrodilló a su lado. Le tomó ambas manos.

—Voy por agua caliente y jabón —dijo Peg.

—Trae también sábanas limpias —dijo Margaret, sin apartar la vista de su hermano.

Él abrió lentamente los ojos mientras ella le acariciaba la cara.

—Querido hermano, soy yo, Margaret. ¡Despierta!

William gimió y la miró.

—¿Meg?

—¡Estás despierto! He venido a cuidarte.

Cuando comenzó a retirarle las vendas, temió encontrar una infección. No podría soportar que Will muriera.

—¿Dónde estoy? ¿Qué ha ocurrido? —preguntó él con la voz ronca.

—El Lobo ha tomado el castillo. Somos prisioneros suyos.

Al oírlo, Will abrió los ojos desorbitadamente.

—¿Estás bien?

—No me ha hecho daño, ni va a hacérmelo. Soy su rehén. Pero he perdido, Will, he perdido Castle Fyne. Ahora está en manos de MacDonald.

No quiso decirle nada de las inminentes ejecuciones. Su hermano estaba enfermo, y ella quería que invirtiera todas sus fuerzas en curarse, no en angustiarse.

—Lo recuperaremos. Vendrá Buchan, o sir Guy —dijo él, mientras pugnaba por mantener abiertos los ojos—. ¿No te ha hecho daño?

—No te preocupes por mí. Estoy vigilada, pero, por lo demás, me ha tratado con respeto —dijo ella.

—Te conozco. Sé que eres terca y desafiante —murmuró Will—. No lo desafíes, Meg. Espera a que venga Buchan.

Ella intentó sonreír. No podía hablarle de la muerte de su primo Red Comyn, ni de la rebelión de Robert Bruce. A Will no le convenía preocuparse por aquellas cosas.

—No lo estoy desafiando.

Él no se quedó convencido.

—Seguramente, estarás pensando en escapar… No lo hagas, Meg. Espera a que vengan a rescatarnos —añadió. Su voz sonaba débil. Volvió a cerrar los ojos y preguntó—: ¿Conseguimos enviar a un mensajero antes de que cayera el castillo?

Ella pensó en Alan, que estaba a poca distancia de ellos, escuchando toda la conversación.

—Malcolm envió a dos jóvenes escoceses justo antes del sitio.

—¡Bien! —exclamó William. Abrió los ojos y habló con satisfacción—. Argyll y Buchan vendrán pronto.

Margaret siguió sonriendo forzadamente.

—No deberías hablar. Tienes que descansar —dijo. Por fin, Peg llegó con las sábanas limpias, el jabón y el agua—. Voy a limpiarte las heridas y ponerte vendajes nuevos.

William no respondió, y Margaret se puso a trabajar.

Dos horas más tarde, Margaret entró rápidamente al salón, donde encontró a Alexander. Las mesas estaban ocupadas por sus hombres, que estaban terminando de desayunar mientras conversaban. Cuando entró, todos se giraron hacia la puerta y quedaron en silencio.

Margaret aminoró el paso. Era consciente de que había treinta pares de ojos puestos en ella. Eran las miradas de sus enemigos. Desde la cabecera de la mesa, Alexander también la estaba observando, con una expresión impertérrita e imposible de descifrar.

Margaret se le acercó e hizo una reverencia.

—¿Cómo está vuestro hermano?

—No muy bien —respondió ella, y lo miró sin sonreír—. Ha perdido demasiada sangre. He limpiado ambas heridas, y estoy muy preocupada. Está débil, milord, y aunque no hay infección, podría presentarse rápidamente. Los próximos días son cruciales.

—Siento que resultara herido.

Ella se puso tensa, porque tenía la certeza de que a él no le importaba su hermano, salvo por su valor como rehén.

—Tengo un conocimiento excelente de las hierbas medicinales y las pociones. Aprendí de mi madre a curar muchas enfermedades y a tratar las heridas de guerra. Ahora debo esperar que los ungüentos que he usado no lleguen demasiado tarde.

Él la observó con atención.

—¿Eso es una acusación? Mis hombres lo atendieron ayer, lady Margaret, y vos misma habéis dicho que no tiene infección.

Sí lo había dicho en tono de acusación, pero Margaret sabía que eso no iba a ayudarla.

—Os agradezco que enviarais a alguien a limpiar y vendar sus heridas. Os agradezco que no lo dejarais morir.

—Sois una embustera. No sentís agradecimiento, y estáis muy asustada.

—He perdido tres hermanos a quienes quería y admiraba. ¡No puedo perder también a William!

—Y yo espero que eso no suceda. ¿Queréis sentaros, lady Margaret?

—No, milord. Tenía la esperanza de poder ver a mis hombres hoy, antes de que los ahorquéis.

Él sonrió con tristeza.

—Os permitiré verlos, pero, si pensáis que podéis organizar una insurrección en el último momento, os lo advierto: no me importará acabar con ellos a golpe de espada.

—No estoy pensando en ninguna insurrección —protestó ella—, aunque ojalá fuera capaz de organizarla.

Él la observó de una manera tan atenta que a Margaret le resultó crispante.

—Creía que habíamos alcanzado un cierto acuerdo anoche.

Ella se echó a temblar. La noche anterior, lo había visto como un hombre poderoso, sexual y guapo. Por un momento, había sentido respecto y admiración por él, pero aquel momento ya había pasado.

—No, no llegamos a ningún acuerdo. Vos sois mi carcelero, y yo soy vuestra prisionera. Tal vez mi hermano muera estando a vuestro cuidado, y estáis a punto de ejecutar a mis leales soldados.

Él se puso en pie bruscamente.

—Os llevaré a los calabozos —dijo.

Hizo un gesto a cuatro de sus hombres, que se levantaron de inmediato; después, señaló también a Alan.

MacDonald precedió al grupo hasta las mazmorras; Margaret iba entre él y sus hombres. Tenía el corazón encogido; había estimado que eran las ocho de la mañana y, cuando pasaran cuatro horas más, sir Neil, Malcolm y los demás iban a morir.

En las mazmorras apenas entraba la luz del día. Había solo dos ventanucos con barrotes por encima de las cabezas de los prisioneros, así que la iluminación la proporcionaban algunas antorchas clavadas en el suelo, que era de tierra. Dos de los hombres de Alexander habían permanecido allí abajo, junto a la celda donde estaban todos los prisioneros. Margaret se quedó detrás de Alexander y notó lo mucho que había disminuido la temperatura. Allí, por debajo de la superficie del suelo, el frío era terrible.

Él se detuvo en seco; Margaret vio que los dos guardias se cuadraban ante él.

—Abrid la puerta —les ordenó.

Margaret nunca había estado en el interior de un calabozo, aunque sí había estado en el sótano de Castle Bain y Balvenie. Aquellos sótanos tenían el suelo de piedra, y también eran húmedos y oscuros, pero aquello era mucho peor. Las mazmorras apestaban a orina y a heces. También olía a sangre. Margaret sintió desesperación.

Todo aquello era culpa suya.

Miró más allá de Alexander. Sir Neil, Malcolm y los demás prisioneros se habían puesto en pie y la estaban observando. ¿Eran sus expresiones de acusación, una acusación que ella se merecía?

Alexander se volvió hacia ella.

—Podéis entrar.

Entonces, pese a su angustia, Margaret pasó a la celda y se dirigió hacia sir Neil y Malcolm.

—¿Estáis bien?

—Lady Margaret, no deberíais estar aquí —dijo sir Neil, con un jadeo de horror.

Ella le tomó ambas manos y se dio cuenta de que tenía una herida en el hombro, pero estaba vendada y no parecía que hubiera sangrado mucho.

—¿Qué ocurrió? ¡Estáis herido!

—Milady, ¡os he fallado! —dijo el caballero, y se aferró a sus manos—. Y os ruego que me perdonéis. Tenía que protegeros y he fracasado. Tenía que cabalgar para pedir que nos rescataran, ¡y me capturaron! —exclamó, con los ojos llenos de lágrimas.

—Sir Neil, vos nunca podríais fallarme —respondió ella, con la voz entrecortada—. Sois el caballero más valiente que he conocido. Habéis luchado incansablemente por mí. ¡Quiero ver vuestra herida!

—Solo es un arañazo —respondió él—. Lady Margaret, ¿estáis bien? ¿Habéis sufrido algún daño? —le preguntó, y miró con furia hacia Alexander.

Ella no sabía dado cuenta de que el Lobo de Lochaber estaba justo detrás de ellos, observándolos sin disimulo y escuchando su conversación. Si las miradas pudieran matar, sir Neil lo habría fulminado con la suya.

—He recibido buen trato, sir Neil, y no debéis preocuparos por mí.

Sir Neil la estudió con atención para ver si decía la verdad. Cuando se convenció, dijo:

—Yo siempre me preocuparé por vos. Soy vuestro vasallo, y vos sois mi señora.

Ella tuvo ganas de abrazarlo, pero eso sería inapropiado, así que le apretó las manos, y él se las besó.

—Os pido perdón, lady Margaret. Debo saber que se me perdonan mis pecados antes de morir.

—No hay nada que perdonar —dijo ella. Entonces le soltó las manos y miró a Malcolm—. ¿Estáis ileso?

Él asintió.

—No deberíais estar aquí, lady Margaret. Las mazmorras no son lugar para una dama.

Entonces, ella miró hacia los arqueros y los soldados que estaban en la celda. No había nadie herido.

—Por supuesto que tenía que venir a veros. Debo hablar con todos —dijo ella, y tomó aire—. Os he fallado a todos. Me negué a rendirme ante el poderoso Lobo de Lochaber, cuando en realidad soy una mujer demasiado joven y sin experiencia. Mi orgullo de MacDougall no conoce límites, y ese orgullo me hizo creer que podía conseguir lo imposible, que podríamos vencer a una fuerza muy superior —explicó, tratando de contener las lágrimas.

—Milady, todos deseábamos luchar —respondió Malcolm.

—Lo haríamos de nuevo, si tuviéramos la oportunidad —dijo sir Neil.

—Sí —añadieron los demás soldados, al unísono.

Ella negó con la cabeza.

—Si me hubiera rendido, ahora todos vosotros seríais libres, pero en vez de eso sois prisioneros del Lobo.

Nadie intentó hablar en aquel momento. Todos estaban mirándola absortos, esperando su siguiente palabra. Y le causaba asombro que mantuvieran su lealtad hacia ella.

—Está claro que no soy digna de unos soldados tan valientes, y que no he sido una dirigente digna. El Lobo dijo que no le perdonaría la vida a nadie si yo no me rendía, y yo debería haber pensado eso con más detenimiento cuando decidí enfrentarme a él. Sin embargo, no lo hice.

Hizo una pausa para recabar fuerzas, porque detestaba lo que tenía que decir.

—Le he suplicado que cambie de opinión, pero no va a hacerlo.

Nadie se movió y nadie se sorprendió. Sir Neil dijo:

—Vos sois la dirigente más digna que podría tener un caballero, milady, y os seguiría una vez más a la batalla.

—Sí, yo también os seguiría —dijo Malcolm—. ¡Sois la gran dama de Fyne!

—Yo también os seguiría una vez más, milady —dijo uno de los arqueros—. Os seguiríamos, porque sois una gran dama como vuestra madre, a la batalla o a donde quisierais dirigirnos.

Todo el mundo murmuró para dar su aprobación.

Margaret no podía creer lo lejos que llegaba la lealtad de sus soldados. Nunca se había sentido tan conmovida ni tan acongojada. Se giró para encararse con Alexander.

Él estaba inmóvil, como una estatua, con una expresión indescifrable.

—¡No puedo soportar esta carga, esta culpa! ¡Si los ahorcáis a ellos, debéis ahorcarme a mí también, MacDonald! —gritó.

A varios de los hombres se les escapó un jadeo. Alexander dijo con gravedad:

—No os voy a colgar, lady Margaret. Lo dije anoche y lo repito ahora.

Antes de que ella pudiera seguir suplicándole, sir Neil intervino.

—Lady Margaret, no os postréis ante él. No os sometáis, no os rebajéis. Esto es la guerra, y los hombres mueren en la guerra. Yo estoy dispuesto a morir. Todos estamos dispuestos a morir por vos.

Margaret se abrazó a sí misma, llorando. No podía permitir que murieran… Habían dicho que la seguirían de nuevo a la batalla, que la seguirían a cualquier parte…

Entonces, se quedó inmóvil; pensó que tenía al alcance de la mano la solución para aquella situación tan horrible.

—¿Es cierto que me seguiríais a cualquier parte? —preguntó.

—Sí —dijeron los hombres.

Entonces, ella se volvió temblando hacia Alexander. Al instante, él entrecerró los ojos.

—Ayer perdisteis a muchos hombres —dijo ella.

—Sí —respondió él, desconfiadamente.

—Mis hombres han demostrado su lealtad y su valor en la batalla.

Él esperó.

—Se arrodillarán ante vos, milord, y os jurarán lealtad, si les perdonáis la vida.

Él se quedó mirándola, y ella se dio cuenta de que estaba pensando rápidamente. Después de una pausa eterna, Margaret dijo:

—Serán leales en la batalla, milord, y estamos en guerra. Necesitáis a todos los soldados que podáis conseguir.

Él la miró con intensidad.

—¿Y vos, lady Margaret? ¿Os pondréis de rodillas ante mí y me juraréis lealtad?

Ella tomó aire sin desviar la mirada del Lobo de Lochaber. No se atrevía a apartar los ojos de él. Sabía que aquel momento era esencial si quería salvar la vida de sus hombres. ¿Podría jurarle lealtad a un miembro del clan MacDonald?

Solo sabía que, si rehusaba, mataría a sus hombres y, si aceptaba, los perdonaría.

—Sí —dijo.

Sir Neil gritó.

—¡Milady! ¡No podéis hacer tal cosa!

Ella tuvo que contener las lágrimas al pensar en su madre. No miró a sir Neil, sino que siguió mirando a Alexander.

—Puedo hacerlo y lo haré. Esto es la guerra, sir Neil. En la guerra, los hombres cambian de bando constantemente. ¿Por qué no puedo cambiar yo mi lealtad?

Sin embargo, las lágrimas se le derramaron por las mejillas. Su madre aceptaría aquello, lo aprobaría. Margaret lo supo con certeza. Sin embargo, se sentía muy mal, porque, cuando le jurara vasallaje a Alexander MacDonald, su familia se convertiría en su enemiga.

Pero no debía pensar en eso.

—Llevadlos al patio de armas a mediodía —les dijo Alexander a sus guardias, con un brillo de ira en los ojos—. Los prisioneros harán su juramento de fidelidad ante mí, como lady Margaret Comyn —añadió. Entonces, la miró.

Margaret se quedó perpleja. ¿Por qué se había enfurecido?

Alexander se dio la vuelta y salió de la celda. Subió las escaleras y desapareció.

Margaret se quedó abrazada a sí misma, mirándolo.Y todos los demás, observándola a ella.

CAPÍTULO 5

—¿Vas a jurarle lealtad al Lobo de Lochaber? —le preguntó Peg, con incredulidad y hostilidad a la vez.

Era mediodía. Margaret estaba en las escaleras que bajaban desde el gran salón al patio de armas. Sir Neil, Malcolm y los demás soldados también estaban allí, fuertemente custodiados. El sol brillaba en el cielo azul, y los picos nevados de las montañas se divisaban a lo lejos. Sin embargo, Margaret no se daba cuenta de lo bello que era el paisaje, porque tenía el corazón encogido.

—Si lo hago, les perdonará la vida —respondió a la pregunta de la doncella.

—¡Tu madre despreciaba a los MacDonald, como todos nosotros!

Ella se echó a temblar. ¿Qué era lo que estaba a punto de hacer? ¿De veras iba a poder arrodillarse ante Alexander MacDonald, jurarle lealtad y convertirse en su vasalla para el resto de su vida?

—Mi madre haría lo que tuviera que hacer para salvar a su gente —murmuró Margaret.

—¡Ella odiaba a los MacDonald!

Su madre odiaba a los MacDonald más incluso que a los ingleses, eso era cierto. Sin embargo, Margaret estaba segura de que hubiera sacrificado sus intereses, tal y como estaba haciendo ella, con tal de salvar la vida de aquellos hombres que habían luchado tan valientemente por Castle Fyne.

—¿Cómo vas a ir a la guerra contra tu propia familia? Ahora tendrás que luchar contra los Comyn, contra los MacDougall. ¿Y William? Él nunca te permitiría que hicieras esto, Margaret, si no estuviera tan enfermo.

—¡Silencio! ¡Ya es suficiente!

Por desgracia, todo lo que le había dicho Peg era cierto. Alexander estaba en guerra contra toda Inglaterra y la mitad de Escocia; estaba en guerra con la gran familia Comyn. Dentro de muy poco tiempo, sus ejércitos se enfrentarían y ella no sabía lo que iba a hacer.

¿Se quedaría en Castle Fyne, esperando noticias de la batalla, sabiendo que su propia familia estaba en lucha contra su señor?

De repente, se puso tensa, porque vio a Alexander salir de la torre de la entrada. Tenía una figura alta y orgullosa, y el viento le azotaba el pelo alrededor de la cara y de los hombros. El manto flotaba tras él, y llevaba ambas espadas al cinto. Tenía un aspecto tan fuerte e indomable como la primera vez que lo había visto.

Pensó en el hermano mayor del Lobo de Lochaber, el señor de Islay. Alasdair Og se había casado con su tía materna, pese al odio que existía entre ambos clanes. Ella había oído tantas historias sobre la pareja, que le resultaba imposible discernir cuáles eran ciertas y cuáles no. Se decía que Alasdair había secuestrado a lady Juliana de su propio lecho, a medianoche, en contra de sus furiosas objeciones, y que se habían casado antes del amanecer. Otra versión era que había sido amor a primera vista, que ella había escapado a caballo para reunirse con él en plena noche en contra de las órdenes expresas de su padre, y que había arriesgado la vida al hacerlo. También se decía que su matrimonio se había concertado durante una breve tregua entre los dos clanes.

Si Juliana se había resistido al principio, entonces su tía y ella tenían muchas cosas en común, pensó Margaret. Sin embargo, aquello no era un matrimonio. Ella solo iba a jurarle a Alexander que le sería leal en tiempos de guerra y de paz, para el resto de su vida. Juliana había tenido que casarse con el enemigo; había tenido que dormir con él y tener hijos con él.

Se dio cuenta de que se había quedado mirándolo fijamente, y de que él también la estaba observando a ella.

—Oh, es un hombre muy guapo —dijo Peg con enfado—. ¿Por eso le vas a jurar lealtad ahora, y vas a traicionar a tu querida familia? ¿Ocurrió algo anoche? ¿Es que anhelas de nuevo su abrazo?

Margaret se enfureció.

—¿Cómo te atreves? Creía que éramos amigas. ¡Estoy intentando hacer lo que está bien! Esta no es una decisión fácil.

—¡No está bien! ¡Tú eres una gran dama de la familia Comyn! Normalmente, piensas mucho las cosas, pero en esta ocasión no. ¡Me da la impresión de que te has vuelto loca por él! ¿Y qué pasará con Buchan? ¿Has pensado en lo que va a hacer tu tío? ¡No te lo perdonará jamás!

Margaret no tenía duda de que su tío iba a repudiarla, igual que sir Guy, y ya no tendría más protector que el poderoso Lobo de Lochaber.

—Ve a ver a William y dile lo que vas a hacer —le suplicó Peg.

Margaret se envolvió bien en la capa y comenzó a bajar las escaleras, dejando allí a Peg. Se acercó a Alexander, que estaba con los guardias.

—Es mediodía —le dijo—. Os juraré fidelidad yo, en primer lugar.

—No. Vos quedaréis aparte de la ceremonia hasta el final.

Margaret se sobresaltó. ¿Por qué quería que fuera la última? Él se giró.

—Traedme al primer soldado.

Uno de los arqueros se adelantó, con la cabeza descubierta y sin armas. Se puso de rodillas, se agarró las manos en actitud de plegaria y después las extendió.

—Mi señor Alexander, poderoso Lobo de Lochaber, yo, Duncan MacDougall de Ardvaig, prometo guardaros fidelidad mientras viva, ser leal a vos y no causaros nunca perjuicios y, si no cumplo mi promesa, que Dios me fulmine con su ira.

Alexander le tomó ambas manos y se las estrechó. Con solemnidad, respondió:

—Yo, Alexander del clan Donald, hijo de Angus Mor, señor de Glencarron, Coll y ahora también de Castle Fyne, acepto tu promesa de lealtad. Puedes levantarte, Duncan. Toma tus armas y únete a mis hombres.

Duncan se puso en pie, sonriendo, y Alexander lo tomó del hombro, sonriéndole también. Después, se acercó otro arquero, hincó la rodilla en tierra e hizo su juramento de lealtad.

Margaret permaneció detrás de Alexander, mientras él aceptaba la fidelidad de sus hombres. Durante aquel tiempo, no pudo dejar de pensar en sus padres, en sus tíos, en su prometido. Recordó a los hermanos que había perdido, y a William, que seguía con vida. Pensó en Alasdair Og y en lady Juliana.

Escocia nunca estaba en paz. Todos los señores, grandes o pequeños, tenían rivales. Todos los clanes tenían amigos y enemigos. Los padres perdían hijos y las mujeres perdían a sus maridos. La política cambiaba en un instante; había batallas diarias por unas vacas robadas, o por un trono robado.

La política de las tierras cambiaba con frecuencia. ¿No acababa de ocurrir eso? Los Comyn siempre habían odiado a los ingleses, pero ahora iban a luchar junto a ellos contra Bruce. Aquel gran señor, Alexander MacDonald, una vez había defendido las tierras del rey Edward en los bosques de las islas occidentales, pero ahora luchaba contra un rey con la esperanza de coronar a otro.

Margaret tuvo que contener las lágrimas. Las alianzas cambiaban y, a partir de aquel momento, ella estaría en guerra contra las familias MacDougall y Comyn. El corazón se le estaba partiendo en dos.

Sir Neil se había adelantado y la estaba mirando a ella, no

a Alexander. Margaret se enjugó las lágrimas disimuladamente y volvió a mirar a sir Neil, que tenía cara de preocupación. Entonces, ella alzó la barbilla con orgullo.

Sir Neil ignoró a Alexander y dijo:

—Milady, ¿estáis segura? ¡No es demasiado tarde para cambiar de opinión!

Si sir Neil se negaba a llevar a cabo aquel juramento de fidelidad, acabaría ahorcado, y Margaret sabía que nunca iba a permitir que eso ocurriera.

—No voy a cambiar de opinión, sir Neil —respondió, con toda la firmeza de la que fue capaz. Se adelantó y lo tomó del brazo—. Por favor. A partir de este momento lucharemos para el Lobo, por Bruce. Pondremos a un escocés en el trono de Escocia.

Sir Neil vaciló. Ella se dio cuenta de que tal vez no deseara a Bruce como rey, pero sí prefería a cualquier escocés antes que al rey Edward.

Sir Neil sonrió con tristeza y se giró.

—Os pido perdón, milord —dijo.

—Os perdono —dijo Alexander, asintiendo.

Entonces, sir Neil se arrodilló, extendió las manos y juró que le sería leal a Alexander durante el resto de su vida. Alexander le tomó las manos y aceptó su juramento. No lo tomó del hombro, como había hecho con los demás hombres; por un momento, los dos se miraron como antagonistas, no como amigos.

—Te trataré bien, siempre y cuando seas leal —dijo el Lobo.

—No me importa cómo me tratéis a mí. Lady Margaret es mi señora; es a ella a quien debéis tratar bien —replicó sir Neil.

—Ve y toma tus armas, y únete a mis hombres —respondió Alexander, con calma. Después miró a Margaret, como estaba haciendo el caballero.

Margaret asintió y sir Neil se alejó. Uno de los soldados de MacDonald lo saludó con una sonrisa y lo tomó del brazo. Ambos se alejaron juntos y atravesaron el patio en dirección a la torre norte, donde estaban almacenadas las armas.

—Es muy leal a vos.

Margaret miró a Alexander.

—No sé por qué. Entró al servicio de mi tío hace solo seis meses y no lo conozco bien, aunque, después de estos días, puedo decir que es fuerte, leal y valiente.

—Es bueno tener un caballero leal —dijo.

Después hizo un gesto de impaciencia. Solo Malcolm y ella quedaban por hacer el juramento. Margaret notó una punzada de ansiedad en el estómago. ¿De veras iba a poder traicionar a su familia?

Malcolm se situó delante de Alexander e, incluso antes de que el alcaide empezara a hablar, ella supo que iba a haber una crisis; Malcolm tenía los hombros rígidos y una mirada de desafío. Los ojos le ardían.

La tranquila actitud de Alexander cambió; al instante, puso la mano sobre la empuñadura de una de sus espadas.

—¿No vas a jurarme fidelidad?

—Nunca haré el juramento de lealtad a vos, MacDonald —respondió Malcolm con desprecio.

A Margaret se le escapó un jadeo cuando Alexander dijo:

—Colgadlo.

Ella se adelantó.

—¡Malcolm! ¡Vas a morir ahora mismo si no juras fidelidad!

Él se giró hacia ella.

—Soy un MacDougall, lady Margaret, y moriré con gusto, ¡como un MacDougall!

Ella se quedó espantada. Malcolm no iba a cambiar de opinión.

—¡Oh, Malcolm! ¡Esto es culpa mía! ¡Debería haberle entregado el castillo!

—No, milady, fuisteis valiente, y yo me siento orgulloso de haberos servido aun en la derrota. No os juzgo por lo que habéis decidido hacer hoy. Sé que deseáis salvar la vida de vuestros hombres. Pero yo no puedo ir en contra de mis hermanos, mis tíos, mis primos… ni siquiera por vos.

Ella se echó a llorar.

Dos de los hombres de Alexander tomaron a Malcolm, lo esposaron y se lo llevaron hacia el patíbulo que habían erigido en el extremo más lejano del patio.

Margaret observó a los tres hombres mientras se alejaban. Malcolm caminaba con orgullo entre los soldados. Al final, ella ya no veía nada, porque las lágrimas le empañaban por completo los ojos.

—Hoy solo habéis perdido un hombre, y ha sido por elección de él, no vuestra.

Ella se encaró furiosamente con Alexander.

—¡Podríais perdonarle la vida de todos modos!

Él la observó.

—No puedo perdonarlo.

En realidad, ella entendía por qué no podía perdonarle la vida a Malcolm, pero de todos modos odiaba a Alexander.

Y se odiaba a sí misma por llorar; por no haberse rendido cuando tuvo la oportunidad, y por lo que tenía que hacer en aquel momento. Se puso de rodillas, se enjugó las lágrimas con la manga del vestido y alzó las manos como si fuera a rezar. No podía respirar bien. Estaba a punto de sollozar desde lo más profundo del pecho.

Él la agarró de las manos.

—Levantaos —le dijo, y tiró de ella hacia arriba hasta que la puso en pie.

—¿Qué estáis haciendo? —le preguntó ella, y tiró de las manos para zafarse—. ¡Todavía no he hecho mi juramento!

—No voy a aceptar vuestro juramento.

Margaret estaba tan acongojada, tan desesperada, tan enfadada, que al principio no lo entendió. Después, al mirarlo bien entre las lágrimas y ver la dureza de su expresión, comprendió lo que estaba sucediendo.

—¿Me habéis engañado? ¿Es una traición? Dijiste que les perdonaríais la vida si yo os juraba lealtad.

—No voy a aceptar vuestro juramento, lady Margaret.

Entonces, ella comenzó a gritar.

—¡Es un engaño! ¡Habéis engañado a mis hombres! ¡Me seguían a mí!

Él miró más allá.

—Avisad a su doncella. Que se la lleve —dijo.

¡Sus hombres le eran leales a ella, y le habían jurado fidelidad a Alexander porque esperaban que ella lo hiciera también! No podía permitir que sus vasallos le juraran fidelidad a él si ella no podía hacerlo.

Margaret se puso de rodillas y colocó las manos en posición de plegaria.

—Yo, lady Margaret Comyn de Castle Fyne, hija de Mary MacDougall, sobrina del conde de Buchan, os juro, Alexander MacDonald, señor de Castle Fyne, hijo del señor de las islas, mi lealtad, aquí y ahora, durante toda mi vida. ¡Que Dios me fulmine si miento!

—Levantaos —le ordenó él—. ¡No acepto!

Entonces, ella alzó las manos hacia él.

—¡Bastardo!

Él enrojeció y dijo con ferocidad:

—Lleváosla de aquí.

A Margaret la agarraron por la espalda.

—¡Soltadme! —les gritó a los hombres.

Mientras forcejeaba con furia, miraba a Alexander para transmitirle todo su desprecio. Él la había engañado, y lo odiaba más que a nadie.

Él le devolvió una mirada fría.

En aquel momento, sonó un golpe seco.

Margaret se quedó inmóvil. Lentamente, giró la cabeza y vio a Malcolm ahorcado en el patíbulo, tirando frenéticamente de la soga que tenía alrededor del cuello para intentar aflojarla.

Margaret se quedó espantada y volvió la cabeza. Al hacerlo, alguien la agarró y tiró de ella, y la abrazó con fuerza.

Se dio cuenta de que Alexander le estaba impidiendo que

viera morir a Malcolm. Sin embargo, ella gritó de todos modos.

Margaret estaba arrodillada junto a William, que se había quedado inconsciente, y le sujetaba las manos. No podía dejar de llorar. Tenía el corazón roto. Lo había perdido todo.

Había perdido Castle Fyne y había perdido a sus hombres. Habían ahorcado a Malcolm. Y el maldito Lobo de Lochaber los había engañado a sus hombres y a ella.

Era lógico. Alguien había dicho, al principio, que era listo y astuto, y que no se podía confiar en él. Ella no volvería a confiar jamás en él.

¿Por qué había rechazado su juramento? Estaba tan alterada que no podía imaginar siquiera un solo motivo.

Mientras agarraba las manos de su hermano, posó la cabeza en el jergón con la tentación de tumbarse a su lado; sin embargo, William estaba herido y el camastro era muy estrecho, y ella no quería molestarlo. ¡Se sentía tan sola! Necesitaba que alguien la consolara, cualquiera, pero no había nadie que le ofreciera consuelo.

Cuando por fin dejó de llorar, se acurrucó junto al jergón de William. Estaba agotada. No había ninguna alfombra en aquel aposento, y las piedras del suelo estaban heladas, pero casi agradeció el frío. No le importaba vivir o morir.

Notó que unas manos fuertes la agarraban y que unos brazos poderosos la levantaban del suelo, pero estaba demasiado cansada como para luchar contra él otra vez.

Alexander la llevó a su alcoba y la dejó allí, en la cama.

Margaret se despertó y se sorprendió, porque la luz del sol entraba a raudales por la ventana; por la inclinación de los rayos, supo que era media tarde. Se quedó desconcertada e intentó incorporarse. Se sentía muy débil, como si hubiera estado enferma. Entonces, lo recordó todo.

Recordó el asedio, a su captor y a sus hombres mientras le rendían vasallaje. Recordó el ahorcamiento de Malcolm. Y, por un momento, se quedó inmóvil.

¿Por qué la había llevado Alexander desde la torre norte a su aposento? ¿Y por qué había rechazado su juramento de lealtad?

Estaba tan débil, y tenía tanta hambre, que no podía pensar con claridad. Intentó sentarse, pero se mareó.

Entonces, sintió preocupación, e intentó tomarse su tiempo. No debía enfermar. Castle Fyne había caído y ella había perdido a sus hombres, pero el país estaba en guerra; Robert Bruce estaba luchando contra los ingleses para ocupar el trono de Escocia. Castle Fyne podía ser recuperado. Debía ser recuperado. Pensó en los primeros mensajeros, los que había enviado Malcolm antes del asedio. ¿Habría llegado alguno de ellos hasta el hermano de su madre?

¿Y dónde estaba sir Ranald? ¿Volvería con ayuda? ¡Él nunca la abandonaría!

Margaret consiguió bajar los pies al suelo, pero se echó a temblar por el esfuerzo. Alguien le había quitado los zapatos, y estaban junto a la cama, pero los ignoró. Se levantó, pero estaba tan débil que cayó de rodillas.

La puerta se abrió inmediatamente.

—¡Estáis despierta! —gritó Alan. Se acercó rápidamente y le tendió la mano—. Permitidme que os ayude.

—No me toques —le advirtió ella. Se agarró al pomo de la puerta y trató de ponerse en pie. ¿Cómo podía estar tan débil, cuando necesitaba estar fuerte?

Alan la miró con los ojos muy abiertos; después se dio la vuelta y salió corriendo.

Margaret hizo una pausa para recuperar fuerzas, con la esperanza de que apareciera Peg. Sin embargo, oyó unos pasos fuertes y decididos, y se puso muy tensa.

Alexander apareció en el umbral de la puerta, seguido por Peg. Al instante, sus miradas se cruzaron, y ella se quedó sin respiración.

—¿Por qué estoy tan débil? ¿Qué ha pasado?

—Habéis dormido durante tres días enteros. Vuestra doncella dice que no habéis comido nada desde el sitio.

Ella notó una punzada de dolor en el estómago.

—¿Cómo está William?

—Está débil, pero está recuperándose. No tiene infección —respondió Alexander—. ¿Acaso tenéis deseos de morir? ¿Por eso estáis descalza sobre la piedra en pleno invierno?

—No tengo deseos de morir —replicó ella.

Como si a él le importara algo. Pero sí, claro que le importaba. Al fin y al cabo, ella era un rehén muy valioso.

—¡Cuánto me complace oír eso! —dijo él, y se giró hacia Peg—. Dale su calzado.

Peg entró en la habitación y le acercó los zapatos a Margaret, y ella se calzó sin apartar la mirada de Alexander.

—¿Por qué me engañasteis? ¿Por qué rehusasteis mi juramento de fidelidad? Ahora podría ser vuestra vasalla.

—¿Deseáis bajar a cenar? —preguntó él, dando a entender que no iba a responder.

Ella dijo con frialdad:

—Prefiero morir a comer con vos.

—No soy tan tonto como para invitaros a comer conmigo. Me odiáis, lo sé. Pero debéis comer.

—Soy vuestro rehén, por eso queréis que viva. Tengo la tentación de dejarme morir de hambre con tal de frustrar vuestros planes —respondió Margaret.

Y hablaba en serio. Impedirle que consiguiera su objetivo sería una gran satisfacción.

A Peg se le escapó un grito ahogado, y él le clavó una mirada fría.

—Vuestra actitud de soberbia nos os va a servir de nada, y sois lo suficientemente inteligente como para comprenderlo —dijo Alexander, y se giró—. Dale de comer.

Después, se dio la vuelta y bajó las escaleras.

Margaret tendió la mano y Peg corrió hacia ella.

—¿Por qué le desafías? ¡Ahora es nuestro señor!

—Nunca será mi señor —dijo Margaret—. ¿De veras está mejor William?

—Está despierto, y no hay infección, aunque sigue estando débil por la pérdida de sangre. ¡Pero ha estado preguntando por ti, Margaret! Yo también he estado muy preocupada.

Margaret sonrió con tristeza. Por lo menos, su hermano estaba recuperándose, y ella le daba las gracias a Dios por ello.

—¿Y sir Neil? ¿Cómo está?

—Ha estado muy preocupado por ti, Margaret. Todos lo hemos estado.

Ella asimiló aquello.

—¿Y qué piensan los hombres de que MacDonald no me permitiera jurarle vasallaje? ¿Están furiosos?

—Creo que no. Me parece que están aliviados.

Margaret se imaginó que Peg tenía razón.

—Y están ocupados con las tareas que les han encargado —prosiguió Peg—. Todos los hombres están reparando la fortificación. Nuestros soldados se llevan bien con los hombres del Lobo. No parece que les importe ser sus hombres, también.

Margaret se quedó sorprendida por eso.

—¿Y ha habido alguna noticia? ¿Se sabe algo de la guerra entre Bruce y los ingleses? ¿Se sabe algo de Buchan o de sir Guy?

Peg bajó la voz.

—Solo he oído al Lobo una vez, hablando con Padraig. Le dijo que Bruce fue directamente a Glasgow desde Castle Ayr.

Estaba tan débil y tan hambrienta que le costó encontrarle sentido a aquello.

—¿Es eso todo lo que has oído? ¿Qué significa? ¿Por qué iba a ir Bruce a esa ciudad?

—Para pedir la absolución por sus pecados —respondió Peg, encogiéndose de hombros—. ¡Eso es lo que he oído decir, y él asesinó a Red John dentro de una iglesia!

—No puede recibir la absolución —dijo Margaret—. Seguramente, el papa lo excomulgará, si no lo ha hecho ya. ¡Ah, ojalá pudiéramos saber si Buchan y sir Guy saben lo que ha pasado en Castle Fyne! Peg, ¡debemos conseguir noticias de la guerra!

—Sí, a su debido tiempo, pero ahora, el señor tiene razón, Margaret. Tienes que comer para recuperar fuerzas si de verdad quieres luchar contra él.

Peg estaba en lo cierto: necesitaba tener fuerzas y tener la cabeza muy clara.

—Peg, soy una Comyn y soy hija de mi madre. Lucharé contra él hasta que recupere Castle Fyne, o hasta que muera.

Peg se ruborizó.

—No pensaba que hubieras cambiado de opinión, pero no deberías hablar de la muerte.

Margaret asintió. Tenía diecisiete años, y no quería pensar en morir pronto. Bajaron juntas la estrecha escalera de caracol; Peg la sujetó por el codo para ayudarla. No había nadie en el gran salón, y la doncella la dejó sentada a la mesa mientras iba a la cocina a buscar la comida.

Margaret miró el salón. Nadie había cambiado la lavanda del suelo, y había algunos huesos y pedazos de pan seco al lado de la pared, donde estaban apilados los jergones de los hombres. Quedaban también algunos trozos de carne podrida en la mesa.

Tuvo el impulso de ordenar que barrieran el suelo y lo cubrieran de hierbas perfumadas frescas, y que limpiaran las mesas. Sin embargo, aquel era el castillo del Lobo por el momento, y ella no debía mover un dedo para mejorarlo.

Peg volvió con un plato de queso, carne fría de venado y pan. Margaret estaba muerta de hambre y, durante los diez minutos siguientes, comió en silencio. Cuando terminó, le dio las gracias a su doncella y se levantó.

—Voy a inspeccionar la fortaleza —dijo—. Quiero ver lo que está haciendo.

Dejó allí a Peg, recogiendo la mesa, y se marchó.

Al ver la actividad que había en el patio y en el adarve, se quedó muy sorprendida. El castillo había sufrido grandes daños durante el asedio, y había hombres de Alexander por todas partes, reparándolo todo. Algunos forjaban hierro, otros serraban madera, otros trabajaban martillo en mano. Los canteros estaban reparando las murallas con barro y piedra, piedra que debían de haber recogido del campo. El puente levadizo estaba desmontado, y había una docena de hombres sobre él, con martillos, madera nueva y cuerdas. Las puertas de la barbacana estaban abiertas, y se estaban usando muchos tablones para reparar los daños que les habían causado los arietes del Lobo.

Otros hombres sacaban enormes barriles de la bodega y los subían, con un torno, a lo alto del adarve. Otros entraban en la fortaleza, desde el bosque, guiando carros llenos de piedras y leña.

Margaret ignoró a Peg, que había salido tras ella, y bajó las escaleras. Estaba claro por qué el Lobo de Lochaber era tan buen guerrero: porque no dejaba nada al azar, porque pensaba en todo. Claramente, aquellas reparaciones habían empezado mientras ella estaba inconsciente y, claramente, él estaba preparando el castillo para la guerra.

Recordó el asedio que acababan de resistir, los hombres que subían por las almenas de sus murallas, las flechas y los proyectiles, a los arqueros que disparaban a los invasores, y a las mujeres que intentaban detenerlos arrojándoles aceite hirviendo. Se sintió muy mal; no quería volver a pasar por aquello, pero necesitaba desesperadamente que ocurriera para liberar su castillo.

La guerra le causaba más horror ahora que nunca, porque ya no era un concepto abstracto para ella. Miró a su alrededor y, al ver a Alexander en el adarve, dirigiendo a un gran grupo de hombres, notó que se le encogía el corazón. Él no llevaba espadas ni manto, y la brisa le aplastaba la saya contra el cuerpo y le agitaba el pelo.

Qué figura tan poderosa. ¿Acaso se había vuelto loca para haber pensado alguna vez que podría vencerlo?

Él miró hacia abajo y la vio.

Al instante, ella apartó la mirada.

—¡Lady Margaret!

Margaret se giró al oír a sir Neil. El caballero se acercaba rápidamente a ella. Llevaba solamente la saya y las botas, y una daga en el cinto, y un martillo en la mano. Estaba sonriendo, y ella le devolvió la sonrisa.

—Me he enterado de que os habíais despertado —exclamó él—. Estábamos muy preocupados por vos.

—Siento haber provocado inquietud —dijo ella, observándolo con atención—. ¿Cómo estáis vos, sir Neil?

Él se puso serio.

—¿La verdad? No me gustó el engaño del Lobo, milady, pero es un buen líder. Es justo y fuerte. Nos hace trabajar duro, pero nos da bien de comer.

—Habéis jurado lealtad, así que ahora debéis hablar bien de él —dijo ella, sonriendo sin ganas.

—Pero os protegeré, milady —dijo sir Neil—. Una promesa no puede cambiar la otra.

Margaret no se molestó en señalarle que eso no era cierto.

—Bueno, todo esto es impresionante —comentó, mirando a su alrededor—. ¿Está esperando algún ataque?

—Ha dicho que no, pero lo he observado bien, milady, y creo que sí. Ha estado urgiendo a todo el mundo con las reparaciones y, cuando no estamos reponiendo piedra y madera, estamos en el campo, ejercitando la espada y montando a caballo —dijo el caballero, y le tocó suavemente la manga de la túnica—. Sir Guy está en marcha.

—¿Viene hacia aquí? —preguntó.

—No lo sé, milady. Salió de Castle Ayr hace unos días, cuando Bruce lo conquistó.

¿Se dirigía hacia ellos? Y, si atacaba, ¿podría ganar? Tenía una reputación impresionante, pero no tan impresionante como la del Lobo de Lochaber. ¿Lo ayudaría su hermano, Aymer de Valence? De ser así, tal vez pudieran reunir hombres suficientes como para conseguir la victoria.

—¿Cuántos hombres tiene Alexander? —preguntó.

—Aquí tiene quinientos, pero también cuenta con el apoyo de sus hermanos, y he oído decir que puede reunir muchos cientos más, milady.

—Y los ingleses también —dijo ella con sequedad.

Sir Neil se sobresaltó al oír su tono de voz. Entonces enrojeció, porque Alexander dijo, desde detrás de Margaret:

—Tened cuidado con lo que deseáis.

Ella sintió una tremenda tensión y, lentamente, se volvió hacia él.

—¿Cómo no iba a desear vuestra derrota?

—Si me derrotan, Castle Fyne caerá; tal vez quede completamente destruido.

Margaret se quedó asombrada.

—Es una gran fortaleza. ¿Acaso estáis diciendo que es posible arrasarla?

—No hay ningún castillo indestructible, milady, hoy en día. Tenemos máquinas de asedio y arietes.

—Sir Guy nunca destruiría Castle Fyne, porque vamos a casarnos.

—Un castillo arrasado se puede reconstruir.

Ella se estremeció.

—¿Sir Guy va a atacar?

Se dio cuenta de que, por mucho que lo deseara, tenía miedo. Acababa de vivir un asedio y no quería volver a pasar por algo así.

—El rey Edward querrá que él domine este castillo, al igual que Bruce desea que esté bajo mi mando —dijo Alexander.

Entonces, el centinela de una de las torres gritó un aviso. Margaret se quedó helada de terror.

Alexander le tocó un brazo.

—No estamos sufriendo un ataque, lady Margaret. Ha llegado un jinete.

Entonces, ella lo miró con una súbita esperanza. ¿Sería un

mensajero de Buchan? ¿De Argyll? ¿De sir Guy? ¡Tal vez hubiera llegado alguien con la exigencia de que la liberaran!

—Es uno de mis exploradores, que vuelve con noticias sobre la guerra.

Aquel mensajero tenía más o menos la misma edad que Margaret. Llevaba el pelo largo y tenía pecas en la nariz. En cuanto entró en el patio, Padraig y Alexander lo saludaron afectuosamente y, al instante, se lo llevaron dentro de la torre del homenaje.

Margaret no lo pensó dos veces: rápidamente, los siguió, preguntándose qué relación había entre Padraig y el Lobo de Lochaber. Estaba claro que aquel montañés pelirrojo era su hombre de confianza. Aquella no era la primera vez que ella los veía juntos, y pensó que, tal vez, Padraig fuera el segundo al mando.

Se habían sentado a una de las mesas del salón, y algunas sirvientas le estaban llevando al chico comida y vino, mientras que otras avivaban el fuego del hogar. Margaret vaciló junto a la puerta, temiendo que Alexander le ordenara que saliera de allí. Sin embargo, él se limitó a mirarla brevemente antes de tomar por el hombro al joven.

—¿Cómo estás, Seoc?

Seoc sonrió.

—Muy bien, milord, y tengo muchas noticias sobre la guerra.

Margaret apenas oía nada. Quería acercarse, pero no se atrevía. Los hombres escucharon a Seoc mientras hablaba, pero ella no captó lo que decían, salvo la mención de Rothesay e Inverskip.

—¿Deseáis uniros a nosotros? —le preguntó Alexander, mirándola.

Margaret se ruborizó y caminó hacia ellos.

—¿Por qué me permitís que me una a vuestro grupo?

—Porque sois la señora de Fyne y el país está en guerra —dijo él, sin dejar de mirarla.

Ella no comprendía sus motivos. ¿Quería decir que debía estar al corriente de la guerra? Le parecía algo increíble.

Alexander se volvió de nuevo hacia el muchacho.

—¿Qué más?

—Bruce tomó Dalswinton con facilidad —prosiguió Seoc—, y Christopher Seton ha tomado Castle Tibbers.

Margaret tuvo que contener un grito. Dalswinton era una fortaleza de los Comyn; le había pertenecido al difunto Red John.

Padraig sonrió mientras le daba a Seoc una copa de vino.

—Boyd es un buen hombre, como Seton —dijo, mirando a Alexander—. Dumfries, Ayr, Tibbers, Rothesay, Inverskip y Dalswinton. Un buen comienzo.

Alexander miró a Margaret.

—Has olvidado Castle Fyne.

Padraig la miró también.

—Estaba siendo amable.

Margaret no se movió. Robert Bruce estaba avanzando; ¿acaso se había vuelto imparable?

—Hay más noticias —dijo el chico, con la boca llena—. La esposa de Red John, Joan, está en Berwick ahora. Le está suplicando a su hermano que la ayude. Desea aliarse con él. Desea venganza.

Margaret se echó a temblar. Sentía lástima por Joan de Valence, a quien conocía un poco. Red John se había casado hacía años con la hermana mayor de Aymer, cuando Margaret era una niña. Aquel tipo de uniones eran algo común. Sin embargo, durante el reinado de John Balliol, Joan había renunciado a los lazos con su hermano, porque las familias Comyn y MacDougall habían aumentado mucho su poder en el norte de Escocia durante aquel periodo, y habían guerreado constantemente con el rey Edward.

Y ahora buscaba la ayuda de su hermano inglés; además,

las familias Comyn y MacDougall habían unido fuerzas para vengar al marido de Joan, Red John, para impedirle a Bruce que consiguiera el trono de Escocia e incluso, quizá, para destruirlo.

Pero, ¿qué era de sir Guy? ¿Se atrevería a preguntárselo directamente a Seoc?

—Aymer de Valence se aliará con su hermana gustosamente —dijo Alexander—; y, si no quisiera, el mismo rey Edward se lo ordenaría.

Margaret se fijó en su tono de voz. Daba la impresión de que conocía al rey inglés.

Alexander la miró, y le preguntó a Seoc:

—¿Y qué pasa con sir Guy de Valence, su hermano bastardo?

Seoc miró a Margaret; claramente, estaba al tanto de su compromiso.

—Ha cruzado el fiordo de Clyde, milord, y está en Glen Lean.

A Margaret se le escapó un jadeo. ¡Sir Guy estaba a menos de dos días de allí!

Alexander también la estaba mirando.

—Tened cuidado, lady Margaret, se nota demasiado que ansiáis abandonar mi hospitalidad.

Antes de que ella pudiera responder, aunque no supiera qué, él se volvió de nuevo hacia el muchacho.

—¿Y sus fuerzas?

—Tiene mil cien hombres, milord, incluyendo doscientos jinetes, caballeros todos ellos.

Sir Guy superaba con holgura a Alexander, pensó Margaret.

Él volvió a mirarla y, lentamente, empezó a sonreír.

—Entonces, iremos a la batalla.

¿Acaso estaba deseoso de enfrentarse a sir Guy, teniendo menos hombres que él? Margaret se quedó perpleja.

Alexander habló de nuevo a Seoc.

—Mañana irás a ver a mi hermano, a Dunaverty. Cuéntale

todo esto a Angus, y dile que he tomado Castle Fyne. Dile también que prepare su castillo para la guerra.

—Sí, milord —dijo Seoc, que ya había dejado de comer.

—Y pídele quinientos hombres, además de todos los caballeros que pueda proporcionarnos.

Seoc asintió de nuevo.

—Si lo deseáis, puedo marcharme ahora mismo. No estoy cansado, milord.

Alexander sonrió y le dio unas palmadas en el hombro.

—Me complacería mucho que salieras esta noche.

Seoc sonrió de felicidad; estaba claro que disfrutaba de la aprobación del Lobo.

Padraig se acercó.

—Estoy orgulloso de ti —le dijo a Seoc—. ¿Podemos hablar un momento, antes de que te vayas?

—Sí, padre.

Margaret no se había dado cuenta de que eran padre e hijo. Padraig y Seoc se marcharon a otra mesa y comenzaron a conversar.

—¿Qué es lo que os preocupa, lady Margaret?

Ella miró a Alexander.

—No me gusta la guerra, ni siquiera cuando es por una buena causa —dijo, finalmente.

—Sir Guy nunca conseguirá vencerme, milady.

—He oído que nunca habéis sufrido una derrota en la batalla, pero siempre hay una primera vez. Y, en esta ocasión, tenéis menos hombres que el enemigo. En esta ocasión, Dios está de nuestra parte, no de la vuestra, porque me habéis robado lo que es mío.

—Da la casualidad de que yo pienso que Dios estará muy satisfecho conmigo por querer poner a Bruce en el trono —dijo Alexander.

—¡Bruce asesinó a un hombre en suelo sagrado!

—No fue él quien asestó el golpe mortal, y es el siguiente en la sucesión para ocupar legítimamente el trono de Escocia.

—¡No me importa el destino de los reyes! —gritó ella—. ¡Me importa este lugar, que es lo que me dejó mi madre!

—Bien; así pues, si se cumplen vuestros deseos, yo seré derrotado, vos recuperaréis Castle Fyne y os casaréis en junio —dijo él.

Ella quería recuperar Castle Fyne, pero, si sir Guy vencía, pronto estarían casados.

Alexander dijo suavemente:

—No os veo como una esposa inglesa.

Ella se estremeció.

—Nunca seré una esposa inglesa. Seré la esposa de un inglés.

Él se echó a reír, pero sin alegría.

—Es lo mismo. Si os casáis con sir Guy, os convertiréis en su esposa y perderéis todos vuestros derechos. Seréis tan inglesa como él, y libraréis batallas contra mí, contra Bruce.

Margaret no podía hablar. Él acababa de expresar con palabras sus peores miedos.

Entonces, Alexander la miró con dureza.

—¿De veras creéis que sir Guy puede vencerme?

Margaret se envolvió en la capa. Se aproximaba una terrible batalla, en medio de una terrible guerra. Estaba asustada, pero sentía algo más que no sabía identificar.

—Rezaré por vuestra derrota.

—¿Y rezaréis por mi muerte?

—Yo no rezo por la muerte de ningún hombre —respondió ella.

Sin embargo, ¿no había deseado que muriera, antes del sitio? En aquel momento también debería desearla, pero no podía. Temblando, preguntó:

—¿Cuándo atacará sir Guy?

—Él no va a atacar. Yo saldré a buscarlo al amanecer, milady.

—¿Cómo?

—Que él no va a atacar el castillo. Yo lo atacaré a él en Loch Riddon.

CAPÍTULO 6

Margaret estaba en su aposento, caminando de un lado a otro. Había oscurecido. Cuando Peg entró por la puerta, se dirigió rápidamente hacia ella.

—Sir Guy viene hacia nosotros —le dijo—. Claramente, quiere liberar Castle Fyne.

Peg palideció.

—¿Va a haber otro asedio?

—No. Alexander va a encontrarse con él en Loch Riddon. Quiere ser el atacante, no el atacado.

—Me alegro de que no tengamos que soportar otro sitio —dijo Peg—. Y puede que tú tengas a tu marido inglés, después de todo.

Margaret la miró fijamente, porque había percibido algo extraño en su voz. Peg se había opuesto a aquella unión desde el principio, y el otro día había vuelto a decírselo con claridad.

Habían ocurrido muchas cosas desde que habían llegado a Castle Fyne. Su vida había dado un vuelco. Ella era una mujer obediente, una hija y una sobrina obediente. Por supuesto, pensaba hacer lo que le ordenara su tío. Sabía que era afortunada por el hecho de que hubieran arreglado un buen matrimonio para ella. Sin embargo, no quería casarse con sir Guy, aunque él pudiera liberarla.

De repente se preguntó si, en el fondo de su alma, no deseaba que el derrotado fuera sir Guy.

Entonces, no tendría que casarse con él.

—¿Va a salir hacia la batalla al amanecer? —preguntó su doncella.

Ella se sobresaltó.

—Sí —dijo, y agitó la cabeza como si quisiera quitarse aquellos pensamientos absurdos de la mente. Ella era la señora de Castle Fyne, y eso era lo más importante de todo.

Margaret recogió su manto.

—¿Sigue en el salón? —preguntó.

Peg titubeó.

—Sí, ¿por qué?

—Deseo hablar con William. Si no tuviéramos ese guardia ahí fuera, solo tendría que esperar a que MacDougall se acostara y podría escabullirme hasta la torre norte. Pero Alan siempre está ahí, así que tendré que pedirle permiso.

—Te lo negará —dijo Peg. Le quitó los zapatos y se sentó en la cama a su lado, para deshacerle la trenza.

Margaret también se lo temía.

—William tiene que saber lo que está pasando, y necesito verlo, ahora que está mejor.

—Tal vez debas descansar, acostarte ya. Puedes hablar con William en otro momento —dijo Peg, y le peinó los rizos de color caoba, sin mirarla.

—¿Te ocurre algo?

La doncella se sobresaltó.

—No —dijo, sonriendo. Sin embargo, su sonrisa parecía forzada.

Había algo que le causaba inquietud, pero Margaret no le dio importancia. Peg se lo contaría más tarde o más temprano, porque no era capaz de guardar un secreto. Margaret se acercó a la puerta. La abrió y, al hacerlo, oyó que Alexander subía por la escalera.

Se puso muy tensa al verlo aparecer en el descansillo, y ambos ignoraron a Alan, que siguió sentado en su taburete.

—¿Podríais ser tan amable de permitirme ver a mi hermano antes de que me retire?

—No.

A ella se le encogió el corazón. Lo siguió hasta el umbral, pero no entró en su alcoba. Él comenzó a quitarse el cinturón y la daga, y ella no quiso recordar la última vez que le había visto hacerlo.

—Quisiera ver por mí misma si ha mejorado.

—Queréis planear vuestra huida durante mi ausencia —dijo él, y la miró brevemente, antes de sentarse en la cama para quitarse las botas.

—Pero si Alan va a ser mi sombra. Si planeamos algo, él os lo dirá.

—Si habláis en francés, Alan no entenderá vuestros planes, lady Margaret. Tampoco yo —dijo él.

El francés era la lengua de la nobleza de Escocia, Inglaterra y Francia y, aunque parecía que Alexander lo hablaba con fluidez, sus hombres solo hablaban inglés y gaélico.

—Vos sois lo suficientemente inteligente como para organizar una huida mientras yo estoy fuera, y no tengo intención de permitirlo.

—¿Cómo vamos a escapar? William no puede viajar por el bosque en su estado, y menos en pleno invierno.

—A mí se me ocurren un par de formas, y vos sois lista... Al final, también se os ocurrirán a vos.

—No dejaré solo a mi hermano —dijo ella—, y eso puedo jurarlo.

—Entonces, ¿puedo confiar en vos por el momento? Mañana voy a la guerra, lady Margaret, y no me apetece librar esta batalla ahora. Mi respuesta es inalterable.

Ella se dio cuenta de que había topado con una roca. Ni siquiera intentó sonreír; ambos se miraron fijamente. De repente, ella se preguntó por su esposa, la amante con la que se había casado y que había muerto al dar a luz. ¿Había sido alguna vez amable y considerado con ella? ¿Le había dado alguna orden que hubiera revocado más tarde?

No, no lo creía.

—Buenas noches, lady Margaret —dijo él.

Se dio la vuelta sin responder y volvió a su aposento. Peg estaba en medio de la habitación, descalza, pero envuelta en una manta.

—Tengo que bajar —dijo.

A Margaret le pareció extraño, pero asintió. Después, apagó las velas; tenía un pequeño fuego en la chimenea, que le daba luz y calor. Se metió en la cama y se acurrucó bajo las mantas mientras Peg salía.

No estaba enfadada, porque ya esperaba que él le negara ver a William. Incluso entendía por qué lo había hecho.

No quería volverse demasiado comprensiva con el enemigo; primero, había dudado de si quería que sir Guy lo venciera y, en aquel momento, comprendía por qué no le permitía ver a su hermano. Al menos, su hermano se estaba recuperando.

Se le cerraban los ojos, y se dio cuenta de que podría quedarse dormida muy fácilmente a pesar de todo lo que había dormido aquellos últimos días. Estaba demasiado cansada y demasiado angustiada. Habían ocurrido tantas cosas... y, ahora, iba a haber otra batalla, y tal vez ella fuera libre muy pronto...

Un golpe la despertó. Margaret se agarró a las mantas con los ojos muy abiertos, mirando hacia la oscuridad. Tardó un momento en calmarse, porque había sentido miedo al despertar tan bruscamente. Sin embargo, nadie comenzaba un asedio en mitad de la noche. Seguramente estaba soñando, pensó, aunque su corazón siguió latiendo desenfrenadamente.

Comenzó a relajarse y, entonces, se dio cuenta de que la otra mitad de la cama estaba vacía.

—¿Peg? —susurró.

Las ascuas del hogar proporcionaban un poco de luz, y Margaret pudo ver que la doncella tampoco estaba en el jergón del suelo, donde dormía algunas veces cuando ella estaba inquieta y se movía demasiado.

Margaret se sentó, agarrada al embozo de la manta. Antes

de que pudiera preguntarse de nuevo dónde estaba Peg, oyó los gemidos de una mujer, que llegaban desde el aposento contiguo.

A Margaret le ardieron las mejillas. Alexander tenía a una mujer en su cama, pensó con asombro. No obstante, ¿por qué se sorprendía? La mayoría de los hombres pasaban la noche con sus amantes o sus esposas. Él no iba a guardar celibato todo aquel tiempo.

Margaret se tapó los oídos con las manos para bloquear aquellos sonidos.

Parecía que la mujer se había quedado en silencio, pero Margaret tenía miedo de destaparse los oídos. Lo hizo lentamente. Sentía una tensión que no sabía identificar; lo único que sabía era que estaba disgustada.

¿Por qué tenía que importarle lo que hiciera Alexander, o a quién llevara a su lecho?

Comenzó a preocuparse por Peg. ¿Dónde podía estar su doncella?

Entonces, oyó otro golpe, seguido por otro y por otro. Se sucedían con un ritmo inconfundible, y la mujer volvió a jadear de placer. Margaret se cubrió la cabeza con la almohada, pero no consiguió dejar de oír aquellos sonidos de deleite. Apartó la almohada, volvió a taparse los oídos con las manos y apretó los dientes. Pasó un largo rato antes de que el aposento contiguo quedara en silencio, y mucho más antes de que ella pudiera conciliar el sueño.

Margaret se quedó mirando el fuego que ella misma había avivado. Extendió las manos hacia las llamas para calentárselas. Faltaba una hora para el amanecer, y la puerta de su habitación se abrió lentamente. Peg asomó la cabeza.

Entonces, Margaret sintió un arrebato de ira.

—¿Tienes miedo de entrar en mi alcoba? Es normal. Me has traicionado.

Peg entró, con los ojos muy abiertos.

—¡Milady!

—¡No me llames «milady» ahora! —le ordenó Margaret.

Tomó una vela y se acercó a su doncella, pero se arrepintió de hacerlo.

Peg estaba muy bella, radiante. Estaba sonrosada y tenía los ojos brillantes, el pelo suelto y salvaje. Parecía que la habían satisfecho plenamente.

—¡Cómo te atreves a acostarte con él y volver conmigo!

A Peg se le llenaron los ojos de lágrimas.

—¡No me quedó más remedio, milady!

—Siempre hay algún remedio, y las dos sabemos que no te ha violado.

—No me violó, pero no he tenido otra elección, ¡lo juro!

—He oído lo mucho que te complace estar con él —prosiguió Margaret—. ¡Eres mi doncella! ¡Él me ha robado el castillo! ¡Somos sus prisioneras! ¿Qué te ocurre?

Peg se había echado a llorar.

—Cuando estabas enferma, él me mandó llamar. Te juro que no quería estar con él, pero Margaret, ¡sabe cómo complacer a una mujer!

Ella sintió un fuego en las mejillas, y abofeteó a Peg.

—¡Es mi enemigo!

—Lo sé —dijo la doncella, entre sollozos—. ¡Y lo siento!

Margaret estaba temblando de rabia. Sin embargo, al ver a Peg desplomarse sobre la cama, llorando, no pudo creer que la hubiera golpeado. Apretó los puños.

—Si de verdad me quisieras, no te habrías acostado con él. El honor te lo habría impedido. Si me quisieras, te habrías puesto furiosa cuando envió a alguien a buscarte.

—Solo tengo veinte años, Margaret. ¡No puedo evitar fijarme en lo guapos que son los hombres! ¿No te has dado cuenta de lo guapo que es? ¡Es el poderoso Lobo de Lochaber! ¡Todas las mujeres desean sus atenciones!

—¿Es que has olvidado que es un MacDonald?

Peg titubeó, pero se le enrojecieron las mejillas.

—No te voy a mentir. Al principio lo odiaba. Pero esto no cambia nada; sigo siendo tu doncella.

—Lo cambia todo —replicó Margaret, que casi no podía respirar de la indignación—. ¿Cuándo comenzó esta aventura?

Peg enrojeció aún más y respondió:

—La noche que tú te desmayaste.

Margaret no podía dar crédito a lo que acababa de oír. Por fin, dijo:

—Si vuelve a llamarte, recházalo. Si es que deseas volver a Bain conmigo, alguna vez.

Peg gritó.

—No puedes sernos leales a los dos —dijo Margaret.

—Siempre te he sido fiel, Margaret, siempre, ¿cómo puedes dudarlo? ¡Que me acueste con él no va a cambiar eso!

—No me has oído bien. Si vuelves a acostarte con él, ya no me servirás más, y puedes quedarte aquí, a su servicio.

Peg no se movió. Tenía los ojos tan abiertos que parecían completamente blancos en la oscuridad.

Margaret oyó que se abría y se cerraba la puerta de Alexander. Apretó los puños.

Peg se humedeció los labios y dijo:

—No va a aceptar una negativa. No me permitirá rechazarlo.

—Entonces, puedes quedarte aquí, a su servicio, o irte con él a las islas.

Margaret se dio la vuelta y salió al pasillo. Tenía ganas de llorar por la pérdida de su amiga y doncella, pero se negó a hacerlo. Alan debía de haberlas oído, porque estaba en pie. Margaret lo ignoró y bajó las escaleras rápidamente, con los hombros erguidos.

El gran salón estaba iluminado con antorchas, y el fuego ardía alegremente en ambos hogares. En aquella enorme sala dormían tres docenas de caballeros; los hombres ya se habían levantado y estaban sentados a las mesas. Las sirvientas de Castle Fyne les estaban llevando el desayuno.

Alexander no se había sentado. Estaba de pie a la cabecera de la mesa, mirándola directamente. Ella se le acercó y le dijo en voz baja:

—Quisiera hablar con vos en privado.

Él dio un paso hacia ella.

—¿Queréis subir, o salir fuera?

Peg estaba arriba.

—Fuera.

—Eso me parecía.

La tomó del codo como si quisiera guiarla, pero ella dio un respingo y se apartó inmediatamente.

Salió delante de él, con la espalda muy rígida, y ambos se detuvieron en los escalones de madera que bajaban al patio de armas. Hacía mucho frío; Margaret se estremeció. Se dio cuenta de que el cielo estaba empezando a aclararse por el este, pero las estrellas todavía brillaban al oeste.

Se giró hacia él.

—Me habéis robado a mi doncella.

—No era esa mi intención.

—Pero es lo que habéis hecho. No puedo tener una doncella que le sea leal a mi enemigo.

Él la observó atentamente. Pasó un largo instante antes de que respondiera.

—Tenéis razón. Vuestra doncella debe ser leal a vos, no a Tiene defectos. Ella podría haberme rechazado, pero no lo hizo. No es lo suficientemente buena para vos.

Margaret no se esperaba tal respuesta.

—Conozco a Peg desde que éramos niñas. Ha sido una amiga muy importante para mí durante toda mi vida. Vos sabíais que estaba a mi servicio.

—Sí, pero también sabía que vendría rápidamente a mi cama si yo se lo pedía. No es una verdadera amiga, lady Margaret.

Margaret se quedó asombrada. ¿Tenía él razón? Ella siempre había considerado a Peg una amiga verdadera y fiel.

—¿Y teníais que pedírselo a ella? ¿No podíais pedírselo a otra?

—No lo pensé mucho. Si deseáis enfadaros conmigo, adelante, pero lo que deberíais hacer es castigarla y despedirla.

Ella se quedó estupefacta.

—¿Por qué os ponéis ahora de mi lado? ¡Ella es vuestra amante!

Él arqueó una ceja.

—Me ha calentado la cama una o dos noches, pero no es nada más que una diversión pasajera, lady Margaret. No es mi amante —dijo. Después, añadió—: Casi parece que estáis celosa.

—No estoy celosa —replico ella, pero mientras lo decía, sintió una punzada extraña en el corazón—. Estoy enfadada y triste. Por vuestra necesidad de diversión, yo he perdido una amiga.

De repente, él se quitó el manto y se lo puso sobre los hombros a Margaret.

—Algunas veces, no hay mal que por bien no venga. Es bueno que conozcáis ahora sus debilidades, antes de que pueda haceros daño de verdad.

Margaret lo miró con asombro. ¿Acaso estaba preocupado por ella? ¿Le importaba que la lealtad de su doncella fuera cuestionable?

¿Y tenía razón? ¿Era mejor haber aprendido en aquel momento lo fácilmente que podía traicionarla Peg, en vez de saberlo más tarde? Castle Fyne había sufrido un asedio y una derrota, y Escocia estaba en guerra. Ella podría haberle pedido ayuda a Peg en cualquier situación, sin saber que tal vez no fuera leal. ¿Y después, cuando ella utilizara el engaño para conseguir ver a William? ¿Le guardaría el secreto Peg? Si Alexander se lo preguntaba, cuando volviera de la batalla, ¿ella se lo contaría todo?

—Supongo que lo mejor es que haya aprendido cuál es su verdadero carácter, pero no voy a daros las gracias por vuestro papel en todo esto.

Alexander sonrió.

—No pensaba que fuerais a hacerlo. Sois una mujer fuerte y valiente, y necesitáis aliados fuertes y valientes.

Entonces, su sonrisa se desvaneció, y él la miró con fijeza.

—Sir Neil es un aliado mucho mejor. Podéis confiar en él.

Ella se arrebujó en su capa, que olía a pino, a fuego, a mar... y a hombre.

¿Por qué le estaba diciendo que podía fiarse de sir Neil? Una vez más, tuvo la extraña sensación de que le importaba, pero tenía que estar equivocada.

—¿Por qué me dais ese consejo?

—Os admiro, lady Margaret, pero sois muy joven e inexperta. Y ahora no tenéis protector.

—Vos no podéis ocupar ese lugar. No podéis ser mi protector, puesto que sois mi enemigo.

La mirada de Alexander se oscureció.

—Estamos en bandos contrarios de una gran guerra, pero vos no sois mi enemiga.

Ella tomó aire bruscamente, y se miraron fijamente el uno al otro. No era capaz de comprenderlo, pero de repente se le pasó por la cabeza que, si él no hubiera atacado su castillo, a pesar de estar en bandos opuestos de aquella guerra, serían amigos. Sin embargo, no se lo dijo.

—Y vos estáis a mi cuidado. Si puedo daros un consejo, lo haré —dijo, con más suavidad—. Ahora debo irme, lady Margaret —añadió, y vaciló, mirándola fijamente—. Me agradaría mucho que no me desearais la muerte.

Ella se puso muy rígida. El Lobo iba a la guerra y podía ser derrotado. Podía morir. Aquella expectativa debería ser causa de entusiasmo para ella, pero Margaret no sintió nada salvo preocupación y angustia.

Entonces dijo, con gran cuidado y eligiendo bien las palabras:

—No puedo desearos nada bueno, Alexander.

Él no dijo nada, pero en sus ojos se reflejó una gran decepción.

Y ella añadió:

—Pero no os deseo nada malo.

Margaret estaba en los escalones, mirando el gran salón. Se había quedado muy vacío.

Alexander se había marchado hacía unas horas del castillo, montando su caballo gris, seguido por sus cuarenta caballeros. Margaret los había visto alejarse desde una ventana de la torre sur, mientras desfilaban con los estandartes de los MacDonald al viento. El resto de su ejército se había reunido con ellos en el exterior de las murallas; primero, varias columnas de soldados a caballo y, después, cientos y cientos de soldados de infantería, montañeses de las Highlands.

Margaret se había quedado mirando la marcha de aquel ejército hasta que había entrado en el bosque y había desaparecido de su vista. Solo entonces se había alejado de la ventana.

Experimentó una rara sensación al ver aquella gran sala vacía. Casi esperaba que los hombres de Alexander aparecieran con el sonido de los escudos, las espuelas y las espadas, pero Margaret sabía bien que no iban a volver de la batalla tan pronto. Seguramente, Alexander había atacado aquella tarde, ya que la marcha para llegar a la parte norte del lago solo duraba unas horas, o, tal vez, hubiera decidido esperar y atacar a la mañana siguiente. Margaret lamentó no haberle preguntado cuáles eran sus planes aunque, seguramente, él no se los habría revelado. Pese a lo que dijera el Lobo de Lochaber, ella seguía siendo su enemiga.

Peg entró al salón y la miró. Llevaba una bandeja. Margaret la había confinado en las cocinas por la mañana, para que pasara el día trabajando junto a los hornos calientes, para que se arrepintiera de sus pecados. Hasta el momento, Margaret había estado ignorando todo el día el dolor de aquella traición, pero después de tantas horas, tan tarde, ya no le resultaba fácil.

Peg y ella habían sido muy amigas toda la vida, y Margaret recordaba sus juegos de la niñez, cuando habían corrido juntas y descalzas por una colina llena de flores, o cuando habían ido montadas las dos en el mismo caballo sin ensillar y se habían caído, o cuando se habían resbalado sobre las piedras húmedas de un arroyo.

Ambas habían pasado juntas por la adolescencia y se habían convertido en mujeres, y Peg había estado a su lado durante todo aquel tiempo, en las alegrías y en las penas, cuando sus hermanos no habían vuelto a casa de la guerra, cuando su madre había enfermado y había muerto, cuando su padre había salido a cazar y no había regresado... Cuando Margaret había recibido la noticia de que Buchan había arreglado su matrimonio con un caballero inglés, Peg había tenido que ayudarla a llegar a su aposento, porque ella se había quedado abrumada y espantada.

Margaret había estado sintiendo aquel dolor durante todo el día, pero en aquel momento era más intenso.

—¿Vas a comer? —le preguntó Peg, en un tono apagado.

Margaret la miró y asintió.

Peg había descendido desde el puesto de doncella de una gran señora a sirvienta de las cocinas, lo cual era una gran caída. Sin embargo, Margaret no sentía satisfacción, porque, en parte, odiaba ver así a Peg. Quería abrazarla, perdonarla y volver a confiar en ella.

Sin embargo, sabía que no podía pasar por alto su deslealtad. No podía fingir que no había ocurrido, porque debía protegerse de cualquier traición futura. Alexander tenía razón.

—¿Me perdonas? —le preguntó Peg—. Estoy acalorada, sucia y cansada, y llevo sufriendo todo el día, tal y como tú deseabas.

Margaret la miró a los ojos.

—Aunque te perdone, no puedes volver a ser mi doncella.

—¿Cómo puedes ser tan cruel? —gritó Peg.

—No quiero ser cruel. Has sido desleal hacia mí.

Peg agitó la cabeza.

—¡Tu madre me perdonaría! ¡Ella lo habría entendido!

Margaret no podía permitir que Peg usara a su madre para manipularla en aquel momento.

—Me has traicionado, y no puedo confiar en ti. No puedo permitir que seas mi doncella.

—Tal vez, si alguna vez deseas a un hombre, no seas tan noble como te crees —dijo Peg, y salió corriendo hacia las cocinas.

Margaret tuvo ganas de echarse a llorar de dolor y sentimiento de pérdida. Sin embargo, le dio un sorbo a su vino. Sabía que el vino mitigaría el dolor.

Un poco más tarde, llegó otra sirvienta al salón. Era una muchacha menuda, de pelo oscuro y piel muy blanca que, seguramente, tenía la misma edad que ella. Margaret la reconoció: era una de las chicas de las cocinas. La sirvienta le preguntó si podía retirarle el plato.

—Sí, ya he terminado.

La sirvienta vaciló.

—Milady, no habéis comido. Deberíais comer para conservar las fuerzas.

Su tono de voz era parecido al de Peg cuando estaba preocupada de verdad.

—¿Cómo te llamas?

—Eilidh, milady —dijo la muchacha, con una sonrisa.

Margaret intentó comer un poco más mientras la muchacha limpiaba el resto de la mesa. Eilidh era hacendosa, y sus movimientos estaban llenos de energía. Margaret la observó; era consciente de que necesitaba una nueva doncella.

—Estuviste en el adarve durante el asedio, avivando las hogueras para el aceite —le dijo suavemente.

Eilidh la miró.

—Sí, milady. Estaba con mi hermana, mi madre y mis sobrinos. Os vimos allí, también.

Margaret se levantó.

—Te doy las gracias por tu valentía, Eilidh.

—El esposo de mi hermana es uno de los arqueros, milady. Vos le salvasteis la vida al pedir que le jurara fidelidad a MacDonald. Toda la familia os está muy agradecida —explicó la chica, y sonrió tímidamente.

—Siento haberos fallado a todos. Siento que perdiéramos Castle Fyne —dijo Margaret.

—No nos fallasteis, milady. Mi abuela sirvió a vuestra madre hasta que se casó con el amo Comyn y se marchó. Dice que sois como ella: valiente y buena. ¿Cómo ibais a vencer al poderoso Lobo? Nadie os culpa, milady.

Margaret, sin embargo, se culpaba a sí misma.

—Eilidh, ¿te gustaría ser mi doncella mientras esté aquí? Ya no tengo doncella, y la necesito desesperadamente.

La cara de la sirvienta se llenó de placer.

—¡Me encantaría ser vuestra doncella, milady!

—Entonces, sube a mi aposento y prepáralo para esta noche. Que otra moza limpie la mesa —dijo Margaret con una sonrisa.

La joven sirvienta obedeció rápidamente, y Margaret se fue a las cocinas a dar las últimas instrucciones. Peg estaba sentada con otras dos mujeres, a la mesa, con una expresión desafiante y malhumorada. Margaret la ignoró y les pidió a las demás que terminaran de recoger y limpiar.

En el aposento, Eilidh había avivado el fuego y estaba calentando agua para que Margaret pudiera darse un baño. Había braseros a punto para calentar su cama. Incluso le había subido una copa de vino caliente. Claramente, aquella muchacha estaba muy contenta de ser su doncella, y el instinto le dijo a Margaret que había elegido bien. Estaba a punto de desvestirse, con el corazón más ligero que antes, cuando alguien llamó a la puerta de la alcoba.

Margaret no sabía por qué iban a llamar a su puerta a aquellas horas, pero abrió rápidamente, y se encontró a Alan en el umbral, con una expresión muy rara.

—Milady, lamento molestaros, pero el Lobo nos ha enviado a dos mensajeros.

—¿Hay noticias? ¿Se ha librado ya la batalla?

—El señor atacó esta tarde, no en Loch Riddon, sino en Cruach Nan Cuilean —dijo él—. Los ingleses han sufrido grandes pérdidas, porque se vieron atrapados en un paso de montaña, pero consiguieron escapar.

¿Ya había terminado? Margaret no podía dar crédito.

—Entonces, ¿ha vencido el Lobo?

—No, milady, sus ejércitos van a luchar de nuevo por la mañana. Ambos bandos han montado los campamentos para pasar la noche, uno a cada lado de la montaña.

—Entonces, ¿solo nos ha mandado noticias de la guerra?

Alan se ruborizó y bajó la voz.

—El señor desea que Eilidh vaya a pasar la noche con él, milady.

Margaret se quedó desconcertada por un momento.

Alan dijo rápidamente:

—Él no puede saber que le habéis pedido a Eilidh que sea vuestra doncella, lady Margaret, y yo no puedo decirle que no.

Margaret no podía creerlo. ¿Primero llamaba a Peg, y después llamaba a su nueva doncella? ¿Acaso no podía permanecer célibe una sola noche?

Se echó a temblar de ira y consternación.

—Disculpa —le dijo a Alan secamente, y cerró de un portazo.

Se giró, y Eilidh se echó a llorar.

—¡No quiero ir, milady! ¡Yo no soy como Peg! Me gusta ser vuestra doncella, y deseo serlo siempre!

—Ya basta —dijo Margaret—. Y déjame pensar.

Tuvo la tentación de enviar a Peg en lugar de Eilidh. Seguro que Peg estaría ansiosa por ir. Empezó a pasearse de un lado a otro. ¡Él estaba en la guerra! ¿Por qué había enviado a dos hombres a buscar una mujer? ¡Era increíble!

Sin embargo, ella tenía que enfrentarse a aquel problema.

—Eilidh, ¿has estado ya con Alexander?

La doncella asintió avergonzadamente.

Margaret se dio la vuelta, más consternada aún. ¿Le importaba que Eilidh hubiera tenido una aventura con él? ¡No debería importarle lo que él hiciera, ni con quién! Entonces, se giró de nuevo hacia su doncella.

—¿Te hizo daño? —le preguntó sin ambages. Tenía que saberlo.

—Por supuesto que no —respondió Eilidh, sonrojándose—. Es un amo imponente, milady, pero no me hizo daño. ¡Pero de todos modos, no deseo ir con él!

Margaret se dio cuenta de que Eilidh lo decía en serio. Y ella tenía que preguntarle algo más, porque la muchacha parecía muy joven.

—Eilidh, ¿él tomó tu virginidad?

Eilidh negó rápidamente con la cabeza.

—No era virgen, milady, pero, antes de que penséis mal de mí, yo tenía un amor verdadero, que murió el año pasado cuando MacRuari nos atacó.

Margaret se sintió aliviada, aunque sintió la pérdida de Eilidh.

Su cabeza se llenó de posibilidades. Ella nunca había visto a sir Guy en persona. ¿Y si acudía a la llamada de Alexander en lugar de Eilidh, y así podía ver a su prometido, aunque fuera de lejos, desde el bando enemigo?

Y estaría cerca del campo de batalla, de modo que podría conocer al instante el resultado del enfrentamiento.

Se sintió eufórica por un momento. Eilidh era una mujer menuda, como ella. Podría hacerse pasar por la doncella con facilidad. Era como si el destino le hubiera concedido aquella oportunidad.

—Dame tu ropa —le dijo Margaret—. Toda tu ropa.

CAPÍTULO 7

Margaret no podía dejar de temblar. Llevaba montada a caballo más de tres horas, viajando con dos de los hombres de Alexander por un camino que el primero de ellos iluminaba con una antorcha. La noche estaba silenciosa, salvo por el sonido de los cascos de los caballos al chocar contra el suelo helado, el tintineo de las bridas y algún relincho. Los hombres no hablaban. De vez en cuando ululaba algún búho y, en una ocasión, se oyó el aullido de un lobo.

Nunca había viajado en plena noche, y esperaba no tener que volver a hacerlo. Estaba a punto de preguntarles a los hombres cuánto faltaba para llegar al campamento, cuando alcanzaron un giro brusco del camino y salieron del bosque.

A Margaret se le escapó un jadeo. Habían detenido los caballos al borde de un risco; abajo, docenas de hogueras iluminaban la noche. Encima del risco, la luna y las estrellas relucían en el firmamento y, después de pasar unas horas atravesando la oscuridad del bosque nevado, aquella luz era deslumbrante.

Se le aceleró el corazón.

—No te preocupes, dentro de unos minutos entrarás en calor —le dijo uno de los hombres, con lascivia.

Margaret no se molestó en responder. Mientras empezaban a bajar por el risco, su corazón siguió latiendo aceleradamente, porque sabía que, dentro de unos minutos, estaría cara a cara con Alexander.

Y también sabía que él no se iba a alegrar de verla, precisamente; aunque no podría mandarla de vuelta al castillo a aquellas horas, en medio de una noche helada.

Cuando, por fin, llegaron al campamento, Margaret vio una tienda tres veces más grande que las demás y, sobre ella, un enorme estandarte con un dragón.

En aquella ocasión, cuando se estremeció, no fue de frío.

Sus caballos se detuvieron, y los soldados desmontaron de un salto. Margaret se aseguró de que la capucha de la cogulla no se le moviera de la cabeza; le ocultaba la frente, la barbilla y la boca. Solo se le veían la nariz y los ojos.

Un soldado la ayudó a bajar del caballo. Después, ella siguió a los dos hombres a la tienda grande; allí, junto a la puerta, uno de los soldados llamó a Alexander, y él respondió.

Entonces, el soldado alzó la solapa de la puerta y se apartó.

—Tienes que entrar, porque te está esperando —le dijo a ella, y le guiñó un ojo.

Margaret lo ignoró y pasó al interior de la tienda.

Dentro hacía calor. La tienda estaba hecha de gruesas pieles. Había varias antorchas encendidas, que iluminaban y caldeaban el ambiente. En la parte superior había un agujero por el que el humo ascendía al cielo. El suelo estaba cubierto de alfombras de piel; a un lado había una mesa y un banco y, al otro, un jergón grande.

Margaret advirtió que él había estado durmiendo. Estaba junto al jergón, vestido con su saya, que le llegaba por las rodillas. No llevaba cinturón, y tenía el pelo suelto y despeinado. Ella tenía miedo de mirarlo; sabía que iba a ponerse furioso.

Sin embargo, cuando alzó la vista y se quitó la capucha, la expresión de Alexander no cambió. No se había sorprendido al verla.

—Así pues, ¿ahora deseáis ser mi amante?

Ella inhaló una bocanada de aire. ¿Se estaba burlando?

—¿Es que podéis ver a través de las capas y las cogullas?

—Vuestros ojos os delatan, lady Margaret.

Entonces, él se movió con tanta rapidez que ella no tuvo tiempo de reaccionar. Solo vio su cara un momento, y se dio cuenta de que su expresión era muy dura. La tomó entre sus brazos. Sus caras quedaron a pocos centímetros de distancia.

—¿Y bien? —le preguntó él—. ¿Habéis venido a mí libremente, por fin?

Su tono de voz era alarmante, pero Margaret ya esperaba que él se pusiera furioso con ella. Sin embargo, él había estado en una batalla aquel día. Olía a sudor y a sangre. Ella sabía cómo podía cambiar a un hombre la guerra, y su preocupación aumentó.

—No.

—¿No? Entonces, ¿estáis jugando a un juego nuevo?

Estaba muy enfadado, y su tono de voz era de sarcasmo. La tenía agarrada por los hombros, y ella recordó muy bien lo que había ocurrido la última vez que la había abrazado. Al instante, quiso alejarse de él.

—Por favor, soltadme —le pidió, con la voz ronca.

—¿Por qué? Hoy hemos luchando, han muerto hombres, y vos habéis venido.

La besó. Su boca era dura, inflexible. Margaret se quedó inmóvil mientras él la besaba con tanta profundidad que ella no podía moverse.

Sin embargo, no fue algo desagradable, ni le hizo daño. A Margaret se le aceleró el corazón desenfrenadamente, y la sangre comenzó a hervirle en las venas. Notó aquel vacío en el vientre, y la protesta que estaba a punto de emitir murió. Se aferró a sus hombros sin poder evitarlo, y el beso de Alexander cambió.

Se volvió un beso apasionado.

De repente, Margaret sintió la tentación de devolverle el beso.

Sin embargo, a pesar de que le ardía la piel y la sangre, y a pesar del deseo que sentía, tuvo un pensamiento coherente:

debía interrumpir aquel beso antes de que se convirtiera en algo más, en algo que después no podrían deshacer. Ella separó su boca de la de él.

—¿Vas a admitir que me deseas? —le preguntó él con la respiración entrecortada, agarrándola por la cintura.

Ella no podía pensar, solo podía sentir aquella necesidad ardiente. El beso había sido explosivo, había sido una promesa de muchas más cosas.

Se puso muy rígida e intentó apartarse. ¡No podía haber nada más!

Él siguió agarrándola de la cintura y le impidió que se moviera.

—¿Por qué has venido, Margaret? Los dos sabemos que no quieres compartir mi lecho.

Ella lo miró a los ojos y, después, miró el jergón. Al darse cuenta de lo que había hecho, volvió a mirarlo a la cara. Retrocedió un paso, y él la soltó.

—No. No he venido para que seamos amantes.

Él se quedó inmóvil. Tan solo apretó los puños.

—Es una lástima.

Ella hizo caso omiso de su respuesta.

—He venido aquí para conocer a sir Guy.

La expresión de Alexander se endureció.

—No nos conocemos. Únicamente hemos cruzado algunas cartas. Yo soy menuda, como Eilidh. Me pareció la oportunidad perfecta. Mi futuro está en manos de sir Guy.

—Tu futuro está en mis manos.

Margaret se estremeció.

—Muy bien —dijo—. Soy tu prisionera, así que tienes razón.

Entonces, él comenzó a andar a su alrededor, mirándola de reojo.

—Te has arriesgado mucho disfrazándote para llegar hasta aquí atravesando el bosque nevado, de noche. ¿Por qué piensas que voy a dejar que conozcas a sir Guy?

—¡No lo he visto nunca!

—Entonces, ¿esperas poder comprobar que tu prometido inglés no es un sapo? ¿O acaso quieres cautivarlo para que luche por tu causa?

Margaret se ruborizó. Sabía muy bien que el hecho de agradarle a sir Guy favorecería mucho a su causa. Tal vez se empeñara en recuperar Castle Fyne y conseguirla a ella.

—Tal vez —prosiguió él— creas incluso que puedes encontrar el momento oportuno para enviarle un mensaje, o para escapar.

Margaret se dio cuenta de que las mejillas se le enrojecían aún más, porque tenía razón. Había estado pensando en que quizá pudiera sobornar a un guardia para que le llevara un mensaje a sir Guy, para avisarlo de que ella estaba allí. Casi tenía la esperanza de que él ideara una forma de ayudarla a escapar. De forma muy cautelosa, dijo:

—Yo me escaparía si pudiera. Mi deber es escapar. Tú lo sabes.

Él la miró con incredulidad.

—No vas a escaparte. Ni siquiera de aquí.

Lo dijo con tanta dureza que ella lo creyó. De repente, sintió desesperación. Se hizo un silencio lleno de tensión.

Entonces, Alexander se acercó a la mesa y sirvió dos copas de vino.

—El campo de batalla no es lugar para una mujer.

—¿Qué va a ocurrir mañana?

Él tomó su copa y se acercó a ella.

—Habrá una batalla y, en esta ocasión, pienso enviar a sir Guy de vuelta a Inglaterra —respondió, y le tendió la copa.

—Mi destino está en juego, Alexander.

—Casi podría creer que has venido aquí esta noche para sellar tu destino.

—No me parecía que fuera muy útil quedarme en Castle Fyne mientras mi destino se decide entre sir Guy y tú.

—No creo que tú desees de verdad la victoria de sir Guy.

—No puedo desear la tuya.

—No has respondido.

—Claro que sí. Quiero recuperar Castle Fyne —dijo ella.

—Pero ¿de verdad quieres casarte con un inglés? —le preguntó Alexander, antes de apurar el vino de su copa de un solo trago.

Ella no tenía una buena respuesta, así que no dijo nada.

—No, ya me parecía que no. Sir Guy no va a vencer.

Alexander volvió a la mesa y se sirvió más vino. Margaret se dio cuenta de que él estaba algo más que tenso; estaba enfadado. Tomó un sorbo de vino, intentando disimular su consternación. Por desgracia, temía que él estuviera en lo cierto.

—¿Vas a decirle que estoy aquí? ¿Hay algún motivo por el que no puedas hacerlo?

—¿Y por qué iba a hacerlo? No tengo ningún motivo para exhibirte delante de él.

—¿Y si yo te lo pidiera como amiga?

—Tú siempre has dicho que somos enemigos. ¿Es que ahora somos amigos?

—Tú afirmas que no somos enemigos.

Él la miró intensamente.

—Tú nunca serás mi enemiga —dijo con rotundidad—. Pero debes tener más cuidado, Margaret. Esta noche tengo muy mal humor.

—¡Eso es exactamente lo que estoy intentando hacer! —protestó ella—. ¡Sabes que no te deseo nada malo, cuando debería rezar por tu derrota y tu caída!

Él siguió mirándola un instante más y, después, apuró de nuevo su copa.

—Deberías haberte quedado en Castle Fyne.

—Probablemente, pero estoy aquí. Para bien… o para mal.

Se frotó los brazos, pensando en la pasión que acababan de

compartir. Sin embargo, no debía recordarla, ni en aquel momento, ni nunca más. No iba a salir nada bueno del deseo que podía surgir tan fácilmente entre los dos.

Debía pensar en el día siguiente, porque aquel día podía significar un nuevo comienzo para ella, podía significar la liberación de Castle Fyne y su libertad, si sir Guy era capaz de vencer a Alexander.

—Tengo que saber lo que va a ocurrir mañana —dijo—. Si tú estuvieras en mi lugar, sentirías lo mismo. ¿Puedo presenciar la batalla?

—Te quedarás aquí, custodiada, lejos de cualquier lucha y de cualquier posibilidad de escape.

¿Acaso la conocía tan bien?

—Y, Margaret, mañana voy a castigar a mis hombres por ser tan idiotas.

Al instante, ella se sintió alarmada.

—No los castigues a ellos. Castígame a mí.

—Deberías haber pensado en ellos cuando les engañaste y te hiciste pasar por Eilidh.

—No podría soportar que les hicieras daño.

—Les ordené que me trajeran a Eilidh. Al traerte a ti, han puesto en peligro tu vida.

Se abrazó a sí misma. ¿Acaso había olvidado lo implacable que podía ser?

—¿Todavía te alegras de haber venido?

—¿Quieres darles una lección a ellos, o a mí?

—Tú necesitas una buena lección, porque yo no siempre voy a estar presente para protegerte. Tu coraje es admirable, pero no te sirves bien de él. Llegará un día en que tú misma te pondrás en peligro.

—¿Y a ti por qué te importa?

—Necesitas un protector, Margaret.

—Hablas como si creyeras que tú puedes ser ese hombre.

Él le clavó la mirada.

—Quiero que seas mi amante.

A ella se le escapó un jadeo. ¿De veras acababa de pedirle que fuera su amante?

—Sí, estamos en guerra. Sí, somos enemigos de sangre, una MacDougall y un MacDonald. Pero mi hermano se casó con Juliana MacDougall. Tú necesitas un protector, Margaret.

Ella estaba anonadada.

—¡No puedo ser tu amante!

—¿Por la guerra? ¿Por sir Guy? ¿Por Buchan? ¿O porque tienes miedo porque de verdad me deseas?

Ella se atragantó.

—Sí —consiguió responder. Sabía que no podía convertirse en su amante por todos aquellos motivos.

—Podríamos disfrutar esta noche, juntos. Yo podría ser tu protector en todos los sentidos. Te protegería de la ira de Buchan y de la rabia de sir Guy. Podrías ser la señora de Castle Fyne —dijo Alexander, mirándola con suma atención—. Y no tendrías que ser la esposa de un inglés.

Era casi como si le estuviera pidiendo matrimonio, cosa que no había hecho en realidad. Tampoco ella pensaría en casarse con él, cosa que sería incluso peor que una relación de amantes. Eran enemigos de sangre; estaban en guerra. Ella era su prisionera, y estaba prometida con otro.

Y, aunque no estuviera prometida con sir Guy, no podía acostarse con el hombre que le había arrebatado Castle Fyne. No podía traicionar así a su familia.

—Yo encontraré otro jergón —dijo Alexander—. Podéis dormir en el mío.

Tomó su capa y se la echó por los hombros. Al salir, se detuvo en la puerta de la tienda.

—¿Sabes que tal vez tenga que matarlo?

Ella se estremeció.

—¿Por qué tienes que matar a sir Guy?

Él entrecerró los ojos.

—Porque se interpone en mi camino.

Margaret se echó a temblar. Debía de referirse a que sir Guy estaba entre Castle Fyne y él, no a que estuviera entre ellos dos.

Y Alexander desapareció en la oscuridad de la noche.

Margaret se dio cuenta de que, por fin, se había quedado dormida. Despertó con un sobresalto y, al ver el techo de la tienda, se dio cuenta de que estaba tumbada en el jergón de Alexander, abrigada con sus pieles.

Después de que él se marchara, le había resultado imposible conciliar el sueño. Al acostarse en su cama, su olor había asaltado sus sentidos. Esperaba que volviera con otro jergón y compartiera la tienda con ella, pero él no lo había hecho. Y, aunque estaba agotada, ella no había podido dejar de pensar en su conversación, en el beso y en la inminente batalla.

Finalmente, se había quedado dormida. En aquel momento, se dio cuenta de que, fuera de la tienda, el campamento estaba despertando. Sin duda, el ejército estaba empezando a prepararse para la contienda. Margaret se levantó, se peinó y se lavó con un poco de agua fresca que había en una jarra, sobre la mesa. Después, con el corazón encogido, se abrigó con el manto y salió. A la luz gris de aquel amanecer, el campamento estaba en plena actividad. Los hombres iban de un lado a otro, ensillando caballos y cargando carretas. Al instante, Margaret vio a Alexander.

Él estaba junto a una gran hoguera, al lado de la tienda, con otros tres hombres. Llevaba una túnica de cota de malla y el manto cruzado sobre el hombro. Padraig y otro highlander lo acompañaban, también vestidos de cota de malla, con pieles sobre los hombros. El tercer hombre era un soldado inglés que iba protegido por una armadura.

Margaret se preguntó si sería un mensajero enviado por sir Guy. ¿Se habría enterado su prometido de que ella estaba en el campamento, y habría exigido que la liberaran?

Alexander se giró hacia ella, como si hubiera notado que se le acercaba. La miró con fijeza.

—Buenos días —le dijo con cortesía—. ¿Habéis dormido bien?

—Muy bien, gracias —dijo ella, mintiendo.

Después, miró sin disimulo al soldado inglés. Se había quitado el casco, y en la palidez de su rostro curtido destacaban unos ojos oscuros.

—Mi oponente desea parlamentar —dijo Alexander.

Ella se quedó asombrada.

—Parece que teme batallar conmigo por segunda vez —añadió él, y se situó entre ella y el inglés—. Dile a sir Guy que estoy deseoso de tener una reunión con él.

El soldado inglés asintió, sin mirar una sola vez más a Margaret. Después volvió hacia su caballo y montó. A ella se le encogió el corazón, porque se dio cuenta de que el mensajero no había sospechado quién era. Claramente, sir Guy no estaba al tanto de su presencia allí y, por lo tanto, no podía haber exigido su libertad. El jinete se alejó al galope.

Alexander comenzó a hablar con Padraig rápidamente, en su lengua materna. Margaret hablaba gaélico, pero aquel dialecto era desconocido para ella, y no entendió lo que decían. Padraig asintió y, acompañado por el otro highlander, se marchó apresuradamente.

Alexander la miró.

—Llevaré una docena de caballeros, como él, y nos veremos dentro de una hora en la cañada que hay al sur de la montaña.

Margaret ni siquiera lo pensó. Le agarró la mano.

—¡Tienes que llevarme!

—¿Para que puedas conseguir su lealtad eterna con tu belleza y tu inteligencia? —preguntó él, tirando de la mano para zafarse.

—Eso sería beneficioso para mí, y no voy a negártelo, aunque tú ya sabes que no deseo seguir siendo tu prisionera. Pero, seguramente, ¡querrás evitar más luchas! No querrás que él ataque Castle Fyne. Tal vez yo pueda resultar de ayuda.

—Ya he decidido de qué manera voy a utilizarte, y da la casualidad de que quiero que él te vea. Pero será para mi beneficio, no para el tuyo —zanjó él, y se dirigió hacia su tienda.

El Lobo iba a permitir que asistiera a la entrevista. ¡Podría conocer al hombre con quien se casaría en junio! Oh, pero ¿cuál era su intención? Su euforia se desvaneció, y salió corriendo tras él.

Alexander estaba junto a su tienda, afilando las espadas sobre una piedra. Ella se detuvo y lo observó. La hoja resonaba cuando él pasaba el filo por la superficie de la piedra. Ella se echó a temblar al verlo erguirse y enfundar la espada con determinación. Entonces, Alexander desenfundó la otra espada y la afiló de igual manera.

Ver cómo se preparaba para la guerra resultaba aterrador.

—¿De qué forma vas a utilizarme? —le preguntó, con la voz temblorosa.

—Tienes que comer rápidamente. Nos vamos enseguida —dijo él, y pasó por delante de ella.

Estaba claro que no tenía intención de responder. Margaret fue tras él, pero él se movía con tanta rapidez que ella no pudo seguirlo. Le ordenó a alguien que le diera comida y, un momento después, ella se vio con un pedazo de queso y un pedazo de pan en la mano. Alexander se había ido. Había un escocés muy joven, de su edad, frente a ella.

Margaret lo miró sin sonreír. Estaban rodeados de hombres que iban de un sitio para otro cargando carretas con catapultas, cañones, piedras y proyectiles.

Se estremeció. Estaba en un campamento de guerra que se preparaba para una batalla y, además, los líderes de los dos ejércitos iban a reunirse: uno de ellos era sus prometido, y el otro, su captor. Margaret había sentido una gran tensión al ver a Alexander afilar sus espadas, pero en aquel momento, la tensión se hizo casi insoportable.

—Soy Dughall —dijo el muchacho rubio—. Será mejor que comáis. El Lobo lo ha ordenado.

Margaret comió, no porque tuviera hambre, sino porque sabía que tenía un largo día por delante. Dughall no dijo nada; se limitó a mirarla abiertamente, como si fuera alguien muy curioso. Ella se preguntó si el chico sabía quién era, pero estaba demasiado preocupada como para indagar.

Él le entregó un odre.

Ella negó con la cabeza.

—Prefiero agua.

—El agua de aquí no se puede beber.

Margaret se dio cuenta de que los soldados habían contaminado el agua del río, así que tomó el odre y bebió lo que pudo. Habían aguado el vino previamente, así que no era tan fuerte como ella esperaba.

Oyó los cascos de los caballos y miró más allá de Dughall. Alexander montaba su caballo gris e iba en cabeza del grupo de caballeros. Se detuvo, y clavó en ella sus duros ojos azules.

A Margaret se le encogió el corazón. Él se había convertido en un guerrero cuyo único objetivo era la victoria. Era difícil creer que la noche anterior hubieran tenido una conversación sensata, ni que se hubieran besado.

Sin embargo, ¿no sabía ya lo implacable e inteligente que era? Tal vez fuera a asistir a una negociación, pero tenía sus ambiciones, y no se dejaría convencer. Ella lo sabía por experiencia.

El día anterior, cuando él se había marchado a la batalla, no había podido desearle nada malo. Y, en aquel momento, tampoco se lo deseaba, aunque rezara por la victoria de sir Guy.

Él siguió mirándola fijamente.

—Nos vamos, lady Margaret. Podéis montar.

Padraig iba montado en un alazán, justo detrás de Alexander, y llevaba de las riendas una pequeña yegua gris que, aparentemente, era su montura. El resto del grupo estaba compuesto por una docena de caballeros de las Highlands, todos ellos vestidos con cota de malla y pieles.

Margaret montó en la yegua con ayuda de Dughall y tomó las riendas con ambas manos. Entonces, Padraig las soltó. El highlander le preguntó:

—¿Sabéis montar?

Margaret asintió.

Alexander hizo girar a su caballo y emprendió el trote. Todo el grupo lo siguió.

Hacía más de dos horas que había amanecido, pero el día seguía siendo gris. Margaret miró el cielo. Iba a nevar, y se estremeció. ¿Era eso bueno o malo, con respecto a la batalla que se iba a librar?

No lo sabía. A medida que se alejaban del campamento, la sombra de Cruach Nan Cuilean cayó sobre ellos, y la mañana se hizo más fría y oscura.

Tenía el estómago encogido y se sentía muy nerviosa. Se preguntó qué querría sir Guy; si les había tendido una trampa, ella podría estar entre sus víctimas.

Miró la figura alta y fuerte de Alexander. No sería fácil conseguir que él cayera en una trampa, y ella iba a averiguar muy pronto qué quería sir Guy.

De repente, vio a lo lejos el grupo de ingleses que se acercaba; sobre ellos ondeaban dos estandartes. Poco a poco se fueron haciendo más visibles, como los caballeros que los portaban. Uno de los estandartes era del color rojo real; el otro lucía los colores azul y blanco, que eran los colores de la gran familia Valence.

A ella se le aceleró el corazón al preguntarse cuál de aquellos caballeros era sir Guy.

Cuando la distancia del gran salón de un castillo separaba a ambas partidas, Alexander alzó una mano, y su grupo se detuvo. Sir Guy y sus hombres también se detuvieron.

Margaret permaneció en medio de los caballeros mientras Alexander y Padraig se adelantaban para salir al encuentro de dos ingleses.

Entonces, a ella le estalló el corazón; rápidamente, había

identificado a sir Guy. El caballero tenía la barba cana, era de estatura mediana y con la tez morena. Aunque estaba a cierta distancia, Margaret pudo advertir que era un hombre guapo.

Estaba observando a su futuro marido, y él no sabía que ella estaba allí.

—Buenos días, sir Guy —dijo Alexander con frialdad—. Siento que tengamos que vernos en estas circunstancias.

—¿Que tú lo sientes? —replicó sir Guy, entre la ira y la incredulidad—. ¡Nadie lo siente más que yo!

Margaret se quedó perpleja. Aquella conversación parecía personal, como si los dos hombres se conocieran ya.

—Siempre me reía cuando alguien se refería a ti como «el Lobo», Alexander. ¡Me moría de la risa cuando alguien contaba historias sobre lo implacable que eras! —dijo sir Guy, trotando en círculo, muy cerca de Alexander y de Padraig—. Pero eres exactamente tal y como te describían, ¡maldito! Podrías haber atacado Inverary o Lachlan, ¡pero tuviste que atacar algo que era mío!

Ni siquiera se conocían, pensó Margaret con incredulidad, ¿y él ya consideraba que Castle Fyne era suyo?

—Castle Fyne es una fortaleza magnífica, Guy. Domina una gran extensión de terreno y la mayor parte del lago, y está en la ruta de Argyll, en la misma frontera del territorio de los MacDonald... No se me ocurre un lugar mejor para conquistar.

—Eres un bastardo sin corazón —le dijo sir Guy.

Margaret se estremeció, pero aquello pareció divertir a Alexander.

—Seguramente, Buchan le dará otra dote a tu prometida. Tiene muchas tierras en el norte.

—Mis tierras están al sur, y lo sabes. ¡Nunca te perdonaré por esto, Alexander, ni Buchan tampoco! —gritó sir Guy. Estaba tan furioso que tiró de las riendas del caballo, y el animal se encabritó.

—Y yo siento que estemos en bandos opuestos en esta guerra —replicó Alexander con calma.

—¡Has cometido una locura al traicionar al rey y ponerte de parte de Bruce! Cuando lo atrapen, lo colgarán, y sus tierras irán a parar a manos del rey Edward. Y lo mismo pasará contigo.

—Ni a Bruce ni a mí nos atraparán nunca. El rey Edward no puede renunciar al apoyo de los señores de las islas. Siempre nos necesitará a mis hermanos y a mí para gobernar los mares del oeste de las Hébridas.

—La palabra «nunca» es extraordinaria. Tal vez no deberías utilizarla.

—Si has venido para rabiar y despotricar, entonces estamos perdiendo el tiempo.

Sir Guy se acercó al caballo de Alexander, tanto que sus hombros se rozaron.

—Hemos luchado muchas veces juntos. Hemos cenado, hemos compartido el vino y las mujeres. Una vez fuimos amigos. He creído que debía decirte que no te perdonaré jamás lo que has hecho, y que vas a pagar muy cara tu traición.

—Si piensas que voy a agradecerte la advertencia, estás equivocado. Pero, sobre todo, creo que no deberías hacer tantas amenazas cuando yo tengo a tu prometida.

Sir Guy se quedó petrificado, y Margaret gritó sin poder evitarlo.

—¿Te importa lo más mínimo? —inquirió Alexander—. Ni siquiera has preguntado cómo se encuentra.

Entonces, sir Guy la miró. Ella se echó a temblar cuando sus miradas se cruzaron; el caballero pasó por delante de Alexander y Padraig y se dirigió hacia su grupo. Margaret enrojeció. ¡Así que aquel era el plan de Alexander! ¡Enfurecer a sir Guy! Al verlo de cerca, ella pensó que su tío no había mentido: era un hombre guapo. Sin embargo, sus ojos grises estaban llenos de incredulidad.

Los bardos que cantaban sobre ella a menudo mencionaban su cabello rojizo, largo y ondulado. Margaret se quitó la capucha y se soltó la trenza para que sir Guy la identificara. De repente, tuvo mucho miedo; aquel hombre iba a ser su marido y, aquel mismo día, acababa de descubrir que tenía un temperamento explosivo.

—¿Lady Margaret? —preguntó él, sin dar crédito a lo que veía.

—Sí, sir Guy. Soy lady Margaret, vuestra prometida.

—¡Dios mío, os ha traído aquí!

Margaret se mordió el labio; no quería que sir Guy descubriera que había ido al campamento mediante un engaño. Miró a Alexander; él los estaba observando, y ella sintió un alivio inmediato al darse cuenta de que no iba a revelar su secreto.

—Siento mucho que tengamos que conocernos de este modo —dijo.

—¿Os ha hecho daño? —preguntó sir Guy.

—No.

Entonces, el caballero la miró con suma atención.

—¿Por qué os ruborizáis, lady Margaret?

—¡Porque me estáis mirando como si tuviera dos cabezas! —exclamó ella.

Sin embargo, aquel no era el motivo de su azoramiento. Estaba recordando cómo la había besado Alexander la noche anterior. No tenía que conocer bien a sir Guy para saber que se enfurecería si alguna vez llegaba a saberlo.

—Os miro porque sois incluso más bella de lo que aparecéis en vuestro retrato. Ni siquiera la descripción de vuestro tío os hace justicia.

Ella tomó aire.

—Entonces, ¿estáis complacido?

Él negó con la cabeza.

—Por supuesto que me complacéis, lady Margaret. Pero no me complace que Alexander atacara Castle Fyne, ni que os haya tomado como rehén, ni que os haya traído aquí.

Ella se preguntó si debía revelar que había ido al campamento por su propia voluntad; sin embargo, el instinto le dijo que no debía hacerlo.

—Siento mucho que cayera Castle Fyne, milord. Sin embargo, debéis saber que mi gente luchó con bravura por defender el castillo.

Él abrió desorbitadamente los ojos.

—Entonces, ¿no es un cuento?

—¿Qué cuento, milord?

—Toda Escocia está hablando de la señora de Fyne, que osó defender su castillo contra el poderoso Lobo de Lochaber. Yo no lo creía.

¿Aquello le agradaba? Margaret no supo discernirlo.

—No me pareció que tuviera otra elección. No sabía que Bruce se había levantado en armas y pensé que recibiría ayuda enseguida. Creí que podría contener al Lobo hasta que mi tío Buchan o mi tío Argyll vinieran a rescatarnos.

—¡Sois una mujer de diecisiete años! ¿Cómo podíais defender un castillo de un asedio? —preguntó él, incrédulo y furioso a la vez—. ¿Por qué no defendió el castillo vuestro hermano?

—Milord, William salió a luchar contra el Lobo en el barranco, con la esperanza de conseguir que se retirara antes de llegar a las murallas de Castle Fyne. No había nadie más que pudiera defender la fortaleza. Yo soy la hija de Mary MacDougall, y tenía el deber de hacerlo.

Él la miró fijamente, y ella se sintió muy incómoda.

—Deberíais haber delegado en uno de vuestros caballeros. Las mujeres no saben luchar. Y no deberíais estar aquí, en este campamento —replicó él.

Entonces, hizo girar al caballo para encararse con Alexander.

—Quiero que la dejes libre ahora mismo. Ella no tiene por qué ser parte de esta guerra —dijo con ferocidad.

—No puedo liberarla. Es la señora de Castle Fyne y la sobrina del conde de Buchan —respondió Alexander con calma—. Es un rehén demasiado valioso, Guy. Pero tú ya lo sabes.

Margaret se echó a temblar, porque Alexander se estaba

comportando de un modo provocador, aunque su tono de voz fuera neutral.

—Una vez fuimos amigos —dijo sir Guy, mientras se acercaba a Alexander y a Padraig—. ¿Y si te pidiera que la liberaras porque es una dama, y sé que tú, aunque seas un escocés salvaje, tienes cierto sentido del honor?

Alexander sonrió con frialdad.

—¿Y qué conseguiría a cambio?

Sir Guy se detuvo.

—¿Me cederías Castle Fyne? ¿Te retirarías de la batalla?

Margaret se quedó horrorizada. ¿Alexander iba a liberarla si conseguía Castle Fyne a cambio?

—Nunca —rugió sir Guy.

—Eso pensaba yo.

Sir Guy soltó una maldición.

—¿Qué rescate quieres a cambio, entonces?

Alexander miró brevemente a Margaret.

—No estoy pidiendo ningún rescate.

Sir Guy se atragantó. Estaba tan furioso que no podía hablar.

—Es demasiado valiosa como para cederla por un rescate —prosiguió Alexander, suavemente. No la miró a ella, sino a sir Guy.

—¡Escocés bastardo y bárbaro! Ella es mía, ¡Castle Fyne es mío! Voy a destruirte, Alexander, o moriré en el intento.

—Entonces, lo más probable es que mueras.

Sir Guy se giró hacia Margaret enfurecido.

—Cuidaos del peligro —dijo.

Ella asintió.

Sin embargo, él no había esperado para ver su respuesta. Ya estaba galopando hacia sus hombres.

—¡Por de Valence! —gritó. Era su grito de guerra—. ¡Por el rey Edward!

Sus caballeros respondieron al unísono mientras todos se alejaban.

Margaret se aferró al borde de la silla para no caer al suelo.

Aquel era su futuro marido. Se sintió muy mal al pensar en el horrible carácter de aquel hombre. Además, ella no le importaba en absoluto; lo único que le importaba era que, a través de su prometida, conseguía Castle Fyne. Lo único que le importaba era que le habían arrebatado ambas cosas.

Una mano fuerte la agarró del brazo y la irguió.

—¿Vais a desmayaros?

Ella miró a Alexander.

—Yo me sentiría orgulloso si vos defendierais lo que es mío —le dijo él, suavemente.

Margaret comenzó a temblar. Se sintió peor, incluso, que antes.

Él alzó la voz al dirigirse a sus hombres.

—Llevadla a Castle Fyne, y aseguraos de que no le ocurra nada malo.

Margaret se sobresaltó al darse cuenta de que iba a enviarla al castillo mientras él se marchaba a la batalla.

—¡Dejad que me quede! ¡Juro que ni siquiera intentaré escapar!

Él ni siquiera la miró.

—Volveréis a Castle Fyne —dijo. Después se irguió sobre los estribos del caballo y gritó—: ¡Por Bruce! ¡Por Donald! ¡Por Alasdair!

Y sus hombres rugieron aquellos gritos de guerra en respuesta.

Los riscos y los bosques de Cruach Nan Cuilean retumbaron.

CAPÍTULO 8

—¿Qué os ocurre, milady? Apenas habéis hablado desde que volvisteis.

Margaret estaba sentada a una de las mesas del gran salón. Hacía dos días desde que el joven Dughall y otro escocés la habían escoltado a Castle Fyne. Eilidh acababa de servirle la comida y la miró con preocupación. Peg, que estaba sirviendo a los soldados en otra mesa, se dio la vuelta.

¡Cuánto deseaba tener una confidente! Aquellos dos últimos días se le habían hecho eternos. No podía dejar de recordar su breve estancia en el campamento de Alexander, ni su encuentro con sir Guy. No podía dejar de pensar en su futuro como esposa de aquel hombre, ni en la batalla que tal vez todavía se estuviera librando en Loch Riddon.

—Han pasado ya dos días y no hay noticias… —dijo—. Estoy impaciente por saber qué ha ocurrido, por saber si ha vencido sir Guy.

Sir Guy había jurado que destruiría a Alexander y, aunque ella sabía que no debía preocuparse por él, tenía la esperanza de que no resultara herido en la batalla. Sin embargo, su deber era desear que sir Guy venciera; su deber era ser leal a su prometido. Su tío apoyaría a sir Guy para que derrotara a Alexander y recuperara Castle Fyne. También William, así como toda su familia por parte de los Comyn y por parte de los Mac-

Dougall. Tener que esperar para saber quién había vencido le estaba resultando muy duro.

Recordó la mirada de incredulidad de sir Guy. No le agradecía que hubiera defendido Castle Fyne; de hecho, lo desaprobaba. Al entenderlo, Margaret se había quedado horrorizada, porque ninguna mujer quería ofender a su futuro esposo, sino agradarlo.

Y, peor todavía, sir Guy había considerado que Castle Fyne ya era suyo, aunque su unión todavía no se hubiera consumado. Hasta que se casaran, Castle Fyne seguía siendo su dote, la dote que le había dejado su madre. ¿Por qué hablaba sir Guy como si ya fuera de su propiedad?

Sin embargo, si sir Guy derrotaba a Alexander y reconquistaba Castle Fyne, se casarían tal y como estaba previsto. Él sí sería el dueño de Castle Fyne, y sería también su dueño.

Margaret estaba intentando ser valiente, pero tenía miedo. Al recordar su odioso temperamento, su falta de respeto hacia ella y su desagrado, tenía miedo del hombre con el que había de casarse en junio.

Sabía que no debía comparar su futuro matrimonio con el de sus padres, pero no podía evitarlo. Su padre rara vez había desaprobado lo que hacía su madre. Entonces, tuvo un pensamiento traicionero: Alexander tampoco había desaprobado sus actos. Muy al contrario.

Era toda una tentación querer que Alexander resultara victorioso en aquella batalla.

Pero ella no debía permitirse semejantes pensamientos. Debía concentrarse en todas las ventajas que iba a aportar su unión con sir Guy, tanto a ella como a la familia Comyn.

—El Lobo nunca ha sido derrotado en la batalla —dijo Eilidh.

Margaret la miró.

—Tiene menos hombres que su enemigo, Eilidh. Tal vez en esta ocasión sufra una derrota.

—En cuanto termine la batalla, tendremos noticias —dijo la doncella, con una sonrisa de consuelo—. Las noticias vuelan por aquí, milady. Pronto sabremos quién ha vencido. Y sir Guy tiene un gran ejército. Seguramente llegará a nuestras murallas en cualquier momento —añadió, aunque la sonrisa se le borró de los labios al decirlo—. Y seréis libre otra vez.

Margaret sabía que Eilidh quería darle ánimos, pero era imposible, porque ella estaba en una situación incierta y tenía el corazón en un puño.

—Sí. Si sir Guy gana, seré libre.

Eilidh permaneció seria, y Peg se giró hacia ella, mirándola con fijeza.

—Estoy preocupada —le dijo Margaret a Eilidh—. Eso es todo.

Tomó su cuchillo y comenzó a mover la comida de un lado a otro. No dejaba de pensar en cómo la miraba a menudo Alexander; era como si la tuviera en consideración, como si tratara de adivinar sus pensamientos. Como si le importara lo que ella estaba pensando. En el campamento, ella se había preguntado, incluso, si a él le importaba su bienestar.

Margaret no pensaba que sir Guy se preocupara en absoluto de lo que ella pensaba. Sin embargo, no debía comparar a los dos hombres. No iba a conseguir nada haciéndolo.

—Deberíais comer, milady —dijo Eilidh, suavemente—. ¡Ya sois más ligera que una pluma! No querréis enfermar, ¿verdad?

—Tienes razón. Debería comer. Debería beber algo de vino. Preocuparme tanto no me va a servir de nada.

Eilidh le sirvió vino. Mientras lo hacía, Peg salió del gran salón.

Margaret observó a su vieja amiga con gesto triste. El dolor que le había provocado su traición ya había remitido, así que tal vez Alexander tuviera razón al decir que nunca habían estado tan unidas como ella creía. Sin embargo, Peg estaba enfadada, y eso no era un buen presagio.

—Eilidh, quiero que sigas siendo mi doncella. En poco tiempo he llegado a depender de ti.

—¿De veras? —preguntó la muchacha, entre sorprendida y alegre.

—Sí, de veras —respondió Margaret, sonriendo, y la tomó de la mano. Ya sentía aprecio por aquella joven—. Incluso te llevaré conmigo a casa, al norte, si vuelvo alguna vez.

—¡Oh, milady, gracias! ¡Castle Fyne es mi hogar, pero creo que deseo serviros para siempre! ¡Estoy tan orgullosa de servir a la señora de Fyne!

Antes de que Margaret pudiera responder, se oyeron unos pasos junto al gran salón. Se agarró con fuerza al borde de la mesa y, en aquel momento, Dughall entró corriendo en el salón.

Al ver la expresión de euforia del chico, a ella se le aceleró el corazón.

El Lobo había ganado.

—¡Ha regresado el Lobo, lady Margaret! —gritó Dughall, confirmando sus suposiciones—. Su ejército está en el camino, y los caballeros están en la barbacana. El estandarte ondea orgullosamente, ¡y él va en primer lugar!

Margaret sintió tanto alivio que no pudo negárselo a sí misma. Sin embargo, no iba a analizar aquella reacción suya en aquel momento. Alexander volvía de la guerra con su ejército.

Se levantó rápidamente.

—¿Está herido?

—¡No lo creo! —exclamó Dughall. Después se dio la vuelta y salió corriendo del gran salón.

A ella le latía desbocadamente el corazón.

—Vamos a tener que dar de comer a muchos hombres —le dijo a Eilidh con energía, y respiró profundamente—. Que suban más carne, más queso y más barriles de vino de las bodegas. Además, tendremos que atender a los heridos. Que las sirvientas vayan a buscar sábanas para hacer vendas. Comenzad a hervir agua, y subid mi cofre de medicinas al salón.

Después de dar todas aquellas instrucciones, salió apresuradamente al adarve.

El amanecer frío y gris se extendía por la tierra, y caían unos ligeros copos de nieve. Algunos de los caballeros y los arqueros que habían permanecido en el castillo para defenderlo en caso de algún ataque ya estaban allí, con la gran mayoría de las mujeres del castillo, y todos se inclinaban entre las almenas para saludar y vitorear a los que volvían. Ella intentó mirar hacia abajo por entre las cabezas de los demás, por encima de las almenas, pero solo pudo ver al ejército, que se acercaba lentamente por el camino del bosque. No veía la cabeza de la cabalgata, que ya había llegado a los pies de las murallas. Echó a correr hacia la torre de la entrada y se asomó hacia la barbacana.

Había varios caballeros de las Highlands abrigados con pieles, montados en sus caballos negros, y media docena de guerreros que portaban el estandarte de los Donald. El viento azotaba el trapo azul y negro, con el dragón rojo en el centro.

Entonces, Margaret vio el caballo gris de Alexander, y se aferró a la piedra de la muralla.

Alexander era tan alto que, aunque estuviera en medio de sus hombres, su cabeza y hombros eran visibles.

Ella se dio cuenta de que tenía los ojos llenos de lágrimas. «Estoy demasiado cansada», pensó. Aquellas lágrimas no podían ser a causa de la preocupación por el poderoso Lobo de Lochaber.

Era consciente de su deslealtad, porque solo podía pensar en que, si Alexander había ganado la batalla, ya no tendría que casarse con sir Guy. Alexander atravesó el puente levadizo y pasó por la abertura de la garita, casi por debajo de donde ella estaba. Margaret se concedió un momento para recuperar la compostura. Después, volvió hacia el interior de la torre del homenaje; al bajar las escaleras desde el adarve, oyó a los hombres en el gran salón. Sus conversaciones eran ruidosas, y los sonidos eran de satisfacción y alegría.

Cuando llegó al salón, miró a su alrededor. Había unas tres docenas de caballeros. Muchos de ellos tenían manchas de sangre en la ropa. Algunos tenían vendajes ensangrentados y uno de ellos estaba tendido en una camilla. No parecía que nadie estuviera ileso, pero todos sonreían y brindaban con copas de vino que les habían dado las mujeres del castillo. Había risas en las conversaciones, y las mujeres coqueteaban con ellos. Los hombres se deleitaban con todas aquellas atenciones.

Alexander estaba junto a uno de los dos grandes hogares de la sala, acompañado por Padraig y sir Neil. Ambos parecían ilesos. Había tanta gente que Margaret no pudo ver bien a Alexander, pero tuvo la sensación de que él también había resultado indemne.

De repente, Alexander se giró y la vio. A Margaret le dio un vuelco el corazón.

Él les dijo algo a los caballeros y se dirigió hacia ella.

Entonces, Margaret se dio cuenta de que cojeaba, y de que tenía la saya manchada de sangre, y de que su falda estaba tiesa y ennegrecida. Margaret sintió angustia.

—Lady Margaret —dijo él, al acercarse.

—Estás herido.

—Solo tengo un par de arañazos.

Aquel tono de indiferencia irritó a Margaret.

—Los hombres mueren todos los días a causa de las heridas de guerra.

Él sonrió.

—Así pues, ¿te importo un poco?

Ella se echó a temblar.

—Ya te he dicho que no te deseo ningún mal.

—¿Eso es un sí?

Margaret tuvo la sensación de que se ruborizaba.

—Tú te has preocupado por mí y, en respuesta, yo no voy a permitir que mueras —replicó, y se dio la vuelta—. ¡Peg! Trae agua caliente, jabón y mi cofre de medicinas. Trae vendas y más vino.

—Margaret —dijo él.

Ella se volvió hacia Alexander de nuevo. ¿Él se estaba riendo?

—¿Acaso te agradaría que no me importara en absoluto?

—No. Estoy muy complacido con este recibimiento.

—Entonces, le estás dando demasiada importancia a un simple acto de compasión.

—Tal vez —dijo él, y se encogió de hombros—. O tal vez no.

Ella notó un ardor en las mejillas.

—¿Te importaría sentarte? Soy demasiado pequeña para poder sujetarte si te desmayas.

Él se echó a reír.

—No me voy a desmayar, Margaret.

—Oh, no, claro que no. Eres demasiado poderoso como para desmayarte, aunque hayas perdido tanta sangre.

—La sangre que ves no es mía —respondió él, observándola con suma atención.

Margaret se sobresaltó, y entonces lo estudió minuciosamente. Tenía cortes en los muslos, que parecían más bien de los matorrales y las ramas del camino, y una rozadura en un brazo.

—¿No estás herido?

—No, no estoy herido.

Margaret se dio cuenta de que sentía un alivio enorme. Y él la agarró por un hombro para calmarla, porque ella se había echado a temblar. Se miraron a los ojos.

—Me complace —dijo Alexander— que te preocupes abiertamente.

¿Qué podía decir? Intentó cambiar de tema.

—Debes de estar cansado. Por favor, siéntate. ¡Peg, trae vino!

Él se acomodó en uno de los bancos y dijo:

—Hay muchos hombres heridos, Margaret, y han muerto docenas de ellos. Hemos estado luchando casi dos días enteros.

Ella se sentó a su lado y se agarró las manos en el regazo.

—Supongo que conseguiste vencer.

—Sí, pero el coste ha sido muy grande.

Margaret se paró a pensar un instante: él había vencido, y ella seguía siendo su prisionera.

—Todavía no has preguntado por sir Guy.

Ella sonrió forzadamente.

—He rezado pidiendo que estuviera bien —mintió—. ¿Cómo está?

—Sir Guy sufrió una herida leve en un hombro.Vivirá para seguir luchando —dijo él y, por fin, bebió de la copa de vino que le había llevado Peg.

—Le doy las gracias a Dios por que no esté gravemente herido.

—Tiene suerte de no haber perdido el brazo.

—¿Viste quién le dio el golpe?

—Yo mismo, Margaret —respondió él con satisfacción, y apuró la copa.

Margaret se la rellenó y le preguntó, cautelosamente:

—¿Lo buscaste a propósito para pelear con él? ¿Deseabas matarlo?

—¿Acaso no juró él que me destruiría? Pero no te preocupes, podrá seguir luchando junto a más hombres del rey.

—¿Estás seguro?

Hubo una larga pausa. Después, Alexander dijo:

—Quiere Castle Fyne.

Margaret se estremeció y apartó la mirada. Alexander era astuto, y había presenciado su encuentro con sir Guy. Sabía bien que el caballero inglés no tenía ningún interés por ella, salvo con respecto a la dote que podía aportar a su matrimonio.

—Sí, imagino que volverá. Debe de estar furioso.

—Furioso o no, Castle Fyne es un gran activo. El rey Edward quiere controlar la ruta hacia Argyll, y desea que sir Guy tome y dirija Castle Fyne.

—¿Igual que Bruce desea dirigir Castle Fyne?

—Sí.

Margaret se miró las manos. Castle Fyne estaba en medio de la tormenta de la guerra, igual que ella. Los vientos que soplaran en aquella tormenta decidirían su futuro.

—¿Rezas por el regreso de sir Guy?

Ella alzó los ojos.

—Mi deber es ser leal a mi prometido.

—Claro. Porque tú eres la mujer más consciente de sus deberes que hay en el mundo.

Margaret lo miró con fijeza. Si él supiera lo desleal que era, y que había estado cuestionándose el futuro, no hablaría como lo estaba haciendo.

—Tengo intención de cumplir con mi deber.

Él apuró el vino.

—¿Y qué piensas, Margaret? Por fin has conocido al hombre con el que quiere casarte tu tío.

Ella se levantó de golpe.

—Nos vimos solo un momento, y fue en una situación muy peligrosa.

Él alzó la copa, y Peg se la rellenó.

—Algunas mujeres lo consideran muy noble, muy galante. Lleva en las venas la sangre de dos casas reales.

Sir Guy estaba emparentado con el rey de Francia y con el de Inglaterra.

—Parece honorable y valiente.

—Y, si pensaras que está herido, ¿te preocuparías tanto por él como te has preocupado por mí?

Margaret se sobresaltó.

—Por supuesto.

—Claro que lo harías, porque ese es tu deber —dijo él sarcásticamente. Entonces, se levantó también—. ¿Podrías atender a mis caballeros? Tenemos que reunirnos con Bruce dentro de poco.

Margaret se quedó paralizada.

—¿Vas a marchar con Bruce?

—Él necesita a los mejores hombres para conquistar territorio y vencer a sus enemigos. Yo soy uno de sus mejores hombres. No puedo quedarme aquí de brazos cruzados.

Ella se quedó horrorizada, pero ¿por qué había pensado alguna vez que Alexander iba a quedarse en Castle Fyne? Había una gran guerra, y Bruce no iba a poder hacerse con el trono de Escocia si no tenía a todos los señores y barones de Escocia de su lado, apoyándolo. Iba a necesitar un gran ejército para hacerle frente al rey Edward, y necesitaría a sus mejores jefes militares; entre ellos, al Lobo de Lochaber.

—¿Cuándo te vas? —le preguntó.

—Cuando mi ejército esté recuperado. Dejaré aquí un centenar de hombres, entre arqueros y caballeros. Serán suficientes para rechazar cualquier ataque a la fortificación, aunque sea por parte de sir Guy, o del mismo Buchan.

—¿Has tenido alguna noticia de Buchan o de Argyll?

—Buchan está furioso con Bruce y quiere vengarse de él. En cuanto a Argyll, está ayudando a uno de sus primos contra uno de mis hermanos. Seguramente, los dos saben que Castle Fyne ha caído, pero ninguno va a venir a rescatarte pronto.

Margaret sintió desesperación.

—Entonces, voy a quedarme aquí prisionera indefinidamente.

—Pero estarás a salvo.

Volvieron a mirarse a los ojos.

—Debería ponerte bálsamo en los arañazos.

Él se echó a reír.

—No es necesario. Si no te importa, atiende a mis caballeros.

Ella vaciló. Cuando, por fin, se dio la vuelta para marcharse, él la tomó del brazo.

—Las noticias que te he dado te han causado angustia.

—Esperaba ayuda de alguno de mis tíos.

—Vamos, Margaret, los dos sabemos que no es esa noticia la que te ha asustado.

—Odio la guerra. Solo trae muerte.

Él la miró fijamente. Percibía su miedo, y sabía que no solo temía por sí misma.

—Ve —le dijo él.

Margaret sabía que lo mejor que podía hacer era evitar a Alexander. No quería compararlo con sir Guy, pero no podía evitar hacerlo cada vez que oía su voz o lo veía. No quería sentir ninguna preocupación por él, ni quería admirarlo en ningún sentido. Por lo tanto, se negaba a pensar en la guerra a la que él estaba a punto de marchar.

Sin embargo, no era fácil abstraerse. Los heridos se estaban recuperando y, diariamente, los soldados se entrenaban para la batalla. Solo tenía que asomarse por la ventana para saber que una guerra espantosa los amenazaba; tal vez ella estuviera a salvo en Castle Fyne, pero Alexander iba directo al fragor de la batalla.

Había un cambio en su cautividad; ahora, podía pasar una hora al día con William. Alexander no le había dicho por qué había cambiado de opinión, pero ella sabía que se debía a que el afecto entre ellos era cada vez mayor.

William se había recuperado por completo y estaba deseoso de elaborar un plan de escape. Quería reunirse cuanto antes con su tío Buchan e ir a la guerra contra Bruce. Siempre había un guardia presente, así que no podían hablar de esos planes abiertamente. Sin embargo, William era un artista y le habían permitido dibujar. De vez en cuando, conseguía pasarle a Margaret alguna nota entre los dibujos.

Había pasado una semana desde la batalla de Cruach Nan Cuilean. Ella estaba en su aposento, bordando a la luz de las velas, una noche. Estaba preocupada, porque William le había comunicado que deseaba hablar con ella, seguramente de algún plan. Tendría que usar su poción somnífera para dormir al guardia y poder hablar libremente con William. Se pinchó un dedo con la aguja y gritó.

—¿Cómo es que te has pinchado?

Ella se puso tensa y miró hacia la puerta, que se había abierto. Alexander estaba allí, observándola con una ligera sonrisa.

—Eres demasiado habilidosa como para cometer un error así. Me pregunto cuáles serán tus pensamientos.

Ella dejó el bordado y se giró hacia él.

—Me has estado evitando, no lo niegues —dijo Alexander, y se adentró en la pequeña alcoba. Llevaba un rollo de pergamino en una mano.

—¿Es una carta?

—Sí. Buchan te ha escrito —dijo él, sin dejar de sonreír—. También me ha escrito a mí, preguntándome por ti y exigiéndome que te ponga en libertad.

Ella se levantó de la cama rápidamente.

—¿Has respondido?

—No —dijo él, y la miró de pies a cabeza. Ella llevaba una sencilla saya, ceñida con un cinturón, en vez de uno de sus vestidos—. Pareces una muchacha escocesa.

Margaret estaba muy impaciente.

—Soy una muchacha escocesa. ¿Qué vas a decirle, Alexander? —le preguntó, en tono suplicante.

Él le entregó el rollo de pergamino.

—Voy a negarle su petición, Margaret. Este no es el momento adecuado para pedir un rescate por ti, ni para dejarte libre.

—¿Y llegará ese momento alguna vez?

—No lo sé.

Ella se sentó de nuevo mientras deshacía el nudo del cordel que rodeaba el pergamino.

—¿Lo has leído?

—No, pero lo voy a leer. Él esperará que lo lea —explicó Alexander, aunque no hiciera falta.

Margaret apenas lo oyó.

16 de febrero de 1306

Mi querida sobrina Margaret:

He recibido la noticia del asedio y caída de Castle Fyne. Tu coraje en la defensa del castillo te ha granjeado toda mi admiración. Mi hermano y la gran lady Mary estarían profundamente orgullosos de ti.

Si yo hubiera sabido del asedio, habría acudido en tu ayuda, pero ¡ay!, hace muy poco que he recibido la noticia.

Necesito que sigas siendo valiente ahora. El país está en guerra, porque Robert Bruce quiere conquistar el trono de Escocia. Puede que no lo sepas todavía, pero asesinó a nuestro primo Red John en una iglesia, en Dumfries. Vamos a la guerra, Margaret, porque Bruce no debe ocupar el trono y debe ser castigado por el asesinato de nuestro primo. Mientras te escribo para pedirte que tengas paciencia, estoy reuniendo a nuestros aliados y a nuestros soldados. Lucharemos junto a Inglaterra para liberar a Escocia de un enemigo implacable y cruel.

Le he pedido a MacDonald que os libere a William y a ti. Sin embargo, por toda Escocia se habla de tu valor como rehén, y no tengo la seguridad de que se avenga a hacerlo. También está claro que se quedará con Castle Fyne si puede. Le he ofrecido otras tierras, pero las ha rehusado. En estos tiempos de guerra entre reyes y traidores será muy difícil formar un ejército para rescataros.

No obstante, sé que eres una mujer fuerte, orgullosa y capaz de soportar la cautividad en sus manos. Tendrás que esperar que el Lobo sea derrotado en la batalla para recuperar la libertad, pero ten esperanza: ese día llegará. Y debes saber que no has sido olvidada.

Eres un miembro muy importante de la gran familia Comyn, Margaret. Sir Guy te envía un saludo afectuoso, como todos los demás.

Que Dios te proteja.
Tu tío, John Comyn, el conde de Buchan.

Margaret no podía creer el significado de aquella misiva. La habían abandonado a su suerte.

—¿No son buenas noticias?

Ella le tendió el pergamino a Alexander sin mirarlo. Entonces, se puso en pie. Se sentía como si su tío acabara de golpearla.

—No va a venir a liberarnos ni a recuperar Castle Fyne.

Alexander estaba leyendo la carta.

—Tengo que tener paciencia. Tengo que tener esperanza.

Entonces, él la miró.

—¿Deseas conservar la carta?

—No. Quémala.

Él se acercó a la chimenea y tiró el pergamino al fuego. Después se volvió hacia ella.

—No es que quiera darte falsas esperanzas, pero, si tu tío tuviera la intención de atacar, no lo diría.

—No tiene intención de atacar. Lo conozco bien. Quiere que espere aquí, que siga siendo tu prisionera hasta que tú seas derrotado o acabe esta guerra. Pero no va a terminar nunca, ¿no?

Margaret se enjugó las lágrimas con los dedos.

—Entonces, ¿ahora sientes lástima por ti misma?

—Sí. Solo soy una mujer, y tú eres el poderoso Lobo de Lochaber. No puedo seguir luchando contra ti, Alexander, yo sola.

—Pero yo no deseo luchar contra ti, Margaret. Nunca lo he deseado.

—No me digas nada de eso. ¡Sigo siendo la prometida de sir Guy!

—¿Y crees que tú eres lo que de verdad le importa? —preguntó él.

Ella se puso en pie de un salto.

—No deseo hablar de sir Guy.

—Nunca quieres hablar de él. Pero yo quiero hablar de él ahora.

—Es tarde. Tienes que marcharte.

—No quiero marcharme —replicó él, y se cruzó de brazos como si pensara quedarse allí un buen rato—. ¿Crees que por evitar el tema de sir Guy vas a conseguir alterar la verdad? ¿Crees que evitándome a mí vas a cambiar algo?

—La verdad es que yo estoy prometida con un caballero inglés y que, ahora, mi familia lucha del lado del rey Edward, así que mi matrimonio es una buena alianza.

—La verdad es que tú eres una gran dama, demasiado buena para sir Guy. Y que eres una muchacha escocesa, como tu madre. Tu sitio está junto a un escocés.

—¡No vuelvas a pedirme que sea tu amante! —gritó ella.

—No soy tonto. Sé que serás leal hasta que puedas, hasta que ser leal no tenga sentido.

Ella entendió lo que quería decir.

—No mates a sir Guy, Alexander. No lo mates por mí.

Él sonrió, pero su sonrisa era glacial.

—Estuve a punto de matarlo cuando parlamentamos. Te insultó. No me gustó. Me hirvió la sangre.

Ella se quedó perpleja. No se había percatado; Alexander había ocultado su ira magistralmente.

—Y, si está muerto, no servirá de nada que seas leal —dijo él.

—¡Tú mismo has leído la carta! —gritó ella—. ¡Estamos en guerra! ¡Ahora, la familia Comyn, mi familia, lucha contra Bruce y contra ti! ¡Y no importa que sir Guy viva o muera!

—¿Prefieres que reine Edward a que reine Bruce? —le preguntó él, observándola fijamente—. Un día conocerás a Bruce, y cambiarás de opinión. Tu lealtad también cambiará —le dijo. Se fue hacia la puerta de la alcoba y, desde allí, añadió—: Evitarme no va a cambiar los besos que nos hemos dado, ni el hecho de que yo te desee, ni que tú me desees a mí.

Margaret se echó a temblar.

—Soy un hombre paciente, Margaret, y el que avisa no es traidor.

Margaret no respondió. Se quedó mirándolo mientras él se marchaba.

CAPÍTULO 9

—¡Lady Margaret! ¡Lady Margaret!

Margaret se levantó. Estaba descansando, aunque fuera mediodía, porque aquella noche apenas había conseguido dormir. Eilidh entró corriendo en la alcoba, con los ojos muy abiertos y la cara pálida.

—¡Tenéis que salir al adarve!

—¿Qué ocurre?

—¡Bruce acaba de llegar con su ejército!

Margaret vaciló. ¿Por qué había ido Bruce a Castle Fyne con su ejército? Salió corriendo de su habitación y subió a la muralla. La mayor parte de la gente del castillo ya se había reunido en el adarve para presenciar la llegada de Robert Bruce.

Ella se asomó también, entre las almenas, y vio a docenas de hombres montados a caballo que atravesaban el bosque por la carretera. Portaban enormes estandartes amarillos y rojos. Cuando intentaba divisar a los soldados de infantería, alguien la agarró del brazo y la hizo girar. Al ver a Alexander, se quedó asombrada por la dureza de su expresión.

—Bruce va a pasar aquí la noche. Tal vez se quede más de un día —le dijo él, con severidad.

—¿Por qué?

Alexander no respondió.

—Ve a las cocinas y asegúrate de que se sirve una cena digna del próximo rey de Escocia.

Alexander era vasallo de Bruce; esperaba que Bruce fuera su rey. Mientras él estuviera en Castle Fyne, Alexander ya no era el dueño y señor del castillo. Robert Bruce ocuparía ese lugar.

—Por supuesto —dijo ella rápidamente—. Quedará muy complacido, Alexander, yo misma me ocuparé de organizarlo todo.

Él la miró con cierto alivio. Sin embargo, su expresión no cambió.

—Otra cosa. Te quedarás en las cocinas o en tu alcoba. No entres al gran salón.

Así pues, le estaba prohibiendo que se presentara ante Robert Bruce. ¿Por qué? Seguramente, porque iban a planear la guerra contra el rey Edward y a conspirar para hacerse con el trono de Escocia. Y ella era su enemiga.

—Obedéceme sin cuestionarme lo más mínimo en este asunto —le dijo él con aspereza.

Su tono producía temor, aunque ella ya no le tuviera miedo.

—Me quedaré en las cocinas o en mi alcoba —dijo ella suavemente—. Así podrás hablar con libertad de todo lo que quieras.

—Bien —respondió él, y miró hacia abajo—. Su ejército crece a cada día que pasa —añadió con satisfacción.

Ella sintió miedo, aunque de momento solo podía ver a los caballeros que iban a la cabeza.

—Tiene cientos de seguidores —prosiguió Alexander—. Aún no son suficientes para enfrentarse a Inglaterra y todo su poder, pero a medida que Bruce marcha por Escocia, va reuniendo hombres y armas de aquellos a quienes derrota, y de aquellos que quieren unirse a él voluntariamente. En poco tiempo serán miles —entonces, la miró y le dijo—: Vamos, entra.

Margaret obedeció. Se encontró con Eilidh y Peg en la entrada de la torre, mientras Alexander las precedía y desaparecía escaleras abajo. Rápidamente, les dijo cuáles eran sus deberes. Ambas doncellas se quedaron boquiabiertas y, al instante, todo se convirtió en nerviosismo, porque Bruce era una leyenda viva.

Sin embargo, mientras planeaba una gran cena para él, su mente trabajaba febrilmente. Se volvió hacia Peg.

—¿Te importaría comenzar con los preparativos, por favor? —le dijo.

Peg la miró, como si supiera que estaba tramando algo. Después asintió y se marchó hacia las cocinas. Margaret se llevó a Eilidh a su alcoba y cerró la puerta.

—Tengo otras tareas para ti.

Una vocecita le advertía que no se entrometiera en los asuntos importantes de los hombres poderosos, pero Margaret le hizo caso omiso.

—Bruce está en guerra con el rey Edward, y nosotras somos aliadas del rey. Recuerda que Alexander me robó Castle Fyne, y es el enemigo —le dijo a la doncella, y la tomó de la mano—. Quiero que escuches con mucha atención todo lo que se diga esta noche.

A Eilidh se le escapó un jadeo.

—¿Tengo que espiar?

—Debemos averiguar todo lo que podamos, Eilidh, y dependo de ti.

Eilidh la miró con incredulidad.

—¿Y si me descubren?

Alexander era implacable, y todos lo sabían, porque habían visto el ahorcamiento de Malcolm.

—Si de verdad desean tener una conversación en privado, echarán a todo el mundo del gran salón —dijo Margaret con una sonrisa de ánimo—. Alexander me ha prohibido entrar a mí, y ese es el motivo por el que te necesito.

Eilidh asintió, pero parecía que estaba asustada.

Margaret le apretó la mano. No sabía en qué medida iban

a afectar las noticias de la guerra a su futuro, pero iban a planear y a conspirar en su mesa, en su salón, y tenía que averiguar de qué hablaban.

En las cocinas hacía tanto calor que Margaret tuvo que quitarse la capa y remangarse. El fuego estaba ardiendo en todos los hornos, en los que se asaban venados, corderos y gallinas, y se cocían pasteles y panes. En la cocina había una actividad frenética y constante.

Habían servido pan, queso, vino y pescado ahumado. Eilidh volvió en aquel momento a las cocinas con una bandeja vacía y las mejillas muy coloradas.

Margaret se acercó a ella y le quitó la bandeja de las manos.

—¿Y bien?

La muchacha tenía los ojos abiertos como platos.

—Es muy poderoso, milady, y muy guapo, ¡es como un rey!

Margaret no conocía a Robert Bruce, pero se contaban muchas historias sobre él, de los tiempos en que cabalgaba junto a William Wallace en su juventud. Ya entonces quería destronar al rey Edward. Tenía fama de ser un gran soldado, un jefe militar excepcional, un noble muy guapo y, pese a su segundo matrimonio, un mujeriego.

—¿Qué has oído?

—Estaban hablando de guerras y batallas, milady, y era muy confuso.

Margaret se quedó consternada, pero en aquel momento entró Peg con una bandeja, y ella sonrió a Eilidh.

—Llévales más comida y continúa escuchando —le dijo suavemente. En la cocina había tanto ruido que nadie podía oírlas.

Peg dejó la bandeja y se acercó. Tenía una expresión de respeto.

—Es un hombre magnífico, Margaret. Creo que será nuestro rey.

—¿Escuchaste su conversación?

—Sí. Bruce no puede conquistar Galloway; acaba de venir de guerrear allí. Ha maldicho a sus habitantes por ser tan independientes y obcecados.Y sus hombres han perdido Tibbers. Va a marchar hacia Dumbarton.

—Han perdido terreno. Debe de estar furioso.

—No. Están fanfarroneando sobre el futuro. Creen que van a ganar esta guerra —dijo Peg.

Margaret se quedó asombrada por la confianza de aquellos rebeldes. De verdad pensaban que podrían vencer al rey Edward.

—Hay más, Margaret. Han conseguido más aliados: el conde de Atholl y el conde de Lennox.

Margaret se quedó perpleja. El conde de Atholl, John Strathbogie, era un buen amigo de su familia. ¡Era imposible que le hubiera dado la espalda a su tío! No podía creerlo.

De repente, olió algo que la sacó de sus pensamientos.

—¡Dios! ¡Se está quemando algo!

Corrió hacia uno de los hornos y sacó una pierna de cordero antes de que se echara a perder por completo. Por el rabillo del ojo vio marchar a ambas doncellas, con las bandejas llenas otra vez.

Después de salvar la carne, Margaret se detuvo a tomar un poco de vino y se enjugó el sudor de la frente y de la barbilla.

Eilidh volvió un momento después, sin aliento.

—Bruce se marcha mañana, al amanecer. Va hacia Scone, milady, para ser coronado.

Margaret se atragantó con el sorbo de vino que acababa de tomar.

—¿Tan pronto?

La doncella asintió, pero Margaret no podía dar crédito. Estaban a cinco de marzo, y Bruce podía llegar a Scone en menos de una semana.

Margaret entendió la situación. Bruce avanzaba hacia Scone y, por el camino, intentaría tomar todos los castillos que pudiera, incluyendo Dumbarton. Si iba a reclamar la corona, necesitaría refuerzos, y aquella coronación provocaría la más grande de las guerras que se habían librado con Inglaterra. Sin embargo, la coronación de un rey de Escocia era una ceremonia muy tradicional. Sería necesaria la presencia de muchos obispos y barones, que deberían recibir aviso con tiempo suficiente para asistir a la coronación.

¿De verdad tenía planeado Bruce coronarse dentro de pocos meses, o incluso dentro de semanas?

—¿Han mencionado la fecha de la coronación?

Eilidh se había quedado muy pálida. Susurró, nerviosamente:

—Me parece que han dicho que será el veinticinco de marzo, pero no estoy segura, porque discutieron un poco.

Margaret se quedó paralizada, aunque el corazón se le desbocó en el pecho. Si la coronación estaba prevista para el veinticinco de marzo, ella debía transmitirle aquella información a su tío inmediatamente.

—Cuando vuelvas, debes escuchar con mucha atención para saber si esa es la fecha elegida.

Eilidh asintió.

—¿Van a coronarlo de verdad, lady Margaret?

—No lo sé. Eilidh, ¿por qué discutieron?

—El Lobo le preguntó por la Piedra de Scone. Bruce se enfadó, pero no sé por qué.

—El rey Edward robó la Piedra de Scone hace varios años, y es parte de la ceremonia —dijo Margaret. Se preguntó si la coronación sería válida sin aquella reliquia.

Peg entró apresuradamente en las cocinas y fue directa hacia ellas.

—¡Margaret, están hablando de la coronación! ¡Han convocado a los obispos y los condes de Escocia!

Así pues, estaba a punto de suceder: Bruce iba a coronarse rey.

—¡Margaret! ¡Pronto tendremos un rey!

Margaret miró a su antigua doncella, que estaba muy agitada. Decidió no molestarse en recordarle que Bruce era el enemigo de su familia.

Sin embargo, Peg dijo algo más:

—Están hablando de Isabella.

Margaret se quedó rígida.

—¿Isabella, mi prima política?

Isabella era la joven y bella esposa de su tío Buchan.

Peg asintió.

—¿Y por qué hablan de ella? —inquirió Margaret.

—Hay otra tradición importante en la coronación —dijo Peg—. El conde de Fife debe guiar al nuevo rey de Escocia hasta su trono y colocarle la corona sobre la cabeza. Sin embargo, no pueden contar con el conde de Fife.

El conde de Fife era el joven hermano de Isabella, Ed. El rey Edward de Inglaterra lo había tomado bajo su custodia hacía un tiempo; de hecho, era un rehén del rey. Isabella era la condesa de Fife, además de condesa de Buchan por su matrimonio con el tío de Margaret.

Margaret no sabía que aquello fuera parte de la ceremonia, porque nunca había asistido a la coronación de un rey escocés.

—Si Bruce quiere seguir la tradición, ¿qué va a hacer? No podrá contar con el joven Ed.

—Bruce piensa que puede convocar a Isabella para que ella haga los honores, en lugar del conde de Fife.

A Margaret se le cortó la respiración.

—Debe de estar loco. Isabella es la condesa de Buchan. Está en el bando contrario a Bruce, no a su favor. Sin embargo, ¿acaso piensa obligarla a que cometa una traición?

—No lo sé, Margaret. Estoy tan sorprendida como tú.

Margaret se enfureció. Isabella era su amiga. Se habían conocido hacía dos años, cuando era una recién casada. Tenía solo dos años más que Margaret, y eso hacía que tuvieran cosas en común. Además, ella se sentía un poco triste por haber tenido que dejar Fife, y también un poco intimidada por su marido, que era mayor y muy poderoso. Margaret también se sentía bastante intimidada por el conde, así que ellas dos se habían hecho amigas rápidamente.

Seguramente, ellos se darían cuenta enseguida de que Isabella nunca querría participar en la coronación. ¿O acaso lo sabían ya, y no les importaba? ¿La secuestrarían y la obligarían a coronar a Bruce?

Margaret tenía que saber lo que había planeado Bruce, y si aquellos planes incluían a su amiga. También tenía que avisar a Isabella de que existía aquel peligro.

—Ya estoy harta de tener que esconderme aquí en las cocinas —dijo de repente, con determinación.

No iba a ocultarse más de Bruce. Se deshizo la trenza que llevaba y se atusó el pelo, se quitó el delantal y se ajustó el cordón dorado de la cintura. Iba a estar presente mientras ellos conspiraban para hacerse con la corona de Escocia.

—Milady, el Lobo os ordenó que no os acercarais al salón —protestó Eilidh.

—Es cierto, pero yo no puedo ir a espiar, porque me reconocería, así que me voy a unir a ellos. Después de todo, soy la señora del castillo y tengo derecho a darle la bienvenida a mi invitado.

Margaret salió de las cocinas con el corazón en un puño. Mientras se acercaba al gran salón, oyó las ruidosas conversaciones de los hombres y, desde la entrada, vio a muchos hombres de las Highlands sentados en las mesas. También había muchos caballeros ingleses, cosa que sorprendió a Margaret; sin embargo, recordó que Bruce era el conde de Carrick, así que era lógico que tuviera vasallos ingleses, también. Parecía que todo el mundo estaba de buen humor, y las doncellas servían sobre todo vino, porque la cena ya había terminado. Miró a su alrededor, por todo el salón, y vio a Bruce y a Alexander.

Por un momento, se quedó en el umbral del gran salón, observando al hombre que quería ocupar el trono de Escocia. Era tan alto como Alexander, de hombros anchos y con los brazos musculosos de un guerrero. Tenía unos rasgos fuertes y marcados, pero agradables. Era pelirrojo y llevaba la melena por los hombros. Vestía un sayo de manga larga, de color azul, y una túnica sin mangas de color marrón; llevaba el manto prendido a un hombro. Se giró hacia ella, como si hubiera percibido su presencia, y la miró.

Margaret se echó a temblar. Bruce era exactamente tal y como ella había pensado: un noble y guerrero poderoso, el conde de Carrick y, posiblemente, el próximo rey de Escocia.

Comenzó a caminar con toda la dignidad de la que fue capaz, pero estaba nerviosa. Alexander la había visto. Ella se cuidó de no mirarlo, pero sintió su desagrado, y era muy grande.

Margaret se detuvo ante su mesa mientras Bruce se ponía en pie. Sus ojos azules brillaron. Sonrió.

—Supongo que sois lady Margaret.

Margaret hizo una reverencia.

—Bienvenido a mi hogar.

La sonrisa se hizo más amplia, y Bruce la escrutó de pies a cabeza sin disimulo.

—Los rumores no os hacen justicia. Sois incluso más bella que vuestra madre.

Margaret se ruborizó, y se dio cuenta de que él la estaba evaluando en varios sentidos. No se atrevió a mirar directamente a Alexander, pero por el rabillo del ojo vio que estaba muy enfadado.

—¿Conocisteis a mi madre? —le preguntó a Bruce.

—La vi en una sola ocasión. Pero me complace que hayáis decidido acompañarnos. Tenía curiosidad por conocer a la valiente señora de Castle Fyne —dijo él, y le indicó que se sentara.

Margaret se acercó, y ya no tuvo más remedio que mirar a Alexander. Él le clavó una mirada glacial, dejándole claro que iba a pagar caro aquel desafío.

—¿Han terminado de verdad vuestros deberes, lady Margaret? —le preguntó, fríamente.

—He hecho todo lo posible para asegurarme de que nuestros invitados comieran bien esta noche —dijo ella con una sonrisa. Después miró a Bruce de nuevo, y añadió—: Espero que no os haya decepcionado la cena que he servido.

—No podría tomar un bocado más, así que estoy satisfecho —dijo él. Miró brevemente a Alexander, y después volvió a mirarla a ella—. Además, siempre estoy de buen humor cuando hay presente una mujer bella.

Margaret no se ruborizó. Se sentó en el banco, frente a los dos hombres.

—Entonces, me alegro de haberos servido bien, milord.

Él se sentó, y se echó a reír.

—¿De veras, lady Comyn?

Había pronunciado con deliberado énfasis su apellido.

—No tengo ningún deseo de desagradaros —dijo ella—, pero siento curiosidad. ¿Cómo pudisteis conocer a mi madre? Los MacDougall y los Bruce han sido rivales durante muchísimos años.

—Nos conocimos durante una tregua, en una boda. Yo era muy joven entonces; tendría vuestra edad —explicó Bruce—. Me quedé prendado de ella al instante, pero vuestra madre no me correspondió. Creo que le pedí que viniera a montar a caballo conmigo al bosque, y ella me abofeteó.

Margaret creyó todo lo que le estaba contando, y sintió alivio por el hecho de que a él le divirtiera aquella anécdota. Se imaginó a su madre, abofeteando a un joven Bruce por su impertinencia.

—Mi madre estaba enamorada de mi padre, por muy extraño que pueda parecer.

—Vuestra madre era una mujer de grandes lealtades. Como os parecéis tanto a ella, supongo que vos también lo sois.

Ella titubeó. No sabía cómo responder, porque no sabía si la estaba poniendo a prueba. Miró a los dos hombres.

—Soy tan leal como mi madre —dijo, finalmente—. Espero ser como ella en todos los sentidos.

Bruce sonrió y se volvió hacia Alexander, que estaba muy rígido a su lado, aunque tamborileara con los dedos en la mesa.

—Debes de estar encantado con tu rehén, Alexander. Y no has dicho ni una palabra sobre ella, aparte de mencionar su valentía durante el sitio.

Alexander sonrió sin alegría.

—Lady Margaret tiene muchas virtudes, pero conmigo no es precisamente encantadora.

—Bueno, es que tú te has quedado con su castillo, con su dote. Y ella es una MacDonald, además de una Comyn. Tú eres uno de sus más grandes enemigos.

—Yo no considero enemiga a lady Margaret... Normalmente, no —respondió Alexander, y volvió a mirarla con frialdad.

—Y, sin embargo, yo estoy seguro de que ella sí te considera su rival. ¿Estoy en lo cierto? —le preguntó a Margaret.

Ella se sintió muy incómoda.

—Soy una prisionera. No tengo tiempo para rivalidades, solo para sobrevivir.

Bruce se echó a reír.

—¡Bien hecho! —exclamó, y se volvió hacia Alexander—. Es absolutamente encantadora, y eso no ha podido escapársete. Además, es increíblemente bella, pero tú no has hecho mención a esa belleza ni una sola vez.

—Estaba seguro de que su belleza tampoco se te escaparía a ti, Robert —dijo Alexander, tomando su copa de vino—. Por lo tanto, no había ninguna necesidad.

Margaret sintió una repentina tensión entre los dos hombres, y se alarmó.

—Se me habría escapado si ella hubiera seguido escondida en las cocinas —repuso Bruce.

Su inquietud aumentó. ¿Acaso Alexander había querido mantenerla alejada de Bruce no solo para poder hablar con él en privado de sus planes de guerra, sino también por otros motivos? Bruce no había intentado ocultar su admiración por ella, y todo el mundo sabía que era un mujeriego.

—Lady Margaret no conoce el significado de la palabra «esconderse», ¿verdad, milady? —murmuró Alexander.

—No me estaba escondiendo en las cocinas —dijo ella, para aliviar la tensión—. Quería bajar a cenar con vos, milord —le dijo a Bruce—, pero preparar una comida tan grande con tan poca antelación no ha sido fácil.

—El camino desde Galloway ha sido muy largo, así que estoy muy agradecido por todas las comodidades, como también lo están mis hombres. ¿Os ha permitido Alexander enviarle algún mensaje a Buchan?

Su tensión aumentó. Miró a Alexander, y él le devolvió una mirada llena de advertencia.

¿Adónde querría llegar Bruce? Margaret tragó saliva.

—No, pero recibí una carta suya el otro día.

Bruce arqueó ambas cejas.

—¿Y os alegró recibir noticias de vuestro querido tío?

Ella sabía que Buchan odiaba a Bruce, como también lo había odiado su primo Red John. Bruce aparentaba indiferencia, pero eso no podía ser cierto.

—Por supuesto que esperaba tener noticias suyas.

—Pero no estáis sonriendo, querida, así que no estáis complacida. Por si él no os lo contó, os lo diré yo mismo: está demasiado ocupado tramando su venganza contra mí como para preocuparse por vos, lady Margaret.

Margaret intentó sonreír.

—Él debe ocuparse de los intereses de toda la familia.

—Pero vos sois un rehén muy valioso, una novia muy valiosa, y parte de los grandes intereses de la familia.

Ella se sentía cada vez más incómoda. Miró a Alexander, que tenía una expresión adusta, y tuvo una sensación muy extraña: era como si estuviera en un anzuelo, girando al viento, sabiendo que, en cualquier momento, cortarían el sedal y ella se estamparía contra el suelo.

—Buchan está en Liddesdale en este momento, reunido con sus amigos Mowbray y de Umfranville, planeando su guerra contra mí —dijo Bruce, y le dio un sorbo a su vino con una actitud complaciente—. A menos que sir Guy decida atacar una segunda vez, me temo que tendréis que resignaros a un largo periodo de cautividad. Y, además, si sir Guy vuelve para enfrentarse a nosotros, debe ganar.

Ella se agarró las manos en el regazo y miró a Alexander. Él estaba inmóvil, pero le devolvió la mirada. Y ella se dio cuenta de que Bruce había usado el plural, «enfrentarse a nosotros», en vez de haberse referido solo a Alexander.

—Alexander ha dejado muy claro que no va a pedir un rescate por mí en este momento, y mi tío ha dejado muy claro que yo he de tener paciencia en estos tiempos de guerra. Ya me había imaginado que voy a ser un rehén durante mucho más tiempo del que nunca hubiera pensado.

Bruce la saludó con su copa.

—Sois muy valiente, pero eso lo demostrasteis durante el asedio. ¿Sabéis una cosa? Me sorprendió mucho la noticia de vuestro compromiso con sir Guy.

Ella se puso muy tensa.

—Vuestro tío, y vuestro padre también lo hizo, se ha pasado la vida luchando contra los ingleses, junto a la familia de vuestra madre. Es cierto que el año pasado todos acordamos una tregua, pero de repente, Buchan eligió a sir Guy para vos…

Alexander dejó la copa sobre la mesa con cierto ímpetu. Margaret se sobresaltó. Él dijo:

—Todo es cuestión de política.

—Sí, pero ¿casarse con un eterno enemigo? No me lo imagino —dijo Bruce. Él mismo rellenó su copa, la de Alexander y una tercera, que le entregó a Margaret.

Ella la aceptó, pero no bebió.

—Ha resultado ser una alianza muy afortunada, ¿no creéis? Porque vos os habéis rebelado, y nosotros estamos de parte del rey Edward.

Bruce abrió mucho los ojos.

—¡Bien dicho, una vez más!

Margaret no se sentía como si hubiera dicho ni hecho nada bien. De hecho, se sentía muy mal y se arrepentía de haber desobedecido a Alexander bajando al salón. ¿Por qué había mencionado Bruce que ella no era más que una pieza del juego político de su tío? ¿Por qué había sugerido que ella no le importaba nada a su tío, salvo para conseguir lo más provechoso para la familia? ¿Acaso quería causarle tristeza? ¿Quería debilitar su lealtad?

—¿No os gusta el vino, lady Margaret? —le preguntó Bruce.

Margaret tomó un sorbo.

—Me gusta mucho —dijo. Estaba deseando escapar de la mesa; pensar que podía engañar a Bruce había sido una locura—. ¿Vais a quedaros varios días con nosotros, milord?

—Mañana iré a la batalla —respondió él, con una sonrisa—. ¿Os complace eso?

—Solo lo preguntaba para saber qué comidas debo organizar.

—Y tampoco me habéis respondido —dijo él; su sonrisa no varió un ápice, ni tampoco su mirada.

—Tal vez seáis el próximo rey de Escocia. Vuestros actos han afectado mucho a nuestra familia.

—Seré el próximo rey de Escocia —afirmó él—. Antes de que os marchéis, milady, debéis decirme una cosa. ¿Cómo está la condesa de Buchan?

Margaret había empezado a ponerse en pie, pero se quedó inmóvil al oír aquella pregunta.

—La vi por última vez en Balvenie, antes de que saliéramos para Castle Fyne. Como de costumbre, milord, estaba muy alegre.

Él la estudió durante un instante.

—Vuestra edad es más o menos la misma. ¿Sois amiga suya?

¿Qué clase de pregunta era aquella?

—Somos amigas.

—Entonces, debéis saber por qué permanece en Balvenie mientras su marido conspira contra mí, con sus aliados, en el sur.

—No sé por qué no ha ido al sur.

Bruce se recostó en la pared y miró a Alexander.

—Mejor en el norte que en el sur —le dijo.

Margaret se alarmó. ¿Qué significaba aquel comentario?

—Desayunaremos antes del amanecer, lady Margaret, pero la comida debe ser ligera, porque el viaje será duro —dijo Bruce.

Era una despedida muy brusca, pero Margaret se sintió aliviada.

Alexander dijo:

—Preparad mi alcoba para Bruce.

¿Bruce iba a dormir en el aposento contiguo al suyo? Margaret disimuló su inquietud y asintió. Intentó captar la mirada de Alexander, pero él se negó a alzar la vista.

Los dos hombres se habían quedado en silencio; claramente, deseaban que se marchara para poder hablar de la guerra y de la coronación.

Margaret hizo una reverencia y, a medida que se alejaba de la mesa, una gran angustia se apoderó de ella. Bruce le había preguntado por Isabella, y ella temía que quisiera utilizarla de algún modo contra Buchan, en su maldito intento de robar el trono de Escocia.

Los hornos estaban apagados y las cocinas, limpias. El castillo había quedado en silencio; la mayoría de sus habitantes estaba durmiendo. Habían pasado varias horas desde la cena, y Margaret estaba agotada.

No podía dejar de pensar en toda la información que había recabado, pero no conseguía sacar conclusiones. Se preguntó si Alexander le permitiría escribir a Isabella, pero lo dudaba mucho.

Y, al día siguiente, él iba a reprenderla por su desobediencia. Tal vez la castigara de algún modo.

Sin embargo, si existía cualquier posibilidad de que su amiga estuviera en peligro de convertirse en un títere de Bruce, ella debía advertírselo. Al día siguiente iría a visitar a William, como siempre; si su hermano tenía un plan para escapar, ya era hora de conocerlo.

Margaret subió las escaleras hacia su aposento. Estaba agotada y no quería seguir pensando. Solo quería descansar hasta el día siguiente.

Sin embargo, antes de que pudiera entrar a la alcoba, se abrió la puerta de la habitación que ocupaba Bruce. Ella se quedó paralizada en el corredor.

Él sonrió.

Ella se echó a temblar.

—Nunca puedo dormir la noche anterior a una batalla.

—Lo siento —respondió ella.

Solo llevaba unas calzas de lino, y tenía el pecho descubierto. Era un hombre muy musculoso y tenía el cuerpo duro y lleno de cicatrices. Ella no quería mirarlo.

Eilidh se asomó por la puerta entreabierta de su alcoba y se quedó boquiabierta al verlos.

—¿Por qué me teméis? ¿Es por Alexander, o porque voy a ser vuestro rey? —le preguntó Bruce con calma.

Margaret se quedó anonadada. ¿Cómo iba a responder a aquella pregunta?

—Toda Escocia habla de vos, milord. Sois una leyenda por derecho propio.

Él sonrió y se apoyó contra el marco de la puerta.

—Continuad, por favor, lady Margaret.

—Es bien sabido que adoráis a las mujeres, milord, y que ellas os adoran a vos.

Él se echó a reír.

—¿Y qué tiene eso de malo?

¡Ella no iba a decirle que ya tenía una esposa!

—Yo soy la prometida de otro hombre.

La sonrisa se desvaneció del rostro de Bruce.

—Sí, es cierto. Una pobre gacela de ojos enormes, inocente y confiada, enviada al matadero.

Margaret no dio crédito a lo que oía.

—Yo me siento orgullosa de cumplir con mi deber —dijo.

—Deberíais cambiar de política —respondió él, con una súbita dureza.

Ella se quedó rígida.

—Voy a ser el rey de Escocia, y me acordaré de mis amigos. Serán bien recompensados. ¿No habéis pensado, lady Margaret, que yo podría conseguir vuestra liberación?

Margaret se sobresaltó, porque aquella afirmación no era insignificante.

—Alexander es mi vasallo —continuó Bruce—. Yo soy su señor, y voy a ser su rey. Si le ordeno que os libere, lo hará. Si le ordeno que os devuelva Castle Fyne, obedecerá.

Margaret oía los latidos de su propio corazón, que se habían vuelto ensordecedores. Se preguntó si Bruce los oía también. Sin embargo, ella ya sabía que tenía un gran poder, al menos entre sus seguidores.

Si él ordenara su liberación, ¿obedecería Alexander? No podía estar segura.

—¿Por qué me decís todo esto? —susurró.

Él sonrió de nuevo.

—Os digo todo esto porque me agradáis, lady Margaret, al igual que me agradó vuestra madre. Admiro la valentía y el orgullo, la lealtad e, incluso, el carácter desafiante, tanto en un hombre como en una mujer, aunque sean enemigos.

Ella tragó saliva. ¿Acaso le estaba sugiriendo que tuvieran una aventura, a cambio de devolverle la libertad?

—¿Me ofrecéis la libertad? ¿Qué tendría que hacer para conseguirla, y para recuperar Castle Fyne?

—No, no os estoy ofreciendo la libertad a cambio de que paséis una noche conmigo —dijo él, sin perder la sonrisa. Estaba divirtiéndose con aquella conversación—. No porque no os desee, sino porque estoy en guerra con Inglaterra y pronto atacaré Dumbarton. Necesito a Alexander a mi lado; es uno de mis mejores soldados.

Margaret sintió un gran alivio. Bruce no iba a insinuarse; tan solo estaba poniendo de relieve todo su poder. Sin embargo, al pensarlo bien, se quedó consternada. ¡Alexander iba a marcharse a la guerra con él!

—¿Cuándo saldrá Alexander de aquí?

—Si puede organizar su guarnición mañana, espero que me siga al día siguiente —dijo Bruce—. No sé discernir si os agrada u os disgusta la marcha de Alexander, lady Margaret.

Ella tomó aire y consiguió sonreír.

—Me agrada, porque soy su prisionera —dijo, pero, al darse cuenta de que era una gran mentira, se quedó horrorizada.

Bruce se echó a reír. Entonces, miró más allá, hacia las escaleras. Su sonrisa cambió.

Margaret se dio la vuelta y vio a Peg. La doncella se ruborizó e hizo una reverencia.

—Milord.

Bruce sonrió a Peg, se giró hacia Margaret e inclinó la cabeza. Sin darle las buenas noches, entró en su aposento.

Margaret caminó lentamente hacia su alcoba, donde la esperaba Eilidh. Bruce era poderoso y aterrador y, de repente, ella se preguntó si realmente ocuparía el trono de Escocia. ¡Ella no quería ser su enemiga si llegaba aquel día!

Peg se acercó a la puerta.

—¿Margaret? ¿Te enfadas si voy con él?

Margaret se giró a mirarla.

—No. Si llega a ser rey de Escocia, será beneficioso para ti.

Peg se quedó aliviada y salió de la habitación. Margaret se acostó en la cama, y Eilidh ocupó el jergón del suelo.

—Buenas noches, milady —dijo.

—Buenas noches —respondió Margaret.

Se acurrucó bajo las mantas y pensó en lo mucho que odiaba la guerra. Sin embargo, Bruce y Alexander la amaban, estúpidos como eran. Y ella no quería preocuparse más, ni por Alexander ni por ningún otro, pero no podía dejar de verlo en el campo de batalla, blandiendo la espada bajo el estandarte de Bruce…

Aquellas imágenes la persiguieron en sueños.

CAPÍTULO 10

Margaret se asomó furtivamente al gran salón. Bruce y sus hombres estaban terminando de desayunar, y Alexander estaba con ellos. Como la noche anterior, Bruce y él estaban sentados a la mesa más alejada de la entrada, apoyados en la pared. Y, como la noche anterior, hablaban en voz baja mientras comían. Estaban tan concentrados en su conversación que ninguno de los dos alzó la vista.

No podía haber un momento mejor. Rápidamente, atravesó el umbral de la sala, pensando que Alexander iba a ordenarle que se detuviera. Sin embargo, la orden no se produjo y, con la respiración entrecortada, ella siguió corriendo por el pasillo.

Se había levantado mucho antes de que amaneciera para ayudar a las mujeres en la cocina, y Alexander todavía no la había llamado a su presencia. Sin embargo, sabía que iba a hacerlo en cuanto Bruce se marchara con su ejército, y sabía también que iba a recibir un castigo por su desobediencia. Se imaginaba cuál sería aquel castigo: seguramente, la prohibición de ver a su hermano diariamente.

Por lo tanto, debía hablar con William en aquel momento.

Tenía muchas cosas que decirle a su hermano, y necesitaba conocer su opinión.

En la torre sur, el guardia de William estaba comiendo una

rebanada de pan con algo de queso. La saludó brevemente y se puso en pie.

—Buenos días —dijo Margaret con una sonrisa. Los guardias cambiaban a menudo, pero ella los conocía a todos—. Duncan.

—Milady —dijo él.

Abrió la puerta y la dejó pasar.

William estaba paseándose de un lado a otro y, cuando se giró hacia la entrada, se sorprendió al ver a su hermana antes del amanecer. Ni siquiera la saludó.

—Bruce llegó anoche, ¿y se marcha ahora?

El guardia estaba en la puerta, e iba a escuchar todo lo que dijeran. Margaret sonrió.

—Yo me quedé tan sorprendida como tú. Va a Dumbarton, William. Tengo muchas noticias que darte.

Él se quedó mirándola un instante. Entonces, de repente, se agarró el costado derecho y, con un grito, se desplomó. Margaret echó a correr hacia él, pero el guardia se adelantó. Ella permitió que recogiera a su hermano del suelo; mientras, se giró y vertió el contenido de un diminuto frasco en la copa de vino de Duncan.

Solo tardó un instante; después, corrió hacia ellos.

—¿Qué te ha pasado?

—¡Dios, no lo sé! —dijo William, que estaba sentado en el jergón, agarrándose el costado—. Ha sido un dolor terrible, pero ya ha pasado.

Duncan refunfuñó. Se le habían caído el pan y el queso al suelo y, cuando volvió a su sitio junto a la puerta, lo empujó todo de una patada hacia el pasillo y apuró la copa de vino de un trago.

Dentro de cinco minutos se habría quedado inconsciente. Margaret se sintió satisfecha y se giró hacia su hermano.

—Alexander está preparando una guarnición de cien hombres aquí, en Castle Fyne.

—¿Para defender la fortificación de un posible ataque de

sir Guy o Buchan? ¡Maldición! Es fácil defender Castle Fyne con ese número de hombres. ¿Qué más noticias hay, Meg? —le preguntó William, con avidez.

—Bruce viene de Galloway. Allí no ha podido conseguir ningún apoyo.

William asintió y sonrió brevemente.

—Los gaélicos nunca lo apoyarán, ni apoyarán a nadie que no sea de los suyos.

Margaret miró a Duncan y lo vio bostezar.

—He recibido una carta de nuestro tío.

William abrió mucho los ojos y miró al guardia.

—¿Qué ha dicho?

—Está preparándose para la guerra contra Bruce. Quiere pagar un rescate por nosotros, pero Alexander ha dicho que no va a aceptar el canje por el momento. Dice que soy muy valiosa; incluso Bruce lo dijo también. William, vamos a ser cautivos durante mucho tiempo.

William la miró con petulancia, y ella supo con certeza que tenía un plan.

—Tú siempre tendrás un gran valor, porque el hombre que se case contigo tendrá derechos legítimos sobre Castle Fyne, como los tendrán sus hijos. ¿Has conocido a Bruce?

Margaret asintió.

—Es un hombre muy fuerte. Yo nunca pensé que ningún hombre pudiera enfrentarse a Inglaterra y ganar, pero tal vez Bruce lo consiga.

—No. Eso no sucederá nunca. Yo no lo permitiré; Buchan no lo permitirá… ¡El rey Edward no lo permitirá!

Sonó un golpe seco, y ambos hermanos se dieron la vuelta. Duncan estaba en el suelo inconsciente, y William se echó a reír.

—¡Bien hecho, Meg!

Entonces, corrió hacia la puerta, arrastró a Duncan al interior de la habitación y cerró la puerta.

—¡William! —exclamó Margaret—. ¡Bruce marcha hacia Scone para su coronación!

William soltó una maldición.

—¡Siempre ha ambicionado el trono, igual que su padre!

Margaret le tiró de la manga.

—Puede que tenga pensado secuestrar a Isabella. Peg oyó a Alexander y a él hablando de ello. Parece que el conde de Fife tiene un importante papel en la ceremonia tradicional de la coronación, y como no pueden conseguir que asista el joven Ed, se preguntaban si podrían utilizar en su lugar a Isabella. Últimamente no he pensado mucho en escapar, pero debemos avisarla.

—Tengo un plan, ¡y este momento es perfecto! —dijo William.

—¿Y cómo vamos a escapar? Ya no tengo guardia, pero siempre hay alguien cerca de mí, vigilándome, salvo ahora, que he aprovechado el caos del salón para escabullirme y venir a verte. ¡Y tú sí que estás custodiado!

William se acercó a la ventana y señaló hacia fuera. Margaret se acercó rápidamente y se asomó.

Unos cien caballeros salían de la barbacana hacia el bosque a la luz del amanecer. El cielo estaba despejado y podía distinguirse claramente a Bruce a la cabeza de las tropas. Era una figura orgullosa e imponente, y su enorme estandarte rojo y amarillo ondeaba en medio de la cabalgata. La imagen era soberbia.

—La carretera no es más que un camino estrecho, y su ejército va a tardar horas en salir de aquí —dijo William—. ¿Cuántos hombres tiene?

—No lo sé.

—El Lobo tiene quinientos hombres, ¿no?

—Tiene quinientos hombres, o tal vez más, si su hermano le envía refuerzos.

—¿Y se marcha dentro de dos días? ¿Pasado mañana?

—No. Creo que se marcha mañana, pero no he hablado con él —dijo ella, consciente de lo que le dolía pensar que Alexander se marchaba a la guerra con Bruce—. ¿Qué has pensado?

—Saldremos del castillo por la puerta norte. Desde allí solo tenemos que atravesar una pequeña franja del bosque, y habremos llegado a la carretera. Podemos mezclarnos con su ejército. De ese modo nunca nos descubrirán.

—Pero… tú siempre tienes un guardia en la puerta.

—Déjame tu poción. Yo mismo se la daré al guardia, y me pondré su ropa. Tú también debes disfrazarte. Como has dicho, esta mañana en el salón había un caos. Siempre hay caos cuando parte un ejército.

Ella se echó a temblar; estaba empezando a entenderlo todo.

—Aunque consiguiéramos llegar a la puerta norte, también allí hay un guardia.

—Ahí es donde entra en juego Peg. ¿Dudas de su capacidad para distraer a un hombre? —preguntó él, con una sonrisa.

¿Podría funcionar de verdad aquel plan? Sabía que podía disfrazarse, y llegar a la puerta norte no sería difícil. Peg podría distraer al guardia, sin duda; y una vez que hubieran salido del castillo, podrían correr hacia el bosque…

Entonces, Margaret pensó en Alexander.

Él se iba a poner furioso si escapaba. Tal vez, incluso sintiera decepción.

Sin embargo, ella nunca le había dado su palabra de que no iba a intentar escapar. Su deber era hacerlo, y sobre todo en aquel momento, cuando debía avisar a Isabella por si Bruce intentaba utilizarla en contra de su voluntad y la obligaba a cometer una traición.

El plan de William podía funcionar. Si conseguían mezclarse con el ejército de Alexander, nadie se fijaría en ellos y, cuando llegaran a Dumbarton, encontrarían a amigos que podrían llevarlos hasta Buchan, si todavía estaba en el sur, o ayudarlos a regresar a Balvenie, en el norte.

—¿Y si no puedo traerte otra poción? Creo que Alexander no me va a permitir volver a visitarte —dijo lentamente.

William se encogió de hombros.

—Soy amigo de todos mis guardias. Ya no estoy débil, pero

ellos no lo saben. Golpearé al guardia por la espalda. Me voy de este sitio, Margaret, voy a volver al territorio de Buchan, porque estamos en guerra y tengo que luchar.

En aquel momento, William le recordó a su padre. Era muy joven, ni siquiera tenía veinte años, pero era vehemente, orgulloso y guapo. Margaret asintió.

—Entonces, debemos decidir todos los detalles ahora, porque tal vez no tengamos más oportunidades de hacerlo.

—Él saldrá después del desayuno —dijo William—. Alexander y sus caballeros partirán en primer lugar, como ha hecho Bruce; tú y yo nos reuniremos dos horas después de que él haya salido, en la puerta norte. Peg distraerá al guardia y, mientras, nosotros nos escabulliremos del castillo y correremos hacia el bosque, y nos uniremos al resto del ejército que sale de la fortificación.

Margaret asintió. De repente, tuvo que abrazarse a sí misma. ¿Por qué sentía consternación? ¿No debería entusiasmarse con aquella oportunidad de escapar?

—Y, Margaret… si uno de nosotros fracasa en el intento, el otro debe continuar.

Ella se sobresaltó.

—No me gusta eso —gimió.

Él alzó una mano.

—No tenemos elección. Debemos avisar a Isabella y a Buchan. Hay que detener a Bruce antes de que llegue a Scone. Mañana escaparemos.

Margaret volvió lentamente al salón. Tenía frío, y se ciñó la capa alrededor del cuerpo. No sabía por qué no sentía euforia por el plan de William. Al día siguiente podrían ser libres, porque el plan de su hermano era muy bueno, y tenían muchas posibilidades de llevarlo a cabo ahora que Alexander confiaba en ella y le había permitido cierta libertad de movimientos.

¿Cuál era el problema? ¿Que él le hubiera dado su confianza, en cierto sentido, y que ella lo supiera? Eran rivales, pero entre ellos también se había formado una extraña amistad. Ella había llegado a respetarlo y admirarlo. Era su prisionera, pero también sabía que él la mantendría a salvo de todos los demás enemigos. Incluso había intentado protegerla de Bruce.

¿Qué le ocurría? Siempre y cuando estuvieran en bandos opuestos en aquella guerra, nunca podrían ser amigos, y no debía olvidarlo. Él seguía siendo el enemigo, y ella seguía teniendo el deber de escapar.

Al día siguiente, escaparía escondida entre un gran ejército y volvería a casa, a Balvenie. Allí abrazaría a Isabella y le contaría a su tío lo que había averiguado, y les pediría a Buchan y a sir Guy que recuperaran Castle Fyne. Alexander permanecería junto a Bruce, luchando para conseguir el trono de Escocia.

Margaret vaciló en el corredor. Estaba demasiado angustiada como para seguir andando. ¡Cuánto odiaba aquella guerra! ¡Cuánto odiaba las guerras! Había perdido a tres hermanos y, recientemente, había perdido soldados, arqueros y a Malcolm. Se echó a temblar. Durante breves momentos, había pensado que Bruce podría vencer, pero eso era cuando su poderosa presencia la había abrumado. Sin embargo, ya no estaba bajo su influencia, y veía claramente que solo era un hombre, un escocés, y que no podría derrotar al rey Edward.

Bruce moriría con gloria, en el campo de batalla, o sin ella, en el patíbulo. Y el destino de Alexander estaba ligado al de Bruce. Si Alexander no moría luchando, sería ejecutado junto a su señor. O, si lograba escapar del rey Edward, tendría que vivir en el exilio...

No debería importarle. No quería que le importara.

—No sé por qué, pero no creo que me estés buscando a mí.

Ella se sobresaltó al oír su voz. Alexander estaba apoyado en el marco de la puerta del gran salón, con una expresión demasiado afable. Sus ojos, sin embargo, estaban llenos de dureza.

—Buenos días, milord. ¿Se ha marchado ya Bruce?

—Seguro que sabes que Bruce ya se ha marchado.

—Lo vi partir, sí.

—Me has desobedecido gravemente, Margaret. Estoy muy contrariado.

—No podía soportar los rumores.

—¿Qué rumores? ¿Y qué excusa es esa? —inquirió él; se había puesto furioso.

—Los rumores de la guerra. Los rumores de la coronación. ¿Se marcha a Scone? ¿Lo van a coronar allí? ¿Y tú? ¿Te vas mañana a la guerra?

—Si va a ser rey, será coronado en Scone —dijo Alexander, con más calma—. Sí, me marcho mañana.

—¿A atacar Dumbarton? ¿A atacar a todos los aliados del rey Edward de camino a Scone?

—Así que tus doncellas nos estaban espiando anoche.

A ella se le llenaron los ojos de lágrimas.

—Por favor, dejad en paz a Isabella.

—Has descubierto demasiadas cosas, Margaret.

—De todos modos, ya ibas a castigarme, ¿no? Sí, mis doncellas os oyeron anoche. Pero Bruce fue quien me dijo que vas a luchar en Dumbarton, y yo me imagino el resto. Por Dios, Alexander, ¿vas a ir a la guerra contra el ejército del rey Edward?

Él la observó atentamente y empezó a sonreír.

—Margaret, ¿estás preocupada por mí? ¿Incluso más que antes?

A ella le faltaba el aire.

—No debería importarme, lo sé. ¡En realidad no me importa! ¡Pero no puedo desearte nada malo!

La sonrisa de Alexander aumentó.

—¿Te divierte? ¿Piensas que es divertido luchar contra un rey legítimo para poner en el trono a uno ilegítimo? ¡Esto no es una riña trivial por el robo de un ganado! ¡Esto es una gran guerra entre un aspirante a rey y un verdadero rey!

—No es la primera vez que se lucha por Escocia —dijo él, sin dejar de sonreír.

—¿Por qué? ¿Por qué te pones del lado de Bruce? Hace seis meses eras vasallo del rey Edward.

—Estás preocupada por mí.

Ella quiso negarlo, pero no podía. Ni siquiera podía negárselo a sí misma.

—No te deseaba nada malo cuando fuiste a luchar contra sir Guy, y ahora tampoco te lo deseo. Tal vez sea tu rehén, pero has sido justo conmigo.

A él se le escapó una carcajada.

—¡Hasta dónde eres capaz de llegar con tal de excusar el afecto que sientes por mí!

—¡Yo no siento afecto por ti!

Él la observó atentamente.

—Me entristecería mucho —dijo, finalmente—, que me desearas un perjuicio.

Margaret no tenía respuesta. Estaba muy angustiada. Ojalá Alexander nunca hubiera abrazado la causa de Bruce, y ojalá no fuera a la guerra al día siguiente. Y ojalá ella no tuviera un plan de huida con William. Él se alejó de la entrada al salón y dijo:

—Pero nos hemos desviado de la cuestión. No hay excusa para tu desobediencia.

Ella tomó aire.

—Ya sé que estás enfadado.

—Quería protegerte, Margaret. Quería mantenerte alejada del peligro.

Así pues, había acertado en su suposición. Alexander quería mantenerla alejada de Bruce, pero no para poder hablar en secreto de sus planes de guerra.

—¿Qué vas a hacer?

—No me complace, pero estarás confinada en tu alcoba hasta que decida otra cosa.

Margaret se puso muy tensa. ¿Cómo iba a poder escapar si estaba encerrada en su alcoba?

—Si te digo que lo siento, si lo lamento de veras, ¿levantarías ese castigo?

—No.

Margaret estaba tumbada en la cama, mirando al techo. Era tarde, y el castillo estaba silencioso. Los únicos ruidos eran los que hacía el viento en los árboles, y el aullido de algún lobo solitario.

Ella no podía dormir. Había pasado todo el día en su alcoba; Dughall había hecho guardia en la puerta para asegurarse de que no saliera. No habían permitido a Eilidh que la atendiera, y el muchacho le había llevado las comidas. Su ventana daba al norte, así que no podía ver el patio ni la barbacana, pero había estado oyendo todo el día los pasos y las voces de los hombres de Alexander, que aprovisionaban el castillo para defenderlo durante su ausencia. Más tarde, había oído sus voces desde el salón, donde cenaban.

Como no tenía nada que hacer, ni nadie con quien hablar, había intentado bordar, pero no pudo hacerlo; estaba demasiado preocupada.

Ya no podría escapar. William tendría que marcharse solo. Y, al día siguiente, Alexander se iría a la guerra.

¿Por qué tenía que luchar por Bruce? ¿Y si no regresaba de la batalla? Tal vez fuera un guerrero muy poderoso, pero tres de sus hermanos habían muerto en la guerra. Ella sabía, mejor que nadie, lo caprichoso que era el destino. Los hombres como Alexander vivían y morían luchando; muy pocos llegaban a la vejez. Ella solo esperaba que no muriera en la batalla de Dumbarton...

De repente, oyó unos pasos en las escaleras; se incorporó de golpe, porque sabía que eran los pasos de Alexander. ¿Sería capaz de desearle buena suerte al día siguiente?

¡Los hombres eran tan estúpidos al tomarse la guerra a la ligera!

Oyó cerrarse su puerta y volvió a tenderse en la cama, mirando al techo. Ojalá pudiera sentir lo mismo por sir Guy. Y, ¿quién podía saberlo? Tal vez algún día lo sintiera, pero, por el momento, no era así.

En cierto modo, Alexander se había convertido en una parte muy importante de su existencia. En el centro de su existencia. Aunque, por supuesto, era su carcelero y, algún día, ya no tendría tanta importancia.

Sin embargo, parecía una montaña en el centro de su vida, una montaña insuperable. Y una montaña que siempre estaba allí, una presencia segura.

Tuvo ganas de reírse de sí misma. Él era como una montaña, pero no era una parte inamovible del terreno. Solo era un hombre. Si moría, ella sentiría tristeza, pero se recuperaría como se había recuperado de la muerte de sus hermanos y de sus padres.

—Pero yo no quiero que muera…

Se levantó de la cama. Iba descalza y solo llevaba la camisa. Él se marchaba al amanecer y, un poco antes, ella se había negado a decirle que le importaba.

Margaret se echó una piel sobre los hombros y salió de su alcoba. Era incapaz de dominar sus impulsos. Al instante, Dughall se puso en pie.

—¿Lady Margaret? —preguntó con incredulidad, al ver que apenas iba vestida.

—Deseo hablar con Alexander —dijo ella, y no esperó respuesta. Fue a su puerta y la abrió.

Él saltó de la cama con la daga en la mano, preparado para defenderse de un ataque.

Ella se quedó en la puerta, paralizada, y la piel se le cayó de los hombros.

Alexander se quedó boquiabierto. Después, pasó la mirada por su figura y entrecerró los ojos. Dejó la daga sobre la cama.

—Margaret.

A ella no le sorprendió que estuviera solo. Estaba segura de que había pasado sus noches solo desde la batalla de Cruach Nan Cuilean.

Un momento antes no sabía qué decir; de repente, le pareció fácil.

—No quiero que mueras.

A él se le abrieron mucho los ojos. Su alcoba estaba tenuemente iluminada por la luz de la chimenea. Solo llevaba puesto el sayo y, como todos los highlanders, nada por debajo.

Él la acarició con su mirada azul, lentamente.

—No voy a morir pronto.

—Eso era lo que pensaban mis tres hermanos.

—Soy el Lobo de Lochaber —replicó él, en voz muy baja.

—Alexander… estoy preocupada por ti.

—Me alegro.

Alexander caminó hasta ella y posó la mano en la pared, por encima de su hombro. Su mirada era abrasadora, pero también estaba llena de preguntas. Él miró hacia el pasillo.

—Puedes dejarnos, Dughall.

Margaret no se volvió, pero oyó que el muchacho se marchaba apresuradamente. Se dio cuenta de que estaba absorta en el pecho ancho y duro de Alexander. Tenía un vello oscuro en el centro, y los pezones, erectos.

Él dijo, suavemente:

—¿Cuán preocupada estás?

—No quiero sentir esta preocupación. ¡Somos enemigos!

—No quiero que seamos enemigos, Margaret. Ni ahora, ni nunca.

—Tengo miedo de que no vuelvas de esta batalla —susurró ella.

—Volveré, Margaret, puedes estar segura, si tú me estás esperando.

—Alexander, ¿cómo puedo esperarte? —le preguntó ella, en tono de súplica.

—Puedes porque te importo. Las lealtades cambian todo el tiempo —dijo él.

Entonces, posó la boca sobre sus labios, con delicadeza, como la caricia de una pluma.

El deseo estalló. Margaret se aferró a sus hombros, con fuego en el cuerpo y, en cuanto se agarró a él, Alexander la besó más profundamente.

Ella se estrechó contra su cuerpo y sintió algo perfecto. Él la rodeó con sus brazos, la ciñó contra sí, y ella sintió su virilidad contra el vientre. Gimió. Él le abrió la boca y la invadió con su lengua. La agarró por las nalgas y la elevó.

Margaret le rodeó la cintura con las piernas y él la apoyó contra la pared. Ella se agarró a él con fuerza, besándolo, cegada por la pasión de su cuerpo y las repentinas exigencias de su corazón. Un momento después él, había entrado en ella, y ambos estaban gimiendo.

Margaret se despertó desconcertada. Por un instante, no supo dónde se encontraba. Estaba tapada con varias pieles, mirando hacia el techo de piedra, en la cama que había sido suya, en la alcoba que había pasado a ser de él… Alexander.

Tomó aire profundamente, con perplejidad. En su mente se sucedieron muchas imágenes y, en todas, ella estaba entre sus brazos, ardiendo de deseo o abandonándose al éxtasis. Se incorporó y se ruborizó. Alexander le había hecho el amor muchas veces, apasionadamente; ella había correspondido a aquella pasión con la misma fuerza, con la misma desinhibición.

Aquella noche había sentido el impulso de ir a verlo, pero no era consciente de que iba a yacer con él en su lecho. Sin embargo, cuando se vio entre sus brazos, no pensó en retirarse ni por un instante.

Miró a su alrededor, y se dio cuenta de que Alexander se había marchado.

Dios Santo, no se habría ido a la guerra sin despedirse de ella, ¿verdad? Se incorporó y, al mirar por la ventana, comprobó que ni siquiera había amanecido. ¡Alexander no podía haberse marchado todavía!

Saltó de la cama y encontró su camisa en el suelo; estaba rasgada, y Margaret volvió a ruborizarse. Se la puso y, descalza, sin el manto, salió corriendo de la alcoba.

Dughall no estaba en el pasillo, pero ella recordó que sí estaba presente la noche anterior. Se detuvo en seco.

Iba a casarse con sir Guy en junio. Era lady Margaret Comyn, enemiga de Robert Bruce y de todos los MacDonald de Escocia. Sin embargo, había dormido con Alexander aquella noche.

Y Dughall lo sabía.

La puerta de su alcoba estaba entreabierta. Miró al interior y se encontró a Eilidh, que sonreía.

—Vais a enfermar si seguís ahí, casi desnuda —le dijo la doncella.

A ella se le encogió el corazón de consternación y temor. Eilidh también lo sabía. Margaret entró rápidamente y cerró la puerta mientras Eilidh le tendía una camisa y un sayo limpios.

—No puedo explicarlo —dijo Margaret con energía, mientras se quitaba la prenda rasgada y se ponía la ropa nueva—. Pero tienes que jurar que guardarás el secreto, Eilidh, debes jurar por la vida de tu madre, de tu hermana y tus sobrinos, que nunca le dirás a nadie dónde estuve anoche.

No añadió que su vida dependía de ello.

Pensó en su poderoso tutor. Su tío la enviaría al exilio si alguna vez conocía su infidelidad.

Eilidh palideció.

—Milady, ¡yo nunca os traicionaría! Estoy contenta por vos. Todos sabemos que el señor os ha deseado desde que os vio por primera vez, antes del asedio.

Margaret la miró con desconcierto. ¿Acaso todo el mundo creía que Alexander había sentido deseo por ella desde el primer momento?

—Espero que fuera un amante complaciente —añadió la doncella—. Parecéis satisfecha, milady. Tenéis muy buen color.

Margaret tuvo la sensación de que volvía a ruborizarse.

—¡Ayúdame a hacerme la trenza!

No tenía intención de hablar de los detalles de su noche con Alexander. Mientras Eilidh le entregaba un pellote azul claro, ella vio una pila de ropa sobre la cama, y el corazón se le encogió.

—¿Qué es eso?

Eilidh tomó un cepillo del pelo.

—Ayer pedisteis esa ropa —dijo la muchacha, en voz baja.

Su disfraz. Aquel mismo día iban a intentar escapar.

Margaret respiró profundamente y, con determinación, se puso la túnica azul que le había entregado Eilidh. Después se ciñó el cordón dorado y Eilidh comenzó a peinarla. El corazón le latía con furia.

William estaría en la puerta norte, si podía, dentro de dos horas. Ella también debía estar allí.

No podía pensar con claridad, pero parecía que su corazón protestaba.

¿Podía una noche cambiar sus vidas?

—Deprisa —dijo secamente.

Eilidh se puso tensa, porque Margaret nunca utilizaba aquel tono de voz; rápidamente le hizo una trenza sencilla. Margaret se giró y la tomó de la mano.

—Eilidh, lo siento. No sé qué hacer.

Eilidh sonrió.

—Lo sé, milady.

¿De veras lo entendía? Pero ¿cómo podía cambiarlo todo lo que había sucedido una noche? No cambiaba su nombre, ni su origen, ni la lealtad que le debía a su familia, ni los actos de guerra. Margaret abrazó impulsivamente a la doncella. Después, salió de la alcoba y bajó rápidamente las escaleras.

Al acercarse al gran salón, oyó las voces de los caballeros y el entrechocar de los platos, tazas y espadas.

Se detuvo en el umbral de la sala, y vio a Alexander, que ya estaba armado con sus espadas, y que hablaba rápidamente con Padraig. Se giró hacia ella y, al verla, interrumpió su conversación en medio de una frase. Entonces, Padraig también se giró a mirarla.

A ella se le encogió el corazón. Se preguntó cuántos de sus hombres sabrían lo que había sucedido aquella noche. Sir Guy no debía enterarse jamás.

Alexander dejó a Padraig y atravesó el gran salón a grandes zancadas. Después se detuvo en el umbral, ante ella. Su expresión se suavizó. No dijo nada, pero la miró a los ojos atentamente.

—Quería despedirme de ti, Alexander, y desearte buena fortuna —dijo ella, con la voz ronca.

Él siguió observándola.

—¿Te arrepientes?

Ella vaciló. No podía apartar la mirada de él.

—No he tenido tiempo de pensar.

—Yo no me arrepiento.

A Margaret se le encogió el corazón una vez más. Ojalá no se marchara... Ojalá no fueran enemigos... Ojalá no estuviera prometida con otro hombre. Y, entonces, se dio cuenta de que ella tampoco se arrepentía. ¿Cómo iba a arrepentirse?

—Me alegra —susurró— que encontráramos un momento para compartir lo que compartimos.

Él sonrió.

—Fue más que un momento.

Ella se echó a temblar.

—¿Alexander? La noche de ayer no cambia nada. Tú vas a la guerra contra mi familia. Luchamos por reyes diferentes.

—La noche de ayer —respondió él, en voz baja— lo cambia todo.

A ella se le encogió el corazón una vez más, pero no tenían tiempo de discutir.

—¿Cambia mi nombre? Soy Margaret Comyn. ¿Cambia

quién es mi tío, o mi hermano? ¿Cambia el hecho de que tenga que casarme con sir Guy en junio?

—Seguramente, sir Guy se negaría a casarse contigo si supiera todo esto —respondió él, con una mirada muy aguda.

—¡No debe saberlo! ¡Buchan no debe saberlo nunca! Mi tío me encerraría en una torre para el resto de mi vida si lo averiguara.

—Margaret, sé que temes a Buchan, y es lógico. Pero aquí no puede hacerte daño. No puede hacerte nada mientras estés bajo mi protección.

Margaret se puso muy tensa al darse cuenta de que tenía razón; sin embargo, ella tenía planeado escapar.

—Debes pedirle a Dughall el juramento de que guardará el secreto —dijo.

—Dughall ya lo ha jurado —respondió él—, pero tú debes tener cuidado con tus doncellas.

—Lo sé.

Alexander miró hacia atrás, al salón.

—Me gustaría quedarme aquí, hablando contigo, mucho tiempo; especialmente, sobre este tema. Sin embargo, no puedo. Nos marchamos, y ha llegado la hora.

Ella sintió una terrible angustia.

—¿Cuándo volverás?

—No lo sé. Tal vez dentro de unos meses. Aún después de que Bruce tenga la corona, la guerra continuará. El rey Edward tendrá que sufrir muchas derrotas para aceptar la pérdida de Escocia. Y otros hombres, como tu tío Buchan, también.

—Odio esta guerra —dijo ella, con la voz temblorosa—. Bruce dijo que sería una contienda larga.

—Luchamos por un trono. Estos asuntos no pueden resolverse rápidamente.

—Quiero volver a verte, Alexander. No mueras.

A él le brillaron los ojos.

—Entonces, me verás. Que Dios te proteja, Margaret.

Se miraron el uno al otro durante unos instantes y, después, él se dio la vuelta y se alejó. Margaret se abrazó a sí misma.

—Que Dios te proteja —murmuró.

Entonces, se dio cuenta de que Padraig la estaba mirando, igual que sir Neil y otros de los caballeros del salón. Se giró, porque temía que lo que sentía se le reflejara claramente en el rostro.

Los oyó marcharse; cientos de botas golpearon el suelo de piedra cuando los caballeros salían al patio. Margaret se dijo que no debía tener aquella sensación de pérdida.

Peg salió al pasillo.

—¿Margaret?

Margaret entendió y la miró. Peg quería saber si iban a seguir adelante con su plan de fuga.

Alexander se había ido, y no volvería hasta dentro de varios meses. Y una noche no cambiaba quién era él, ni quién era ella.

Margaret era consciente de que, aquella noche, había traicionado a su familia y a sir Guy, pero eso no significaba que su lealtad hubiera cambiado. Además, no podía quedarse en Castle Fyne como prisionera de Alexander sabiendo todo lo que sabía.

—Acude a la puerta norte dentro de dos horas —dijo Margaret.

Después de la marcha de Alexander y sus caballeros, el patio de armas había quedado totalmente silencioso. Margaret se detuvo en los escalones de bajada, junto a Eilidh. Ambas iban disfrazadas y bien ocultas en sus cogullas. Margaret llevaba la ropa de Eilidh, y las dos parecían doncellas de las Highlands. Sin embargo, Margaret no se movió de las escaleras.

Pensó que el plan de William habría sido mejor si se hubieran marchado mientras Alexander y sus caballeros salían, causando un gran alboroto. La mayoría de los habitantes del castillo habían salido a verlos y a despedirlos. En aquel momento, el patio estaba demasiado tranquilo; había algunos hombres y mujeres guiando unas vacas, un carpintero reparando una de las puertas, cuatro niños jugando en un rincón y un par de soldados en la puerta de la garita. Los arqueros de Alexander hacían guardia en el adarve, y en cada una de las torres albarranas había un vigía.

Margaret se sintió terriblemente expuesta.

Con el pulso acelerado, se dijo que nadie podía reconocerla y comenzó a bajar las escaleras junto a Eilidh. Si querían escapar, debían hacerlo en aquel momento. Atravesaron el patio rápidamente y se dirigieron a la parte norte de las murallas. Peg ya estaba allí, riéndose con el guardia que custodiaba la salida. Peg había accedido a ayudar siempre y cuando pudiera volver con ellas a casa. Margaret miró hacia atrás y sintió alivio; William las seguía apresuradamente, también disfrazado.

Aunque él permanecía a cierta distancia para no formar un grupo con ellas y llamar la atención, Margaret se dio cuenta de que le brillaban los ojos de entusiasmo. Intentó sonreír a su hermano, pero era muy consciente de que no sentía la misma alegría que él.

Miró de nuevo hacia delante, y vio que Peg había empezado a besarse con el guardia. Los dos comenzaron a acariciarse frenéticamente y se alejaron de la puerta, hacia la muralla.

En aquel momento, una campana comenzó a sonar con el toque de emergencia.

Margaret se percató de que habían descubierto su desaparición, o la de William.

Su hermano miró hacia atrás y soltó una imprecación. Margaret también se giró, y vio a Padraig aparecer en el adarve, sobre el gran salón.

Padraig miró directamente a William. Margaret no podía discernir su expresión desde aquella distancia, pero vio que su postura cambiaba y se volvía rígida por la sorpresa.

—¡Me ha reconocido! —gritó William—. ¡Corred!

Sin embargo, cuando ella se disponía à hacerlo, Peg y el highlander se separaron y el guardia se volvió hacia el adarve. Margaret vio que Padraig señalaba a William y gritaba algo.

En aquella situación, vaciló, porque sabía que no podía pasar corriendo por delante del centinela. El hombre echó a correr hacia Eilidh y hacia ella y, por un momento, Margaret pensó que iba a agarrarla. Sin embargo, el guardia siguió corriendo hacia William.

William intentó esquivarlo y se alejó de la salida norte; entonces, se oyó un silbido horrible, un sonido que ella odiaba y temía.

Era el silbido de una flecha.

William gritó.

Margaret se atragantó de horror al ver caer a William con una flecha atravesándole el hombro.

—¡Will!

Su hermano la miró con la cara crispada de dolor.

—¡Sigue, maldita sea, sigue corriendo! ¡Vete!

Margaret no quería dejarlo allí, pero Eilidh le tiró de la mano. El guardia ya había llegado hasta William y, en aquel momento, ella vio que Peg había abierto la puerta norte, que ya ni siquiera estaba vigilada.

Intentaron no correr y siguieron caminando hacia la salida. Mientras la atravesaban, Margaret miró hacia atrás. Ya no pudo ver a William, puesto que estaba rodeado de soldados. Peg cerró la puerta.

Fuera, las tres se quedaron inmóviles un momento, mirándose las unas a las otras.

—Tengo que volver —dijo Margaret. No sabía si William estaba herido de gravedad.

—¡No! —exclamó Peg, tomándola de la mano—. ¡No creo que se hayan dado cuenta de que nos hemos escapado!

«Tal vez Peg tenga razón», pensó Margaret, porque no se oían gritos desde el patio. Si se hubieran dado cuenta de su fuga, habría gritos de alarma y órdenes.

Y el bosque, casi impenetrable, estaba a pocos pasos de distancia. Era tan espeso que no se veía nada a través de los árboles, pero sí se oía al ejército en el camino, al otro lado.

—Vamos —dijo con determinación.

Echaron a correr. Un momento después, Margaret se resbaló y se deslizó hacia la primera fila de ramas; las agujas y la corteza de los pinos le arañaron las manos y la cara y se le engancharon en el pelo. No se detuvo, y comprobó que Eilidh y Peg iban tras ella. Avanzaron entre los árboles, caminando por el terreno helado y duro, hasta que solo oyeron su propia respiración en medio del bosque.

Margaret se esforzó por escuchar. Padraig y sus hombres habrían seguido fácilmente sus huellas hasta el bosque, si se hubieran dado cuenta de su huida. Sin embargo, no les habría resultado tan sencillo encontrar su rastro dentro del bosque. El suelo estaba lleno de barro en algunas zonas y, en otras, completamente congelado.

Sin embargo, sí era muy fácil deducir que pensaban mezclarse con el ejército de Alexander.

Margaret no oyó a Padraig ni a ningún soldado acercándose. ¿Sería posible que nadie se hubiera percatado de que habían escapado?

—No creo que nos estén siguiendo —susurró Peg.

—Creo que tienes razón —respondió Margaret.

Se miraron, y ella alzó una mano para indicar que no debían hablar. Con mucho sigilo, siguieron caminando hacia el sur y, una media hora después, llegaron al otro lado del bosque.

Allí, en el estrecho camino, encontraron al ejército de Alexander.

CAPÍTULO 11

Balvenie, la enorme fortaleza de piedra rojiza, se erguía ante ellas sobre la colina.

Margaret detuvo su caballo. Peg y Eilidh la imitaron, y los tres caballeros que las escoltaban hicieron lo propio. Ella miró las murallas de Balvenie, cuyo trazado seguía la forma de la colina, y la silueta de sus torres, que se recortaba contra el cielo azul.

—Balvenie —susurró con incredulidad.

Tres días antes se había despertado en la cama de Alexander, y en aquel momento estaba en casa.

Por debajo de ellos, el río Spey discurría rápidamente a través de la ladera boscosa de la colina. Sus aguas frígidas bajaban a borbotones por las rocas congeladas. Sin embargo, la nieve se estaba deshaciendo, y había partes del terreno en los que habían crecido la hierba y los cardos.

—Iré a decirle al vigía que hemos llegado —dijo uno de los caballeros. Espoleó a su caballo y comenzó a subir la ladera al trote.

—Estamos en casa —dijo Peg, sonriendo—. ¡No creía que iba a llegar este día!

Margaret no pudo devolverle la sonrisa. Aunque estaba aliviada por haber llegado a la fortaleza más segura y más grande de su tío, había cosas que empañaban su felicidad: Castle Fyne seguía en manos del enemigo, y William seguía allí prisionero. Y, además, no podía olvidar la noche que había pasado en brazos de Alexander.

Durante el día, al azar, y durante la noche, en sueños, no solo recordaba la pasión que habían compartido, sino también otros momentos en los que él le había parecido un poderoso caballero. ¡Pero no quería pensar en él! Y mucho menos, pensar en que había traicionado a su tío y a su prometido.

—Es muy grande —murmuró Eilidh, mirando la fortificación con los ojos muy abiertos.

—Sí, es grandiosa —dijo Margaret.

Después, dirigió a su yegua hacia la colina por el sendero embarrado que estaban recorriendo, y todo el grupo la acompañó.

Eilidh, Peg y ella habían permanecido dos días enteros escondidas entre el ejército de Alexander, pero cuando se había montado el campamento para pasar la noche cerca de Dumbarton, ellas se habían escabullido. Peg había conseguido que entraran en la fortaleza real de la localidad, donde Margaret había recibido un afectuoso recibimiento de su gobernador, John de Menteith. Como el caballero ya estaba al tanto de que al día siguiente iban a ser atacados, la había enviado aquella misma tarde, con la escolta de tres caballeros, hacia Balvenie.

Margaret vio que se abrían las puertas de la barbacana y comenzó a oír gritos de bienvenida desde el adarve. Mientras corría la noticia de su llegada, la gente subía a las murallas. Ella miró a los hombres, mujeres y niños que se asomaban por entre las almenas y les devolvió el saludo. Sonreía y movía la mano, pero por dentro estaba entumecida. Había dicho que una sola noche no podía cambiar nada, pero parecía que había cambiado muchas cosas. Ella no conseguía librarse de la consternación que sentía.

Atravesaron la barbacana y pasaron el puente levadizo. Cuando Margaret entró en el gran patio de armas del castillo, vio que se abría la puerta de la torre del homenaje. Por ella salió Isabella, ataviada con un vestido rojo y envuelta en un manto de piel.

—¡Margaret!

Margaret se detuvo mientras su amiga bajaba las escaleras y corría hacia ella. Era una mujer alta y esbelta de diecinueve años, con la piel muy blanca y el pelo castaño, y unos ojos asombrosamente azules.

—¡Ya has llegado a casa! —gritó, con una sonrisa resplandeciente.

Uno de los soldados la ayudó a desmontar y, antes de que sus pies pudieran tocar el suelo, Isabella la abrazó con fuerza.

—¿Ha habido un rescate? —preguntó—. ¡John decía que no creía que aceptaran un rescate a cambio de tu libertad!

Margaret la tomó de la mano.

—No, no ha habido ningún rescate. Hemos escapado. ¿Podemos entrar?

Isabella asintió, con los ojos muy abiertos, y ambas entraron en la torre seguidas por las doncellas y los caballeros.

El salón estaba lleno de mesas, tapices y sillas. En el suelo no había hierbas aromáticas, sino alfombras. El fuego ardía en los dos grandes hogares que caldeaban la estancia.

—Tienes que contármelo todo —dijo Isabella—. Pero, primero, ¿cómo pudiste escapar del Lobo de Lochaber?

—William lo planeó todo. Nos escapamos por una puerta de la muralla, disfrazados, y nos mezclamos con el ejército de Alexander cuando partía para la batalla. Sin embargo, a él lo capturaron antes de que pudiera salir del patio, y está en Castle Fyne, prisionero. Nosotras viajamos con el ejército hasta Dumbarton. Nadie nos prestó atención.

—¿Alexander? —preguntó Isabella, y arqueó las cejas. Llevó a Margaret hacia un par de butacas que había ante el fuego.

Margaret se puso tensa.

—Alexander MacDonald, el Lobo de Lochaber.

—Me ha sonado extraño que lo llamaras por su nombre de pila, pero es lógico, porque has sido su rehén durante muchas semanas. ¿Quieres sentarte conmigo y tomar una copa de vino, Margaret? ¡Debes de estar agotada después de atravesar Escocia! ¡Y te he echado de menos!

Margaret también había echado de menos a Isabella.

—Claro que me sentaré contigo. Tenemos muchas cosas de las que hablar.

Isabella sonrió mientras se acomodaban en las butacas.

—Peg, por favor, tráenos vino. ¡Y prepara una fiesta! ¡Tenemos que celebrar el regreso de Margaret!

Peg se apresuró a obedecer, mientras Margaret le entregaba el manto a Eilidh, suspirando, y estiraba las piernas.

—Entonces, ¿os hicisteis amigos? —preguntó Isabella.

Margaret se sobresaltó.

—¿Cómo?

—Le has llamado Alexander —dijo Isabella—. Debéis de haber hecho amistad.

Margaret rezó para que no se le enrojecieran las mejillas, aunque sabía que Isabella había hecho la pregunta con inocencia. No podía sospechar que habían tenido una aventura.

—No sé cuándo comencé a llamarlo por su nombre de pila, pero sigue siendo mi enemigo. Es un MacDonald.

Isabella la observó con atención.

—Debes de odiarlo —le dijo—. Te ha tenido prisionera y sigue reteniendo a William, incluso ahora que ya ha conquistado Castle Fyne.

—Sir Guy ya ha intentado reconquistar la fortaleza y, sin duda, volverá a hacerlo. Y ahora que estoy en casa, voy a enviarle una carta a Argyll pidiéndole ayuda.

—Entonces, ¿no vas a aceptar la pérdida del castillo?

—No, no voy a aceptarla. ¿Lo harías tú?

—¡Yo no escribiría cartas a mis parientes, pidiéndoles que fueran a la guerra por mí! —exclamó Isabella—. Claro que tampoco habría decidido defender una fortaleza, en primer lugar. ¡Qué valiente eres, Margaret!

—Fue una decisión muy estúpida, Isabella. Me aterroricé

y, como elegí luchar y no rendirme, causé la muerte de muchos hombres buenos.

—Él debió de enfurecerse contigo —dijo Isabella—. Si yo desafiara a John de esa manera e intentara luchar contra él, ¡oh, me castigaría de una manera terrible! ¿Él te castigó?

—No, no lo hizo. Estaba muy enfadado, pero fue razonable. No he sufrido mucho durante mi cautiverio.

Isabella pestañeó.

—¿Un guerrero que es razonable? ¿Estamos hablando del mismo hombre? Entonces, ¿no es como dicen las leyendas?

Margaret sonrió un poco.

—Es exactamente como en las leyendas, Isabella. Es fuerte, poderoso y valiente, un gran guerrero. Me pregunto si alguna vez será vencido en una batalla.

—¡Parece que lo admiras!

Margaret vaciló.

—En ciertos aspectos he llegado a admirarlo. Y lo respeto.

—¿Y es tan moreno y tan guapo como dicen?

Margaret decidió mentir.

—Sí es moreno, pero yo no me he fijado en si era guapo o no.

Peg volvió en aquel momento, portando una bandeja con dos copas de vino. Margaret tomó una y le dio las gracias. Mientras daba un sorbo, pensó en la enorme mentira que acababa de decir. Alexander le parecía el hombre más atractivo que hubiera visto en la vida.

—Si es tan poderoso como dices, tal vez nunca recuperes Castle Fyne —dijo Isabella.

—Eso me temo —dijo ella—. Dejó una gran guarnición allí.

Isabella emitió un sonido áspero.

—John está furioso por el asesinato de Red John, y se pasa el día planeando la guerra contra Bruce. Sin embargo, mi marido está muy satisfecho contigo. No ha hecho más que alardear de ti desde que se enteró del asedio y de tu defensa de la fortificación. Te tiene en muy alta estima.

—Buchan no está aquí, ¿verdad?

—No. Se marchó hace unas semanas para hablar con todos sus amigos, para reunir hombres y prepararse para la guerra. ¡Va a apoyar al rey Edward! —exclamó Isabella, y su mirada se oscureció—. ¡Cómo odia a Robert Bruce!

Isabella era una de las mujeres menos politizadas que conocía Margaret, pero, al igual que el resto de la familia, despreciaba a los ingleses.

—Tengo noticias de la guerra, Isabella. Debo hablar con mi tío. Es muy importante.

—¿Y no puedes escribirle?

—No. Debo hablar con él en persona.

No podía describir las conversaciones entre Alexander y Bruce por carta, puesto que esa misiva podría ser interceptada por cualquiera.

—La información que tienes debe de ser muy importante —dijo Isabella, aunque sin demasiada curiosidad, y le dio un sorbo a su vino.

—Sí, lo es —dijo Margaret—. Bruce pasó una noche en Castle Fyne.

Isabella se sorprendió tanto que dio un respingo y derramó un poco de vino. Su actitud había cambiado. Claramente, aquello sí era de su interés.

—¿Lo viste?

—Sí, lo he conocido.

—¿Y cómo es?

Aquella pregunta era extraña, tan extraña como la expresión de avidez de Isabella.

—Es un señor muy poderoso, Isabella. Es lo suficientemente arrogante como para pensar que puede ser el rey.

Isabella sonrió.

—Lo conocí en Fife, antes de casarme.

—No lo sabía.

—Ya entonces era orgulloso y arrogante. Lo vi después de mi matrimonio, también, en Lochmaben, y después en Dalswinton. Es un gallo de pelea.

Margaret la miró fijamente.

—Preguntó por ti. Ahora empiezo a entenderlo. No sabía que os habíais visto varias veces.

—¿Preguntó por mí? Entonces, ¿me recuerda? —inquirió Isabella, con evidente satisfacción.

Margaret la tomó de la mano. ¿Acaso Isabella pensaba que Bruce la recordaba porque era una joven muy bella?

—No sé si recuerda que te conoció, pero sabe de ti. Y estoy muy preocupada, Isabella. Va hacia Dumbarton, y después hacia Scone. Allí será coronado muy pronto.

Isabella abrió unos ojos como platos.

—Será nuestro próximo rey, Margaret. Estoy segura.

Margaret se sobresaltó. Aquella no era la reacción que esperaba.

—No podrá vencer al rey Edward, Isabella. ¡Es una locura!

—¿Por qué no? Es el siguiente en la línea de sucesión al trono, y no podemos seguir mucho más tiempo bajo el yugo inglés. ¡Dios tiene que estar por fin de nuestro lado!

¿De qué hablaba su amiga? Isabella nunca había dado su opinión, y menos en lo referente a asuntos de política. Margaret no daba crédito.

—¿Quieres que Bruce sea el rey?

Isabella vaciló.

—Es el sucesor legítimo. Todo el mundo lo sabe.

—Tu esposo luchará contra él hasta el final.

—Sí, es cierto.

—¡Isabella! Hay más. Bruce ha hablado de utilizarte para que lo ayudes en su coronación.

A Isabella se le escapó un jadeo.

Margaret se explicó rápidamente.

—No puede contar con tu hermano para la ceremonia y, al parecer, los condes de Fife han participado tradicionalmente en la coronación de todos los reyes de Escocia. Alexander y él hablaron de la posibilidad de que tú participes en la ceremonia en lugar de Ed. Después de todo, todavía eres la condesa de Fife.

Isabella estaba muy ruborizada, y se había quedado callada.

—He venido a avisarte.

—¿A avisarme? Oh, ¡estoy tan contenta de que me hayas dicho esto!

¿Contenta?

—Pero ¿cómo voy a llegar a Scone para ayudarlo?

Margaret se puso en pie de un salto.

—¿Te has vuelto loca? ¡Yo quería avisarte porque estamos en contra de Bruce!

Isabella también se levantó.

—¡A mí me encantaría ayudarlo a que sea el rey!

Margaret la miró con horror.

Isabella, con los ojos brillantes, exclamó:

—¡Tengo que enviarle una carta! ¡Tengo que decirle que le ayudaré en todo lo que pueda! ¿O debería marcharme directamente a Scone?

Margaret la tomó del brazo.

—¡Buchan es enemigo de Bruce! ¡Te repudiará si te pones del lado de Bruce!

Isabella cabeceó con vehemencia.

—No me importa, Margaret. Que Buchan batalle todo lo que quiera, ¡no me importa! ¡Bruce debe ser nuestro rey!

—¿De repente tienes interés por la política? ¿Desde cuándo? Si lo ayudas, tu matrimonio está sentenciado.

—Pues entonces, mi matrimonio está sentenciado.

Margaret e Isabella evitaron el tema de Bruce durante el resto de la noche, pero a la mañana siguiente, mientras Margaret se aseaba, Isabella se detuvo en el umbral de su alcoba con una tímida sonrisa.

—¿Margaret? ¿Podemos hablar?

Margaret estaba vestida tan solo con una camisa, y tenía un trapo húmedo y caliente en la mano. Sonrió y se lo entregó a Peg.

—Por supuesto. Buenos días.

Isabella miró a Peg.

—¿Podrías traernos vino caliente con especias? Yo ayudaré a vestirse a Margaret.

Así que deseaba hablar en privado, pensó Margaret con temor. Peg se marchó; Isabella esperó un momento, hasta que ya no se oyeron los pasos de la doncella.

—¿Estás enfadada conmigo?

Margaret se secó las piernas y los brazos.

—¿Por qué iba a estar enfadada?

—Eres la mujer más noble que conozco. Me temo que te he decepcionado.

Margaret dejó la toalla y tomó un sayo de color claro.

—Te quiero, Isabella, digas lo que digas. Y ayer no me decepcionaste; me sorprendiste.

—Por favor, no le cuentes a mi marido la conversación que tuvimos, ¡ni que deseo que Bruce sea el rey de Escocia! —le rogó la joven.

Margaret se dio cuenta de que Isabella tenía miedo, y se alegró por ello. Al menos, su amiga entendía las implicaciones de adoptar una posición tan contraria a la de su marido.

—Yo nunca te traicionaría así —dijo Margaret—, pero rezo para que cambies de opinión y apoyes a tu marido en sus causas. Es tu deber de esposa, Isabella.

—Yo nunca he sido tan honorable como tú.

Margaret se sintió culpable; ella no era tan honorable como pensaba Isabella.

—Por otra parte, te habrás dado cuenta de que no puedes ayudar a Bruce a que se ciña la corona de Escocia. Eso sería un acto de traición hacia tu marido.

Isabella sonrió con tristeza.

Entonces, se oyeron gritos desde la torre de vigilancia. Las dos muchachas corrieron hacia la ventana. Hacía un día soleado de primavera, y la mayoría de la nieve de las murallas se había derretido. Un grupo de hombres a caballo se acercaba a la fortificación.

El estandarte negro, rojo y dorado de Buchan flameaba orgullosamente sobre ellos.

—John ha vuelto a casa —dijo Isabella con tirantez.

Margaret se dio cuenta de que su amiga no sonreía, y de que se había quedado pálida. Entrecerró los ojos. Su padre había muerto un año y medio antes, y ella se había mudado a Balvenie poco después. Isabella se había casado con Buchan unos seis meses antes de su llegada. Como Buchan estaba a menudo en el castillo, había visto muchas veces juntos a Isabella y a su tío. Su matrimonio le había parecido muy normal.

Sin embargo, en aquel momento se paró a pensar.

Recordó haber visto a Isabella sentada al otro extremo de la gran mesa del salón, escuchando amablemente todas las palabras de su marido. Recordó haberlos visto marchar juntos después de la cena, sin decirse una palabra; sin embargo, Buchan siempre posaba una mano en la cintura de su esposa. Y recordó cómo lo saludaba Isabella cuando él volvía de ocuparse de los asuntos de su territorio, o de una jornada de caza. Buchan era normalmente bullicioso, e Isabella, recatada. Sin embargo, cuando él estaba fuera, la risa de la muchacha resonaba por el salón.

Margaret nunca había pensado en el matrimonio de su tío, y no sabía por qué lo hacía en aquel momento. Isabella tenía un carácter muy animado, pero, cuando su esposo carismático, guapo y mayor estaba cerca, ella siempre permanecía en silencio.

—Deberíamos ir a saludarlo —dijo Isabella, con un rubor en las mejillas.

Margaret asintió.

Estaban junto a la puerta, en el primer peldaño de las escaleras, esperando al conde y a sus caballeros. Estaban a mediados de marzo y, aunque el día era despejado, soplaba un viento frío. Las dos mujeres se estremecieron, porque ninguna se había puesto capa.

El conde de Buchan entró al patio de armas al trote, acompañado por dos docenas de caballeros de las Highlands. Era un hombre alto y moreno. Por el color de su pelo, a veces lo llamaban Black John. Montaba un caballo negro, y tenía una imagen de poder. Y en realidad, era muy poderoso. Antes de que muriera su primo, ya controlaba la mitad del norte de Escocia; a partir de la muerte de Red John, regía sobre toda la familia Comyn y no había nadie que dominara tanto territorio en el norte del país.

Los caballos y los jinetes estaban llenos de barro. El grupo se detuvo y Buchan descendió del caballo delante de las escaleras. Al verlas, sonrió de alegría.

—¡Margaret! —exclamó.

Subió rápidamente las escaleras y la abrazó con fuerza. A Margaret se le llenaron los ojos de lágrimas. Claro que la quería, ¿por qué lo había dudado? Sonrió cuando él la dejó libre.

—Buenos días, tío.

Él la tomó por la barbilla e hizo que elevara la cabeza. La estudió atentamente.

—Oímos el rumor de que habías escapado, ¡pero no lo creímos!

—Escapé, tío. Es una historia un poco angustiosa.

—¡Así que los rumores eran ciertos! —exclamó su tío con entusiasmo—. Debería habérmelo imaginado. ¡Eres exactamente igual que tu madre!

Entonces, Buchan se volvió hacia Isabella.

—¡Esposa! ¡Qué bella eres!

Margaret vio sonreír a Isabella. Buchan la abrazó y la besó, y Margaret apartó la vista. En aquel momento, no tuvo ninguna duda de que su tío adoraba a su esposa.

Margaret se dio la vuelta y jadeó al ver a sir Ranald, que sujetaba las riendas de dos caballos. Él le estaba sonriendo.

Ella bajó corriendo las escaleras.

—¡Sir Ranald! ¡Me enteré de que habíais escapado del Lobo durante la batalla del barranco!

—Sí, escapé, y fui directamente a Badenoch, donde me enteré del asesinato —dijo sir Ranald, y la sonrisa se le borró de los labios—. Milady, ¿cómo estáis? ¡Perdimos la batalla del barranco y os dejamos sola, defendiendo Castle Fyne! He oído los relatos de vuestra valentía, y de cuántos hombres cayeron.

Ella vaciló, pero no tenía ganas de mentir.

—Espero no volver a tener que estar en un asedio, sir Ranald. Mis soldados fueron muy valientes, y las mujeres también, pero no teníamos ninguna posibilidad de vencer al Lobo.

—Gracias a Dios que pudisteis escapar.

Margaret le tocó la mano, y estaba a punto de responder, cuando reconoció a un hombre que acababa de desmontar y que se había acercado a sir Ranald. Se quedó helada.

Sir Guy le hizo una reverencia.

—Milady.

A ella se le encogió el corazón.

«Sir Guy ha venido a Balvenie. Claro, era de esperar».

Sir Guy, con quien tenía que casarse en junio, y a quien acababa de traicionar con otro hombre.

Tragó saliva y sonrió.

—¡Sir Guy! Me alegra mucho que estéis aquí.

Él pasó su mirada gris por toda su figura, pero no sonrió.

—Rezaré a Dios esta noche, y le daré las gracias, por haberos salvaguardado durante vuestras penalidades.

Ella se mordió el labio y asintió.

—Gracias.

Su mirada era inquisitiva, y ella deseaba evitarla. De repente, tuvo terror por si él adivinaba sus secretos o sospechaba de su infidelidad. Pero sir Guy dijo, con tirantez:

—Os debo una gran disculpa, lady Margaret, por mi grosero comportamiento la primera vez que nos vimos.

Ella se quedó asombrada.

—No me debéis tal disculpa, milord.

—Me quedé consternado al veros en el campo de batalla, en manos de mi peor enemigo. Me temo que no pude pensar con claridad. La gente me considera galante, pero es imposible que vos me veáis así después de nuestra entrevista en tales circunstancias. Espero poder cambiar esa impresión durante los próximos días —dijo él, e inclinó la cabeza.

¿De veras lamentaba su comportamiento? De ser así, ¡ella debería estar contenta! Margaret le tocó brevemente la manga. Él llevaba un peto y unas rodilleras de armadura sobre el pellote y las calzas marrones.

—No tenéis por qué pensar en la redención —dijo, sonriendo—. Gracias por ofrecerme una disculpa, pero no era necesaria.

—Sois tan bondadosa como bella.

Sir Guy era un hombre guapo. Tenía la nariz ancha y los pómulos marcados y altos. Alexander había dicho que muchas mujeres lo consideraban encantador y galante, y por sus venas corría sangre de reyes franceses e ingleses. Margaret sintió una nueva tensión. ¿Se dejaría conquistar por él? ¿Y por qué le causaba angustia aquella idea? ¿Por qué aparecía la imagen de Alexander para inquietarla?

—¡Margaret! —exclamó su tío—. ¡Vamos a desayunar juntos, y podrás contarnos la historia de tu huida!

Margaret se giró hacia él. Sentía alivio con la interrupción de aquella conversación íntima.

—Por supuesto, tío —dijo.

Isabella se había marchado para supervisar la preparación del desayuno, y Margaret se encontró sentada a la mesa con su tío, sir Guy, sir Ranald y una docena de caballeros. A algunos los conocía, y otros eran caballeros ingleses que, sin duda, estaban al mando de sir Guy. Se sirvió vino, queso y pan, y los hombres comenzaron a beber y a comer al instante. Margaret no tenía hambre y jugueteó con su copa de vino, mirando de reojo a sir Guy de vez en cuando.

Se le aceleraba el corazón al mirarlo, no porque lo deseara, sino porque finalmente sería su esposa. Hasta aquel momento había sido galante, pero ella no conseguía apartarse de la cabeza la primera impresión que él le había causado. Temía que su opinión inicial fuera la correcta.

Isabella volvió a la mesa y se sentó junto a Buchan. Él sonrió a su esposa, y después se volvió hacia Margaret.

—¿Y bien? ¿Vas a contarnos tu historia?

—No hay mucho que contar. Nos disfrazamos de doncellas y nos escabullimos del castillo mientras salía el ejército del Lobo. Entonces, nos mezclamos entre sus filas. Fue fácil conseguirlo, y permanecimos así escondidas hasta que montaron el campamento a las afueras de Dumbarton. Mi doncella, Peg, nos ayudó a entrar al castillo; John de Menteith nos recibió calurosamente; después nos asignó una escolta y nos envió rápidamente hacia aquí.

—¡Qué poca importancia le concedes a tu valentía! —dijo Buchan—. ¿Cómo está William?

—Le alcanzó una flecha cuando intentaba escapar con nosotras. ¿Puedes enviar a un mensajero para preguntar por él? —pidió Margaret.

—Lo haré hoy mismo —respondió Buchan, apartando su plato.

—¿Hay alguna noticia de la guerra? ¿Cayó Dumbarton en manos de Bruce? —le preguntó Margaret.

Sir Guy dijo:

—John de Menteith se negó a rendirse, y Bruce se retiró.

Ella se preguntó adónde habría ido Alexander. Margaret quería preguntar por él, y quería preguntar por Castle Fyne. ¿Se atrevería a hacerlo?

—MacDonald dejó una gran guarnición en Castle Fyne.

—Ya me he enterado. No temáis; Castle Fyne será nuestro de nuevo, antes de que nos casemos en junio.

Ella se puso muy rígida.

—Entonces, ¿tenéis pensado atacar?

—Estoy organizándolo con mi hermano. Recuperaremos Castle Fyne, lady Margaret, no tengáis ninguna duda.

Ella tenía muchas dudas.

—¿Enviará Aymer tropas para luchar junto a las vuestras?

—Aymer me dará hombres sí —dijo sir Guy, mirándola fijamente—. Hacéis muchas preguntas.

—Quiero recuperar Castle Fyne —dijo ella, y se giró hacia su tío—. Bruce estuvo en Castle Fyne, tío, durante una sola noche.

Buchan se atragantó con el vino.

—¡Dios mío! ¿Y pudiste averiguar algo de él?

Margaret estuvo a punto de decir que habría una coronación el día veinticinco de marzo, pero entonces pensó que, si revelaba la fecha, y la fecha era correcta, Bruce y sus aliados serían atacados por el rey Edward. Alexander sería atacado. Se movió en la silla, con nerviosismo. Ni siquiera estaba segura de que Eilidh hubiera oído correctamente la fecha.

—Va a Scone para ser coronado allí.

—¡Eso lo sabe todo el mundo! —exclamó su tío.

Sir Guy la miró fijamente.

—Están buscando el apoyo de muchos nobles. Oí que Lennox y Atholl asistirán a la ceremonia.

—Atholl no asistirá —replicó Buchan—. Debes de estar equivocada, Margaret.

—No lo oí yo misma —respondió ella—. Les pedí a mis doncellas que espiaran mientras servían a Bruce y a MacDonald.

—Sois inteligente —comentó sir Guy, pensativamente.

Ella se estremeció al mirarlo.

—Conozco bien a Atholl. Está en contra de Bruce, como nosotros —dijo Buchan con firmeza—. Es uno de nosotros.

Sir Guy sonrió.

—Tenemos espías por todas partes, incluso entre los mejores amigos de Bruce. Sabremos si Atholl es amigo nuestro, y sabremos cuándo piensa Bruce robar la corona.

Margaret se preguntó si Alexander sabía que había espías en el ejército de Bruce.

—Bruce será capturado y ahorcado —dijo sir Guy. Apuró el vino de su copa y la dejó sobre la mesa con un sonoro golpe—. Como todos sus malditos amigos.

Margaret intentó disimular el terror que sentía.

—Nos vengaremos, lady Margaret, os lo prometo.

Ella consiguió responder.

—No me gusta esta contienda, sir Guy.

Él arqueó las cejas.

—¿Opináis lo contrario que yo?

—¡Tengo miedo! ¡Hay dos grandes hombres que quieren matarse el uno al otro!

Él se levantó con una actitud agresiva, la de un guerrero preparado para el ataque.

—Tomó Castle Fyne y os hizo prisionera. ¡Una vez, hace tiempo, fuimos amigos! Ese bastardo no sabe lo que es el honor, así que yo le enseñaré lo que es la venganza.

Sir Guy estaba furioso. Le ardían los ojos. Margaret decidió no hablar.

—Vos también deseáis la venganza, lady Margaret, ¿no es así?

—Desprecio la guerra. ¡He pasado por demasiadas! La guerra solo provoca muerte. Así que no, no deseo la venganza, porque solo va a traer muerte.

—Entonces, tendréis que cambiar de parecer, milady. Si yo quiero venganza, a vos también debe complaceros.

Ella se miró las manos. Muchos hombres pensaban igual que sir Guy, así que no debía sentir consternación. Sin embargo, estaba consternada.

—Por supuesto —murmuró.

Él entrecerró los ojos.

—Me aseguraré —dijo, después de una pausa— de que estéis a mi lado cuando ahorquen al Lobo de Lochaber.

Ella se echó a temblar y miró hacia arriba, preguntándose si tenía el miedo reflejado en el rostro.

Por fin había anochecido.

Margaret pensó que aquel día había sido el más largo de su vida. Subió lentamente las escaleras. ¡Cuánto deseaba llegar a la privacidad de su alcoba!

Había sorprendido a sir Guy observándola varias veces. Su enigmática mirada era desconcertante. Ella no podía imaginarse qué estaba pensando, pero temía que sospechara la grave falta que había cometido.

Sin embargo, lo más grave era que no sentía ningún interés por él, ni el más mínimo. De hecho, ni siquiera le provocaba agrado, y no sabía cómo cambiar su forma de pensar. No sabía qué hacer.

Will le había preguntado si, acaso era enviada al patíbulo alguna vez, iría dócilmente, y ella le había respondido que no. Su inminente matrimonio le parecía el patíbulo. Margaret se detuvo en una de las ventanas que había junto a la puerta de su alcoba. Acababa de anochecer, pero el cielo estaba lleno de estrellas.

Si se casaba con sir Guy, él le diría lo que tenía que pensar y lo que tenía que hacer. La criticaría si ella no estaba a la altura de sus expectativas. Estaba segura de ello.

¿Se atrevería a ser sincera consigo misma? ¡Ya no quería aquel matrimonio!

Pensó en Alexander y sintió una punzada de dolor, como si lo echara de menos. No debía echarlo de menos; lo que habían hecho estaba mal. Y, aunque no llegara a casarse con sir Guy, Alexander seguiría siendo su enemigo mortal, el captor de su hermano William y la persona que le había arrebatado Castle Fyne.

¿Se atrevería a hablar con su tío sobre su matrimonio? Él estaba muy complacido con ella, y tal vez pudiera conseguir que cambiara de opinión al respecto.

Al instante, Margaret supo que era mejor no intentarlo. La familia Comyn luchaba contra Bruce del lado del rey Edward, y aquel matrimonio era más importante que nunca.

Sintió una gran desesperanza. Tenía ganas de llorar, pero se contuvo y alzó la cara hacia el aire frío de la noche.

—Espero que estéis pensando en mí.

Margaret estaba tan ensimismada que no había oído acercarse a sir Guy. Se giró lentamente, con miedo.

—No os he oído subir.

Él sonrió y se detuvo junto a ella.

—Soy un soldado, lady Margaret. Si no pudiera acercarme sigilosamente a vos, ¿cómo iba a poder sorprender al enemigo?

Margaret se ciñó el manto.

—¿Tenéis frío? —le preguntó él, y le posó las manos sobre los hombros.

Margaret se puso tensa. Él deslizó las manos por sus brazos y le ajustó el manto.

Ella estaba rígida. No le gustaba que aquel hombre la tocara.

Él bajó las manos.

—Me teméis —dijo, suavemente.

Ella respondió:

—Somos extraños.

—No es lo mismo —dijo él, y le pasó un dedo por la mandíbula—. Sois tan bella... Estoy muy complacido.

Ella se mantuvo inmóvil para evitar estremecerse.

—Es tarde —murmuró.

—¿Sí? —él deslizó el dedo por su cuello—. Solo tenéis diecisiete años. Sois muy joven... Pero la mayoría de las mujeres están casadas antes de esa edad, y ya conocen las relaciones con los hombres.

—Pero yo no —dijo ella y, por fin, retrocedió un paso. Sin embargo, su espalda topó con la pared.

—Habéis hecho que me lo preguntara.

Ella estuvo a punto de atragantarse. ¿Sería capaz de mentir?

—¿Milord?

—Algunas veces, cuando te miro, veo a una mujer con mucha más experiencia de la que pudiera esperarse por su edad. En otras ocasiones me parecéis inocente.

Ella se dio cuenta de que debía terminar aquella conversación.

—No sé por qué me veis de dos modos tan distintos. Sir Guy, es tarde. Estoy cansada, y vos también debéis estarlo. Debemos despedirnos.

Él sonrió.

—Pero es que me marcho mañana, lady Margaret. Tal vez no volvamos a vernos hasta dentro de una temporada, tal vez hasta nuestra boda, en junio. Y yo estoy disfrutando con vos.

Se marcharía al día siguiente. Margaret sintió tanto alivio que le flaquearon las piernas.

Él la sujetó con ambas manos, y aprovechó para atraerla hacia sí.

—Llevo todo el día esperando un beso.

Ella quiso negárselo, pero sabía que no podía hacerlo.

Sir Guy la estrechó contra su cuerpo delgado y fuerte, y la besó al instante.

A Margaret se le llenaron los ojos de lágrimas. No se movió. Dejó que él la besara, hasta que su beso se hizo duro y hambriento. Entonces, lo empujó hacia atrás.

—Basta.

—¿Por qué? —preguntó él, con la respiración entrecortada—. Vayamos a vuestra alcoba, lady Margaret. Acostaos conmigo. Podemos sellar nuestra unión esta noche.

Ella gimió.

—¡Mi tío ha organizado una boda inglesa, en una iglesia!

—Pero yo no deseo esperar —dijo él, y agarró su cara con ambas manos—. Si consentís en llevarme a vuestra cama, la unión será un hecho consumado.

Ella abrió la boca para decirle que no, pero no pudo hablar, porque él volvió a besarla.

Margaret se puso furiosa. Le golpeó los hombros. Entonces, él se irguió, con los ojos muy abiertos.

—¿Estáis luchando contra mí?

—¡Todavía no estamos casados!

Se apartó de él, salió de entre sus brazos y se alejó todo lo que pudo.

Él no podía dar crédito a lo que estaba oyendo.

—¿Y qué diferencia hay si nos casamos esta noche, o en junio?

—Si mi tío hubiera querido que nos casáramos hoy, ¡así lo habría organizado!

—Entonces, ¿me rechazáis por lealtad? ¿O acaso tenéis miedo? ¿Tenéis miedo de las relaciones amorosas?

—No voy a traicionar a mi tío. Soy su pupila. Cumpliré sus deseos.

Sir Guy comenzó a sonreír.

—Si sois tan obediente conmigo, voy a ser un marido muy satisfecho.

Margaret se echó a temblar.

—Es hora de despedirse, sir Guy.

Él se acercó a ella en dos zancadas y volvió a besarla.

—Os perdono vuestra deslealtad presente, puesto que sois leal a Buchan. Sin embargo, espero el mismo fervor cuando estemos casados —dijo, y le acarició la mejilla—. Buenas noches, Margaret.

Entonces, se alejó rápidamente y desapareció escaleras abajo.

Margaret entró corriendo en su alcoba y se echó a llorar sobre la cama. ¿Qué iba a hacer?

Ya sabía la verdad. Temía a sir Guy, y lo despreciaba.

CAPÍTULO 12

Margaret había recibido la llamada de su tío, y debía acudir al gran salón. Atravesó el castillo con preocupación, puesto que no podía imaginarse qué desearía Buchan.

De repente apareció Isabella y echó a caminar a su lado.

—¿Adónde vas? —le preguntó—. Mi marido ha dicho que desea hablar conmigo inmediatamente.

Margaret vaciló.

—También me ha llamado a mí.

Isabella se alarmó.

—Lo sabe. Hay espías por todas partes. El primer día que hablamos alguien nos espió.

Margaret la tomó del brazo e intentó tranquilizarla.

—Isabella, si se hubiera enterado de nuestra conversación, se habría enfrentado con nosotras el mismo día que llegó.

Y Buchan ya llevaba cinco días en el castillo. Estaban a dieciocho de marzo. Sir Guy se había marchado a Berwick hacía cuatro días.

Allí, en Berwick, su ejército y el de su hermano Aymer se reunirían e irían a luchar contra Bruce para intentar derrotarlo. En aquel momento ya sabrían que Bruce estaba recorriendo Escocia y conquistando todos los castillos que podía para cumplir con su ambición de ser rey.

Corrían rumores e historias y, en todos ellos, Bruce aparecía como un héroe. Las pequeñas fortalezas a las que amenazaba se negaban a enfrentarse a él y le abrían las puertas. Los soldados y caballeros se le unían por todas partes, y en todos los pueblos lo saludaban alegremente a su paso. Los granjeros y los pescadores aprovisionaban a su ejército, que cada vez era más grande.

El rey Edward estaba furioso. Su chambelán había ordenado a Bruce que desistiera, pero él había desobedecido la orden.

—Espero que tengas razón —dijo Isabella con tirantez—. Pero ¿qué puede querer de nosotras dos?

—Pronto lo averiguaremos.

Había más rumores; Angus Og MacDonald estaba ayudando activamente a Bruce. Sin embargo, Margaret no había oído una sola noticia sobre Alexander.

Sabía que debía preguntar por él. Alexander ya sabría que ella había escapado de Castle Fyne, puesto que habían pasado casi dos semanas desde entonces. Margaret no podía imaginarse cuál habría sido su reacción al conocer la noticia de que se había marchado aquella misma mañana, después de haber compartido tanta pasión.

Buchan las estaba esperando en el gran salón, delante de una de las chimeneas, acompañado por dos caballeros. Él los despidió al instante, y Margaret sonrió tímidamente.

—Tenemos curiosidad por saber de qué quieres hablar con nosotras, tío.

—Debéis hacer el equipaje —respondió él, sonriendo—. Vamos al condado de Aberdeen.

Margaret se sobresaltó.

—¿Puedo preguntar qué sucede?

—Claro que sí. Voy a reunirme con sir John Mowbray, sir Ingram de Umfraville y los condes de Menteith y Atholl.

Margaret se quedó mirando fijamente a su tío. ¿No había mencionado Bruce que su tío se había reunido con Mowbray y Umfraville en Liddesdale? Buchan iba a Aberdeenshire para seguir conspirando contra Bruce, sin duda. Y ella tendría que acompañarlo.

Sin embargo, sintió entusiasmo. No sabía por qué deseaba su tío que acudiera a aquella reunión, pero no importaba. Allí conocería muchas noticias sobre la guerra, y tal vez pudiera saber algo de Alexander.

—¿Y deseas que yo os acompañe también? —preguntó Isabella, con los ojos muy abiertos.

—Siempre prefiero que estés a mi lado, querida —dijo Buchan—, pero, en realidad, mis queridos amigos saben que Margaret ha sido prisionera de MacDonald, y que se cruzó con Bruce cuando él pasó la noche en Castle Fyne. Desean hablar directamente con ella —explicó Buchan, y miró a Margaret con una sonrisa.

Margaret se alarmó al instante. Mowbray era pupilo de los condes, Umfraville era un barón famoso por todos los años que había pasado luchando contra los ingleses, Menteith acababa de negarse a rendir Dumbarton, y el conde de Atholl también había luchado contra Inglaterra durante la mayor parte de su vida.

Todos aquellos hombres eran poderosos; no podía tomarse a la ligera sus deseos.

Así pues, ella tendría que revelar todo lo que sabía sobre Bruce y sus planes. Todavía no había dicho que la coronación iba a celebrarse dentro de siete días. Sabía que aquella omisión era un acto de traición y temía que, si hacía un movimiento en falso, aquellos hombres sospecharan de ella.

—En realidad, deseo que tú acompañes a Margaret —le dijo Buchan a Isabella—. Pero no vamos a estar mucho tiempo fuera de Balvenie. Solo hay un día de camino hasta la fortaleza de Strathbogie.

Isabella sonrió, pero de una manera tan falsa que Margaret supo que no deseaba acompañarlos.

—Como queráis, milord —dijo Isabella dulcemente, y se volvió hacia ella—. ¿Vamos a hacer el equipaje?

Margaret vaciló.

—Ahora mismo me reúno contigo. Me gustaría preguntarle al tío John por Castle Fyne.

Isabella asintió y se marchó. Buchan dijo, entonces:

—No hay ningún cambio, Margaret. Todavía no he recibido noticias sobre tu hermano. MacDonald no ha vuelto al castillo, y no creo que lo haga pronto. Está con Bruce; acaban de cruzar el río Forth. Por supuesto, seguro que te gustará saber que sir Guy ha salido ya de Berwick con un ejército de dos mil hombres. Quiere enfrentarse frontalmente a Bruce mientras Aymer lo ataca por un flanco. Bruce se verá atrapado más tarde o más temprano, puedes estar segura.

Alexander estaba con Bruce, así que, seguramente, sabría que había un gran ejército inglés intentando enfrentarse a ellos y destruirlos.

—¿Qué ocurre? Me doy cuenta de que deseas preguntarme algo.

—¿Te has enterado de cómo reaccionó MacDonald cuando supo que me había escapado? Me preocupa que se haya enfurecido y que descargue su ira sobre la gente de Castle Fyne, o sobre mi hermano.

—He oído que no dijo ni una palabra. He oído que se quedó impertérrito. Sin embargo, tuvo que quedarse muy sorprendido al saber que una mujer tan joven como tú ha podido engañarlo.

¿Qué significaba una reacción tan impasible? ¿Era posible que no le hubiera importado?

Margaret se quedó asombrada. Ella había pensado muchas veces, demasiadas, en Alexander, después de pasar la noche con él, y había creído que él también estaba pensando en ella. Sin embargo, ahora le preocupaba que Alexander hubiera olvidado el tiempo que habían pasado juntos. ¿Era posible? A menudo, ella había tenido la impresión de que le importaba. Sin embargo, si no se había preocupado en absoluto por su huida, tal vez ella se hubiera equivocado por completo.

—¿Ocurre algo? —le preguntó su tío.

Ella sonrió rápidamente.

—No, por supuesto que no. Pero estoy ansiosa por saber si William se encuentra bien o no.

—Yo también —dijo su tío—. ¿Querías hablar de alguna cosa más?

Ella debería mencionar su matrimonio con sir Guy; la oportunidad era perfecta. Sin embargo, respiró profundamente y sonrió.

—No, por supuesto que no.

Aunque los caminos estaban embarrados por el deshielo de primavera, la ruta hacia Strathbogie era fácil, y se completaba en ocho horas. El mismo Atholl los recibió en persona, y los llevó directamente a su salón.

John Strathbogie, el conde de Atholl, era un hombre alto y guapo de cuarenta años, con el pelo rubio y siempre despeinado. Margaret lo conocía desde niña; había luchado junto a su padre y su hermano mayor en Dunbar, hacía diez años, donde tuvo la desgracia de ser apresado. Después lo confinaron en la Torre de Londres y, como muchos otros nobles, solo fue liberado cuando accedió a servir al rey Edward en la guerra contra Flandes.

Bruce y Alexander creían que Atholl iba a apoyarlos. Margaret no sabía qué pensar. Sabía que Atholl odiaba a los ingleses, aunque recientemente le hubiera jurado fidelidad al rey Edward. Y su hija se había casado con uno de los hermanos de Bruce.

Sin embargo, no podía imaginárselo traicionando a su tío. Atholl y Buchan eran amigos, pero ambos bandos pensaban que Atholl era su aliado. Por lo tanto, Atholl tendría que traicionar a alguien.

En aquel momento, abrazó afectuosamente a Buchan y le besó la mano a Isabella.

—Cada día que pasa estáis más bella, milady —le dijo, flirteando.

Ella se ruborizó y sonrió, complacida.

—Hola, Margaret —dijo Atholl entonces, volviéndose hacia

ella. Margaret comenzó a saludarlo, pero él la abrazó sin contemplaciones—. Así que la pequeña se ha convertido en una mujer fiera, capaz de luchar contra el Lobo de Lochaber, sobrevivir a su captura y a su confinamiento, y atreverse a escapar —dijo, riéndose, y la soltó—. Si alguna vez asedian esta fortaleza, espero que mi mujer sea igual de valiente. ¡Has dado un gran ejemplo!

—No fui valiente. Tuve miedo —dijo Margaret.

—Y eres tan modesta… —bromeó él.

Atholl los llevó hasta la mesa, donde esperaban los demás. Todos se saludaron y se sentaron. Las mujeres se agruparon en uno de los extremos de la mesa.

—Esta reunión debe ser secreta —declaró Buchan—. Bruce no debe conocer nunca nuestros planes.

Los hombres emitieron murmullos de aprobación, y las mujeres fingieron que no oían nada.

—¿Qué tal ha sido vuestro viaje? —preguntó Marjorie, la esposa de Atholl. Era una mujer rubia, muy guapa, hija del conde de Mar.

Margaret le dijo que había sido rápido, pero estaba escuchando a los hombres. Los miró de reojo cuando Marjorie comenzó a hablar con Isabella. Ella no conocía a Mowbray, el joven pupilo de los condes, y conocía muy poco a Menteith, puesto que solo lo había visto cuando le había pedido ayuda, pocos días antes, en Dumbarton, después de haber escapado de Castle Fyne. Sin embargo, la madre de Ingram de Umfraville había sido una Comyn, y él era una leyenda por derecho propio. Era un hombre de mediana edad y había dedicado su vida a luchar contra Inglaterra. Era asombroso que odiara más a Bruce de lo que odiaba al rey Edward, y que luchara del lado de los ingleses.

Umfraville dio un puñetazo sobre la mesa.

—Bruce asesinó a nuestra sangre. He jurado ante Dios que haré que pague caro su traición y su sacrilegio. Por mucho que desprecie al rey Edward, Bruce debe pagar por lo que hizo.

—Bien dicho —murmuró Atholl.

—Si Bruce se corona rey, nos destruirá a todos. Lo ha jurado —dijo Menteith—. En Dumbarton, sus términos fueron bien claros: o rendirse y convertirse en su aliado y amigo, o luchar y sufrir las consecuencias.

—Sus amenazas no son vanas —dijo Umfraville—. Lo conozco desde que era niño.Y cualquier hombre que pueda cometer un asesinato en una iglesia no conoce el honor, ni respeta a Dios.

Siguió una conversación sobre el carácter de Bruce, y todos estuvieron de acuerdo en que no tendría piedad si alguna vez llegaba a ser rey.

—Y nosotros somos sus enemigos. Siempre hemos sido sus peores enemigos —dijo Buchan—. Si Bruce ocupa el trono, intentará destruir a todos los Comyn que hay en la faz de la Tierra.

Buchan creía lo que estaba diciendo, pero ¿era cierto?

Margaret recordó lo implacable que había sido Alexander al tomar Castle Fyne. Estaba dispuesto a colgar a todos sus hombres. No había tardado ni un instante en ordenar que ahorcaran a Malcolm.

En la guerra, los hombres como Bruce y como Alexander no conocían la clemencia.Y ella también era una Comyn.

—Debemos atajar el avance de Bruce antes de que su ejército aumente demasiado y no sea fácil de contener —estaba diciendo Mowbray—. La gente lo ama. Lo vitorean cuando pasa por sus pueblos. ¡Dicen que él debe ser el rey de Escocia! ¡Que es su derecho! Si no lo detenemos antes del verano, me temo que esta guerra será interminable.

Se hizo un breve silencio. Margaret se dio cuenta de que todas las mujeres estaban escuchando atentamente, y de que habían palidecido.

—Lo detendremos antes del verano —aseveró Buchan—. Bruce no podrá derrotar a Inglaterra.

—Deseo hablar con lady Margaret —dijo Umfraville, mirándola—. Le he dado las gracias a Dios, milady, por que os protegiera durante el sitio del Lobo, y que os ayudara a escapar.

Margaret se ruborizó.

—Gracias.

—¿Cuántos hombres dejó MacDonald en Castle Fyne, milady? ¡Deseo conocer el verdadero número de soldados de que dispone!

A Margaret le faltó el aire. ¡Por supuesto que tenía que decir la verdad!

—Fue a la batalla contra sir Guy en Loch Riddon con seiscientos hombres, pero le había pedido a su hermano quinientos más. No sé si se los consiguió.

Los hombres asintieron, asimilando aquello.

—Si MacDonald solo tiene mil hombres, su ejército es el más pequeño. Deberíamos aislarlo y destruirlo en primer lugar —dijo Atholl.

Margaret lo miró, con la esperanza de que nadie descubriera su ansiedad.

—Háblanos sobre la estancia de Bruce en Castle Fyne —dijo Umfraville.

A ella se le encogió el corazón.

—Yo… Les pedí a mis doncellas que los espiaran mientras cenaban. Estaban preocupados por la coronación, por el hecho de que la Piedra ceremonial ya no esté en Scone, y por el hecho de que el conde de Fife sea el pupilo del rey.

—Tendrán que coronarlo sin el chico —dijo Buchan.

—¿Y no hablaron de la fecha de la coronación? —preguntó Umfraville con aspereza.

Ella se volvió hacia él. Sabía que debía mentir, si no quería que capturaran y ejecutaran a Alexander.

—No.

—¿A quién le van a pedir que asista?

—No lo recuerdo.

—Mencionaste a Lennox —dijo Buchan—. Mencionaste a Atholl.

Atholl abrió mucho los ojos cuando todas las caras se volvieron hacia él. Entonces, se echó a reír.

—¿De veras? —preguntó ella, con nerviosismo—. No lo recuerdo. ¡Fue hace mucho! Pero sí recuerdo la impresión que me causó Bruce.

Entonces, todos los ojos se clavaron en ella.

—¡Era tan poderoso y tan majestuoso! Todo el mundo sabe que ningún hombre puede luchar contra Inglaterra y ganar. Sin embargo, en su presencia, me pregunté si él se convertiría en el próximo rey de Escocia.

Se desvió deliberadamente del tema de la coronación, calentando los ánimos.

Hubo un momento de silencio y, entonces, su tío dio un puñetazo furioso en la mesa.

—¡Nunca será nuestro rey!

Comenzó una feroz discusión. Todos los hombres hablaban a la vez. Margaret notó que le ardían las mejillas y, finalmente, miró a Atholl.

Él la estaba estudiando con atención; al instante, apartó los ojos.

¿Sospechaba de su engaño, o de una traición? ¿Qué significaba aquella extraña mirada?

¿Estaba de parte de Buchan, o de Bruce?

Isabella le tomó la mano por debajo de la mesa. Margaret consiguió sonreír, pese a lo rápidamente que se sucedían los pensamientos en su cabeza. Entonces, se dirigió a su tío.

—Esta conversación sobre la guerra me ha provocado una terrible jaqueca. ¿Podríais excusarme?

—Creo que, por ahora, hemos terminado. Sin embargo, Margaret, tal vez deseen hacerte más preguntas antes de que nos marchemos mañana.

Margaret asintió y se levantó. Isabella la siguió.

—Esposo, ¿puedo subir a mi alcoba yo también?

Él la sonrió afectuosamente.

—Por supuesto que puedes.

—¿Queréis que os acompañe a vuestras habitaciones? —preguntó Marjorie, levantándose también. Parecía que se sentía aliviada de poder dejar la mesa.

Mientras subía las escaleras tras Marjorie e Isabella, Margaret iba pensando en lo que acababa de averiguar: que tal vez trataran de separar al ejército de Alexander de ejército de Bruce. Entonces, tratarían de destruirlo.

—¿Marjorie? Necesito utilizar el escusado —dijo.

Marjorie sonrió y asintió, y siguió subiendo las escaleras con Isabella.

Cuando se quedó a solas, Margaret se dio la vuelta y comenzó a bajar corriendo los escalones. Al llegar al umbral del gran salón, se escondió junto a la entrada, apretada contra la pared, intentando escuchar la conversación.

Los hombres hablaban en voz alta, y ella oyó mencionar varias veces a Bruce y a Alexander. Después, hablaron también de Scone.

—¿Qué estáis haciendo? —le preguntó sir Ranald, tomándola del brazo.

A ella se le escapó un jadeo al volverse hacia él. El caballero tenía una expresión desaprobatoria, y no esperó a que ella respondiera.

—Tenéis que subir a vuestra habitación, lady Margaret, antes de que os sorprenda Buchan.

Ella intentó inventar una explicación verosímil para lo que estaba haciendo.

—Marchad —repitió él.

Margaret salió corriendo.

Estaba a punto de acostarse cuando Isabella entró en su alcoba.

Margaret se sobresaltó. Era muy tarde, pero, si Isabella había ido a hablar con ella, los hombres todavía debían de estar abajo.

—Me has dado un susto de muerte —dijo, mientras cerraba la puerta.

Margaret sabía que estaba hablando de la reunión en la que habían participado unas horas antes.

—No iba a revelar los planes que tiene Bruce para ti —dijo ella—, pero seguramente, después de haber visto lo enfadados que están los hombres en el salón, te habrás dado cuenta de que no puedes ayudarle a robar el trono.

—Si viene a buscarme, iré con él —dijo Isabella.

—¿Y por qué piensas que va a venir a buscarte? ¿Has recibido algún mensaje suyo?

Isabella se ruborizó.

—¿Cómo iba a recibir un mensaje suyo? Pero, si quiere que esté en Scone, yo necesitaría caballos y hombres para ir. Tendría que venir a buscarme.

Su respuesta no acabó con las dudas de Margaret. ¿Sería posible que Isabella hubiera recibido un mensaje de Bruce, o de algún amigo?

—¿Y tú, Margaret? —le preguntó Isabella, mientras se sentaba en la cama, junto a ella—. ¿Apoyas ahora a Bruce?

—¿Por qué piensas eso?

—Porque no les has dicho todo lo que sabías. No les has dicho que hay una fecha fijada para la coronación, o que desean que yo acuda a la ceremonia para estar junto a Bruce.

—¡Yo estoy en contra de Bruce! —exclamó ella; sin embargo, seguía sintiendo dudas; sus actos, hasta el momento, habían dado a entender todo lo contrario.

Se dio cuenta de que no podía estar completamente en contra de Bruce mientras Alexander estuviera en su bando.

—Pero, si tú hubieras hablado —dijo Isabella—, Buchan me tendría vigilada, y no habría posibilidad de que yo estuviera presente en Scone. Además, los hombres se marcharían a Scone a tenderle una trampa a Bruce.

A Margaret se le aceleró el corazón. No sabía qué decir.

—¿Es por Bruce? —preguntó Isabella en voz baja—. Tú lo has conocido. ¿Te convenció de que su causa es justa?

—No.

Isabella cabeceó.

—A él le gustan mucho las mujeres. Tú eres muy bella. Debe de haber flirteado contigo. O, tal vez, quiso llevarte a su cama. Y él también es un hombre guapo. ¿Te ha convencido para que traiciones a la familia, Margaret?

—¡No! —exclamó ella, con horror—. Flirteó un poco, pero la mayoría de los hombres lo hacen. Es cierto que intentó impresionarme y convencerme de que sería ventajoso que yo cambiara de lealtades, pero me negué. Yo soy leal a Buchan. ¡Soy una Comyn!

Isabella la observó atentamente.

—Te creo. Pero, a juzgar por tus actos, no eres tan leal a mi marido como piensas —dijo Isabella. Le dio un beso en la mejilla y se fue hacia la puerta—. Buenas noches, Margaret. Te doy las gracias por haber guardado mi secreto.

El viento azotaba los árboles que había a ambos lados del camino; el cielo estaba muy gris, y amenazaba lluvia.

Margaret cabalgaba junto a Isabella, envuelta en una piel; Buchan y sir Ranald iban por delante de ellas, y el resto de la escolta iba detrás. Era mediodía, y estaban a poca distancia de casa.

—Estoy helada —dijo Isabella, tiritando.

Margaret también tenía mucho frío, pero, antes de que pudiera hablar, sir Ranald gritó y alzó el brazo, y todos los miembros del grupo se detuvieron. Un jinete se acercaba a ellos por el camino, a todo galope.

Buchan asintió, y sir Ranald emprendió el galope hacia el jinete que se acercaba. Los dos se encontraron a cierta distancia de la comitiva y hablaron durante unos momentos. Después, sir Ranald y el jinete cabalgaron juntos hacia el grupo. Margaret reconoció al hombre: era uno de los soldados de Buchan. Sir Ranald dijo:

—El Lobo de Lochaber está acampado a orillas del río Spey, cerca de Balvenie.

Margaret tuvo que contenerse para no gritar. Miró con incredulidad al mensajero. ¿Por qué iba a estar Alexander en Balvenie?

Sir Ranald se acercó a Buchan y le tendió un rollo de pergamino.

—Os envía un mensaje, milord.

Los dos hombres desmontaron de un salto. Buchan le entregó a sir Ranald las riendas del caballo y tomó el pergamino. Inmediatamente, lo desenrolló y comenzó a leer. Entonces, se giró con brusquedad hacia Margaret, y ella sintió una terrible tensión.

—¿Qué ocurre?

—Desea intercambiar a Will por ti. Quiere casarse contigo.

Por un momento, Margaret no lo entendió.

Entonces, Buchan comenzó a hacer pedazos el pergamino, furiosamente.

—¿Te ha pedido mi mano? —preguntó ella, cuando empezó a comprender la situación.

Buchan la miró. Tenía la cara enrojecida de ira.

—¡Ese bastardo! ¡Desea fortalecer su dominio sobre Castle Fyne! Si se casa contigo, ¡nadie cuestionará su autoridad!

Margaret estaba mareada. Notó que Isabella le tocaba suavemente el brazo. No podía mirarla; se quedó mirando fijamente a su tío.

Alexander había propuesto un matrimonio entre ellos.

Se casaría con Alexander, y no con sir Guy.

Durante un instante, su corazón dio saltos de alegría. Por un instante, sintió alivio.

—Ha dicho que espera vuestra respuesta, milord —dijo el jinete.

Buchan se giró hacia él.

—¡Maldito sea! ¡Mi respuesta es no! ¡Dile que exijo que estipule un rescate para mi sobrino, y que sufrirá mi ira si no lo hace!

Margaret se agarró con fuerza al borde de la silla. Su yegua se movió nerviosamente, al sentir la tensión de la amazona. ¿En qué había estado pensando?

Su familia odiaba a la familia de Alexander. Sus clanes eran rivales y enemigos de sangre. Había una guerra entre los MacDonald, que apoyaban a Bruce, y los Comyn. ¿Cómo había podido pensar que iba a casarse con Alexander?

Se echó a temblar. En aquel momento, Buchan se giró hacia ella.

—Tú vas a casarte con sir Guy, y él lo sabe —dijo. Entonces, montó de nuevo a caballo y ordenó, de un grito—: ¡A Balvenie!

Margaret lo vio alejarse a galope, y entonces se dio cuenta de que debía seguirlo.

—Vamos, lady Margaret, va a comenzar a llover muy pronto —le dijo sir Ranald.

Ella se estremeció.

—Sí, debemos volver rápidamente a Balvenie, antes de que empiece a llover.

Margaret se atrevió a atravesar el gran salón. Su tío continuaba allí, paseándose de un lado a otro, enfurecido y rodeado de sus hombres. No la vio, y Margaret se sintió aliviada; subió corriendo hacia su alcoba y, una vez dentro, se detuvo, con la respiración entrecortada.

¿Qué debía hacer?

Alexander estaba a unos minutos de la fortaleza, y Buchan había rehusado una unión entre ellos, con toda lógica.

Se abrazó a sí misma. Ojalá pudiera pensar con claridad. Sin embargo, en aquel momento solo tenía un pensamiento: que su vida sería muy diferente si se casaba con Alexander en vez de casarse con sir Guy.

Peg entró en la alcoba, con los ojos muy abiertos.

—¿MacDonald te ha ofrecido matrimonio? ¿Y está a orillas del río Spey?

Margaret asintió. Y, mientras miraba a Peg, pensó en Will, que habría recuperado la libertad si Buchan hubiera accedido a que se celebrara aquel matrimonio. Pobre Will.

Peg dijo:

—Es un MacDonald. Es enemigo del clan de tu madre. Pero sir Guy es inglés, y es tan enemigo como él.

—Pero, ahora, mi familia está de parte de los ingleses.

—¿Por cuánto tiempo? —preguntó Peg.

Margaret se abrazó a sí misma y dijo:

—Peg, estamos en guerra.

—¿Por cuánto tiempo? —repitió la doncella.

Antes de que Margaret pudiera responder, Isabella se detuvo en el umbral de la puerta y la miró.

—Estás muy pálida.

Margaret se mordió el labio.

—Nunca me imaginé que pidiera mi mano.

Isabella entró en la habitación y cerró la puerta.

—¿Qué te imaginabas?

—Me imaginé que, al final, atacaríamos a su ejército y recuperaríamos Castle Fyne.

—Pero él ha elegido el matrimonio, en vez de la guerra. Qué interesante. Aunque, claro, tú eres tan bella... ¿Acaso se ha enamorado?

—Dudo que Alexander pueda enamorarse de ninguna mujer, Isabella.

—Estaba enamorado de su amante; luchó para poder convertirla en su esposa. Me refiero a la mujer que murió dando a luz a un hijo suyo.

Margaret se puso muy tensa.

—Eso es una leyenda.

—Todo el mundo sabe que es cierto.

Ella se cruzó de brazos.

—No está enamorado de mí. Desea tener bajo control Castle Fyne.

—Parece que estás angustiada, Margaret.

Isabella tenía razón, y ella se sintió más disgustada, incluso, que antes. No podía casarse con Alexander, por motivos que tenían más que ver con aquella guerra por el trono de Escocia que con la antigua enemistad entre sus familias.

«Yo me sentiría orgulloso si alguna vez lucharais por defender lo que es mío!

Ella se quedó helada al recordar aquella frase. Alexander la admiraba y la respetaba, y le había dicho aquellas palabras después de que sir Guy la reprendiera por defender Castle Fyne.

Alexander había valorado sus actos; sir Guy, no.

Y, cuando Alexander la tocaba, despertaba su deseo. Cuando la tocaba sir Guy, sentía repulsión.

—¿Tienes algún interés en el Lobo de Lochaber, Margaret? —le preguntó Isabella, tomándola de la mano.

Margaret se sobresaltó.

—Claro que no —dijo. Sin embargo, sentía fuego en las mejillas.

Entonces, Margaret oyó a su tío rugir desde el salón. Había gritado su nombre.

Isabella palideció y le soltó la mano.

Eilidh abrió la puerta, muy pálida.

—¡El conde desea que bajéis al salón! —exclamó.

—¡Margaret! —gritó Buchan nuevamente.

Había ocurrido algo. ¿Tal vez su tío había recibido otro mensaje de Alexander? Margaret se recogió la falda del vestido y bajó las escaleras apresuradamente, seguida por Isabella y las doncellas.

Buchan estaba paseándose de un lado a otro, enrojecido de furia.

—Lo conoces, ¿no es así? —le preguntó, al verla, colocándose las manos en las caderas—. ¡Debes de conocerlo bien!

¿Los había traicionado alguien? ¿Dughall? ¿Peg? ¿Estaba hablando Buchan de su deslealtad?

—¿Y bien? —inquirió él, caminando hacia ella—. ¿Qué quiere? ¡Acaba de exigir que tengamos una reunión!

Margaret estuvo a punto de desmayarse a causa del alivio. Isabella la sujetó y dijo:

—¡John! ¡Está angustiada! ¡No debes gritarle!

Él la miró y respondió:

—¡Yo también estoy angustiado!

Sin embargo, dejó de gritar.

—No puedo imaginarme qué quiere, pero tiene a Will. Tío, debes ir a hablar con él. ¡Tal vez puedas negociar la liberación de William!

—¡Por supuesto que voy a ir a hablar con ese bastardo! ¡Tiene a tu hermano y tiene Castle Fyne! —exclamó Buchan. Entonces, se giró hacia sir Ranald—. Dile que nos veremos en las rocas rojas dentro de dos horas. Que puede llevar diez hombres, ni uno más. Yo haré lo mismo. Ten preparados cien de nuestros mejores soldados, y cincuenta caballeros. Iremos hacia las rocas rojas dentro de una hora.

Margaret se echó a temblar y, cuando sir Ranald se marchó, preguntó:

—¿Vas a tenderle una emboscada?

—Me reuniré con él con diez caballeros, tal y como he dicho, porque deseo averiguar qué es lo que va a hacer esta vez. Pero mi pequeño ejército estará cerca para protegernos si el Lobo piensa engañarnos a nosotros de algún modo. Está acampado aquí cerca con doscientos hombres, Margaret. No puedo reunirme con él sin llevar a mis hombres.

—Quiero ir contigo —dijo Margaret.

—¿Y por qué deseas venir? —preguntó su tío.

—Tiene a William —respondió ella—, y tiene mi castillo. Yo también quiero saber lo que va a decir. Tío, he luchado casi hasta la muerte para defender mi dote. He luchado contra él durante un día entero, incluso arrojando aceite hirviendo sobre sus soldados. Apuñalé a uno de los soldados de MacDonald. Me he ganado el derecho a unirme a ti. Si vas a negociar con él, tal vez yo pueda ayudarte.

Él abrió mucho los ojos; se hizo el silencio. Nadie se movió, y Margaret se preguntó si no había sido demasiado atrevida, si no se había sobrepasado. ¡No era más que una mujer!

Sin embargo, Buchan dijo:

—Te has ganado muchos derechos, Margaret.

Ella asintió, sin poder tomar aliento.

—De hecho, quiero que vengas a las rocas rojas con nosotros.

Había dejado de llover, pero el cielo estaba muy oscuro. Margaret cabalgaba detrás de su tío, junto a sir Ranald, recorriendo un sendero estrecho y embarrado que llevaba al río.

Vio una mancha borrosa a lo lejos, que se recortaba contra el cielo casi negro. Poco a poco, la imagen fue tomando forma y pudo distinguir hombres y caballos. También distinguió los peñascos rojos junto a los que iban a reunirse, y las aguas blancas del río, que corría torrencialmente hacia la dehesa.

Y, por fin, vio a Alexander.

Estaba montado en su caballo gris, al frente de sus hombres. Ninguno de ellos se movía.

A Margaret se le aceleró el corazón. Llevaba casi tres semanas sin verlo, y no podía apartar la mirada de él. Comenzaron a arderle las mejillas.

Él también la estaba mirando fijamente. Margaret estaba segura, aunque todavía estaba a demasiada distancia como para verle los ojos.

Él había pedido su mano, pero ella no podía imaginarse lo que sentía de verdad por el hecho de que ella se hubiera escapado.

Continuaron aproximándose lentamente y, por fin, su tío tiró de las riendas del caballo. Margaret detuvo a su yegua junto a él.

Sus miradas se encontraron. Alexander tenía una expresión dura, pero también impertérrita. Era imposible adivinar sus emociones. Asintió ligeramente, mirándola.

Aquel pequeño gesto fue algo íntimo, y Margaret se puso

tensa y miró a su tío, que los estaba observando. No correspondió al saludo de Alexander con ningún gesto; de repente, tenía terror a que su tío pudiera adivinar que habían mantenido relaciones.

Buchan observó con ira a Alexander.

—Tenéis a mi sobrino, tenéis mi castillo, y me habéis sacado de mi salón en mitad de una tormenta. ¿Qué queréis, MacDonald?

Alexander lo miró con frialdad.

—Os sugiero que reconsideréis mi proposición, Buchan.

—¡No tengo nada que reconsiderar! ¡Yo no saco nada de este intercambio!

Margaret se quedó espantada. ¡Su tío no podía considerar que Will no tenía ninguna importancia!

—No creo que vuestro sobrino os preocupe en absoluto. A propósito, está bien. Enfadado, pero bien.

Margaret sintió un gran alivio.

—Mi sobrino me importa mucho —replicó Buchan—. ¿Este es el motivo por el que me habéis llamado con semejante tiempo? ¿Para reprocharme mi negativa a entregaros a mi sobrina? ¿Para acusarme de no preocuparme por mi sobrino?

—Os he llamado —repuso Alexander, mirando a Margaret— para haceros una segunda oferta.

Margaret se quedó helada. ¿Iba a hacer otra oferta por ella?

Alexander apartó la mirada y la clavó en su tío.

—Añado Glen Carron al trato.

Buchan se sobresaltó.

Margaret se echó a temblar. Al ver que su tío no hablaba, se preguntó si no estaría pensando en entregársela a Alexander a cambio de su hermano y de un castillo.

—Reconstruí el castillo y las murallas después de arrasarlo. Es una fortificación espléndida, fácil de defender —añadió Alexander—. Y está junto al territorio de Badenoch. Aumentaríais vuestras tierras allí.

Ella miró a su tío con perplejidad; Buchan tenía una mirada

calculadora y Margaret se dio cuenta de que su mente trabajaba febrilmente.

¡Estaba evaluando aquella oferta! Y tal vez la aceptara. En parte, Margaret se sintió consternada por el hecho de que su tío estuviera dispuesto a entregarla con tanta facilidad al enemigo. Sin embargo, por otra parte estaba desesperada.

Sabía que Alexander sería un marido razonable, y que ella disfrutaría entre sus brazos, y teniendo sus hijos... Pero, Dios Santo, ¿entonces qué ocurriría? Él iría a la guerra contra su hermano, sus tíos, sus tías y sus primos...

—Va a casarse con sir Guy en junio —dijo su tío de repente, con ferocidad—. Entregadme Castle Fyne y Glen Carron, y os la entregaré para que sea vuestra esposa.

A Margaret se le encogió el corazón. Miró a su tío y, después, a Alexander, con incredulidad.

Buchan la entregaría a cambio de dos castillos, si uno de ellos era Castle Fyne.

Alexander la estaba mirando, y ella percibió la compasión en su semblante. Sin embargo, cuando respondió, su voz tenía un tono duro y frío.

—No entregaré Castle Fyne.

La expresión de Buchan se volvió salvaje y despreciativa a la vez.

—¿Y os creéis un gran señor? Mi sobrina es digna de príncipes, y va a casarse con un hombre de sangre real, no con un highlander de islas lejanas que ni siquiera sabe hablar francés como es debido.

—¿Y ahora me insultáis? —preguntó Alexander, con una sonrisa glacial.

Margaret sintió un escalofrío.

Alexander la miró, y miró después a su tío.

—Deberíais pensarlo mejor antes de rechazar mi oferta. Seguramente, no deberíais exponeros a sufrir mi furia.

—¿Y vos me amenazáis?

—Tengo a William, tengo Castle Fyne, y estoy aquí, en Balvenie.

Buchan se estremeció.

—¿Cuál es vuestra intención, Lobo?

—Os prometo grandes pérdidas —dijo él, tomando las riendas del caballo. El animal se encabritó y relinchó. Entonces, Alexander se volvió hacia Margaret—. ¿Estáis bien?

Ella se quedó helada. ¿Estaba hablándole directamente a ella?

—Lady Margaret —inquirió él—. ¿Estáis bien?

Ella sabía que no debía responder, que debía apartar la mirada, pero no pudo hacerlo, y susurró:

—Sí, estoy bien.

Entonces, él hizo que el caballo girara de nuevo hacia Buchan.

—Me he encariñado con mi cautiva, Buchan. Tratadla bien.

Buchan estaba congestionado de ira.

—¡Cuando os capture, Lobo, yo seré quien os corte la cabeza y la clave en una pica!

Alexander se rio de él.

—Ya basta —trató de decir Margaret, pero solo consiguió emitir un susurro enronquecido, y sir Ranald la tomó de la muñeca, como advertencia.

—Y, cuando vuestro castillo favorito haya quedado reducido a escombros, y sir Guy haya muerto, me la llevaré como esposa —dijo Alexander.

Margaret se quedó horrorizada.

Alexander giró con su caballo y espoleó al animal mientras la miraba con fiereza. Sus caballeros y él se alejaron al galope de las rocas rojas, y Buchan y su grupo permanecieron inmóviles.

—Lo voy a matar —masculló Buchan, y después la miró con furia.

Ella tuvo ganas de encogerse. «Lo sabe», pensó. Sin embargo, no se movió.

—¡Si quiere quedarse contigo, te has convertido en un problema! —gritó.

Después, espoleó a su caballo y comenzó a ascender por la ladera embarrada.

Margaret estuvo a punto de desvanecerse. Sir Ranald pudo sujetarla; la tomó de su pequeña yegua y la colocó a lomos de su caballo.

—¡Milady! Os llevaré a casa sana y salva.

A ella comenzaron a caérsele las lágrimas. Miró a sir Ranald y, en sus brazos, asintió.

CAPÍTULO 13

Eilidh estaba avivando el fuego de la chimenea cuando sir Ranald acompañó a Margaret a su alcoba. Ella estaba temblando; durante el camino de vuelta al castillo había llovido torrencialmente, y todos estaban empapados. Sin embargo, Margaret no temblaba de frío, ni tampoco aquella era la causa de que estuviera a punto de desplomarse.

Eilidh palideció al verla.

—¿Milady?

—Ha tenido una tarde difícil —dijo sir Ranald—. Debes ayudarla a ponerse ropa seca, sentarla ante el fuego y traerle vino caliente.

Margaret estaba horrorizada y aterrada.

¿Acaso Buchan sospechaba que Alexander y ella habían sido amantes?

¿Y Alexander? ¿Quería casarse con ella, fueran cuales fueran las consecuencias, y estaba dispuesto a atacar a su tío para conseguirlo?

—Por favor, sentaos, lady Margaret, antes de que caigáis al suelo —le dijo sir Ranald con amabilidad.

Ella obedeció; se sentó en la única silla que había en el aposento. Miró al caballero y sonrió temblorosamente.

—Gracias, sir Ranald. Estoy bien.

—No, no estáis bien —dijo él, y la escrutó con sus ojos verdes. Entonces, se puso de rodillas y le tomó ambas manos—. Deseo protegeros, lady Margaret, ¡de veras! Pero, si estáis jugando a algún juego peligroso, debéis decírmelo.

¿Qué pensaba sir Ranald? Ella no había pensado en las conclusiones que habían podido sacar quienes habían estado presentes en aquel encuentro. Sin embargo, sir Ranald la había sorprendido escuchando a los hombres en Strathbogie, y había visto su conversación con Alexander.

Mientras observaba al caballero con una gran incertidumbre, Peg e Isabella entraron rápidamente en la alcoba.

—¿Qué ha ocurrido? —preguntó con nerviosismo Isabella—. ¡John está jurando y perjurando que va a matar al Lobo la próxima vez que se cruce con él! ¡Está furioso y se ha emborrachado!

Margaret miró a sir Ranald.

—Hablaremos en otra ocasión, sir Ranald, cuando haya podido pensar —dijo ella.

Si el caballero quería ser su aliado, lo aceptaría, pero no podía convertirlo en su confidente.

Él asintió y salió de la alcoba.

Peg cerró la puerta.

—¿Margaret? —le preguntó la doncella, con los ojos muy abiertos.

Ya no podía contener su angustia. Se tapó la cara con las manos e intentó no llorar. Pensó en Alexander, que había decidido que debía casarse con ella pese al coste que podía tener aquel matrimonio, y al dolor que podía causar. No podía entender cuál era su motivación, aparte de que deseara controlar Castle Fyne para el resto de su vida y dejarlo en herencia a sus hijos.

Pero ¿qué pasaba con ella, y con sus deseos?

Isabella se acercó a ella y la abrazó.

—¿Qué ha hecho?

Margaret trató de enjugarse las lágrimas y recuperar la compostura. Miró a Isabella y percibió su preocupación.

—Hizo una segunda oferta de matrimonio. Cuando Buchan la rehusó, le amenazó con destruir sus castillos y destruirlo a él.

—¿Y mi esposo? —preguntó Isabella—. ¡Me ha dicho que está furioso contigo! He creído que estabas a punto de llorar por su culpa.

Margaret tomó aire.

—Pensó en entregarme a Alexander, no solo a cambio de Will, sino a cambio de mi hermano, de Castle Fyne y de otra fortaleza.

Isabella se quedó consternada.

—Lo siento. Pero John te quiere, Margaret.

—Me entregaría al enemigo si a cambio recibiera algo lo suficientemente provechoso —dijo ella, y sintió una punzada de dolor en el corazón—. Me entregaría sin pensarlo dos veces.

¿Acaso no la había abandonado cuando estaba de rehén en Castle Fyne?

¿Y no se había quejado William de que su matrimonio con sir Guy era un trato indigno para ella, de que su tío la estaba entregando como si fuera un objeto de poco valor, una cosa sin sentimientos?

Ella no quería pensarlo, pero era cierto. Su padre nunca la habría tratado así. Él la quería desde que había nacido. Le habría arreglado un matrimonio provechoso, pero también se habría preocupado de que ella quisiera a su marido. Margaret no tenía duda.

Nunca habría negociado con ella, ni siquiera cuando había un reino en juego.

—Pero es normal que te utilice como moneda de cambio para hacer un buen trato —dijo Isabella, apretándole la mano—. Solo eres una mujer, Margaret, y todas somos prescindibles. Eso deberías saberlo.

Margaret no se había dado cuenta de que Isabella fuera tan reflexiva.

—¿Y si Alexander hace una tercera oferta? ¿Y si le ofrece tanto que el tío John no puede rechazarlo?

—¿Hará otra oferta? —preguntó Isabella, sorprendida.

—¡No me lo espero! —exclamó Margaret.

Isabella calló durante un momento. Después, dijo:

—Lo cierto es que, si sir Guy no consigue recuperar Castle Fyne, tú habrás perdido todo tu valor para él, pero eres un gran trofeo para Alexander.

—El Lobo está enamorado —dijo Peg—. Se enamoró a primera vista de Margaret, en cuanto conquistó Castle Fyne.

Isabella miró con incredulidad a Margaret.

—¿Es eso cierto?

—No, no está enamorado —dijo Margaret, y se puso en pie. No estaba enfadada por lo que había dicho Peg; se preguntaba si la doncella podía tener razón—. ¿Puedes ayudarme a que me desvista?

Eilidh se apresuró a sacar ropa seca del baúl. Isabella las observó, y dijo:

—Margaret, el Lobo ya ha demostrado que está dispuesto a ir muy lejos si quiere casarse con una mujer.

Margaret acababa de ponerse el pellote sobre una camisa seca, y Peg comenzó a deshacerle la trenza mojada mientras ella miraba a Isabella.

—Tienes razón. Es implacable.

Isabella la observó con atención.

—¿Es repulsivo?

Margaret se echó a reír con algo de histeria. ¿Debería confesárselo todo a su amiga? ¿Se atrevería a hacerlo?

—Es muy guapo —susurró Eilidh. Peg asintió.

Isabella se sobresaltó, y Margaret se estremeció.

—Es guapo, y hay algo más. Dijo que mataría a sir Guy si era necesario.

—¿No va a permitir que un matrimonio se interponga en su camino?

—No —dijo Margaret. Sabía que, aunque se casara con sir Guy, Alexander iría a buscarla.

Isabella también lo sabía.

—Puede que, al final, él sea tu salvador, Margaret.

Margaret negó con la cabeza.

—Por favor, no digas eso.

—Te ha robado Castle Fyne y, ahora, no tienes nada más que la esperanza de que sir Guy lo recupere. Pero, si el Lobo se casa contigo, volverás a ser la señora de Castle Fyne.

Margaret no podía dormir. Permanecía en vela, mirando el reflejo de la luna en el techo de la alcoba. Su tío se había marchado aquella misma mañana, con un gran ejército.

Buchan llevaba a sus soldados a reunirse con los del rey Edward en el sur, para intentar detener la marcha de Bruce hacia el oeste.

Se preguntó si realmente Bruce iba a intentar celebrar su coronación cuatro días después; se preguntó si Aymer de Valence, que dirigía la mayor parte del ejército inglés, sabía que su enemigo marchaba hacia Scone y tenía intención de atacarlo. Margaret se abrazó a la almohada. Para detener a Bruce, que estaba decidido a recibir la corona de Escocia, tendría que batallar a muerte con él. Margaret estaba segura.

Se echó a temblar. Había hecho todo lo posible por evitar a su tío desde que habían mantenido la reunión con Alexander junto a las rocas rojas. Buchan estaba preocupado con los preparativos para la guerra, así que le había resultado fácil conseguirlo. Sin embargo, Margaret sabía que su tío ya no estaba complacido con ella.

¿Sería cierto que Alexander estaba enamorado de ella? Y, si lo estaba, ¿no se daba cuenta de lo peligrosas que eran sus ambiciones para ella, y para su familia?

Sintió más angustia, más miedo. Margaret quería saber si Atholl y los demás tenían un plan para separar sus ejércitos. Si lo averiguaba, le enviaría un mensaje a Alexander. Pasara lo que pasara, aunque ella tuviera que casarse con sir Guy, no quería que él muriera.

Se le llenaron los ojos de lágrimas y se estrechó la almohada contra el pecho. Finalmente, consiguió quedarse dormida.

Y, entonces, despertó aterrorizada; alguien le estaba tapando la boca con una mano y agarrándola con un brazo por la cintura. Estaba apretada contra un fuerte pecho masculino. ¡Había un hombre en su alcoba!

—No grites. No voy a hacerte daño, Margaret.

Mientras abría los ojos, el grito murió en su garganta. Supo que era Alexander.

Miró hacia arriba y se encontró con su intensa mirada. El corazón se le aceleró en el pecho.

Él retiró lentamente la mano y dijo:

—Y, si gritas, nadie te va a oír. El guardia va a estar inconsciente durante unas horas.

Entonces, ella comenzó a darse cuenta de lo que había hecho Alexander. ¡Había entrado a escondidas a uno de los castillos del enemigo, una fortaleza que estaba custodiada por los mejores soldados de Buchan!

—¡Alexander! ¿Te has vuelto loco? ¡Si te capturan, te van a ahorcar!

Él sonrió lentamente.

—Ah, así que no ha cambiado nada. No puedes desearme nada malo.

Ella se quedó inmóvil. Estaba entre sus brazos, envuelta en su calor y en su olor a pino y a hombre, y sabiendo que él había ido a buscarla.

—No, no puedo desearte nada malo —dijo—, pero no puedes estar aquí.

—Puedo estar aquí, y estoy aquí —replicó él—. Ya sabes qué hombre soy, Margaret. Nunca digo algo que no piense. Te voy a llevar conmigo, Margaret, y serás mi mujer.

Ella lo miró con incredulidad.

—¿Vas a obligarme a que me case contigo?

—No creo que tenga que obligarte a nada —replicó él, mirándole los labios.

Margaret sintió una descarga de deseo, pero no se movió.

Él la miró a los ojos con una ligera sonrisa.

—No me digas que sigues guardándoles fidelidad a sir Guy y a tu tío.

—Desprecio a sir Guy.

Él sonrió aún más.

—Como es lógico.

—Pero no puedo traicionar a mi tío casándome contigo.

—Vamos, tenemos que irnos. Esta conversación puede esperar —dijo él, y se puso en pie—. Vístete.

Margaret se acercó a su baúl.

—¿Adónde vamos?

—A Scone.

Ella se quedó paralizada.

—Estoy seguro de que quieres venir. Estoy seguro de que quieres estar con Isabella. Ella necesitará una amiga.

Margaret se echó a temblar. ¡Alexander había ido a Balvenie a buscar a Isabella! Sus pensamientos se volvieron caóticos.

—¡Alexander! Si quieres llevarme a mí, así sea, pero ¡deja en paz a la pobre Isabella! ¡No la obligues a traicionar a su esposo, por favor!

La expresión de Alexander se endureció.

—Vístete, Margaret. Ahora mismo.

Ella se echó a temblar, pero obedeció. Abrió el baúl y sacó su ropa, sin dejar de pensar en que Alexander no había ido a buscarla a ella, sino a secuestrar a Isabella para obligarla a cometer un acto de deslealtad hacia su marido y hacia el rey Edward.

—El castigo para un acto de traición es la horca.

—Isabella estará a salvo.

—¡El mismo Buchan la colgará! Y, si no lo hace él, ¡lo hará el rey Edward!

—Vamos, vístete —repitió él—. Hemos matado a unos cuantos guardias, pero los demás se despertarán pronto.

Margaret pensó en sir Ranald, que había permanecido en el castillo para protegerla a ella.

—Por favor, dime que no habéis matado a sir Ranald.

—Vístete.

De nuevo, él se había transformado en el hombre a quien ella había temido y odiado a menudo, un hombre que no era capaz de mostrar clemencia cuando quería conseguir sus objetivos. Rápidamente, se quitó la larga túnica con la que dormía y se puso un sayo y un pellote. Mientras trataba de atarse el cordón, le temblaban las manos.

¿Cómo podría ayudar a la pobre Isabella? Su amiga no era fuerte; era dócil, juguetona y demasiado joven para su edad. Margaret podía hacer frente a aquellas intrigas, pero Isabella no merecía que la convirtieran en un títere de aquellas conspiraciones políticas.

Buchan la perseguiría; Margaret estaba segura de ello. Si Isabella participaba voluntariamente en la coronación de Bruce, Buchan la castigaría terriblemente.

Alexander le arrebató el cordón a Margaret.

—Estás temblando como si me tuvieras miedo.

—Me das miedo —dijo ella—. Pero, en este momento, temo por Isabella, no por mí.

Él le entregó las botas de montar.

—¿Cuándo vas a confiar en mí? Si te digo que estará a salvo, es porque vamos a protegerla. Bruce no es como Buchan. Él recompensa a quienes le son leales —dijo él. Después la tomó del brazo y la guio hacia el pasillo.

Margaret sintió alivio al ver que los dos hombres que hacían guardia en la puerta de su habitación estaban inconscientes, pero no muertos. Sin embargo, ninguno de los dos era sir Ranald.

La alcoba de Isabella, la que compartía con su marido, estaba al final del corredor. Margaret la vio salir con el pelo recogido en una trenza, los ojos brillantes y las mejillas sonrosadas de la excitación.

—¡Margaret! ¿Vienes con nosotros? —preguntó, con sorpresa y agrado. Y estaba sonriendo.

—¡Isabella, no vayas voluntariamente con estos hombres! —exclamó Margaret—. Por favor, ¡utiliza el sentido común!

—Eso es lo que hago —dijo Isabella, a quien se le había borrado la sonrisa de los labios—. Oh, Margaret, ¡sé feliz! ¡Bruce va a ser coronado en Scone!

¿Cómo podría disuadirla?

—¡Tienes que pensar en las consecuencias de lo que quieres hacer! Tienes un buen matrimonio, Isabella. Buchan te quiere. Se pondrá furioso y no te perdonará nunca.

Isabella la miró con terquedad.

—No me importa.

—¡No digas eso! —le rogó Margaret—. ¡No puede ser verdad!

—Claro que sí es verdad. ¡John no me importa! ¿Vas a venir conmigo? Te lo pido por favor. ¡Te necesito, Margaret!

—No tengo otra elección, pero, si la tuviera, yo no traicionaría a mi tío ni a su familia, Isabella. Si voy contigo es porque me obligan a hacerlo.

Sin embargo, mientras hablaba, miraba a Alexander, y tuvo la sensación de que sus palabras eran falsas.

—¡Claro que no lo harías! Por algún motivo que me resulta incomprensible, le guardas lealtad a mi marido.

—Es mi tío. ¡William y él son lo único que me queda! —exclamó Margaret, e hizo un último intento por convencer a Isabella de que no tomara aquella decisión suicida—. ¿Has pensado en que cometerás un acto de traición si pones la corona de Escocia sobre la cabeza de Bruce?

Isabella alzó la barbilla.

—Que así sea. ¡Soy la condesa de Fife!

—¡Eres la condesa de Fife y la esposa del conde de Buchan!

Alguien hizo ruido tras ellas, y Margaret se giró. Había un hombre haciéndoles señas desde la escalera. Alexander la tomó del brazo.

—Ella ha tomado esa decisión, Margaret y, aunque tú pudieras hacer que cambiara de opinión, me la llevaría igualmente, como te voy a llevar a ti.

Margaret lo miró a los ojos un instante; ya sabía que él estaba completamente decidido. Bajaron las escaleras y, al llegar al gran salón, Margaret vio a seis caballeros en el suelo. Uno de ellos era sir Ranald.

Margaret gritó, porque la mayoría de los que yacían sobre la piedra estaban muertos. Ella vio a sir Ranald, que estaba inconsciente y muy pálido, corrió hacia él y le puso los dedos en el cuello. El pulso seguía latiendo con firmeza, y Margaret sintió un gran alivio. Se volvió hacia Alexander.

—Este es sir Ranald, y es importante para mí.

—Lo recordaré —dijo Alexander. La tomó del brazo e hizo que se incorporara—. Ahora, silencio —les ordenó a Isabella y a ella.

Salieron de la torre del homenaje. El patio de armas estaba muy silencioso, como si no hubiera nadie en él. Sin embargo, aparecieron doce caballeros de entre las sombras, silenciosos como los lobos. Y no había gritos desde el adarve.

Miró hacia arriba. Las torres estaban vacías, y Margaret temió que los vigías estuvieran muertos.

Un momento más tarde, salían por la portezuela sur, junto a la que esperaban docenas de hombres a caballo, en la oscuridad.

Era mediodía cuando Alexander alzó un brazo y detuvo a su grupo.

Habían estado cabalgando a buen ritmo desde la medianoche, cuando habían salido de la fortaleza de Buchan. Margaret iba junto a Isabella, entre dos de los hombres de Alexander. Después de todas aquellas horas, se habían adentrado mucho en el bosque, y Alexander dijo:

—Podemos descansar aquí hasta que anochezca.

Margaret sintió alivio. Estaba agarrotada, dolorida y exhausta, y muy fatigada mentalmente. No se les había permitido conversar, así que había tenido muchas horas para reflexionar.

No se sentía verdaderamente consternada por su secuestro,

pero estaba aterrada por Isabella. Quería convencerla para que no tomara parte en la coronación de Bruce.

Miró a su amiga, que estaba pálida y agotada. Margaret estaba deseando desmontar, y supuso que Isabella sentía lo mismo.

Alexander ya había bajado de un salto del caballo, y Dughall se estaba llevando al animal. Se acercó a ellas y sonrió a Isabella.

—¿Cómo estáis, condesa?

—No sé si voy a poder mantenerme en pie —dijo Isabella—. Me duele todo el cuerpo.

Él la agarró por la cintura y la ayudó a desmontar. Cuando los pies de Isabella tocaron el suelo, ella cayó contra su pecho. Alexander la sujetó y la enderezó pero, durante un segundo, Isabella estuvo entre sus brazos.

Margaret lo observó todo sintiéndose un poco molesta, y aquella irritación aumentó cuando Isabella sonrió a Alexander y le dio las gracias.

Margaret fingió que los ignoraba mientras Alexander la ayudaba a llegar a un jergón que acababan de poner para ella en el suelo; ya estaban montando su tienda. Margaret desmontó con algo de dificultad debido al dolor. Alexander se acercó y la agarró por la espalda.

—Si hubieras esperado, yo te habría ayudado a bajar.

Margaret se giró hacia él, pero después se apartó. El contacto con él la afectaba de un modo distinto al de cualquier otro hombre. En aquel momento, Alexander la tenía totalmente obnubilada.

Sin embargo, ¿no había estado obsesionada con él toda la noche? Mientras él dirigía la columna, ella lo había estado mirando una y otra vez. Y, pese al temor que sentía aquella noche, había sido reconfortante poder observar la fuerza de sus hombros erguidos y la postura orgullosa de su cabeza.

Sin embargo, no debía bajar la guardia. En Balvenie ya conocerían su desaparición, y sir Ranald debía de estar persiguiéndolos. Le habrían enviado el mensaje a Buchan.

—Estabas muy ocupado ayudando a Isabella —le respondió a Alexander, sin sonreír.

—¿Estás celosa? Porque no tienes por qué estarlo, Margaret.

—No quiero estar celosa, Alexander, igual que no quiero sentir nada por ti —contestó ella, y se encogió de hombros. Algunos sentimientos no podían controlarse.

—Pero sientes algo —replicó él. Ella no respondió; entonces, Alexander dijo—: Deberías comer y acostarte. Vamos a cabalgar de nuevo esta noche. Durante toda la noche.

Él la miraba con fijeza, pero ella no podía apartar los ojos de él, porque llevaba muchos días sin verlo. Sin embargo, sabía que debía dominar su afecto.

—Nos perseguirán.

—¿Me haces una advertencia?

—Sir Ranald es leal a mí.

—Por supuesto que sí. Estoy listo, Margaret. Seis de mis hombres cabalgan a distancia de nosotros. Si descubren una persecución, me traerán la noticia.

—¿Pueden alcanzarnos?

—Es improbable. Dejamos escapar a todos sus caballos de los establos. Tendrán que encontrarlos y atraparlos. Nosotros hemos cabalgado muy rápidamente durante las primeras horas, y por una ruta poco utilizada. No estamos viajando directamente.

Entonces, Alexander hizo un gesto para indicarle que debía reunirse con Isabella, cuyo jergón estaba ya bajo una tienda abierta.

Margaret no se movió.

—¿Cuánto falta para que lleguemos a Scone, Alexander?

—Depende de si nos persiguen o no, y me veo obligado a tomar otra ruta aún más desconocida. También depende de ti y de Isabella. No creo que podáis cabalgar tanto tiempo esta noche.

—¿La coronación se va a celebrar el día veinticinco?

Alexander se sobresaltó.

—¿Por qué me sorprende algo de lo que digas o hagas, Margaret? Ya sabía que nos espiaste la noche que Bruce estuvo en Castle Fyne.

—Yo era tu prisionera. Mi deber era espiar, averiguar lo que estaba pasando en el país.

—¿Y va a seguir siendo tu deber? —preguntó él.

—¡Ojalá no lo fuera!

—Así que tu respuesta es sí —dijo Alexander.

Entonces, se dio la vuelta y se alejó con una expresión de ira y disgusto.

Ella se quedó mirándolo. ¡No quería discutir con él! Sin embargo, ¿qué esperaba Alexander de ella? Su familia estaba en guerra con Bruce. ¡Tenía que espiar!

Aunque eso no significaba que fuera a transmitir toda la información que recabara.

Margaret se dio la vuelta y se dirigió lentamente a Isabella, que tenía los ojos muy abiertos. Se sentó a su lado.

—¿Sois amantes?

Margaret dio un respingo.

—Tú has guardado mi secreto. Yo guardaré el tuyo.

—Eso no es justo —susurró Margaret.

—¿Por qué no? Somos amigas. Tú me has ayudado, y yo deseo ayudarte a ti.

Margaret no tenía intención de decirle la verdad a Isabella. Temía que su amiga revelara la respuesta sin darse cuenta.

—Necesito ir un momento al bosque.

—Creo que sé cuál es la respuesta, Margaret —dijo Isabella.

A Margaret le dolía la cabeza, además del cuerpo. Todos los hombres de Alexander la miraron mientras se alejaba del pequeño campamento y, rápidamente, ella se dio cuenta de que la estaban vigilando, y de que ni siquiera iban a permitirle que se alejara al bosque para hacer sus necesidades… o para escapar.

¿Era prisionera de Alexander? Tenía la sensación de que él no la retendría contra su voluntad…

Dughall se había alejado de un grupo de hombres que estaban sentados alrededor de una hoguera. Estaba siguiéndola, pero a una distancia prudente.

—No voy a ir lejos —dijo ella, por encima de su hombro.

—Bien —respondió el muchacho, con una sonrisa—. Pero debo acompañaros. Me daré la vuelta, lady Margaret, para que podáis hacer lo que debáis.

Margaret se exasperó un poco, pero sabía que no podía culpar a Dughall. Si tenía que culpar a alguien, ese alguien era Alexander.

Además, no tenía intención de escapar. Isabella la necesitaba, y Alexander y ella tenían que hablar; todavía necesitaban decirse muchas cosas el uno al otro. Margaret no sabía cómo empezar, ni qué decir, ni cómo mantener una conversación entera sin ira y sin acusaciones.

Se metió entre los árboles. Dughall permaneció alejado, y ella encontró un lugar escondido para hacer sus necesidades.

Después, se detuvo en un pequeño claro. Dughall se apoyó en un árbol y esperó. Ella se frotó las sienes y se sentó sobre una piedra plana. Después, flexionó las rodillas contra el pecho y apoyó la mejilla en ellas.

¿Qué iba a hacer?

Sentía una gran atracción por Alexander; sentía algo más que atracción. No quería casarse con sir Guy. Alexander se la había llevado por la fuerza, así que ya no podría casarse con sir Guy, y eso era de agradecer. Sin embargo, él había decidido que quería casarse con ella, y había echado por tierra todas sus convicciones. Si alguna vez se celebraba el matrimonio entre ellos, ella se vería obligada a renunciar a todas sus lealtades, y debería jurarle fidelidad a Alexander.

—¿No vas a descansar? —le preguntó él, a su espalda.

Ella se giró a mirarlo. De repente, se le entrecortó la respiración. Bajó las piernas por un lado de la roca.

—Descansaré gustosamente después de que hayamos podido hablar.

—Yo también deseaba hablar contigo, Margaret —respondió él—. Compartimos el lecho y, a la mañana siguiente, me dejaste.

Margaret no podía apartar la mirada de sus ojos. Alexander tenía un semblante tan solemne que ella se sintió culpable.

—Will había ideado un buen plan. Un plan que podía tener éxito. En cierto sentido, yo no quería marcharme, Alexander, pero Peg había oído vuestros planes para Isabella, y yo tenía que advertírselo.

—Confié en ti.

Margaret se estremeció.

—Tenía que escaparme. Era mi deber, Alexander.

—¿Te acostaste conmigo para que bajara la guardia y poder, así, escapar?

A ella se le escapó un jadeo.

—¿Cómo puedes pensar eso?

—Sería un tonto si no tuviera en cuenta esa posibilidad.

—Acudí a ti porque temía que te fueras a la guerra y no volvieras más. No sabía que íbamos a hacer el amor. Fui solo a decirte que te había tomado afecto, en contra del sentido común y en contra de toda mi lealtad.

—Cuando me enteré de que te habías escapado esa misma mañana, me sentí como si me hubieran dado un hachazo en el pecho.

—¡Lo siento!

Él le tomó la barbilla.

—Creo que lo sientes, y también creo que volverías a escapar, si pudieras.

—¿De aquí? No. No puedo dejar sola a Isabella.

—Isabella nos estaba esperando. Tú se lo advertiste. Sin embargo, no se lo advertiste a Buchan. Si lo hubieras hecho, nosotros jamás habríamos podido entrar en Balvenie. ¿Por qué?

Margaret se ruborizó.

—No podía traicionar a Isabella, cuando supe cuánto deseaba ayudar a Bruce.

—Así que antepusiste los intereses de ella a los de tu tío.

—No es de mi sangre, pero es mi amiga.

—La sangre siempre va por delante de la amistad.

Tenía razón. Ella había antepuesto a Isabella.

—La estaba protegiendo.

—¿Del mismo modo que me estabas protegiendo a mí?

Ella se sobresaltó. Antes de que pudiera preguntarle qué quería decir, él añadió:

—Sabías que la coronación de Bruce se celebrará el día veinticinco —dijo Alexander, mirándola fijamente—. ¿Cuándo te enteraste de eso?

—Eilidh creyó que oía esa fecha, Alexander.

—¿Y se lo dijiste a Buchan?

—No. No fui capaz de decir la fecha. De todos modos, Eilidh tampoco estaba segura.

—¿Por qué no? La gran familia Comyn odia a Bruce. Tú eres una Comyn. ¿Por qué no, Margaret? —insistió él—. ¿Acaso ha cambiado por fin tu lealtad?

Ella se puso en pie de un salto.

—¡No, no ha cambiado! ¡No estaba segura de que la fecha fuera correcta!

—Dime la verdad. Dime la verdadera razón por la que no le revelaste a Bruce la fecha en la que vamos a coronar a Bruce.

Ella tomó aire.

—Si se lo hubiera dicho, él habría preparado una emboscada en Scone en esa fecha precisa, y tú habrías estado allí con Bruce. ¡Temía por ti!

Él la tomó del hombro y la acercó.

—Entonces, tu lealtad ha cambiado.

—No hagas esto, Alexander. No quiero que seamos enemigos, pero eso es lo que debemos ser.

Y, sin embargo, ¿cómo iban a ser verdaderos enemigos, si ella quería estar entre sus brazos?

—Dejamos de ser enemigos cuando compartimos el mismo lecho.

—No, Alexander. ¡Vuelvo a ser tu prisionera! Y eso nos convierte en enemigos.

—Eres prisionera aquí solo si tú quieres serlo —dijo él, y la abrazó—. Creo que tu lealtad ya ha cambiado, pero, como eres muy obcecada, te niegas a reconocerlo.

Si él estaba en lo cierto, ella tendría que contarle todo lo que sabía.

—Alexander, hay más. Buchan y sus aliados quieren separar tu ejército del de Bruce. Quieren aislarte para destruirte primero.

A él le brillaron los ojos. Margaret sabía lo que estaba pensando: que tenía razón, que su lealtad había cambiado.

—¿Estás segura?

Ella asintió.

—Sí, pero no tengo más detalles.

—¿Lo ves, Margaret? Ahora quieres advertirme.

—Sí, te estoy advirtiendo. ¿No puedo ser leal a mi familia e intentar que no te ocurra nada a ti?

Él negó con la cabeza y la miró con ternura.

—Tal vez un día, o dos, o diez. Pero, al final, tendrás que elegir. Al final, seré yo, o ellos.

Ella sintió una gran angustia. Nunca podría abandonar a su familia, pero tampoco podría permitir que Alexander corriera peligro.

—¿Por qué no eres capaz de entenderlo? ¡Buchan y Will son lo único que me queda de mi familia! —exclamó ella. Sin embargo, él le estaba acariciando la espalda y provocándole un intenso deseo.

Entonces, Alexander le tomó la cara entre las manos.

—Buchan te habría vendido a mí a cambio del precio adecuado. Y Will te entendería si le dijeras que me quieres.

Ella se quedó paralizada. ¿Qué era lo que acababa de decir Alexander?

Margaret no respondió, y él se quedó decepcionado.

—¿Es que no vas a ceder ni un ápice? —murmuró—. Dime

que todavía te importo. Dime que te alegras de que fuera a Balvenie. Dime que deseas ser mi esposa.

A ella se le aceleró furiosamente el corazón.

—Nunca podré casarme contigo.

—Puedes —replicó él en voz baja—, y lo harás.

—Siempre tendré miedo por ti. Siempre tendré miedo de que mueras a espada.

—Moriré como mi padre, con la espada en la mano, en el campo de batalla, con la gracia de Dios —respondió él con fiereza—. Pero, si tú me estás esperando, no moriré pronto.

Entonces fue ella quien tomó su cara entre las manos.

—¿Es una promesa?

—Sí, es una promesa, Margaret.

A ella le dio un vuelco el corazón, pero no pudo pensar en nada más; Alexander la besó con fuerza y, con la necesidad que había acumulado todos aquellos días, sus pensamientos cesaron al instante. Solo fue capaz de percibir sensaciones, de notar su cuerpo duro y ardiente, su piel cálida, la pasión que se había desatado entre ellos. Y hubo muchas emociones: desesperación, euforia, alivio.

Había olvidado lo mucho que necesitaba estar entre sus brazos. Había olvidado aquel placer que proporcionaba el deseo. Margaret le pasó las manos por la espalda y sus bocas se fundieron.

Entonces, él interrumpió el beso de repente.

—Te he echado de menos —le dijo, con una mirada abrasadora.

—Te he echado de menos —dijo ella también, sin aliento.

Alexander sonrió con una salvaje satisfacción. La levantó en volandas, se adentró con ella en el bosque y la tendió sobre un lecho de agujas de pino. Entonces, se detuvo sobre ella, con una pregunta en los ojos. Margaret lo agarró y lo atrajo hacia sí.

Volvieron a besarse frenéticamente, y él subió el bajo de su túnica. Un instante después, Margaret jadeó al sentir que él se hundía en su cuerpo, y hubo una explosión de estrellas...

CAPÍTULO 14

Margaret estaba en brazos de Alexander. Sus cuerpos desnudos estaban entrelazados. Ella no se movía, porque temía que la realidad acabara con aquellos momentos. Solo quería abrazar a Alexander, y que él la abrazara. No quería pensar en otra cosa que en lo maravilloso que había sido estar con él.

Cerró los ojos y le besó el pecho.

—Eres un amante excelente, Alexander.

—¿Ah, sí? ¿Y cómo lo sabes?

Ella alzó la cabeza para mirarlo, y le acarició la mejilla.

—Lo sé porque estoy muy complacida —respondió.

Sin embargo, una vez que el pulso había recuperado el ritmo normal, Margaret sintió la brisa fría en la espalda y se estremeció.

Él los tapó a ambos con su manto.

—¿No vas a admitir que te alegras de que fuera a buscarte a Balvenie?

Ella se acurrucó contra él y apretó la mejilla contra su pecho.

—Eres un desvergonzado por hacerme esa pregunta en este preciso instante.

—Sé cuando tengo el triunfo al alcance de la mano, Margaret.

Era un guerrero. Sabía cuándo debía golpear; sabía que ella estaba tan feliz que solo podía contestar que sí.

—Sí, Alexander, me alegro de que fueras a Balvenie.

Él bajó la cabeza y la besó lentamente.

—Fui en busca de Isabella, tal y como había ordenado Bruce, pero también fui por ti, Margaret —dijo—. Buchan solo se preocupa por sí mismo, y sir Guy está lleno de ambición.

Ella tembló.

—Tú también estás lleno de ambición, Alexander.

—Sí —respondió él, con la voz ronca—. Pero a mí me importas, y los otros solo piensan en usarte como un títere.

—No quiero pensar en todo esto ahora —susurró ella.

Sin embargo, era demasiado tarde. La realidad ya se había hecho presente en aquellos breves momentos de felicidad.

Él la estrechó contra sí.

—Lo siento. No quería angustiarte.

Rápidamente, Margaret sonrió.

—No estoy completamente angustiada —dijo, y se acurrucó aún más contra él.

—Bien —respondió Alexander, y se quedó silencioso. Siguió abrazándola, pero ella se dio cuenta de que estaba tan inquieto como ella.

Se sentía maravillosamente entre sus brazos, cuando debería sentirse mal. ¿Qué estaba ocurriendo? Alexander ya había admitido que ella era importante para él, incluso delante de su tío. Ella había admitido que Alexander le importaba. Había un fuerte vínculo de afecto entre los dos, y había mucha pasión. Sin embargo, ella también lo admiraba y lo respetaba; Alexander era un hombre de honor, un hombre valiente y justo. Y había demostrado que también la respetaba a ella.

Margaret sentía muchas emociones contradictorias. Sentía miedo y confusión, pero también alegría y algo que se parecía sospechosamente al amor.

Oh, Dios. ¡No podía enamorarse de Alexander!

—Margaret, ¿qué te sucede?

Se dio cuenta de que había dado un respingo.

—Sir Guy nos matará si averigua esto alguna vez, y mi tío me desterrará.

Él se incorporó y se sentó, y la ayudó a hacer lo mismo. Después, le cubrió con el manto los hombros y el pecho, porque era consciente de su pudor.

—Si te casas conmigo, te protegeré. Estarás a salvo.

—No puedo discutir contigo ahora.

Él la observó.

—Cederás, Margaret, más tarde o más temprano.

—¿Alguna vez has tenido que renunciar a alguna ambición, Alexander?

—No —respondió él.

Y ella era su ambición en aquel momento. Se quedó mirándolo fijamente y, de repente, pensó en su difunta esposa.

—¿De veras asediaste Glen Carron Castle por una mujer con la que querías casarte?

Alexander la miró con cautela.

—Era demasiado joven, y tenía mal humor.

—Entonces, ¿es cierto?

—Es parte de la verdad.

—¿No quieres hablar de tu esposa, Alexander? ¿Acaso la querías tanto?

—Sí, seguramente la quería. Me resulta difícil acordarme, Margaret. Fue hace mucho tiempo. Estaba furioso. Quería ir a la guerra para vengar a mi clan.

—¿Qué quieres decir? —preguntó Margaret. No entendía cómo podía haber olvidado Alexander si había amado a su esposa.

—La masacre del clan MacDonald había sucedido pocos meses antes. Su padre participó en aquella batalla. Yo quería venganza de cualquier tipo, así que me acosté con ella. Se convirtió en mi amante y quedó embarazada. Decidí casarme con ella —explicó él, y se encogió de hombros—. Glen Carron es un magnífico castillo, y yo quería la fortaleza. MacDuff se negó a entregármela. Así que sitié el castillo y le hice prisionero hasta que aprobó el matrimonio. ¿Por qué me preguntas algo tan antiguo?

—La leyenda dice que sentías un amor eterno por ella.

Él se echó a reír, pero su carcajada sonó ronca.

—Tal vez lo sintiera en aquel momento —dijo. La sonrisa se le borró de los labios, y miró a Margaret fijamente—. La única mujer por la que siento afecto ahora es la mujer que está delante de mí.

Ella se ruborizó.

—Creo que deberíamos volver antes de que alguien sospeche algo.

—Ya lo sospechan, Margaret. Nos hemos ido hace una hora —replicó Alexander, pero se puso en pie.

Ella lo imitó.

—No puedo permitir que algún chismorreo sobre nosotros llegue a oídos de Buchan o de sir Guy.

Él se agachó, recogió su ropa y se la entregó. No respondió, y ella temió que, con su silencio, quisiera darle a entender que sir Guy y su tío Buchan iban a oír pronto las habladurías.

Margaret lo observó mientras él se colocaba el cinto y las espadas. Tenía el corazón acelerado, en parte de deseo y, en parte, de miedo. El afecto tan intenso que sentía por él le producía temor.

No quería enamorarse de Alexander MacDonald; eso sería una broma cruel del destino. Si alguna vez se daba cuenta, con certeza, de que lo amaba, se vería obligada a decidir de verdad a quién era leal.

—Dijiste que William entendería la situación si yo le dijera lo que siento —murmuró ella, y negó con la cabeza—. Creo que te equivocas. Creo que se pondría furioso.

Alexander se acercó a ella.

—Solo hay un modo de averiguarlo.

Ella jadeó.

—¿Vas a llevarme a verlo?

—Si él te da su bendición, ¿te casarás conmigo?

—¡Aunque William lo hiciera, estamos en guerra!

—Si no estuviéramos en guerra, ¿te casarías conmigo?

Margaret se quedó inmóvil. Le debía la verdad, y se la debía a sí misma.

—Primero intentaría hacer las paces con todo el mundo, pero sí, Alexander, si no estuviéramos en guerra, desearía casarme contigo.

Él sonrió con satisfacción y dureza.

—¡Pero estamos en guerra! Seguimos en punto muerto, Alexander.

—¿De veras? Yo no lo creo.

26 de marzo de 1306, Scone Abbey.

Scone Abbey apareció tan repentinamente entre la niebla que sus caballos se asustaron.

Margaret había ido galopando junto a Alexander y a Isabella, detrás de tres highlanders que los habían acompañado desde el amanecer. Los caballos que iban delante se sorprendieron al ver aquel edificio de piedra blanca, y se hicieron a un lado bruscamente. La yegua de Margaret se encabritó, y Alexander tuvo que sujetarle las riendas.

Después de un momento, Margaret miró a Isabella para asegurarse de que estaba bien. Su caballo también se había asustado, pero Dughall estaba a su lado. Los tres escoltas también habían detenido a sus monturas.

—Scone —dijo Alexander en voz baja.

Margaret nunca había estado en Scone, y mucho menos en la abadía, que tenía siglos de antigüedad. Ante ellos, sus muros blancos se extendían hacia un lado y otro y, tras la muralla, se erguía una enorme torre coronada con una bandera amarilla con un dragón rojo.

—Ya está hecho —dijo Alexander con satisfacción—. Bruce es el rey.

Margaret se quedó mirando la bandera amarilla con fascinación. Llegaban tarde; una terrible tormenta les había impedido viajar durante todo el día. De todos modos, Bruce había recibido la corona de Escocia el día anterior.

Miró a su amiga, que estaba observando la bandera con incredulidad. De repente, Margaret se dio cuenta de lo que significaba que Isabella no hubiera participado en la ceremonia de coronación el día veinticinco de marzo. ¡No había traicionado a su marido ni a su rey!

Antes de que ella pudiera deleitarse con aquella euforia, Alexander se irguió en el caballo e hizo un gesto a los cincuenta hombres que iban tras ellos. Después se volvió hacia ella y sonrió brevemente, antes de acercar su caballo al de Isabella.

—Condesa, ¿me acompañáis?

Margaret se puso tensa al ver a Isabella y Alexander avanzar hacia las puertas de la torre de entrada, que se estaban abriendo lentamente. De repente, al recordar la intimidante presencia de Bruce, se preocupó. ¿Estaría furioso con Alexander por haber llegado tarde?

Margaret atravesó la puerta con Dughall, y el sonido de los cascos de los caballos reverberó por las piedras del arco de entrada. Margaret miró el techo abovedado y se sintió atrapada.

Dughall sonrió.

—Es muy bonito, cuando no eres el enemigo.

Pero ella era una enemiga, pensó Margaret con un escalofrío.

Salieron al patio, que estaba abarrotado. Había tiendas de campaña por todas partes, y los caballos estaban amarrados junto a las murallas más alejadas. Sin embargo, por muy grande que fuera aquel patio, no podía acoger a todos los hombres de Bruce; allí solo se alojaban los más importantes.

Alexander e Isabella llegaron a caballo hasta los escalones que subían al salón central. Allí, un grupo de hombres los esperaba para saludarlos.

Margaret se puso tensa al reconocer a Robert Bruce. Era más alto que todos sus acompañantes, y llevaba un pellote rojo de manga larga y un manto dorado ribeteado de armiño. La empuñadura de la espada tenía piedras preciosas engastadas. Los aristócratas que lo rodeaban iban igualmente bien vestidos. Uno de ellos era el conde de Atholl.

A ella se le encogió el corazón. Así pues, el instinto no la había engañado; Atholl había traicionado a Buchan aquella noche, en su hogar. Atholl se había puesto de parte de Bruce.

Alexander había desmontado y estaba ayudando a Isabella a bajar de su caballo. Sin embargo, Margaret estaba mirando a Atholl y, cuando él la vio, sonrió y la saludó inclinando su rubia cabeza.

Margaret no le devolvió la sonrisa. Atholl había traicionado a su tío después de muchos años de amistad. Se preguntó si Buchan lo sabría. Y se preguntó qué pensaba Atholl de ella y de Alexander.

Bruce bajó las escaleras rápidamente.

—¡Alexander! ¡Me has traído a la condesa de Fife! —exclamó.

Alexander hincó una rodilla en tierra.

—Majestad —dijo—, he cumplido gustosamente lo que me pedisteis.

—Levántate. Puedes jurarme pleitesía mañana. Y no tenía ninguna duda de que conseguirías traerla.

—La tormenta nos retrasó —dijo Alexander, poniéndose en pie—. Lo siento.

—No te disculpes, por el amor de Dios.

Margaret sintió alivio al ver que Bruce estaba muy feliz con su llegada, pese al retraso. Se volvió hacia Isabella con deleite. Sin embargo, de repente apareció una mujer exquisitamente vestida, también de rojo y dorado. La mujer era más joven que Bruce, pero mayor que Margaret o Isabella; tendría unos treinta años. Margaret supo que se trataba de Elisabeth de Burgh, la segunda esposa de Robert Bruce.

—¡Condesa! —exclamó Bruce—. Bienvenida a mi corte real.

Isabella respondió con una sonrisa brillante y una reverencia.

—¡Majestad!

Él hizo que se incorporara y la tomó de los brazos.

—No me hagas una reverencia todavía. ¡Sigues siendo muy bella!

Isabella tenía los ojos relucientes.

—Gracias, Rob... Majestad.

Margaret se quedó horrorizada. Era evidente que Isabella estaba enamorada de Robert Bruce. Sus sentimientos eran obvios; se le reflejaban en la cara.

—Estoy muy contento de que hayas venido, Isabella. Tenía una gran necesidad de que lo hicieras.

—¡Estaba impaciente por venir y ayudaros a que os convirtierais en rey! —exclamó ella—. ¡He soñado con este día!

Margaret sintió una gran desesperación. Isabella no sabía nada de la vida ni del mundo, por mucho que ella lo hubiera creído así en Balvenie. Era joven y coqueta, impresionable e impulsiva. Pero lo peor de todo era que estaba enamorada de Robert Bruce.

—¿Acaso deseas seguir a caballo para siempre?

Ella bajó la mirada al oír que Alexander le hablaba, en tono de broma, pero en voz tan baja que nadie pudo oírlo.

Sin embargo, volvió a fijarse en Bruce e Isabella.

—¡Y serás de gran ayuda! Cuando Alexander no llegó contigo ayer, Isabella, sentimos desesperanza, y fui coronado de todos modos. Sin embargo, ¡celebraremos otra coronación mañana! —exclamó Bruce, y se giró hacia todos los demás—. ¡Mañana, en Caislean Credi, la condesa de Fife me guiará hasta mi corona!

Todos los presentes emitieron exclamaciones de aprobación.

E Isabella miró a Bruce con adoración.

Margaret miró más allá, hacia su esposa. Elisabeth de Burgh estaba en el primer escalón con semblante serio, rodeada por otras mujeres nobles. Estaba tan inmóvil como una estatua y claramente disgustada.

Alexander posó una mano en su rodilla para captar su atención. Después, con una sonrisa, la agarró por las manos y tiró de ella. Margaret terminó entre sus brazos.

—Todo irá bien —dijo él suavemente, y la posó en el suelo.

—Lady Comyn.

Margaret se quedó helada al oír la voz de Bruce. Se giró lentamente hacia él.

Bruce sonrió, aunque la sonrisa no le alcanzó la mirada. Al momento, ella hizo una marcada reverencia y, sin levantar la cabeza, dijo:

—Majestad.

Era una Comyn, y era rival de Bruce, pero estaba en su corte. Margaret se incorporó y se acercó a Alexander. Tenía miedo.

—¿Seguís siendo lady Comyn, u os habéis casado con Alexander?

Margaret no supo qué decir.

—Mi tío rechazó la oferta de Alexander, Majestad.

—¿Y vos, lady Margaret? ¿También habéis rechazado su oferta?

Ella tomó aire. ¿Qué haría Bruce si ella confesaba que había rechazado la oferta de Alexander? Si admitía que seguía siendo leal a su familia, ¿la encarcelaría?

—Lady Margaret ha decidido hablar con su hermano —dijo Alexander, y se colocó entre ellos—. Si él le da su bendición, desafiará a su tío y se casará conmigo.

Ella no había dicho tal cosa pero, con prudencia, no contradijo a Alexander.

—Bien —dijo Bruce, y miró fijamente a Margaret—. En Castle Fyne toleré vuestra política, pero ahora ya no tengo tanta paciencia con esas lealtades. Le he dado a Alexander mi aprobación para vuestro matrimonio, así que, cuanto antes os caséis, mejor será para vos, para él, para mí…

La estaba amenazando. Ella asintió y bajó la cabeza pero, por dentro, estaba temblando.

—Lady Margaret —dijo Bruce con aspereza.

Margaret lo miró.

—Tened cuidado. No me gustan los espías —le advirtió. Sus ojos azules ardían.

Ella quiso desaparecer.

—No va a espiar —dijo Alexander.

—Si lo hace, tendrá que pagar el precio de sus actos, por mucho que te importe. Te sugiero que la vigiles bien, Alexander —le dijo Bruce. Después, sonrió—. Venid, vamos a continuar con la fiesta de mi coronación.

Después, se giró hacia Isabella y le indicó que lo acompañara, y subió rápidamente las escaleras.

Margaret se quedó mirándolos, y vio que él pasaba un brazo por los hombros de su esposa, la reina. Isabella se quedó asombrada al ver aquel gesto, pero tuvo que seguir al rey y a su mujer. Ellos entraron al gran salón seguidos por una corte de soldados, damas de compañía y caballeros.

Margaret se echó a temblar.

—Soy enemiga de Bruce, Alexander.

Alexander la rodeó con un brazo.

—No. Estás conmigo. Pero no cometas ninguna tontería, Margaret. Puedo protegerte, pero no podré si traicionas al rey.

Margaret asintió. No deseaba convertirse, nunca, en prisionera de Robert Bruce.

Margaret siguió a Alexander al interior del salón. Era consciente de que se encontraba en una situación peligrosa, y sentía una tremenda tensión. Era Margaret Comyn, la sobrina del conde de Buchan, enemiga del rey. De hecho, era la única rival de Bruce que estaba allí presente. Todos aquellos que estaban en la abadía la considerarían una traidora.

Miró a su alrededor. El salón estaba lleno de nobles. La reina y sus damas habían ocupado un lateral de la estancia, y estaban sentadas junto a una gran mesa. Isabella estaba con ellas, y también Marjorie, la esposa de Atholl.

Las mujeres conversaban en voz baja, pero Isabella estaba distraída. No apartaba la vista de Bruce. Dentro de poco tiempo, todo el mundo se habría dado cuenta de lo que sentía por el rey. La reina tenía una expresión despreciativa. Ya detestaba a Isabella.

Margaret miró hacia el otro lado del salón. Bruce estaba rodeado por sus nobles, incluido Atholl. Se habían reunido alrededor de la chimenea, y los sirvientes les estaban llevando copas de vino. Otros estaban sentados en grupo; todos parecían animados y contentos.

Alexander se inclinó hacia ella.

—Tengo que ir con Bruce, Margaret. Voy a averiguar dónde te vas a alojar mientras estemos aquí.

—¿Cuánto tiempo vamos a estar aquí?

—A menos que haya cambiado de planes, Bruce saldrá de aquí el lunes.

—¿Y tú? ¿Adónde irás tú el lunes?

—Yo me iré con Bruce. Hablaremos de eso más tarde —dijo él. La miró significativamente y se alejó.

¡Se marcharía a la guerra dentro de dos días! ¿Adónde iba a ir ella?

Margaret se arrebujó en el manto y miró a Alexander. Estaba hablando con Bruce. Un momento después, una mujer se detuvo ante ella. Era rubia y tenía los ojos azules, y su semblante era serio.

—Soy lady Seton, la esposa de Christopher Seton. Robert me ha pedido que me presente y que os muestre vuestra alcoba, lady Comyn.

Margaret se quedó sorprendida. Percibió la frialdad de la dama y se dio cuenta de que no contaba con su simpatía. Había llamado «Robert» a Bruce, lo cual indicaba que eran amigos. Y, ¿no estaba Christopher Seton con Bruce en Dumfries, durante el asesinato de Red John? Se decía que incluso había desviado algunos golpes dirigidos a Bruce.

—Podéis llamarme lady Margaret.

—Muy bien. Vos podéis llamarme lady Christina. Qué raro es que estéis aquí —dijo la dama. Después, comenzó a caminar hacia el pasillo.

Margaret la siguió. Pensó en varias respuestas, pero no dijo nada. Aquella mujer estaba casada con uno de los caballeros más importantes de Bruce, así que, claramente, eran enemigas.

Después de subir una estrecha escalera y recorrer un pasillo, se detuvieron ante una puerta abierta. La habitación estaba llena de jergones y baúles.

Christina se apartó.

—Dormiréis aquí, lady Margaret. La abadía es muy grande, pero Robert tiene a muchos de sus seguidores aquí, y está abarrotada.

Margaret se dio cuenta de que la dama tenía los mismos ojos azules que Bruce.

—¿Sois vos su hermana?

—¿Acaso no lo sabíais? —preguntó Christina Seton, sorprendida.

—No, pero tenéis cierto parecido con él —respondió Margaret.

—Eso es lo que dice todo el mundo. Bien, ahora me voy. Podéis descansar aquí, o podéis volver al salón con los demás —dijo la dama, encogiéndose de hombros con indiferencia.

Margaret le tocó ligeramente la manga de la túnica.

—No soy una amenaza para vos.

Christina Seton la miró con frialdad.

—¿De veras? Sois la sobrina del conde de Buchan, y su pupila. Yo soy la esposa de Christopher Seton, y la hermana del rey Robert. Sí sois una amenaza. No deberíais estar aquí, lady Comyn.

—No creía que Isabella debiera venir sola aquí a cometer semejante locura sin el apoyo de una amiga.

—No penséis en ponerla en nuestra contra.

Margaret se quedó helada. Se dio cuenta de que Christina Seton era tan ambiciosa como su hermano. Estaba decidida a que fuera el rey, a pesar de las consecuencias.

—A no ser que tengáis intención de casaros con el Lobo y jurarle fidelidad a mi hermano, deberíais volver a casa, lady Comyn, con Buchan.

Christina se dio la vuelta y se marchó.

Margaret buscó el jergón más cercano y se sentó en él. Le temblaban las piernas.

Christina Seton la odiaba, eso estaba bien claro. Sin embargo, era natural; ¿acaso ella no era una de las rivales más grandes de Bruce, por el legado de su familia?

Temía volver al salón. Sabía que todos los que apoyaban a Bruce la mirarían con desconfianza y hostilidad, salvo Alexander e Isabella.

Tal vez Christina Seton tuviera razón. Tal vez ella debiera elegir: o casarse con Alexander, o volver a casa, a Balvenie.

La misa estaba a punto de terminar. Margaret estaba sentada junto a Isabella, detrás de la reina y sus damas, y Bruce estaba sentado al otro lado del pasillo central con todos los hombres, en la grandiosa iglesia de la abadía. No quedaba ni un solo asiento libre y detrás de la última fila de bancos estaban los soldados, de pie, llenando todo el espacio.

Margaret no se movió cuando la misa acabó y los asistentes comenzaron a levantarse. La iglesia se llenó de conversación y de algunas risas suaves. Las mujeres comenzaron a charlar alegremente; la única que permanecía en silencio era la reina. Al otro lado del pasillo, los hombres eran más ruidosos. Bruce estaba de muy buen humor. Se giró hacia las mujeres y sonrió a su esposa. Después, le hizo un gesto a Isabella.

Isabella sonrió y se acercó apresuradamente a él.

Margaret los observó estoicamente. El día anterior no había

podido acercarse a su amiga. Christina Seton debía de haber decidido que era peligroso. Por muy preocupada que estuviera acerca del futuro de Isabella, debía preocuparse también de su propio futuro. Alexander y ella no habían tenido un solo momento para hablar y, al día siguiente, él marcharía a la guerra, y ella no sabía si tenía intención de enviarla a casa. Margaret sabía que no podía quedarse en la corte de Bruce.

Al levantarse, miró por todo el pasillo hasta que vio a Alexander. Él sonreía y estaba relajado, indolente. Era tan raro verlo así, que Margaret se quedó mirándolo abiertamente. Y, a pesar de la situación, se le aceleró el corazón. Si él se marchaba al día siguiente, debían encontrar la manera de pasar juntos aquella noche.

Él estaba hablando con Atholl y Marjorie, pero miró inmediatamente en dirección a ella. La sonrisa se le borró de los labios. Ella supo que sentían lo mismo. Debían encontrar el tiempo para estar juntos.

La congregación se estaba reuniendo fuera del templo. Todos iban a ir caminando desde la abadía a Caislean Credi, la Colina de la Credulidad. Bruce iba a ser coronado allí por segunda vez.

Margaret fue una de las últimas personas en salir de la iglesia. Cuando estuvo en el patio, Alexander se acercó a ella y la tomó del brazo.

—¿Qué tal has dormido?

—Sorprendentemente bien, teniendo en cuenta que me he tenido que resignar a ver cómo destroza Isabella su matrimonio.

Margaret no le habló de lo difícil que era estar en aquella corte, rodeada de desconfianza y animosidad.

—Pero va a coronar al rey de Escocia —dijo él—. Hoy, la condesa de Fife se ganará un lugar en las leyendas de esta tierra orgullosa.

Margaret decidió no hacer ningún comentario. No creía que su amiga necesitara convertirse en parte de una leyenda.

Caminaron en silencio, siguiendo a la multitud que subía la colina. Bruce y la reina iban vestidos de granate y oro, montados en dos preciosos caballos blancos.

En la cima de la colina se había reunido una gran multitud. Había hombres, mujeres y niños llegados de toda Escocia para presenciar aquella segunda coronación del rey de Escocia. Margaret y Alexander pasaron entre la gente hasta que llegaron a la primera fila, donde esperaban Atholl, su esposa y los otros condes. Vio a Christina Seton con un hombre rubio y guapo. Estaban tomados de la mano y hablaban en voz baja, sonriendo. Y Christina estaba totalmente cambiada; en aquel momento era dulce y bella, y resultaba casi imposible recordar lo fría y cruel que había sido el día anterior.

Bruce estaba en el centro del claro, cerca de un magnífico trono. Tenía un aspecto majestuoso; vestía un pellote rojo y dorado y unas calzas, y tenía la cabeza erguida y un porte orgulloso. Su mirada azul ardía.

Elisabeth, la reina, estaba a un lado, junto al obispo de Glasgow, que estaba desplegando varios ropajes. Aquel día, Elisabeth estaba tan impasible como de costumbre, pero casi parecía agraciada con su vestido rojo y ribeteado de armiño. Miraba sin pestañear a su marido. Era imposible discernir lo que sentía.

Isabella esperaba con los demás obispos a poca distancia de Bruce. Estaba asombrosamente bella. Llevaba una túnica blanca y el pelo suelto; tenía las mejillas sonrojadas y llevaba un círculo de oro en la mano.

La gente había quedado en silencio. El obispo Wishart se acercó con una espada. Margaret se dio cuenta de que estaba conteniendo el aliento y miró a Alexander; él estaba tan fascinado como ella y como todos los demás. Ella volvió a mirar la ceremonia.

El obispo Wishart le había entregado la espada a Robert, y estaba poniéndole las antiguas vestiduras en los hombros. Después, comenzó a recitar las palabras que convertirían a Bruce en rey de Escocia. Bruce tenía la cabeza inclinada hacia delante.

—A partir de este día, vos seréis el rey Robert I, el rey de todos los hombres nacidos en Escocia —dijo Wishart. Después se giró y le hizo un gesto a Isabella.

Margaret tomó aire al ver que Bruce elevaba la vista e Isabella empezaba a caminar.

Se oyeron muchos murmullos y exclamaciones cuando Isabella se acercó apresuradamente a Bruce, con los ojos llenos de emoción y el círculo de oro en la mano. Nunca había estado tan bella. Parecía que había salido de un sueño, como si fuera un ángel. Los ojos azules de Bruce ardían de fervor, de ardor, y estaban fijos en ella.

Isabella se detuvo ante él, y se miraron fijamente. Entonces, ella lo tomó de la mano con timidez, y él sonrió. Ella se ruborizó y lo llevó hacia el trono.

Margaret tuvo un escalofrío. Miró a la reina.

No había ninguna expresión en su semblante. Ninguna.

Bruce se sentó y se colocó adecuadamente los ropajes. Isabella posó el círculo de oro en su cabeza.

Margaret sintió nuevos escalofríos al oír que la multitud rugía su aprobación. Alexander, Atholl y los nobles que estaban con ellos también vitorearon al rey.

Ella se abrazó a sí misma. Era como si estuviera en medio de una avalancha, pero no le daba miedo.

Se adelantó un poeta con un pergamino en la mano. Sonriendo, comenzó a recitar la larga genealogía de aquel rey, que se remontaba a siglos atrás, y nombró antiguos reyes que Margaret no conocía.

Alexander la rodeó con un brazo.

Ella se sobresaltó y lo miró, y vio que tenía una gran sonrisa en los labios. Se dio cuenta de que el bardo había terminado su letanía, y Wishart gritó:

—¡Rey Robert de los escoceses!

A ella se le llenaron los ojos de lágrimas. ¿No era mejor tener un rey escocés que verse obligado a responder al rey Edward?

—¡Rey Robert! ¡Rey Robert Bruce! —cantaba la muchedumbre.

De repente, Alexander la agarró de la cintura y la subió por los aires.

—¿Qué estás haciendo? —gritó ella.

Él la estaba haciendo girar como si bailaran; en realidad, había muchas parejas bailando a su alrededor, enloquecidamente.

De repente, él la dejó en el suelo y posó las manos en sus hombros.

—¿Vas a celebrarlo conmigo? —le preguntó, con los ojos brillantes.

A ella le dio un vuelco el corazón. Sabía perfectamente lo que él deseaba.

—Sí.

Alexander sonrió. Entonces, la estrechó entre sus brazos y la besó.

Margaret jadeó para tomar aire cuando él terminó. Entonces, se dio cuenta de que el conde de Atholl la estaba mirando. Sonrió ligeramente y se giró hacia los reyes de Escocia.

Ella se puso muy tensa. Atholl sabía que Alexander y ella eran amantes. Si Atholl estaba fingiendo que le era leal a Buchan, ¿le contaría a su tío que ella lo había traicionado? Sin embargo, él se había puesto de parte de Bruce, así que también había traicionado a Buchan, y ella lo sabía.

Quizá Atholl no se diera demasiada prisa en revelar lo que sabía.

Alexander la rodeó con un brazo y la llevó hacia Bruce, que estaba junto a Elisabeth. Isabella permanecía tras él, y los reyes estaban rodeados de nobles de la corte. Margaret vio que Bruce tomaba la mano de Elisabeth y se la besaba.

Y Robert Bruce dijo, en voz muy alta, para que todos pudieran oír:

—A partir de hoy, vos sois la reina y yo soy el rey de Escocia.

Su mujer abrió mucho los ojos.

—¿De veras? —preguntó—. Porque a mí me parece que solo estamos jugando a ser el rey y la reina, como los niños.

Margaret contuvo un jadeo.

La expresión de Bruce se oscureció.

—Eres la reina, Elisabeth —le advirtió—, y yo soy el rey de los escoceses.

Elisabeth sonrió, y no habló.

Alexander miró a Margaret de tal modo que a ella se le cortó la respiración. Después, la tendió en el suelo, detrás de una fila de árboles. Margaret se aferró a sus anchos hombros mientras él se colocaba sobre ella, y se besaron apasionadamente.

Mientras se besaban sobre un lecho de hierba y agujas de pino, ella podía oír a la multitud, que seguía en la cima de la colina. Había muchas risas y alegría. Alexander hundió la lengua en su boca y ella lo besó de igual modo, cegada por la necesidad. ¡Cuánto lo había echado de menos durante su estancia en Balvenie! En cierto modo, seguía echándolo de menos, porque sabía que apenas les quedaba tiempo para estar juntos.

La gente que había presenciado la coronación de Bruce comenzó a dispersarse. El sonido de sus conversaciones era cada vez más cercano; Los nobles, los granjeros y los soldados estaban bajando por la ladera de la colina y, dentro de pocos minutos, pasarían a su lado sin saber que ellos dos estaban escondidos detrás de los árboles.

Alexander le subió la falda hasta la cintura.

—Ignóralos —le susurró.

Sus caricias eran hábiles, y Margaret jadeó. Sin embargo, oyó a dos caballeros que iban a pasar muy cerca de ellos.

—La reina está furiosa con Bruce —dijo uno de ellos.

Alexander se quedó inmóvil, escuchando igual que ella.

—La ha convertido en reina de Escocia, así que debería estar complacida —respondió alguien, cuya voz le resultaba muy familiar a Margaret. Era Atholl.

Margaret se había quedado paralizada entre los brazos de Alexander. Solo podía atisbar a la gente que pasaba por el otro lado de los árboles, pero distinguió tres figuras masculinas; Atholl caminaba con Lennox y otro noble a quien ella no reconocía. En parte, quería escuchar su conversación; en parte temía que los descubrieran y, en parte, no quería que Alexander dejara de hacerle el amor.

—Bruce hará lo que le apetezca —dijo Lennox—, e Isabella es muy complaciente —añadió, riéndose.

—Conozco bien a Isabella. También conozco a Buchan. Temo por ella —replicó Atholl.

—La reina no la tolerará mucho tiempo —dijo el tercer hombre—, pero nunca le hará daño mientras tenga el favor de Bruce.

—¿Y cuánto durará eso? —preguntó Lennox.

—Ella ha arriesgado la vida por venir a coronarlo. Bruce nunca olvidará eso —dijo Atholl con vehemencia.

Y los tres hombres se alejaron.

De repente, Alexander se movió sobre ella. Margaret volvió a mirar su rostro.

—¿Cómo puedes distraerte ahora? —le preguntó suavemente.

—Tú también estabas escuchando —dijo ella.

Alexander sonrió lentamente. A Margaret se le cortó el aliento al sentir que él se hundía con suavidad en su cuerpo mientras observaba sus reacciones. A ella se le borró de la mente cualquier pensamiento, y se rindió a aquel placer increíble. Después, se desmoronó bajo él, intentando no gritar.

—Eso está mucho mejor —dijo Alexander, con la voz ronca y baja.

Un poco después, Alexander la abrazó con fuerza, y Margaret le devolvió el abrazo. Él le besó la sien mientras esperaban a que su respiración y su pulso se calmaran.

Margaret respiró profundamente y fue recuperando la cordura. En el bosque solo se oía el canto de los pájaros y la respiración entrecortada de ellos dos. Por entre los árboles, Margaret se fijó en el camino que iba desde la colina hasta la abadía. Estaba vacío.

—¿Es que tienes que preocuparte ahora por Isabella? —preguntó él, moviendo los labios contra su sien.

—Sí. Ya lo has oído. Está causando habladurías, habladurías que llegarán enseguida a oídos de Buchan. Si Robert la abandona alguna vez... Temo por ella.

—Es un hombre leal. Siempre recompensa a sus aliados. Tal vez Isabella sea su amante ahora, pero Lennox tiene razón. Nunca olvidará lo que ha hecho por él.

Entonces, Alexander se colocó de costado para poder mirarla.

Margaret deseaba con todas sus fuerzas que Alexander estuviera en lo cierto, pero tenía dudas. Tal vez Bruce tuviera la intención de recompensar a Isabella en aquel momento, pero ¿qué ocurriría dentro de un año, o de diez?

—Me pregunto si la ambición de Bruce no le hará olvidar sus lealtades.

Alexander se incorporó.

—Ese comentario es peligroso, Margaret. Significaría que él está dispuesto a abandonar a los que han estado a su lado si su ambición lo exige.

Ella había dejado clara su opinión. Sentía congoja, porque sabía que de los actos de Isabella no podía salir nada bueno. Su matrimonio estaba destrozado y su futuro era incierto. Entonces, recordó aquel terrible instante en que Atholl se había quedado mirándola a ella, al final de la coronación.

—Atholl sabe lo nuestro.

—¿Y qué?

—Ha sido amigo de mi tío durante muchos años, desde que yo era niña, al menos. ¿Y si se lo cuenta?

—Si regresa a su fortaleza de Strathbogie, no creo que invite a Buchan a cenar. Y tú también conoces sus secretos.

—Espero que tengas razón —dijo ella—. Pero ¿y si se lo ha contado a su esposa? E Isabella también sospecha de nosotros. Ella es muy ingenua, y puede que diga algo por error.

Él la miró atentamente.

—He dicho que te protegería, Margaret, y voy a hacerlo. Si te quedas conmigo, no importará que Buchan lo sepa todo.

Margaret también lo observó. Sabía que Alexander no podría protegerla de la ira de Buchan si ella volvía a Balvenie, y él estaba en guerra.

—¿Cuánto tiempo podré estar contigo? Mañana, tú te marchas a la guerra con Bruce.

Alexander cambió de expresión. Se puso en pie ágilmente y le tendió la mano a Margaret para ayudarla a levantarse.

—Vamos al norte, a Dundee —dijo, asintiendo.

Margaret se estremeció al pensar en la batalla, y al imaginarse a Alexander en medio de una violenta lucha.

—Dios, no me gusta que vayas a la guerra.

—Soy un guerrero.

—¿Y yo? ¿Adónde iré yo mañana?

—Bruce va a enviar a las mujeres a Aberdeen. Estarán a salvo en el norte.

—¿Teme que sus enemigos capturen a su reina y a las damas?

—Es posible. Debe hacer todo lo que esté en su mano para que estén seguras. Tú podrías quedarte con la reina Elisabeth, Margaret.

Alexander había hablado como si estuviera haciendo una sugerencia.

—¿Me estás permitiendo elegir?

Él apartó la mirada.

—No tendrías que enfrentarte a Buchan si te quedaras con la reina. No tendrías que enfrentarte a sir Guy.

—Pero, aunque la reina me permitiera formar parte de su

corte, ¿cómo podría hacerlo? Bruce no se fía de mí. Sus mujeres no se fían de mí. Soy una Comyn, soy enemiga suya. Si quisiera quedarme, tendría que jurarle fidelidad.

—Si yo hablo en tu nombre, te permitirán quedarte en la corte de la reina Elisabeth —dijo él con rotundidad—. Y, si te quedas con las mujeres, podrás esperarme.

Margaret no sabía qué hacer. Quería esperar el regreso de Alexander, pero, después, ¿qué ocurriría? ¿Era tan fácil retirarle su lealtad a Buchan, a su hermano y a toda la familia Comyn?

—Isabella se va a quedar con la reina —dijo Alexander—. Ella desea quedarse, porque no puede volver a casa. ¿Te quedarás tú en la corte, para protegerla?

Margaret se dio cuenta de que Alexander quería manipularla. Vaciló; en realidad, no quería volver a Balvenie. Sin embargo, la idea de quedarse con la reina Elisabeth era aterradora, aunque ella quisiera proteger a Isabella. Dios Santo, ¿qué haría su madre en aquella situación, en aquellos tiempos?

—Estás intentando convencerme de que me quede con la reina y, de una manera injusta, estás utilizando a Isabella para conseguirlo.

—Sí, estoy intentando que te quedes con la reina y las demás mujeres —dijo él—. Quiero que estés aquí, esperándome.

Ella tenía la tentación de quedarse, pero él le estaba pidiendo demasiado.

—Me estás pidiendo que cambie mi fidelidad. Pero, si me quedara aquí, no podría quedarme como amante tuya. En realidad, me estás pidiendo que me quede y que me case contigo.

—Nunca he ocultado mi verdadero deseo —respondió él con aspereza—. Así pues, ¿qué vas a decidir, Margaret?

Ella se sintió como si estuviera acercándose a un precipicio, a un peligroso acantilado. Si daba un paso más, caería.

—Creo que lo mejor es que regrese a Balvenie, por ahora.

—¿Por ahora? —preguntó él, con enfado e incredulidad—.

¿Vas a seguir siendo leal a tu maldito tío? ¿Vas a casarte con sir Guy?

—No se trata solo de Buchan —gimió ella—. Y ya no puedo casarme con sir Guy. ¡Tú lo sabes muy bien!

Mientras hablaba, se enfrentó a sus pensamientos y sentimientos más profundos. Era cierto. Ya no podía casarse con el inglés.

—¡Tal vez, solo tal vez, esta maldita guerra termine pronto! —exclamó, e intentó abrazar a Alexander.

Él rechazó su gesto.

—Buchan nunca te liberará de ese matrimonio —dijo con dureza—. Muy bien. Si deseas regresar, regresarás.

Y, antes de que Margaret pudiera darle las gracias, Alexander se dio la vuelta y se alejó.

Era tarde. En el gran salón de la abadía había terminado la celebración. Las dos chimeneas se habían apagado, y muchos soldados estaban colocando sus jergones en el suelo. Algunos hombres y mujeres seguían en las mesas, tomando vino, pero la mayoría de la corte se había retirado ya, como el rey y la reina.

Margaret estaba agotada. Había querido dejar la fiesta horas antes, pero había decidido quedarse por Alexander.

Al día siguiente, Bruce se llevaría a su ejército al norte, mientras que las mujeres viajarían a Aberdeen, bajo la protección de su hermano. Ella se marcharía con ellos y, después, le asignarían una escolta para que continuara a casa, cuando el grupo hubiera llegado a la ciudad.

Aquella noche era su última noche en la corte de Bruce, y sentía alivio. Sin embargo, por otro lado, también era su última noche con Alexander.

Él llevaba bastante tiempo conversando con Atholl, y ella no imaginaba de qué podían estar hablando. Sin embargo, Alexander no la había mirado ni una sola vez, y Margaret sabía que estaba muy enfadado con ella.

Se preguntó si él le haría algún gesto para que se reuniera con él más tarde, para que pudieran pasar aquella última noche juntos.

Tenía el corazón destrozado. Separarse de Alexander era mucho más doloroso que antes, porque ahora lo quería mucho más.

Además, estaba muy preocupada por su regreso a Balvenie y por la confrontación que iba a tener con su tío.

Isabella también estaba en el salón. Su amiga se había excedido ligeramente con el vino. Se acercó a Margaret, después de haber intentado, sin éxito, trabar conversación con las damas de la reina durante un rato.

—¡Llevas toda la noche mirando a Alexander! —le dijo.

Margaret se ruborizó.

—Voy a volver a Balvenie, Isabella. Quiero convencer a Buchan de que te obligaron a participar en la coronación.

Isabella se encogió de hombros.

—Yo no perdería así el tiempo, Margaret, pero eres una buena amiga —respondió la joven. Después, miró a Alexander—. ¿Por qué no reconoces que estás enamorada? ¿Por qué no te rindes a él? ¿Por qué no te casas con un gran guerrero que puede protegerte a ti y defender tus tierras?

Margaret se puso tensa. ¿Qué diría Isabella si supiera lo tentadora que era aquella alternativa?

—Siento un gran afecto por Alexander, pero mi madre me educó para ser leal. ¿Cómo puedo olvidarla en este momento?

Isabella negó con la cabeza. Estaba desconcertada.

—Tu madre murió, Margaret, ¡pero tú estás muy viva!

Margaret no se molestó en decirle que el legado de su madre también estaba muy vivo, y que siempre lo estaría. Miró de nuevo a Alexander, que en aquel instante conversaba con sir Christopher Seton. Había bebido bastante vino y, por fin, estaba sonriendo. Sin embargo, Margaret no se engañó a sí misma: él seguía muy enfadado con ella.

De repente, un muchacho tocó ligeramente el hombro de Isabella. Ella se giró con una expresión de alivio.

—¿Queréis acompañarme, condesa? —le preguntó amablemente el chico.

Bruce la había mandado llamar, pensó Margaret con asombro. No importaba que él ya estuviera en su alcoba y que la reina ya se hubiera retirado.

—Tengo que irme —dijo Isabella, y abrazó a Margaret. Tenía los ojos muy brillantes, relucientes. Entonces, se alejó, seguida por el paje.

Margaret sintió un terrible miedo al darse cuenta de que no habría ninguna discreción por parte del rey y su amante.

Christina Seton se detuvo ante ella. No sonreía.

—Sois una mujer muy afortunada.

—Es tarde, lady Seton. ¿No podemos dejar esta conversación para otro momento?

—¡Mi hermano es un tonto por permitiros volver con Buchan después de haber estado con nosotros! Pero, de algún modo, Alexander ha conseguido convencerlo de que no vais a hacernos daño. ¡Yo no lo creo!

Margaret se dio cuenta de que Christina no era una mujer odiosa. Simplemente, tenía miedo.

—No tengo ningún secreto que contar —dijo ella.

—Me preocupo todos los días por mi esposo y mi hermano —respondió la dama. Después, se dio la vuelta y se alejó rápidamente.

Margaret se mordió el labio. De repente, sintió una gran compasión. ¿Cómo no iba a comprender a Christina Seton? Ella se preocupaba igual por Alexander. Y, mientras pensaba aquello, él la tomó del brazo.

Margaret se giró con el corazón acelerado.

—El hecho de que me vaya no significa que no me importes —le dijo.

—Un día te darás cuenta de que tus lealtades ya han cambiado, y que vives un engaño —respondió él con el semblante serio y triste—. Esperemos que ese día no llegue demasiado tarde.

Ella lo tomó de la mano.

—¿Es cierto? ¿Has tenido que convencer a Bruce de que me permitiera volver a casa?

—Él quiere que nos casemos —dijo él, mirando sus manos unidas—. Piensa que soy un idiota.

—Entonces, ¿cómo has conseguido convencerlo?

—Él necesita mi espada y mis hombres. Necesita a mis hermanos y sus ejércitos —respondió Alexander y, de repente, le apretó la mano—. Intento no estar enfadado, porque te conozco bien. Es tarde; vamos a la cama. Mañana partimos muy temprano.

Margaret se agarró con fuerza a su mano. Ni siquiera un desacuerdo tan grave podía disminuir la atracción y el afecto que sentían el uno por el otro.Y les quedaba muy poco tiempo para estar juntos; ella ni siquiera quería preguntarse cuándo volvería a verlo.

Se oyeron unos pasos apresurados, y alguien llamó a Alexander mientras las puertas principales de la abadía se cerraban con un golpe. Seoc y el hijo de Padraig entraron en el salón.

Ella se quedó paralizada. ¿Acaso Seoc no llegaba desde Castle Fyne?

Alexander se acercó corriendo a él.

—¿Qué ha ocurrido?

Seoc estaba lleno de barro y muy mojado.Tenía una respiración jadeante.

—¡Milord! ¡Están atacando Castle Fyne!

Margaret sintió que el suelo se movía bajo sus pies. ¡Sir Guy había atacado, finalmente!

—¿Es sir Guy? —preguntó Alexander.

—Sí, milord.Tiene dos o tres mil hombres, y unos cien caballeros.

Margaret no podía respirar. Sir Guy no era estúpido, ¡oh, no! Y, seguramente, sabía que ella estaba con Alexander, en Scone, con el nuevo rey de Escocia.

Alexander ya se dirigía hacia las escaleras. Margaret lo siguió y, cuando las subieron, un par de enormes highlanders les cortaron el paso. Ambos iban armados.

—Debo hablar con el rey —dijo Alexander—. Tengo noticias urgentes.

Uno de los guardias se acercó a la puerta del aposento de Bruce y llamó.

—Ha llegado un mensajero, Majestad, y Alexander MacDonald dice que debe hablar con vos.

Pasó un breve momento. Después, la puerta se abrió y en el vano apareció Bruce, vestido solamente con una túnica. Estaba despeinado y sonrojado. Margaret vio el interior de su alcoba, que estaba tenuemente iluminada con la luz de la chimenea. Isabella estaba en su lecho, entre mantas de piel, obviamente, desnuda. Tenía el pelo suelto sobre los hombros.

Margaret sabía que no podía preocuparse de que mantuvieran su aventura con tanta indiscreción, pero se sintió terriblemente consternada.

—¿Qué ocurre? —preguntó Bruce.

—Sir Guy ha atacado Castle Fyne con dos o tres mil hombres. ¿Tengo vuestro permiso para impedir el asedio y defender la fortaleza? —preguntó Alexander rápidamente.

—Tienes mi permiso. Y, Alexander, ¡no pierdas Castle Fyne a manos de los ingleses! —le ordenó Bruce.

Alexander no respondió, pero Margaret supo que pensaba hacer algo más que recuperar la fortaleza; ¡pensaba matar a sir Guy!

Ella dio un paso hacia delante, temblando.

—Llévame contigo.

Los dos hombres la miraron. Alexander tenía cara de incredulidad, pero Bruce la observó especulativamente.

Su forma de estudiarla le puso los nervios de punta. Margaret tomó aire y dijo:

—Castle Fyne es mío. Es la herencia que me dejó mi madre. ¡Tengo que ir con Alexander! —le suplicó al rey.

Al instante, se dio cuenta de que Alexander quería objetar.

Sin embargo, Bruce alzó una mano. Sin apartar la mirada de ella, habló con Alexander.

—Derrota a sir Guy y mátalo, si puedes. Y llévate a lady Margaret —dijo, sonriéndole lentamente—. Después de todo, Castle Fyne es su hogar, y es donde debería estar.

CAPÍTULO 15

Acamparon a la orilla del Loch Riddon, bajo los altos y rocosos picos de Cruach Nan Cuilean. Habían cabalgado sin descanso durante dos días y dos noches. Había abetos y pinos hasta muy cerca del lago, y solo quedaba un pequeño claro para que los hombres de Alexander pudieran montar las tiendas. Margaret se abrazó a sí misma. Estaba tan agotada que apenas podía mantenerse en pie. Esperaba a que Dughall erigiera la tienda de Alexander y, a su alrededor, el resto de los hombres se preparaba también para pasar la noche. Ella ignoró la visión de tantas tiendas y hogueras, tantos soldados llevando a los caballos a abrevar, tantas puntas de flecha, cuchillos y espadas siendo afilados... En su lugar, miró las montañas.

Sir Guy había atacado Castle Fyne y lo había sitiado.

Se frotó los brazos; aquella tarde era muy fría. Sin embargo, ella no temblaba solo por la temperatura. La idea de que sir Guy se hiciera con el control del castillo le resultaba aterradora. Por fin, se había dado cuenta de que no podía casarse con él, por mucho que Buchan deseara aquella alianza, por mucho que beneficiara a la gran familia Comyn.

Sin embargo, si Castle Fyne caía, ¿qué sería de ella? Buchan nunca la liberaría de su matrimonio con sir Guy.

Miró a su alrededor por el campamento, donde Alexander estaba hablando con algunos de sus mejores soldados. Su expresión dura no había cambiado desde que habían salido de Scone Abbey. No iba a perder Castle Fyne.

Margaret no quería pensar en lo que él le había dicho sobre su difunta esposa, pero no podía evitarlo. Se había unido a ella por venganza, él mismo lo había reconocido. Y no había ido a la batalla por su amante, que después se convertiría en su esposa, sino por Glen Carron, la fortaleza que deseaba poseer.

Estaba segura de que le importaba a Alexander, pero, si caía Castle Fyne, ¿estaría tan deseoso de casarse con ella? ¿Querría tener una esposa? Después de todo, ella ya era su amante, ¡y no iba a aportar nada a su unión!

Sin embargo, tal vez ni siquiera tuviese esa elección. Si sir Guy conquistaba Castle Fyne, la presionarían mucho para que siguiera adelante con aquel matrimonio…

Las sombras de la tarde se alargaban. Alexander se había despedido de sus hombres y caminaba hacia ella. Margaret miró el pico de Cruach Nan Cuilean y recordó la última vez que había estado junto a aquella montaña. Nunca olvidaría que Alexander había luchado por ella, y por Castle Fyne, contra sir Guy. Nunca olvidaría cómo había terminado aquella lucha: con odio, con amenazas. Sir Guy había jurado que mataría a Alexander. Desde entonces, su deseo de venganza había aumentado. Desde entonces, su odio se había intensificado. Y, desde entonces, Alexander había jurado que mataría a sir Guy.

Se había convertido en un odio mortal.

Margaret temía lo que pudiera ocurrir cuando volvieran a encontrarse en el campo de batalla.

La tienda de Alexander ya estaba montada y, sobre ella, ondeaba el estandarte de los MacDonald. Cuando él se le acercó, a Margaret le fallaron las rodillas.

Él la agarró con una expresión de alarma.

—¡Ojalá no tuvieras que estar aquí! —exclamó—. Solo a Robert se le ocurriría enviarte conmigo.

—Estoy cansada. Solo necesito dormir un poco, y estaré perfectamente —dijo ella.

Sin embargo, no era cierto. Estaba muy asustada. ¡Temía por todo su futuro!

—No puedo preocuparme por ti ahora, Margaret, pero eso es lo que tengo que hacer.

—Él quiere que nos casemos, Alexander, aunque Castle Fyne esté sitiado.

Él la miró fijamente.

—Nuestra boda sería lo mejor para todo, Margaret, incluso para ti.

Ella no iba a discutírselo en aquel momento. No sabía si tenía razón o estaba equivocado. Sin embargo, deseaba más que nunca poder aceptar su oferta de matrimonio. Si lo hacía, estaría fuera del alcance de sir Guy. Buchan no podría obligarla a casarse.

Pensó en su madre. Ojalá estuviera viva, para poder aconsejarla.

—Deberías descansar. Acuéstate, Margaret, porque yo tengo muchas cosas que hacer.

—¿Cómo voy a descansar estando tan preocupada?

—Yo venceré a los ingleses —respondió él con ferocidad—. Sir Guy es un cobarde y, mañana, tú misma lo comprobarás.

—¡Si hubiera algún modo de negociar! —gimió ella. ¡Si hubiera algún modo de evitar el derramamiento de sangre!

Y si hubiera algún modo de asegurarse de que Alexander y sir Guy no se enfrentaran cara a cara... Sin embargo, eso era poco probable, y ella lo sabía.

—Esto es la guerra. Debo recuperar Castle Fyne —dijo él, y la observó con sus ojos azules. Nunca habían sido tan duros ni tan oscuros—. Vamos, Margaret. Los dos sabemos que ya no quieres casarte con él. Los dos sabemos que prefieres que yo gane la plaza.

—Sí —susurró ella.

—Y sabes lo mucho que desea sir Guy que Castle Fyne esté en sus manos. No importa cuál sea el tamaño de mi ejército; él no se rendiría. No hay nada que negociar —añadió

Alexander, con un tono vehemente—. Estás angustiada. ¿Por qué?

—Tú siempre dices la verdad —respondió Margaret—. ¿Y si la batalla no va bien?

—Irá bien. Conquisté Castle Fyne, y es mío. Y te quiero a ti, Margaret, como esposa. Tendré ambas cosas.

En aquel momento, era imposible pensar que Alexander no conseguiría sus objetivos. Sin embargo, él se quedó rígido de repente. Margaret se dio cuenta de que estaba escuchando atentamente, y de que se oían los cascos de un caballo al galope.

—Esta mañana envié espías —dijo Alexander con tirantez, y vieron a un jinete que se aproximaba desde el oeste y atravesaba el campamento galopando entre las tiendas.

Margaret siguió rápidamente a Alexander, aunque no pudo seguir su paso. Padraig apareció desde otro extremo del campamento, acompañado por varios highlanders de la confianza de Alexander. Ella corrió para alcanzarlos a todos; Alexander había llegado al caballo del espía y le estaba sujetando las riendas. Cuando llegó, vio que él tenía una expresión de ira.

—¿Qué ha ocurrido? —le preguntó.

Él se giró hacia ella.

—Hemos llegado demasiado tarde.

—¿Qué quieres decir?

—Consiguió romper las puertas hace varias horas. Castle Fyne ha caído.

Margaret se sintió como si le hubieran golpeado el pecho. Su mente empezó a trabajar febrilmente.

Sir Guy tenía Castle Fyne, por fin. Se echó a temblar. ¿Qué iba a hacer? Ya no podía casarse con él, ni por el bien de la familia, ni siquiera para recuperar el legado de su madre. Sin embargo, sir Guy había conseguido situarse de tal modo que ella no tendría elección. Se estremeció y, con los ojos llenos de lágrimas, miró a Alexander.

—No voy a permitir que vayas con él —le dijo, en un tono muy duro. Era una advertencia—. No vas a regresar a Balvenie.

Ella no sabía qué pensar. No quería volver con sir Guy, pero ¿Alexander le estaba negando su libertad?

Se frotó las sienes.

—¿Vamos a asediar el castillo? Ya lo hiciste una vez, y triunfaste.

Pasó un momento antes de que él hablara.

—Sitiamos la fortaleza cuando solo había cuarenta o cincuenta hombres en su interior. Sir Guy tiene un gran ejército.

—Entonces, ¿no vas a asediarlo? —preguntó ella con incredulidad.

—No hay tiempo —respondió él, con los puños apretados.

—¿Qué quieres decir?

—Tenía que defender el castillo y volver junto a Bruce. Él necesita a mi ejército en el norte.

—Entonces, ¿vas a darle la espalda a Castle Fyne? ¿Vas a concederle el triunfo a sir Guy?

—No voy a concederle nada —respondió él—. Había planeado atacar por uno de sus flancos mientras asediaba Castle Fyne, pero la guarnición del castillo cayó demasiado rápido. Sitiarlo ahora podría llevarnos semanas, o meses, y Bruce no dispone de ese tiempo. En cuanto se sepa la noticia de su coronación, el rey Edward enviará a todos los hombres que pueda reunir. Ha comenzado la guerra por la corona de Escocia.

Ella se abrazó a sí misma. Buchan iba a presionarla sin piedad para que se casara con sir Guy y, mientras, Alexander estaría luchando al lado de Bruce para retener el trono de Escocia. ¿Y adónde podía ir ella? ¿A la corte de la reina Elisabeth?

—Hay algo más, Margaret. Tu hermano resultó herido en el sitio.

Ella jadeó.

—¿William está herido?

—Sí.

Margaret comenzó a temblar.

—Oh, Dios... ¿gravemente herido?

—Sí.

—¿Está muriendo?

Alexander hizo un gesto de dolor.

Entonces, ella le golpeó en el brazo, con fuerza, y sintió dolor en la mano.

—¡Dímelo! —le gritó—. ¿Se está muriendo?

—¡No lo sé! —gritó él—. ¡Pero está gravemente herido, así que es posible que muera!

Entonces, ella estalló en sollozos. Sabía cuál era su deber.

—Voy con él.

Alexander la agarró de ambos brazos.

—Si vas con tu hermano, sir Guy no te permitirá salir de Castle Fyne. Serás su prisionera, y después te convertirá en su esposa.

Ella trató de tomar aire. Alexander tenía razón, pero, si William moría y ella no había conseguido verlo primero, no podría soportarlo.

—Déjame ir —le pidió a Alexander—. Dame un caballo. Quiero ir con mi hermano.

Él la soltó con brusquedad. La miró por última vez y les dijo a sus hombres:

—Llevadla a Castle Fyne.

Entonces, Margaret comenzó a darse cuenta de lo que estaba pasando en realidad.

—Alexander —susurró.

Sin embargo, él ya se había dado la vuelta y se estaba alejando.

Castle Fyne estaba ante ellos. Todo el grupo detuvo los caballos a la salida del bosque, bajo la colina sobre la que se erguía el castillo. Entonces, las campanas de la torre de vigilancia comenzaron a tocar.

Margaret se sentía muy mal. Habían salido inmediatamente del campamento, puesto que ella no podía esperar hasta el amanecer para ver a William. Al amanecer, su hermano podría haber muerto.

No habían tenido tiempo de enviar un mensajero, solo de montar y emprender la marcha. Las sombras de la tarde habían dejado paso al atardecer, y la luna estaba ascendiendo por el cielo morado, sobre la fortaleza.

Iba acompañada por una docena de caballeros de las Highlands, y Alexander montaba su gran caballo gris a la cabeza del grupo. No había hablado con ella desde que había decidido que iría a Castle Fyne para estar con William y se pondría en manos de sir Guy.

Si no estuviera tan aterrorizada por su hermano, sí estaría aterrorizada por lo que significaba aquella decisión, no solo para ella, sino también para su relación con Alexander. Sin embargo, solo sabía que tenía que ver a William, y que su hermano no podía morir. ¡Era el único familiar que le quedaba!

Alexander hizo girar su caballo hacia ella, pero no la miró.

—Seguirás sola desde aquí. Identifícate ante el vigía.

Ella se estremeció al oír su frío tono de voz. Era como si él hubiera tomado la decisión de no inmutarse. Margaret lo miró, pero no consiguió que él la mirara.

—Alexander.

Él hizo un gesto a sus hombres, que hicieron girar a sus monturas para volver hacia Loch Riddon.

—Deberías darte prisa, porque todavía hay algo de luz —dijo él, y ordenó la marcha con un movimiento del brazo.

—¡Alexander! —gritó ella.

Sin embargo, no supo qué decir, porque lo único que tenía en la mente era algo inapropiado: «Te quiero».

—Que Dios te proteja —dijo él. Espoleó a su caballo y comenzó a galopar.

Ella se quedó allí sola, a poca distancia de la barbacana del castillo. Él no la había mirado ni una sola vez, y Margaret sentía un inmenso dolor.

Sin embargo, ¿qué esperaba? Iba a entrar a un castillo bajo el mando de sir Guy. Era lógico que Alexander lo desaprobara.

Pero, si ella le importaba, ¿no le diría algo para despedirse?

Alexander había alcanzado a sus hombres pero, de repente, se detuvo. Se dio la vuelta y, desde lejos, la miró.

Ella tenía los ojos llenos de lágrimas. Estuvo a punto de renunciar a su desesperada necesidad de ver a William y galopar hacia Alexander.

Pero ¿y si moría su hermano? No podría perdonarse a sí misma el darle la espalda, y sabía que su madre sentiría lo mismo si estuviera viva.

Margaret alzó la mano.

Aquel breve instante fue eterno. Entonces, Alexander giró su caballo y se adentró en el bosque, desapareciendo de su vista.

Con el corazón encogido de dolor, Margaret reunió todo el valor que tenía y se dirigió hacia Castle Fyne.

A medida que se acercaba, fueron apareciendo arqueros en el adarve, entre las almenas. Las campanas siguieron sonando.

Se dio cuenta de que estaba llorando, de que las lágrimas se le deslizaban por las mejillas sin que pudiera evitarlo. Ya echaba de menos a Alexander. Siempre lo echaría de menos.

Margaret se enjugó el llanto con la manga y, después, se quitó la capucha para mostrar el color de su pelo, fácilmente reconocible. Se oyeron gritos por las almenas. La habían reconocido.

Cuando llegó a la barbacana, las puertas ya estaban abiertas. Sin embargo, antes de que pudiera atravesarlas, un grupo de caballeros armados salió a su encuentro, y su yegua se detuvo bruscamente. A ella se le encogió el corazón de miedo.

Los caballeros la rodearon; uno de ellos se alzó la visera del yelmo y la miró con asombro. Era sir Guy.

—¡Lady Margaret!

Ella se humedeció los labios.

—Sir Guy, buenas noches. He venido a ver a Will. ¿Sigue con vida?

Él la estudió con los ojos muy abiertos.

—Sí. ¿Es una trampa? —preguntó, y observó la tierra que los rodeaba.

—No, milord, no es una trampa. Estoy completamente sola.

—Entonces, él os dejó marchar.

—Por favor, podemos hablar de esto más tarde. Estoy desesperada por ver a mi hermano.

Él siguió observándola con suma atención, y Margaret se dio cuenta de que su expresión no era precisamente de alegría por verla. Se puso tensa. No había tenido tiempo de preguntarse si él sospechaba que Alexander y ella eran amantes, ahora que mucha otra gente sí lo sabía.

Sir Guy acercó su caballo a la yegua y la tomó del brazo.

—Esto es un giro inesperado, pero muy agradable, lady Margaret —dijo. Antes de que ella pudiera objetar, la levantó de su montura y la colocó delante de él, sobre su silla. Ella sintió un violento calor en las mejillas. Él la ciñó con el brazo y galopó hacia la torre de entrada.

—Estoy deseando oír vuestra historia, lady Margaret, porque no entiendo cómo habéis podido convencer a Alexander para que os liberara.

Su respiración le tocó la oreja mientras hablaba, y Margaret sintió repulsión.

—No tengo intención de escapar, sir Guy, si ese es el motivo por el que me habéis tomado de mi yegua. Estoy aquí por voluntad propia.

—Ahora no pienso correr ningún riesgo —respondió él, en tono de satisfacción—. Dios Santo, tengo Castle Fyne y os tengo a vos.

Ella se echó a temblar. Decidió no hablar, porque cualquiera de las respuestas que se le habían pasado por la cabeza iba a molestarle o a disgustarle. Sin embargo, había una cosa clara: sir Guy no sabía nada de su aventura con Alexander, puesto que en dos ocasiones se había referido a su liberación, como si ella hubiera estado prisionera.

—¿Podéis llevarme inmediatamente con mi hermano, señor? —preguntó Margaret, con tanta calma como pudo.

—Por supuesto. Y después, hablaremos de ciertos asuntos.

Margaret cerró los ojos con terror, al recordar lo ávido que había estado sir Guy por conseguir que se casaran, al estilo de las Highlands, en Balvenie. No tenía duda de que él querría casarse con ella y consumar la unión tan pronto como fuera posible.

Sin embargo, ya se preocuparía más tarde de sir Guy. Primero debía ver a Will.

Mientras atravesaban el patio de armas, fueron apareciendo hombres y mujeres que la saludaban y la llamaban. Margaret reconoció a la mayoría.

—Devolvedles el saludo —le dijo sir Guy suavemente—. Os adoran, lo veo con claridad. Adoran a la señora de Castle Fyne.

Margaret devolvió los saludos obedientemente.

—Alexander ha sido un estúpido por liberaros para que vinierais a mí —le dijo al oído.

Habían llegado a las escaleras de la torre del homenaje. En cuanto sir Guy detuvo su caballo y la soltó, ella desmontó.

—¿Dónde está Will?

—En la alcoba contigua a la mía.

Margaret se agarró la falda y subió corriendo las escaleras. Varias doncellas la siguieron.

—¿Podemos ayudaros, lady Margaret?

Ella reconoció a la hermana de Eilidh, Marsaili.

—¿Sigue aquí mi cofre? Necesito mis pociones para curar a mi hermano.

—Sí, milady. Os lo traeré —dijo una segunda mujer.

Cuando llegó a la alcoba de Will, entró directamente y se quedó inmóvil. Había mucha sangre, y Will estaba muy pálido. Se había quedado inconsciente.

Margaret hizo acopio de fuerzas y se acercó a él.

Antes de despertarlo, miró su muslo bajo la venda ensangrentada. Claramente, le habían cortado una arteria con la espada. Si seguía sangrando, ¡moriría!

—Necesito más vendas —dijo, intentando conservar la calma—, y necesito un par de manos fuertes, preferiblemente de un hombre, por si debemos cauterizar la herida de nuevo.

Will abrió los ojos.

—¿Meg?

Estaba muy débil, y su tono fue de incredulidad.

Ella se arrodilló a su lado. Le tomó la cara con ambas manos y le besó la mejilla.

—Sí, estoy aquí. Voy a cuidarte, Will.

—No puedo creerlo. ¿Cómo has venido? Y lo he soñado, ¿o sir Guy también está aquí?

—Sir Guy le ha arrebatado Castle Fyne al Lobo, Will. Y tú no debes hablar. ¡Tienes que conservar las fuerzas. Voy a curarte la pierna.

—Gracias a Dios —murmuró, y se le cerraron los ojos.

Ella le tocó la frente; estaba húmeda de sudor, y ardía. Will estaba luchando contra una infección.

Margaret esperó hasta que la doncella regresó a la alcoba con un joven highlander; entonces, comenzó a retirar las vendas ensangrentadas. Para su alivio, la herida estaba correctamente cauterizada y no había hemorragia. Sin embargo, el tremendo corte estaba inflamado por la infección.

Marsaili llegó con su cofre de medicinas. Margaret sonrió con angustia.

—Ahora, vamos a salvarle la vida a mi hermano —dijo.

Varias horas más tarde, cuando Margaret atravesó el umbral del gran salón, vio a sir Guy sentado a la mesa. Intentó dominar su consternación. Esperaba que él se hubiera acostado, aunque no pensaba que fuera muy probable.

Sir Guy la miró. Tenía una copa de vino en la mano. No se puso en pie, pero miró su vestido ensangrentado.

—Disculpadme por mi aspecto, sir Guy —dijo Margaret, sin entrar al salón. Todos los demás presentes dormían en jergones, en el suelo, salvo dos doncellas que esperaban a cierta distancia del caballero.

—¿Vive vuestro hermano?

Ella se puso muy tensa. No creía que a sir Guy le importara en absoluto si William moría o vivía.

—Sí, pero ha perdido mucha sangre y tiene una infección.

—¿Creéis que sobrevivirá?

—Sí, sobrevivirá —dijo Margaret con tirantez. Después, se recordó que debía dominar sus emociones.

Sir Guy se puso en pie lentamente.

—Si estáis enfadada, debéis estarlo con MacDonald, no conmigo. Fueron sus hombres quienes asestaron el golpe a vuestro hermano, no los míos.

Ella se echó a temblar. Por supuesto, William había luchado del lado de sir Guy, contra Alexander, para liberar la fortaleza. Sin embargo, ella no lo había pensado.

—Y William estaba aquí porque MacDonald se negó a liberarlo a cambio de un rescate —añadió sir Guy, con una ligera sonrisa.

¿Acaso estaba intentando abrir una brecha entre Alexander y ella? ¿Por qué iba a hacerlo si no sabía que eran amantes? Sin embargo, decía la verdad: si Alexander hubiera liberado a William, su hermano no habría estado en Castle Fyne durante el asedio, y en aquel momento no estaría debatiéndose entre la vida y la muerte.

—William lleva aquí prisionero desde febrero. En cuanto se recupere, me gustaría enviarlo a Balvenie, a casa.

—¿Estáis pidiéndome permiso? —preguntó sir Guy sorprendido—. Soy el señor aquí, pero no soy el señor de vuestro hermano. Ya le he enviado un mensaje a Buchan, por cierto, para informarle de mi conquista y de lo sucedido con William.

Ojalá no lo hubiera hecho.

—Entonces, pronto tendremos noticias de mi tío —respondió ella, con una sonrisa forzada—. Sir Guy, os ruego que me permitáis retirarme a mi aposento. Hemos cabalgado durante dos días seguidos, y después he estado atendiendo a mi hermano. Estoy agotada, y quiero cambiarme de ropa. Después, quiero volver junto a William. Necesita mis cuidados.

Sir Guy sonrió de una manera extraña.

—Tenemos mucho que hablar, lady Margaret. Si deseáis cambiaros de ropa, podéis hacerlo más tarde —dijo, y le señaló el banco—. Sentaos.

Margaret tuvo que obedecer. Cuando se sentó, él le sirvió vino en una copa, y se la entregó. Después miró a una de las doncellas, que esperaba nerviosamente en el rincón, y pidió comida para ella.

Margaret miró con seriedad su vino, mientras sir Guy se sentaba a su lado.

—Hay muchas habladurías —le dijo.

Ella se alarmó. Lo miró fijamente, mientras rogaba al Cielo que los rumores de su aventura con Alexander no hubieran llegado a sus oídos.

—Bruce fue coronado rey en Scone —dijo sir Guy—. Y no solo una vez, sino dos. ¿Vais a negarlo? ¿Vais a negar que fuisteis testigo de la ceremonia?

Ella agarró la copa con ambas manos, fuertemente.

—No.

—¿Y la condesa de Buchan lo guio hasta el trono?

—Sí.

Sir Guy sonrió.

—Dicen que MacDonald fue a buscarla en plena noche y que la sacó directamente de la cama.

Margaret se echó a temblar.

—Sí, eso fue lo que sucedió.

—Dicen que no tuvo que obligarla a salir, que ella estaba más que dispuesta a acompañarlo.

Margaret se humedeció los labios e hizo un gesto negativo.

—No.

—¿No? —preguntó él, arqueando las cejas.

—Bruce pensaba utilizarla pasara lo que pasara, sir Guy. Ella decidió colaborar. ¡No tuvo otra elección!

Él la observó.

—Las habladurías son perniciosas, lady Margaret. Se dice que la condesa lo coronó con entusiasmo... y que comparte su lecho.

Margaret lo miró con impotencia.

—Tengo espías —dijo sir Guy—. Los tengo en algunas partes, sobre todo en el sur. Pero Aymer, mi hermano, tiene espías entre los hombres de confianza de Bruce.

Margaret se quedó inmóvil e, inmediatamente, pensó en Atholl.

—Os habéis quedado pálida —continuó sir Guy—. Supongo que no tendréis nada que ocultar, ¿verdad?

—No —respondió ella—. ¡Isabella no tuvo otra opción!

—¿Que no tuvo otra opción, aparte de coronar a Bruce o acostarse con él? Por favor, no me digáis que el poderoso Bruce la forzó. Ese hombre se ha acostado con la mitad de las mujeres de Inglaterra, y pronto se habrá acostado también con la mitad de las mujeres de Escocia.

Ella permaneció en silencio, pensando frenéticamente, deseando no haber visto a Isabella en el lecho de Bruce, porque entonces le habría resultado mucho más fácil mentir. Y, si sir Guy sabía todo aquello, ¿no lo sabría también su tío?

Aquel matrimonio no tenía salvación, aunque, en realidad, a Isabella tampoco le interesaba salvarlo.

—¿Y vos, lady Margaret? —le preguntó él, suavemente.

Ella se estremeció.

—¿Disculpad?

—¿Qué opciones habéis tenido vos?

Su mirada gris era hipnótica.

—No os comprendo —dijo ella. Sin embargo, sabía exactamente qué era lo que le estaba preguntando.

—Estuvisteis en la coronación.

—Sí.

—¿Y no tuvisteis otra opción que asistir?

Ella empezó a sentir calor en las mejillas.

—Tenía curiosidad, y estaba allí, en Scone Abbey...

—Sí, estabais allí... Cuando MacDonald fue a buscar a Isabella a Balvenie, ¿también os sacó a vos de vuestro lecho?

—Yo estaba dormida cuando entraron en la fortaleza.

—Ya me lo imagino. Estabais dormida, ¿y os despertasteis al oír los ruidos? ¿Hubo una pelea en el salón, abajo?

—No fue la pelea lo que me despertó. Me desperté cuando él me agarró.

Él emitió un sonido ronco, de diversión.

—Por supuesto que os tomó de vuestra cama. Qué terror debisteis sentir.

Margaret notó fuego en las mejillas.

—No me asusté, sir Guy. Ya había sido su cautiva durante más de un mes. Si hubiera querido hacerme daño, lo habría hecho mientras estuve prisionera en Castle Fyne.

—Sois una mujer muy inteligente —murmuró él—. Entonces, ¿vais a decirme que también os secuestró a vos?

—No. Yo temía por Isabella, porque sabía lo que ellos pretendían. Había oído sus planes para ella en Castle Fyne, durante la única noche que pasó allí Bruce. ¡Isabella es tan joven y tan temeraria! Decidí ir con ellos para intentar salvarla, para intentar que no la utilizaran. Pero, como sabéis, fracasé. Isabella es obcecada.

Él la observó atentamente. Después, apartó la vista. Cuando estaba tomando su vino, Margaret estuvo a punto de desmayarse.

Sin embargo, sabía que se avecinaba otro ataque. Él bebió un instante y volvió a mirarla.

—Fuisteis voluntariamente con él.

—Por Isabella.

—Sí, por Isabella, porque sois una amiga leal, aunque no compartís una sola gota de sangre con ella.

—Está casada con mi tío. La aconsejé una y otra vez que no destrozara su matrimonio ayudando al peor enemigo de Buchan.

—¿Y la aconsejasteis que se mantuviera alejada del lecho de Bruce?

—¡Sí!

—¿Y vos, lady Margaret? Todos estos consejos que dais, ¿vos también los seguís?

Él se puso en pie y separó las piernas.

Ella estaba demasiado cansada como para levantarse, aunque no le gustaba que él se irguiera ante ella y temía sus insinuaciones.

—Estoy haciendo todo lo que puedo, sir Guy, en estos tiempos tan difíciles.

—MacDonald os ha tomado afecto. Afecto. Comprendo por qué os pidió matrimonio; busca lo mismo que yo, que es la legítima posesión de esta fortaleza. Sin embargo, ahora os tiene afecto. ¿Cuánto afecto?

—Rechacé su oferta de matrimonio, sir Guy. No solo una vez, sino varias veces.

—Así pues, ¿os lo ha pedido directamente a vos? —preguntó él, con los ojos muy abiertos—. Esto me lleva inevitablemente a la siguiente pregunta: ¿Os ha seducido?

Ella sintió tanto pánico que no supo qué responder. La única respuesta posible era la mentira.

—¿Y por qué lo pregunto? —dijo él, y agitó la cabeza—. Sois tan leal, incluso con Isabella... Sois demasiado leal hacia Buchan como para acostaros con su enemigo. Sin embargo, él lo ha intentado, ¿verdad? Ha intentado seduciros.

A ella se le habían llenado los ojos de lágrimas, y eso era una señal de su desesperación. ¿Por qué no se habría casado con Alexander? ¡Aquel hombre iba a saber la verdad, al final, y le haría daño! Consiguió asentir.

—¿Y por qué os liberó? —inquirió sir Guy—. ¿Usasteis vuestros encantos con él?

—¡No! Él nunca me tuvo prisionera, porque siente afecto por mí. Fui a Scone con Isabella por voluntad propia, y Alexander ya me había dado permiso para volver a Balvenie cuando llegó la noticia de vuestro ataque a Castle Fyne.

Sir Guy se quedó verdaderamente sorprendido.

—MacDonald os permitió venir aquí, ¡y ya os había permitido volver a Balvenie! —dijo, y se quedó pensativo—. MacDonald se ha vuelto idiota. Sin embargo, ¿por qué os dejó libre Bruce?

—Le rogué a Bruce que me dejara marchar con Alexander cuando nos enteramos del asedio de Castle Fyne. No sé por qué accedió, ¡lo juro! Pero él también desea que Alexander y yo nos casemos. Creo que pensó que Alexander podría defender Castle Fyne de vuestro ataque y después se casaría conmigo.

—Un grave error por parte de Bruce, y no será el último —afirmó sir Guy.

Con la copa en la mano, se puso a caminar de un lado a otro por delante de ella.

Margaret apenas podía dejar de temblar.

—Sir Guy, no me encuentro bien —dijo. Y era cierto. Se sentía mareada; el gran salón estaba empezando a dar vueltas ante sus ojos.

Él se puso las manos en las caderas.

—¡No puedo creer que os dejaran marchar! Sin embargo, lo hicieron; MacDonald, el poderoso guerrero, y Bruce, el poderoso rey. Y ahora, esto es mi gran ventaja —dijo, y sonrió con satisfacción.

Margaret iba a desmayarse de pura fatiga. Sin embargo, no podía hacerlo. Sir Guy era su enemigo, ¡y William la necesitaba!

—Lady Margaret, nos casaremos esta noche —dijo él.

Margaret oyó la noticia con espanto, y todo se volvió negro a su alrededor.

CAPÍTULO 16

Margaret se despertó y, al instante, reconoció la alcoba en la que estaba. Había sido la de sus padres. Recientemente había sido también suya, pero solo unos días, hasta que Alexander había asediado Castle Fyne. Su mirada se fijó en una cota de malla que había colgada de una percha, en la pared.

Aquella alcoba era, en aquel momento, la de sir Guy.

Se echó a temblar. Estaba en Castle Fyne, y William estaba gravemente herido, pero ella era la cautiva de sir Guy, aunque él no lo dijera claramente.

—¡Milady! —gritó Marsaili, acercándose apresuradamente a ella—. Tomad un poco de vino.

Margaret recordó, con miedo, la terrible conversación que acababa de tener con sir Guy. Él sospechaba de ella, y le había dicho que iban a consumar su matrimonio aquella noche.

Margaret miró a su alrededor, pero no había nadie más en la alcoba. Se incorporó, con el corazón en un puño. Sin embargo, ya no estaba mareada. ¿Sería capaz de eludir a sir Guy? Tenía que conseguirlo, pero ¿cómo?

Y, aunque consiguiera negarse a consumar el matrimonio, ¿qué ocurriría cuando llegaran a sus oídos los rumores sobre Alexander y ella? ¿Creería sus negativas y sus mentiras?

Porque él oiría los rumores más tarde o más temprano.

Margaret tomó un sorbo de vino. Sabía que estaba en peligro, y que todo su futuro estaba en juego. ¿Qué iba a hacer?

¿Cuánto tardaría sir Guy en ir a la alcoba?

Si él la forzaba, no serían considerados marido y mujer según la tradición de las Highlands. La tradición dictaba que la esposa debía consentir el matrimonio. Sin embargo, él podría decir lo contrario, y nadie sabría la verdad.

Margaret se puso en pie.

—¿He dormido mucho tiempo? —preguntó.

—Solo un momento, milady —dijo la doncella.

—Deseo atender a mi hermano, pero antes quiero quitarme este vestido.

—Puedo lavaros el vestido para mañana, milady, pero mientras solo tengo una saya para vos.

Margaret vio una túnica de color amarillo claro a los pies de la cama. Claramente, la habían puesto allí para ella.

—Eso me servirá. Ya conozco la ropa tradicional escocesa.

—Sí, recuerdo que llevabais una saya como esta la última vez que estuvisteis aquí, con nosotros —dijo Marsaili, sonriendo—. ¿Cómo está mi hermana? —preguntó, mientras ayudaba a Margaret a desvestirse.

—Eilidh es una gran ayuda para mí, y desearía que estuviera aquí —respondió Margaret.

—Es una buena mujer —dijo Marsaili con orgullo.

Margaret se echó a temblar de frío al quedarse solo con la camisa, que le cubría hasta la mitad del muslo.

—Voy a echar más leña al fuego, milady, antes de que volváis a la cama.

Margaret iba a decirle que no se molestara, porque iba a pasar la noche en la alcoba de William, pero oyó un movimiento en la puerta de la alcoba. Sintió una punzada de terror, y la puerta se abrió.

Sir Guy sonrió.

Margaret tomó la túnica y se la estrechó contra el cuerpo.

Sir Guy se apoyó en el marco de la puerta, sonriendo. Sin apartar la vista de Margaret, le dijo a Marsaili:

—Márchate.

Margaret tuvo miedo. Estaba casi desnuda, y la sonrisa de sir Guy no le gustaba, ni tampoco su forma de mirarla. Marsaili se giró hacia ella para pedirle su aprobación, pero Margaret no podía apartar la vista de sir Guy.

—He dicho que te vayas —repitió sir Guy, molesto por la desobediencia de la doncella.

Marsaili salió rápidamente.

Sir Guy pasó la mirada por su figura, como si pudiera ver a través de la túnica y de la camisa. Después, recorrió con los ojos sus piernas desnudas.

—Siempre me habéis parecido muy bella —dijo.

—Sir Guy, por favor, permitid que me vista —respondió ella.

Él se apartó de la puerta y caminó hacia ella.

—¿Así que sois pudorosa? —preguntó; le quitó la túnica de las manos y la tiró al suelo—. Estoy disfrutando al veros. Me agradáis, milady, y pronto estaremos casados.

—Nuestra boda es en junio —replicó ella, intentando que su voz sonara calmada.

Él la tomó del brazo y la atrajo hacia sí.

—No tengáis miedo, querida mía —murmuró sir Guy.

—Si deseáis hablar conmigo, por favor, permitid que me vista.

Él le miró el pecho, cubierto por la fina tela de la camisa, y después la miró a los ojos.

—He conquistado Castle Fyne, Margaret, tal y como prometí. He vencido al maldito Lobo y soy el vencedor.

—Ya lo sé —respondió ella, aunque deseaba decirle que no lo había vencido exactamente. Alexander no estaba presente para defender Castle Fyne de su ataque.

—¿Sabéis lo que se siente al triunfar en una guerra? —le preguntó él con suavidad, sin apartar la mano de su brazo.

—No.

—Es un sentimiento glorioso. No hay nada igual.

Ella se mordió el labio y no respondió. No tenía nada que decir, pero reconocía el ardor de sus ojos.

—Te deseo, Margaret. Mucho.

—Deseáis Castle Fyne —dijo ella—. Y tenéis Castle Fyne.

—Deseo Castle Fyne, y deseo a mi prometida.

Sus muslos eran tan duros como piedras contra los de ella. Y Margaret reconoció el estado en el que se encontraba; Alexander se lo había enseñado.

—Me estáis haciendo daño —jadeó.

—Pero, si te suelto, huirás, estoy seguro. No puedes evitar al hombre con el que vas a casarte, Margaret.

—Me estáis haciendo daño —repitió Margaret, aunque no era cierto.

Él aflojó las manos, aunque la miró con desconcierto.

—¿Por qué te doy tanto miedo? ¿Por qué me parece que quieres resistirte? —le preguntó, mientras le acariciaba la mandíbula con el dedo pulgar. Margaret sabía que estaba a punto de besarla, y se puso muy rígida.

Entonces, sir Guy la besó y, mientras, puso la palma de la mano sobre uno de sus pechos.

Margaret gimió a modo de protesta y se echó hacia atrás frenéticamente. Sin embargo, él la atrapó entre sus brazos y la besó profundamente. Margaret quería gritarle, pero no conseguía separarse de él e interrumpir el beso.

Por fin, él se irguió y la miró con dureza y lascivia.

—¿Por qué actúas como si fueras una mojigata? Esta unión es lo mejor para los dos.

—Mi hermano está muy grave. Me necesita.

—Yo te necesito —dijo él con la voz ronca—. Necesito consumar esta unión rápidamente para que ningún hombre pueda disputarme mis derechos —replicó. La lascivia había desaparecido de su expresión; ya solo quedaba determinación.

—¡No hay nadie que pueda disputaros vuestros derechos esta noche! —replicó ella—. ¡William está gravemente herido, y Buchan desea que celebremos una boda pública en una iglesia inglesa!

—¡Dios Santo, me estás contradiciendo! —exclamó él, estudiándola—. Buchan estaría de acuerdo con esta unión. Las cosas han cambiado, Margaret. Esperaba que tú estuvieras tan deseosa como yo de consumar el matrimonio, y de que yo fortaleciera mis derechos sobre Castle Fyne para que ningún hombre, ni siquiera el Lobo, volviera a pensar en arrebatárnoslo.

—¡No puedo pensar con claridad con William tan gravemente herido! Pero sé que debo obedecer a mi tío. Tal vez debierais enviarle una carta, señor —dijo ella, con la esperanza de poder postergar lo que ya parecía inevitable.

—No voy a enviarle ninguna carta, Margaret —dijo él, y volvió a estrecharla bruscamente contra sí—. Ahora estás aquí, y vamos a ser marido y mujer en cuestión de minutos.

Entonces, comenzó a besarla de nuevo.

Margaret forcejeó.

—¡No consiento este matrimonio! —gritó.

Él abrió desorbitadamente los ojos. Sin embargo, la agarró brutalmente por la cintura.

—¿Que no lo consientes?

—No puedo casarme con vos. No os conozco, sois inglés... ¡No lo haré!

—¿Así que vuestras muestras de lealtad hacia Buchan eran solo una artimaña? —preguntó él, furioso—. ¡No vas a frustrar mis planes!

Ella se echó a llorar, pero él la empujó y la arrojó sobre la cama. Margaret intentó defenderse a puñetazos, pero él los ignoró y se tendió sobre ella. La agarró del pelo, tan fuertemente que ella se quedó inmóvil. Sir Guy la estaba mirando de una forma implacable.

—¿Es por MacDonald? —le preguntó suavemente.

Él tenía intención de hacerle daño de todos modos, pero ella temía lo que podía hacerle si admitía que amaba a Alexander.

—No me forcéis —susurró.

Él le tiró del pelo con más fuerza aún, y le separó las piernas con una rodilla. Margaret se estremeció, pero sabía que no debía provocarlo más. Cerró los ojos para no ver su horrible cara.

De repente, se oyeron unos pasos que se acercaban por el corredor. Sir Guy se quedó inmóvil.

Alguien llamó a la puerta y la abrió, y uno de sus hombres apareció en el umbral.

—¡Sir Guy! ¡Ha llegado un mensajero de vuestro hermano!

Sir Guy abrió mucho los ojos.

Margaret no se movía; temía hacerlo.

Él la miró de nuevo, con dureza y con odio. Iba a volver. Se levantó de un salto y salió de la alcoba.

Por un momento, Margaret siguió inmóvil.

Entonces, recuperó la capacidad de pensar. Se levantó de un salto y se puso rápidamente la túnica escocesa. Entonces, cuando estaba a punto de correr hacia la puerta, se desplomó junto a la pared, llorando. Empezó a temblar sin poder controlarse, y tuvo náuseas.

Él había estado a punto de violarla.

Jadeó y vomitó, y se quedó acurrucada en el suelo.

La fiebre remitió al amanecer.

Margaret no podía dar crédito mientras comprobaba la temperatura de la frente húmeda de William. Hasta hacía un momento, él estaba ardiendo, pero de repente tenía la piel fresca; la fiebre había desaparecido.

¿Era un milagro?

Cerró los ojos y le dio las gracias a Dios.

Cuando los abrió, vio a su hermano descansando. La pálida

luz de la mañana entraba en la alcoba. Ella había estado sentada junto a William desde que había llegado el mensajero de Aymer y había podido salir de la habitación de sir Guy. Había pasado aquellas últimas horas poniéndole compresas mojadas con el agua helada del lago en el cuerpo, obligándole a beber y rogándole que se recuperara. Había conseguido no pensar en lo que había estado a punto de hacerle sir Guy, ni en lo que intentaría hacerle una vez más.

Agarró con fuerza la mano fresca de su hermano.

—¡Will! ¡Te ha bajado la fiebre! —exclamó, y le besó la mano.

Él abrió los ojos, pero volvieron a cerrársele los párpados.

Ella se inclinó hacia él y le besó la frente.

—Soy yo, Margaret. Has estado muy enfermo, con mucha fiebre a causa de una infección. Estamos en Castle Fyne.

Él abrió los ojos de nuevo y, en aquella ocasión, consiguió mantenerlos abiertos y mirar a su hermana.

—¿Meg?

Antes de que pudiera responder, la puerta se abrió. A ella se le formó un nudo de miedo en el estómago.

Sir Guy preguntó:

—¿Va a sobrevivir?

Ella tomó aire e hizo acopio de valor. Había decidido que iba a comportarse como si su encuentro anterior no hubiera sucedido. Se giró hacia él.

—Sí, eso creo.

Sir Guy miró brevemente a William. Estaba sin afeitar y tenía aspecto de no haber dormido, tampoco, aquella noche.

—El rey Edward ha nombrado a mi hermano gobernador de Escocia.

Margaret lo miró con una expresión impertérrita. Se había hablado durante meses de que Aymer de Valence pudiera convertirse en el gobernador de Escocia. Ella no sabía cómo podía afectarles eso a Alexander, a Bruce y a ella, pero a sir Guy le proporcionaba un gran poder.

—¿Por qué no estás complacida? ¡Mi hermano es el hombre más poderoso de Escocia! Yo también seré uno de los señores más poderosos de Escocia, Margaret. Y tú serás una de las damas reinantes.

Ellos dos nunca serían marido y mujer, si podía evitarlo.

—Entonces, es un suceso muy afortunado.

—Sí, lo es, aunque no era algo inesperado. Aymer es uno de los favoritos del rey Edward, como es lógico. Bruce no podrá vencer a mi hermano.

Margaret siguió mirándolo sin expresión alguna. No había nada que deseara más que la victoria de Robert Bruce contra Aymer y contra sir Guy.

Su lealtad había cambiado, y ya no podía negarlo.

Los ingleses eran el enemigo; sir Guy era el enemigo.

Ella se puso muy tensa al reconocerlo, por fin.

Sir Guy miró a William, que estaba observándolos y escuchando la conversación.

—Debo llevar mi ejército a Berwick para reunirme allí con mi hermano. Sin embargo, cuando os hayáis recuperado lo suficiente, imagino que querréis volver a Balvenie o luchar con nosotros en esta guerra.

Will asintió.

—Deseo luchar contra Bruce junto al resto de mi familia.

Sir Guy asintió. Después, miró a Margaret.

—Bruce envió a su esposa y a las damas de su corte a Aberdeen. El rey Edward quiere que sean capturadas. Aymer me ha ofrecido a mí la misión.

Ella sintió una gran angustia.

—¿Es posible apresarlas? Deben de estar bien protegidas.

—No, tengo entendido que no. Están bajo la protección del hermano de Bruce, sir Nigel, y de un puñado de sus mejores hombres. ¿Es que le has tomado afecto a Elisabeth de Burgh?

Margaret se preguntó si podría enviarle aviso a la reina Elisabeth, y advertirle que Aymer de Valence deseaba capturarlas a ella y a sus damas de compañía.

—No he cruzado más de una palabra con Elisabeth de Burgh.

—Ah, claro —dijo él, en tono burlón—. Temes por Isabella.

Ella no había vuelto a pensar en Isabella, pero se imaginó que su situación sería muy difícil si la reina y sus damas eran capturadas. Decidió no hablar.

—Tenemos que hablar de ciertos asuntos antes de que me vaya —dijo sir Guy—. Hablaremos abajo —añadió. Asintió secamente y se marchó.

Margaret se echó a temblar. ¿Él deseaba hablar con ella abajo?

No la había citado en la alcoba de al lado. Dios Santo, ¿le estaba dando otro respiro? Sintió alivio. Se le humedecieron los ojos. Se le pasaron por la mente algunas imágenes de aquel brutal encuentro. Sin embargo, no era momento de pensar en ello.

—¡Le tienes miedo! —exclamó William, débilmente.

Ella miró a su hermano y asintió. Y no pensaba que pudiera confiarle lo que había ocurrido, no solo porque estuviera débil, sino porque iba a enfurecerse.

—¡Sabía que no debías casarte con un inglés! ¿Qué ha pasado? ¿Tú también le desagradas a él?

—¡No te preocupes por eso ahora! Estás demasiado débil como para inquietarte.

Will dijo, entre jadeos:

—Por lo menos, recuperó Castle Fyne para nosotros.

¿Se atrevería a revelarle su relación con Alexander? ¿Se atrevería a hablarle de sus sentimientos? ¿Tenía razón Alexander? ¿Aprobaría William su unión?

—¿Vas a casarte con él, Meg? ¿Sigue en pie el matrimonio? —le preguntó William.

Ella le acarició el pelo.

—Se supone que tengo que casarme con él, pero no puedo. Aunque eso signifique perder Castle Fyne, no puedo. Lo desprecio.

William la miró con sorpresa.

—¿Tan horrible es?

—No me gusta, y nunca me ha gustado —respondió ella, con lágrimas en los ojos—. Quiero a otro.

Y era cierto. Ella siempre había sabido, en lo más profundo de su alma, que amaba a Alexander.

Tal vez hubiera empezado a quererlo en Balvenie, cuando había ido a buscarlas a Isabella y a ella en mitad de la noche. O tal vez hubiera sido la mañana siguiente a la primera noche que habían hecho el amor, cuando se habían encontrado en el gran salón y ambos habían admitido que no se arrepentían.

Sin embargo, él se había quedado decepcionado y furioso cuando ella se había marchado para atender a William. ¿Seguiría enfadado? Seguramente, al final comprendería por qué había vuelto a Castle Fyne y la perdonaría.

Pero, ¿qué iba a pasar en aquel momento? Miró a William, que estaba asombrado.

—¿Te has enamorado? ¿En tan poco tiempo?

—Sí. Deseo casarme con otra persona.

Y, Dios Santo, era cierto. Deseaba casarse con Alexander, aunque eso significara que tenía que cambiar de bando en la guerra. En realidad, ¡ya lo había hecho! Había llegado el momento de elegir; sir Guy se lo había dejado bien claro.

—¿Quién te ha robado el corazón? —preguntó William.

Pasó un momento antes de que Margaret contestara, porque temía la reacción de su hermano. Sin embargo, rezó por que él lo aprobara.

—Alexander MacDonald.

William se atragantó.

—Meg, ¿lo dices en broma?

Ella no respondió, así que él enrojeció de ira.

—¿Te has vuelto loca? No solo es nuestro enemigo mortal, porque tiene las manos manchadas con la sangre de los MacDougall, sino que está del lado de Bruce, y en contra de la familia Comyn, en esta guerra. Está en contra de mí, ¡y de ti también!

Ella se echó a temblar.

—Bruce es rey, Will. Fue coronado hace unos días en Scone.

William se incorporó, pálido como la nieve.

—¡Y lo ahorcarán, porque es un traidor! ¡Has perdido el juicio! Estamos luchando contra Bruce, Meg. ¡Tú y yo también!

—¿No dijiste tú mismo, una vez, que cualquier escocés, incluso Bruce, sería mejor rey de Escocia que el rey Edward?

—¿Te atreves a discutir? —preguntó su hermano, y se desplomó sobre la almohada, jadeando.

—¡Te estás agotando! —gimió ella y, rápidamente, le puso una compresa fría en la frente—. Vas a enfermar otra vez. Por favor, no hablemos de esto ahora.

—¿Lo sabe Buchan? No, por supuesto que no —dijo William, que había cerrado los ojos.

Ella decidió no contestar, pero estaba muy claro: William no iba a aprobar sus sentimientos por Alexander, ni iba a aprobar su matrimonio con él.

—Lo siento —susurró, con un nudo en la garganta.

Sin embargo, William ya se había quedado dormido.

Cuando Margaret entró al gran salón, encontró a sir Guy hablando con tres de sus caballeros. Estaban organizando el transporte de tres bastidas. Ella permaneció en el umbral, temblando. No podía comportarse con naturalidad con él; seguía teniéndole miedo.

—¿Dónde está ahora Bruce? —preguntó uno de los caballeros.

—Va de camino a Dundee, y esa será una batalla muy larga —dijo sir Guy, que ya se había percatado de su presencia.

Margaret también lo miró, e intentó dominar aquel terrible sentimiento. En la peor parte de su forcejeo, había perdido por completo los estribos y le había gritado lo que de verdad pensaba sobre su matrimonio. Por lo tanto, se habían convertido en enemigos.

Si él seguía pensando que ella se oponía a su unión, él la mantendría prisionera. Para evitarlo, debía convencer a sir Guy de que iba a obedecerlo dócilmente, aunque no fuera cierto.

Sir Guy seguía mirándola fijamente. Él les dijo a sus hombres:

—Estos asuntos pueden esperar. Dejadnos.

Los tres caballeros se marcharon, y ellos dos se quedaron a solas en el gran salón. Ella reunió valor y preguntó:

—¿Cuándo os marcháis?

—En cuanto sea posible. Dentro de pocas horas —dijo él, mientras caminaba hacia ella—. Cuánto debe agradarte eso.

Ella no respondió.

Él sonrió de un modo muy desagradable.

—Voy a dejar una fuerte guarnición aquí. Sin embargo, MacDonald no va a atacar, si eso es lo que esperas. Ahora está con Bruce. Castle Fyne sigue siendo nuestro.

—Yo no deseo que Castle Fyne sea atacado otra vez.

—Entonces, por fin, estoy satisfecho contigo —dijo él.

Ella aprovechó aquella oportunidad.

—Yo también lamento haberos disgustado.

—¿De veras? Soy un caballero y, cuando me llaman a la batalla, voy —respondió él con aspereza—. Sin embargo, volveré en cuanto pueda para consumar nuestra unión. Y, Margaret, voy a escribir a Buchan inmediatamente.

Por supuesto. Tal vez ella también pudiera enviarle una carta a su tío para defenderse y rogarle que la liberara de aquel matrimonio con sir Guy. Si podía convencer a Buchan, ¡todo cambiaría! Sin embargo, ella sabía que no era probable.

—No eres más que una mujer. Tú no puedes elegir con quién te casas o con quién no. Durante mi ausencia, deberías reflexionar sobre tu inminente matrimonio y sobre lo que será mejor para ti a mi regreso. Oponerte a mí no te va a servir de nada.

—Sé que yo no puedo elegir ni rechazar a mi marido. Lamento haber perdido los estribos, sir Guy, pero vos me asustasteis mucho.

—Entonces, ¿la culpa es mía?

—Por supuesto que no —dijo ella, cuidadosamente—. Sir Guy, anoche me asusté. Esperaba que la boda se celebrara en junio. Además, también temo que no consigamos adaptarnos, que os desagrade continuamente. Me faltó el sentido común, y deseo disculparme.

Él emitió un sonido desdeñoso.

—Siempre he pensado que eres lista, demasiado lista. ¿Crees que vas a convencerme de que no te opones a nuestro matrimonio? Tendrás que hacerlo mejor. Tendrás que cambiar tu carácter y tu comportamiento. Y, si estás mintiendo, será mejor que pienses en esto: lo que tú desees no tiene importancia. Nos casaremos aquí, a la manera escocesa, o en junio, a la manera inglesa.

Ella asintió.

—Por lo menos, hoy eres obediente —dijo él, y su mirada se endureció—. Espero que seas sincera. Se dice que eres una mujer honorable. Si es cierto, cumplirás con tu deber y dejarás las disputas, con gusto.

—Soy una mujer honorable.

Él la miró con escepticismo.

—El tiempo lo dirá. Mientras, vas a quedarte aquí, entre estas murallas, donde estarás a salvo. Sigues siendo una pieza muy importante para MacDonald, para Bruce… y para mí.

Con aquello, sir Guy se dio la vuelta, atravesó el salón a grandes zancadas y se marchó.

Margaret oyó que llamaba a varios de sus hombres. Lentamente, se acercó a la mesa y se sentó en uno de los bancos.

Al cabo de pocas horas, él se habría marchado, y ella estaba ansiosa por que lo hiciera.

Todos los moradores del castillo estaban durmiendo. Margaret, por el contrario, estaba sentada a la mesa del salón, con una vela encendida. Mojó la pluma en el tintero y escribió en el pergamino que tenía delante.

15 de abril de 1306

Mi querida Isabella:

Llegué sana y salva a Castle Fyne, y atendí a mi hermano. William resultó herido cuando sir Guy atacó la fortaleza, pero ahora está fuera de peligro. Sir Guy me ha ordenado que continúe aquí mientras él va a Berwick para unirse a su hermano Aymer. Ha dejado una guarnición para defender el castillo. Pronto, William se habrá recuperado lo suficiente como para volver a Balvenie. Yo he de esperar el regreso de sir Guy.

A Margaret le pareció oír unos pasos, y se quedó paralizada, escuchando. Sir Guy nunca le permitiría que escribiera a Isabella, pero Marsaili sacaría la carta a escondidas y la llevaría al pueblo que había bajo el castillo, a orillas del lago. Allí, alguien de la confianza de la doncella recibiría un buen pago para entregarle la carta a otro mensajero de otra aldea y, al final, la carta llegaría a Aberdeen.

Al no poder disponer de un solo mensajero, la carta tardaría mucho en llegar a manos de su amiga; además, cabía la posibilidad de que la reina y su corte se hubieran marchado de allí cuando llegara la carta. Sin embargo, no había otro modo de hacer las cosas, porque ella estaba escribiendo a una amiga que permanecía detrás de las líneas enemigas.

Y cabía la posibilidad de que su carta fuera interceptada. Margaret sabía que debía tener cuidado con lo que decía y cómo lo decía.

Deseaba avisar a la reina de que Aymer había ordenado su captura y la de sus damas, y deseaba preguntar por Alexander. Continuó:

Rezo por que te encuentres bien, a salvo, en estos tiempos de guerra e intrigas, cuando hay espías por todas partes e incluso las mujeres pueden sufrir persecución al ser consideradas forajidas. ¿Has trabado amistad con alguna de las mujeres que te acompañan? ¿Podrías saludar a Elisabeth en mi nombre?

No se atrevió a referirse a ella como «la reina», y dudaba que Isabella captara el mensaje que estaba intentando transmitirle. Solo podía esperar que su amiga le permitiera a la reina leer la carta.

Ahora estoy aislada, y me gustaría recibir todas las noticias que puedas enviarme. No tengo noticias de la guerra, ni de amigos ni de familia, y eso hace que este tiempo sea aún más difícil para mí. Solo puedo rezar por todos nosotros.

Tu amiga,
Margaret Comyn.

—¿A quién estás escribiendo?

Margaret se puso en pie de un salto y, aunque tiró el tintero y derramó la tinta, no estropeó la carta. Miró a William con horror.

Habían pasado diez días desde que sir Guy se había marchado. William había mejorado mucho desde entonces, pero aquella era la primera vez que su hermano caminaba. Y, además, solo.

—¿Cómo has bajado las escaleras?

William sonrió.

—De la manera habitual —dijo él, que se apoyaba en un bastón—. Estoy mucho mejor, Meg —añadió, con los ojos brillantes—. Dentro de pocos días estaré lo suficientemente recuperado como para volver a casa. ¿Y bien?

Ella no tenía intención de mentirle a su hermano.

—Estoy escribiendo a Isabella.

A él se le borró la sonrisa de los labios.

—¡Es una maldita mujerzuela! ¡Es nuestra enemiga!

William ya sabía que Isabella y ella habían salido de Balvenie en mitad de la noche, y que Isabella había participado voluntariamente en la ceremonia de la coronación. Además, había oído los rumores de su relación amorosa con Bruce.

William era un Comyn y, en un segundo, todo el afecto que sentía por Isabella se había convertido en animosidad.

—¿Cómo puedes escribirle una carta? —le preguntó él con frialdad.

—Sigue siendo amiga mía —dijo Margaret.

Su expresión se endureció, y se acercó cojeando a la mesa.

—¿Es que ahora vas a leer mi correspondencia privada? —le preguntó Margaret.

—No, supongo que no. Soy tu hermano mayor, Margaret, y podría prohibirte que le escribieras. Los dos sabemos que ni Buchan ni sir Guy lo permitirían.

—Yo no soy ninguna doncella a la que puedan dar órdenes —dijo con sequedad. Después se suavizó—: Will, pobre Isabella. Ha destrozado su vida. Yo soy su amiga. ¡Me necesita!

Él suspiró.

—Es una idiota, además de una cualquiera.

—¡Will!

—Es la verdad —dijo él, y la miró con curiosidad—. ¿Es esa la única carta que estás escribiendo?

—Ya he escrito a Buchan —respondió Margaret.

Había escrito a su tío el mismo día de la partida de sir Guy, y no solo para defender a Isabella. Le había preguntado si podía regresar a Balvenie con Will. Le resultaba imposible continuar en Castle Fyne, esperando y temiendo el regreso de sir Guy. Y, cuando estuviera allí, le revelaría a su tío que ya no podía casarse con sir Guy. Tal vez, incluso, le revelara el verdadero motivo de su negativa.

Buchan todavía no había contestado. Sin embargo, ella había oído rumores de la guerra. Bruce estaba en el norte, causando estragos. Había atacado Dundee y después había sitiado varios castillos cerca de Banff. Estaba tomando rehenes, apresando a comerciantes y exigiendo rescates excesivos para financiar su guerra.

Y una de sus víctimas había sido un tío suyo. El conde de Strathearn se había negado a cederle hombres para su ejército, y Bruce y Atholl lo habían capturado.

William la estaba observando atentamente.

—Hay una cosa de la que no hemos hablado desde que me he recuperado —dijo, por fin.

Ella se alarmó. Su hermano no había vuelto a preguntarle por Alexander, y ella pensaba que no recordaba su conversación, porque estaba muy enfermo cuando habían hablado de él.

En aquel momento, Margaret tuvo la sensación de que estaba a punto de sacar aquel tema.

—¿De verdad quieres que hablemos ahora, a medianoche?

Él se acercó y se sentó torpemente a la mesa.

—Sí, lo deseo, porque he pasado muchas semanas postrado en esa cama. ¿Sabes, Meg? No sé si he soñado una extraña conversación que no dejo de recordar.

Así pues, sí lo recordaba. Margaret se empezó a enrollar el pergamino de la carta de Isabella, pero su hermano la agarró de la muñeca.

—¿Por qué odias y temes a sir Guy? ¿Qué ocurrió?

Aunque, en un primer momento, Margaret se sintió aliviada por el hecho de que no le preguntara sobre Alexander, el malestar se apoderó de ella nuevamente. No quería hablar de aquel violento encuentro.

—A ti tampoco te agrada. Nunca te ha gustado. Es inglés; así de sencillo.

William sonrió con tristeza.

—Pero lo necesitamos. Ahora necesitamos a los malditos ingleses. Debemos derrotar a Bruce.

Ella estuvo a punto de preguntar por qué. ¿Sería Bruce un

rey tan horrible? Sin embargo, se contuvo, porque conocía la respuesta. Bruce odiaba a la familia Comyn. Su victoria sería nefasta para ellos.

—¿Me dijiste que estabas enamorada? —le preguntó William seriamente—. ¿De veras tuve esa conversación contigo?

Así pues, lo recordaba. Ojalá pudiera mentirle y negarlo todo. Sin embargo, Margaret asintió.

Él comenzó a cabecear.

—¿De MacDonald? ¿Nuestro enemigo?

—Nuestra tía Juliana se casó con el hermano de Alexander —dijo Margaret.

William se quedó consternado.

—¡Tú no eres Juliana! ¡MacDonald está del lado de Bruce!

—Ya lo sé. ¿Crees que quería enamorarme de él? Atacó mi castillo y me lo arrebató. Me hizo prisionera. ¡Por supuesto que no quería enamorarme de él!

Su hermano la miró fijamente.

—Es un gran guerrero, William, y un hombre valiente y honorable.

Él abrió mucho los ojos.

—Estás enamorada de verdad.

Ella asintió.

—Vine aquí porque temía que murieras. Pero estoy en peligro, Will. Corro el peligro de que sir Guy averigüe la verdad.

William palideció.

—Te has acostado con él.

Ella asintió.

—Lo quiero, y somos amantes.

—¡Has traicionado a sir Guy, Meg, y a Buchan!

—Nunca quise ser desleal. Soy una Comyn, y estoy orgullosa de serlo. Luché contra mis sentimientos, de veras.

—Tal vez sir Guy no lo sepa nunca —dijo William—. Puedes engañarlo.

Margaret se puso en pie.

—Hay otros que lo saben.

Will también se puso en pie, olvidando su bastón.

—¿Qué?

Ella se humedeció los labios.

—Isabella lo sabe. Y algunos de sus hombres. Atholl.

William se quedó espantado.

—¡Entonces, se enterará todo el país!

—Eso me temo.

William tomó aire y recuperó la compostura.

—¿Y qué piensas hacer? No puedes quedarte aquí. Cuando sir Guy sepa que has sido infiel, te hará daño, o te matará.

—Le he pedido a Buchan que me permita volver a Balvenie contigo, pero lo que de verdad quiero es volver con Alexander.

William no podía dar crédito.

—Nos vas a dejar.

—No. No completamente. Soy una Comyn. Siempre seré tu hermana.

A él se le llenaron los ojos de lágrimas.

—¿Y cuando te cases con él? ¿Vas a casarte con él?

—Si él quiere… ¡Pero nunca dejaré de ser tu hermana!

—No. Te convertirás en su esposa, y estaremos en guerra —dijo su hermano—. Pero voy a ayudarte, que Dios me perdone.

CAPÍTULO 17

Principios de mayo de 1306, Kildrummy Castle, Escocia

Margaret observó la gran fortaleza que se erguía sobre la colina. Kildrummy Castle dominaba el horizonte con sus enormes torres albarranas y sus murallas. Tenía fama de ser inexpugnable. Tanto, que el rey Edward había vivido allí en el pasado. Por aquel motivo, la reina y sus damas estaban allí.

Margaret no conocía aquella fortaleza. Suspiró mientras la miraba, y cientos de imágenes se le pasaron por la mente: imágenes de una vida de lealtad hacia su familia.

Sin embargo, como no podía casarse con sir Guy, porque quería un futuro junto a Alexander, aquella era su elección.

Era una Comyn, pero debía suplicarle a la reina que la admitiera en su corte. Cuando Elisabeth la aceptara, no habría vuelta atrás. Su tío nunca la perdonaría por su traición.

Además, tenía que enfrentarse a su mayor miedo: ella ya no valía nada sin la dote. Había perdido todo su valor como esposa cuando sir Guy había tomado Castle Fyne. Creía que Alexander la quería, pero ¿la querría lo suficiente como para casarse con ella sin sus tierras?

Nadie se casaba sin ganar algo. Nadie se casaba por amor.

Necesitaba que la reina la admitiera en su corte y esperaba

que Alexander aún la quisiera. Estaba renunciando a su familia a cambio de una gran incertidumbre. Tenía miedo.

Su hermano acercó el caballo a su yegua y la tomó de la mano.

—No me atrevo a seguir más aquí, Meg.

Margaret volvió a la realidad en aquel instante. William y ella estaban a punto de separarse y, quizá, no volvieran a verse en mucho tiempo. A partir de aquel momento, la guerra los separaría. Ella no quería enfrentarse a la posibilidad de no volver a ver a su hermano.

—No sé cómo darte las gracias por traerme a Kildrummy —susurró.

Will estaba en lo cierto. Era peligroso que permaneciera allí, en la ladera de la colina, visible desde las murallas de la fortaleza.

William la observó con estoicismo.

—Buchan se pondrá furioso cuando se entere.

Pero ellos ya habían hablado de las consecuencias de su desafío a Buchan y a sir Guy. Sabían que nunca podría volver después de traicionar a la familia. Buchan le había ordenado que regresara a Balvenie con William; Margaret sospechaba que sir Guy le había informado de su comportamiento. Sin embargo, su hermano la apoyaba porque temía por su vida si sir Guy llegaba a enterarse de su aventura con Alexander.

Así pues, habían tomado juntos aquella terrible decisión: ella intentaría unirse a la corte de la reina Elisabeth, con la esperanza de poder casarse con Alexander y conseguir el futuro que se merecía.

Por su parte, William diría que ambos se dirigían a Balvenie pero que, justo antes de llegar, alguien la había secuestrado, una noche. Kildrummy estaba a un día de camino al sur de la fortaleza de su tío. William también negaría los rumores, como si ella fuera inocente, en caso de que Alexander hubiera cambiado de opinión en cuanto a su matrimonio. Aunque, en realidad, ninguno de los dos pensaba que ella pudiera volver a casa ni siquiera si Alexander la rechazaba.

Margaret no quería soltar la mano de William.

—Te quiero —le dijo—. Por favor, no corras ningún peligro. Por favor, cuídate.

—Haré lo que pueda, pero tú tienes que prometerme que obedecerás a tu marido, porque él sí puede protegerte —respondió Will con firmeza; ella sabía que era para disimular sus emociones—. Y, si no se casa contigo, yo mismo lo mataré.

—No harás tal cosa, porque yo lo quiero. Intentaré enviarte noticias —dijo Margaret, y se atragantó—. ¡Oh, Will! ¡Cuánto te voy a echar de menos! ¡Te echo de menos incluso ahora!

Él se inclinó sobre su caballo para abrazarla.

—Has hecho tu elección. Todos la hemos hecho. Ahora, nuestro destino está en manos de Dios. Que Él te bendiga, Meg. Que Dios te proteja.

Entonces, William la soltó y, bruscamente, hizo girar a su caballo para indicarles a sus caballeros que debían partir.

Margaret tuvo que contener los sollozos al ver a su hermano galopando por la colina. Lo miró hasta que todo el grupo desapareció más allá del horizonte.

Entonces, estuvo sola, completamente sola.

Nunca se había sentido tan frágil ni tan impotente. Seguramente, si comenzaba a soplar el viento, la derribaría del caballo.

Oyó el canto de un pájaro. Era un sonido alegre, y ella miró hacia arriba. Se enjugó las lágrimas con los dedos y, entre las hojas de los árboles, vio el cielo azul y a un par de halcones sobrevolándola. Los observó un instante, mientras ascendían por el cielo. Aquella era una preciosa tarde de mayo; los halcones volaban con tanta libertad que siguió mirándolos hasta que desaparecieron de su campo de visión.

Se le habían secado las lágrimas. Pestañeó y tomó las riendas. Reunió valor; podía hacerlo. Tenía que hacerlo.

Guio a la yegua, lentamente, hacia la formidable barbacana, y se detuvo muy cerca de la puerta. Margaret miró hacia arriba y vio a dos hombres que la observaban desde una de las torres. Claramente, no se sentían muy alarmados por una mujer.

—¿Quién va? —gritó uno de ellos.

—Soy lady Margaret Comyn, amiga de la condesa de Buchan y de Fife.

Entonces, los dos hombres hablaron entre sí y uno de ellos desapareció, obviamente, para preguntarles a sus superiores si podía dejarla entrar. Unos diez minutos más tarde, aparecieron docenas de arqueros en las almenas y dos jinetes salieron a buscarla.

Margaret reconoció al primero de los jinetes. Llevaba una cota de malla pero no llevaba yelmo, y su pelo negro brillaba bajo el sol.

—¡Lady Margaret! —exclamó sir Neil, sonriendo.

—¡Sir Neil! —exclamó ella con entusiasmo—. ¡Pero si vos sois uno de los hombres de Alexander! ¿Qué hacéis aquí?

Él tomó las riendas de su yegua y respondió con los ojos brillantes:

—El Lobo me dejó aquí, milady, para proteger a la condesa de Fife.

A Margaret se le alegró el corazón. Alexander sabía que ella quería a Isabella, y había dejado a uno de sus mejores caballeros para que la cuidara. Supo que lo había hecho por ella, no por Isabella.

—Estoy muy contenta de veros —dijo, mientras atravesaban el puente levadizo y el gran arco de la entrada.

—¡Y yo estoy encantado de veros a vos! —respondió él. Después, preguntó con sorpresa—: Pero ¿os permitió marcharos sir Guy? ¿Y por qué habéis acudido a la reina Elisabeth?

—Sir Guy no me permitió marchar, sir Neil. Él deseaba que yo permaneciera en Castle Fyne. He desobedecido sus órdenes, y he venido a acompañar a Isabella, si se me permite.

Sir Neil la miró con asombro.

Sin embargo, él no sabía que ella no tenía intención de casarse con sir Guy, y aquel no era el momento adecuado para revelarle aquellos asuntos. Le tiró suavemente de la manga.

—¿Cómo está Alexander?

Sir Neil sonrió con orgullo.

—Ha tomado muchas fortalezas, milady, a menudo sin tener que levantar la espada. Ha estado en el norte, donde Bruce ha pasado este último mes. Ahora va hacia el sur —añadió el caballero—. Bruce no va a renunciar a la toma de Strathearn.

Margaret pensó en el conde de Strathearn, su tío político, a quien no conocía, y en su tía carnal, a la que había visto en dos ocasiones. Sus tierras estaban sitiadas y Strathearn había sido capturado. Ella debería estar preocupada, e imaginaba que Buchan estaba ayudándolos a defender sus posesiones, pero no lo estaba.

—¿El conde sigue siendo prisionero de Bruce?

—Eso creo, pero sus hombres resisten, y Bruce desea que caiga el castillo —dijo sir Neil, sonriendo. Entonces se puso serio, porque recordó el parentesco—. Lo lamento, milady. Se me olvida que estamos en bandos opuestos en esta guerra.

—Tal vez no —dijo ella—. ¿Cómo está Isabella?

No había recibido contestación a su carta, y se preguntaba si la reina había prohibido la correspondencia.

Se sintió alarmada al ver que sir Neil tardaba en responder. Ya estaban atravesando el enorme patio de armas del castillo.

—Me preocupa, milady.

—¿Ha ocurrido algo?

Él titubeó.

—En abril, las mujeres estuvieron en Aberdeen. Bruce pasó una semana allí, con ellas. Hay rumores —dijo sir Neil, y se encogió de hombros— Estoy seguro de que lo habéis oído: se dice que la reina los sorprendió juntos.

Margaret esperaba que no fuera cierto.

—¿La ha expulsado la reina de su corte?

—Bruce ha ordenado que la condesa de Fife continúe con la reina y sus damas. La reina no podría expulsarla de Kildrummy ni aunque quisiera.

Habían llegado a las enormes puertas del gran salón, y habían detenido a sus caballos. Sir Neil desmontó y se acercó para ayudarla a bajar de la yegua. Ella lo miró.

—¿Qué otra cosa os inquieta, sir Neil?

—¿Se me nota tanto? —preguntó él—. Ahora, todo el mundo dice que suspira por Bruce. Milady, le escribe todos los días, ¡y me pide que le envíe las cartas!

Margaret desmontó con su ayuda.

—¿Y lo habéis hecho?

Él se ruborizó.

—Tengo que obedecerla, milady. Por supuesto que debo hacerle llegar las cartas al rey. Pero creo que la reina sabe que le está escribiendo. No es aconsejable.

Era muy desaconsejable, pensó Margaret. Todo lo que hacía Isabella era desaconsejable.

—Me alegra que hayáis estado aquí para ayudarla. Y ahora, estáis aquí para ayudarme a mí.

—No hay nada que desee más —dijo él. Entonces, se arrodilló ante ella e inclinó la cabeza—. Milady, he jurado fidelidad al poderoso Lobo, pero sigo siéndoos leal a vos, para siempre.

Ella estuvo a punto de echarse a llorar. Entonces, algo se le pasó por la cabeza:

—Sir Neil, si podéis hacerle llegar cartas a Bruce, ¿podríais hacerle llegar una carta a Alexander?

—Por supuesto, milady.

La euforia de Margaret duró muy poco. Debía pensar en lo que quería decir… y en cómo iba a decirlo.

Margaret siguió a sir Neil por el castillo. Había un enorme salón, cuyas puertas de madera estaban abiertas de par en par. El suelo era de piedra y estaba cubierto de magníficas alfombras, y el altísimo techo era de viguería. En cada extremo de la habitación había una chimenea, ambas encendidas en aquel momento. Y de las paredes colgaban ricos tapices.

La reina estaba allí, acompañada por unas veinte damas. Elisabeth estaba en el centro, en una silla parecida a un trono. Llevaba un vestido rojo oscuro con las mangas fruncidas y con ribete de oro, y tenía un pergamino en la mano. Lucía un collar de granates y rubíes y unos pendientes a juego, y tenía el pelo recogido, casi tirante, bajo una diadema de oro. Sin embargo, no tenía un aspecto severo, sino un aspecto majestuoso y elegante. Parecía una reina.

Las damas estaban a su alrededor. Una tocaba la flauta, otras bordaban y otras conversaban con ella. La mayoría tenían su edad, aunque había dos un poco mayores. Algunas llevaban la tradicional túnica escocesa y se abrigaban con chales de cuadros, y otras llevaban vestidos franceses. Margaret reconoció al instante a Marjorie Strathbogie, la esposa del conde de Atholl. Estaba sentada junto a la reina, como Christina Seton y Mary Campbell, las hermanas del rey.

Habían llegado al umbral de aquella gran sala, y Margaret se quedó mirando a Marjorie. La dama también la había visto a ella y, rápidamente, le sonrió.

A ella se le aceleró el corazón. ¿Podía ser Atholl un espía de Aymer de Valence? ¿Debía hacer partícipe de sus sospechas a la reina Elisabeth? ¿Y si estaba equivocada?

Siempre le había agradado mucho Marjorie, que era una mujer bondadosa y bella. Marjorie siempre la había acogido maravillosamente en su hogar, y había conversado gustosamente con ella cuando los condes de Atholl iban de visita a Bain o a Balvenie. Pero Margaret siempre había sentido el mismo agrado hacia su esposo y, seguramente, él había traicionado al que era su gran amigo, el conde de Buchan. Atholl estaba traicionando al rey Edward, o estaba traicionando al rey Robert, pero en cualquier caso, era un traidor.

Se dio cuenta de que el salón había quedado silencioso. La reina Elisabeth la había visto, como todas las otras damas.

Entonces, Margaret vio a Isabella, que estaba apartada del grupo, casi contra la pared. Era la única mujer que sonreía, la única mujer de toda la habitación que se alegraba de verla. Margaret casi pensó que iba a saludarla con la mano.

—Majestad —dijo sir Neil, e hizo una reverencia—. Lady Margaret Comyn os pide audiencia.

Por un momento, la reina perdió su expresión majestuosa y dejó entrever su amargura. Margaret recordó el extraño comentario que había hecho Elisabeth después de la coronación de Bruce. Había dicho que su marido jugaba a un juego de niños.

Margaret se arrodilló ante ella.

—Majestad...

—Levantaos, lady Margaret.

Margaret obedeció. La reina hizo un gesto y todas las damas se apartaron ligeramente, salvo Marjorie, Mary y Christina, que permanecieron sentadas a su lado.

—Vuestra presencia aquí es toda una sorpresa.

—Majestad, he huido de Castle Fyne con ayuda de mi hermano. Tenía la esperanza de poder unirme a vuestra corte aquí, en Kildrummy.

—¿De veras? ¿Y por qué iba a aceptar a una Comyn en mi corte?

Margaret vaciló.

—He huido de sir Guy, Majestad. No puedo casarme con él, así que he buscado refugio aquí.

—¿De veras? ¿No podéis casaros con él, o no queréis casaros con él?

A ella le ardieron las mejillas.

—No puedo y no quiero, Majestad.

—Entonces, ¿renunciáis a vuestro gran castillo por las buenas? —preguntó la reina con incredulidad.

—Esperaba que Alexander, que ha pedido mi mano, recuperara el control de Castle Fyne.

Se oyeron exclamaciones y murmullos de sorpresa.

La reina abrió mucho los ojos. Después, preguntó:

—Hablad con franqueza, lady Margaret. ¿Habéis decidido desafiar a vuestra familia? ¿Habéis elegido a MacDonald en vez de a Buchan? ¿Apoyáis ahora a mi marido?

—Sí, Majestad. He elegido a Alexander, y apoyo a Robert Bruce.

Aquello provocó un gran asombro. Todo el mundo empezó a hablar a la vez.

—¡Silencio! —ordenó la reina—. ¿Y por qué tengo que creeros?

—Es una espía —dijo Christina Seton—. Sir Guy y el conde de Buchan la han enviado aquí para que nos espíe. ¡Tal vez solo haya compartido el lecho de Alexander para espiar!

A Margaret se le escapó un jadeo.

—¡No soy una espía!

La reina se puso en pie.

—Toda Escocia habla de vos, lady Margaret. Sois una leyenda. La gran señora de Castle Fyne, una diminuta mujer que desafió con valor al poderoso Lobo, una dama que moriría por lealtad a su familia. ¿Esa leyenda es falsa?

—He sido leal durante toda mi vida. Está en mi naturaleza.

—Entonces, debéis de estar aquí como espía.

—No, Majestad. ¡He tenido que hacer una terrible elección!

—¿Y habéis elegido traicionar a Buchan? —preguntó la reina Elisabeth, en un tono de incredulidad y de burla.

Margaret se echó a temblar.

—¿Podría hablar con vos en privado, Majestad?

Pasó un momento antes de que la reina asintiera. Todo el mundo se ausentó del salón, excepto Marjorie, Mary y Christina.

—Ellas no nos traicionarán —dijo la reina.

Margaret no quería hablar abiertamente delante de Marjorie, por si su marido era uno de los espías de su tío y del rey Edward.

—Quería obedecer a mi tío. Quería casarme con sir Guy. Por eso rechacé a Alexander en varias ocasiones.

—Continuad —dijo la reina.

Ella se mordió el labio.

—No quiero parecer una tonta, Majestad, pero me siento influida por el ejemplo de mis padres. Su matrimonio fue arreglado, pero se respetaban el uno al otro, y se amaban.

A la reina le pareció divertido.

—¿Ahora vais a decirme que buscáis amor en el matrimonio con el guapo Lobo de Lochaber?

Ella se ruborizó.

—Busco un futuro con alguien en quien pueda depositar mi confianza y mi respeto, Majestad. Y casualmente, también siento un gran afecto por él.

Marjorie dijo suavemente:

—Ella no es mentirosa.

Margaret se sobresaltó. Después miró a Elisabeth.

—Majestad, ¿puedo intentar demostraros mi sinceridad?

—Por favor, hacedlo.

—Le envié una carta a Isabella. ¿La recibió?

—Sí.

—Esperaba que ella os hiciera partícipe de su contenido. Estaba intentando advertiros de que vos, y vuestra corte, estáis en peligro.

La reina se apoyó en el respaldo de su butaca y posó las manos en el regazo.

—Leí la carta, lady Margaret. ¿Era un aviso?

—Sí, lo era. Aymer de Valence ha recibido del rey Edward la orden de apresaros, Majestad. Sir Guy va a llevar a cabo la tarea.

Christina se inclinó hacia la reina y le susurró algo al oído. La reina dijo:

—Todo esto ya lo sabemos, lady Margaret. ¿Qué más sabéis vos?

Margaret vaciló.

—Aymer tiene espías entre los más íntimos amigos de Bruce —dijo, sin mirar a Marjorie.

Christina se quedó sorprendida, pero la reina permaneció impasible.

—¿Y cómo sabéis eso? —preguntó la otra hermana de Bruce, Mary Campbell.

—Me lo dijo sir Guy —respondió Margaret.

—Debemos advertir a Rob —le dijo Christina Seton a Elisabeth.

La reina asintió, y miró fijamente a Margaret.

—Hay un modo de que demostréis vuestro cambio de lealtad de una vez por todas. ¿Vais a arrodillaros para jurarnos fidelidad al rey Robert y a mí?

Margaret se echó a temblar. Entonces, alzó la barbilla y respondió:

—Majestad, os juraré fidelidad al rey Robert y a vos.

Margaret volvió al salón después de haber ido al escusado. Sabía que uno de los guardias de la reina la estaba siguiendo discretamente. Había entrado a formar parte de la corte de Elisabeth, pero todavía no tenía su confianza. Juraría fidelidad a sus nuevos señores después de la misa del domingo; sin embargo, no creía que confiaran en ella ni siquiera después.

Cuando torció una esquina, alguien la agarró por los dos hombros.

—¡Qué feliz me hace que hayas venido! —exclamó Isabella.

Después de la angustiosa entrevista, Margaret se había sentado tras Marjorie y Christina y había permanecido en silencio durante el resto de la tarde. Lo que deseaba era retirarse, puesto que estaba agotada, pero sabía que no podía pedir permiso para abandonar la estancia estando la reina allí. También sabía que no debía buscar a Isabella, porque solo conseguiría aumentar la desaprobación que su señora sentía hacia ella.

En aquel momento, Isabella la abrazó con fuerza. Margaret sonrió y le devolvió el abrazo. Había echado de menos a su amiga.

—¿Cómo estás? —le preguntó.

A Isabella se le borró la sonrisa de los labios y se le llenaron los ojos de lágrimas.

—¡Margaret! ¡Estoy en peligro!

Margaret miró a su alrededor pero, a excepción del guardia, estaban solas.

—¿Podemos hablar libremente? —le preguntó a su amiga—. ¿Te han dado permiso para dejar a la reina?

—No necesito permiso, porque saben que no soy una espía. Ruego a Dios que tú no estés aquí para cumplir una terrible misión.

—No, claro que no —dijo ella con firmeza y, de nuevo, se alarmó, porque, si Isabella sospechaba de ella, la reina y sus damas sospecharían mucho más—. No he mentido al decir que abandoné a sir Guy, Isabella. Lo estoy desafiando a él, y a Buchan.

—Me alegro.Ven conmigo —dijo ella, con urgencia.

Margaret no creía que fuera buena idea.

—Isabella —dijo, pero su amiga tiró de ella hacia las escaleras—. Creo que necesito permiso de la reina para abandonar el salón.

—Ella te ha dado su permiso —dijo Isabella, con una mirada fría. Claramente, despreciaba a Elisabeth. Después de recorrer otro pasillo, abrió la puerta de una alcoba y dijo—: Yo duermo aquí, con otras tres damas. Tenemos que asegurarnos de que tú y yo compartamos esta habitación.

Margaret pensaba que no era probable, ya que la reina detestaba a Isabella y no confiaba en ella. Entonces, Isabella volvió a abrazarla.

—¡Me alegro tanto de que estés aquí! Es horrible tener que acompañar a la reina. ¡Me odia!

—Es lógico, Isabella. Te estás acostando con su marido. Debes terminar con vuestra relación.

—No puedo. ¡Lo amo!

—¡Isabella! ¡Debes tener sentido común! No puede salir nada bueno de amar a Robert Bruce. Te estás ganando una enemiga en tu propia reina, cuando debes permanecer a su lado por seguridad. Y sabes que lo que estás haciendo está mal —dijo Margaret, con suavidad.

Isabella se echó a llorar.

—Él no ha respondido a mis cartas.

Margaret se sintió muy aliviada. Ojalá Bruce hubiera perdido el interés por Isabella.

Entonces, Isabella la miró de una forma extraña y se marchó hacia la cama más lejana. Se agachó y sacó algo de debajo del colchón; era un pergamino.

—Y no estoy segura, Margaret —dijo—. Él me odia.

Con la mano temblorosa, le tendió la carta. Margaret tuvo miedo.

—¿Es de Buchan?

Isabella asintió. Estaba muy pálida.

—Me ha maldecido. Me ha llamado prostituta y zorra —dijo, entre lágrimas—. Me ha amenazado con la muerte si volvemos a encontrarnos.

Margaret comenzó a leer las palabras amargas de su tío. En la carta repudiaba a su esposa y deseaba que se pudriera en el infierno para toda la eternidad.

—Y ruega, Isabella —proseguía—, que nunca llegue el día en que volvamos a vernos cara a cara. Porque, si ese día llega, serás tratada como la zorra traicionera que eres. Te rasgaré la ropa, te pasearé por las calles encadenada y te colgaré en la horca más cercana, donde tu cuerpo quedará abandonado a los cuervos.

Margaret se echó a temblar. Era lógico que Buchan estuviera furioso con Isabella, pero ¿sería capaz de castigarla de aquel modo tan espantoso?

—No estoy a salvo —susurró Isabella—. Tiene intención de cumplir todas sus amenazas.

—Está enfadado, y es comprensible, pero debemos esperar que su ira se aplaque. ¿Por qué conservas esto?

—Quiero que lo vea Rob.

—Bruce es el rey, Isabella. No tiene tiempo para estas intrigas.

—Yo he renunciado a todo por él.

Margaret se acercó a ella y la abrazó, pero en aquel instante se oyó un ruido junto a la puerta. Las dos mujeres se volvieron; Margaret esperaba que fuera su guardián. Sin embargo, era Christina Seton la que estaba en el umbral.

—Elisabeth desea saber por qué os habéis ausentado durante tanto tiempo. ¿Tal vez estáis conspirando contra ella? —le preguntó con frialdad a Margaret. Después se dirigió a Isabella, y toda su actitud se suavizó—. Isabella, deberías tener más sentido común. No puedes desaparecer del salón de la reina, aunque desees pasar un momento a solas con tu amiga.

Margaret se dio cuenta de que Christina sentía afecto por Isabella, y que la estaba protegiendo de su naturaleza impulsiva y su propia estupidez. Se sintió aliviada, y creyó comprender que la dama sentía gratitud hacia Isabella por la ayuda que le había prestado a su hermano en la coronación.

—Ella no me permitiría pasar un momento con Margaret si se lo pidiera —dijo Isabella con petulancia; parecía mucho más joven de lo que era—. No me permitiría nada, aparte de estar sola en un rincón —añadió, y se giró hacia Margaret—. Ha hecho que todas sus damas me rehuyan. Se ha asegurado de que sea una apestada en su propia corte.

—Tú no eres una apestada —dijo Christina con firmeza—. Yo soy tu amiga, como muchas de las otras damas, pero debemos respetar a la reina. Si continúas abiertamente con Rob, tendrás que sufrir la ira de la reina —añadió, y miró a Margaret con frialdad—. Y si vos la estáis enredando en vuestras intrigas, no lo hagáis. Ya tiene suficientes problemas.

—Yo no tengo ninguna intriga —replicó Margaret, aunque le agradaba que Christina Seton tratara de infundirle a Isabella un poco de sensatez—. Si estáis cuidando de ella, os lo agradezco.

Christina se encogió de hombros.

—Y si vos habéis dado la espalda de verdad al conde de Buchan y al rey Edward, entonces no hay nada que nos divida.

—Entonces, no hay nada que nos divida —dijo Margaret.

Christina se quedó mirándola fijamente un momento más, y después sonrió a Isabella.

—Tenemos que volver al salón. Es hora de cenar.

Isabella se giró y metió el pergamino bajo su colchón.

Margaret se puso muy tensa al recordar el horrible contenido de aquella carta. Al mirar a Christina, se dio cuenta de que ella también estaba preocupada por el futuro de Isabella.

Margaret se estremeció. ¿No había tenido siempre un horrible presentimiento de cuál sería el destino de Isabella si ayudaba a Bruce a ceñirse la corona? En aquel instante, tuvo que apartarse de la cabeza la imagen de Isabella, desnuda y colgada de la horca.

Se acercaba un jinete, y las damas comenzaron a hablar nerviosamente entre sí. Margaret sintió la misma emoción. Sus únicos lazos con el mundo exterior eran los mercaderes o los monjes que pasaban por Kildrummy, y los habitantes del burgo. Si llegaba un jinete solitario, al galope, tenía que ser un mensajero.

Como de costumbre, las damas estaban en el gran salón. Era por la tarde, y había pasado una semana desde que Margaret había llegado. Los días eran largos, sin nada que hacer; al menos en Castle Fyne, e incluso en Balvenie, tenía que encargarse de la organización del castillo. Sin embargo, en Kildrummy, las damas leían, bordaban, cantaban, bailaban y tocaban instrumentos musicales. Había mucha conversación y especulaciones, temor y nerviosismo, porque todas anhelaban tener noticias de la guerra.

La reina Elisabeth estaba hablando en voz muy baja con las dos hermanas de Bruce. Su expresión era severa. Margaret la había estado observando toda aquella semana y había llegado a la conclusión de que no era una mujer feliz. Tenía constantemente a su lado a Marjorie, a Mary y a Christina; ellas eran sus confidentes favoritas.

Margaret se sentaba en un banco, cerca de la pared, con Isabella. Las otras damas evitaban a la amante de Bruce en público porque temían la desaprobación de la Elisabeth. La reina ignoraba a Isabella, pero cuando le dedicaba su atención era de un modo desdeñoso y malhumorado. Aparte de Christina y ella, Isabella no tenía amigas. Margaret lo lamentaba, pero Isabella se había puesto a sí misma en aquella situación.

Y Margaret se encontraba en una situación parecida. Había hecho su juramento de fidelidad a la reina, pero las otras damas no confiaban en ella. Sin embargo, ella había elegido acudir a la reina Elisabeth, y se negaba a convertirse en una paria como Isabella. Se tomó la molestia de conocer a las otras mujeres, de ayudar cuando era necesario y de ser agradable.

Además, estaba Marjorie. No habían tenido ninguna conversación en privado, lo cual era extraño, aunque habían cruzado algunas palabras. Margaret se preguntaba si Marjorie estaba evitándola para no disgustar a la reina.

Se oyeron unos pasos que se aproximaban al salón, y Margaret sonrió a Isabella, que estaba pálida.

—Tal vez sean noticias de Bruce —susurró la condesa.

Margaret esperaba que fueran noticias de la guerra. Esperaba que fuera un mensaje del rey en persona. Y también esperaba que hubiera alguna carta de Alexander.

Ella le había escrito el mismo día que habían llegado a la corte. Le había resultado difícil escribirle, porque no sabía qué era lo que él sentía por ella. Le había contado que había dejado a sir Guy y que había huido de Castle Fyne. Le decía que esperaba que estuviera bien, a salvo. ¡Había querido escribirle muchas más cosas! Sin embargo, debía ser muy precavida. Sir Neil había tomado la carta y la había enviado al día siguiente.

Margaret se echó a temblar al ver entrar en el salón a un highlander manchado de barro, acompañado por sir Neil y sir

Nigel, el hermano pequeño de Bruce. Al instante, todas las damas guardaron silencio. El highlander se detuvo ante la reina Elisabeth e hincó una rodilla en tierra en señal de respeto.

Sir Nigel Bruce era tan alto como su hermano. Tenía el pelo rubio, casi castaño, un poco cobrizo. Le habían encomendado la seguridad de la reina y sus damas desde que Bruce se había ceñido la corona.

—Rob nos ha enviado cartas —dijo.

Entonces, le entregó a la reina un pergamino, mientras el jinete se incorporaba y tendía otro rollo de pergamino.

A Margaret se le encogió el corazón. ¿Sería aquel mensaje para ella?

La reina hizo un gesto afirmativo. Después, desató el pergamino y lo desenrolló. Todo el mundo la observó mientras leía la carta. Por fin, levantó la vista y dijo:

—El rey Robert está bien. La guerra va bien.

Se oyeron murmullos de alivio.

—Tenemos que quedarnos aquí, donde ningún ejército puede atacarnos —continuó Elisabeth.

Al ver que no continuaba hablando, Christina Seton preguntó:

—¿Eso es todo?

La reina sonrió con tirantez.

—Necesito hablar en privado —dijo— con lady Comyn y con lady Isabella.

Margaret se sintió muy tensa. Su dolor por no haber recibido ninguna carta de Alexander se convirtió en angustia. ¿Por qué deseaba la reina hablar con ellas?

Inmediatamente, sir Nigel se hizo a un lado para dejar paso libre a una veintena de mujeres. Margaret miró a sir Neil. Él le sonrió para darle ánimos, pero su sonrisa era forzada, y ella se sintió aún más tensa.

La reina les hizo un gesto a Isabella y a ella.

Margaret tomó de la mano a Isabella y se acercó al trono.

—Majestad, tengo miedo.

—Es lógico —dijo ella con sequedad—. El conde Buchan exige el regreso de su esposa. También exige vuestro regreso, lady Margaret.

A ella se le encogió el corazón. Si la enviaban con su tío, sería castigada y, después, no sabía cuál podría ser su destino.

—¿No ha habido noticias de Alexander? —susurró.

Sir Nigel se volvió hacia ella. Era casi tan imponente como su hermano mayor, e incluso más masculino y guapo, pero muy reservado.

—Sir Neil no hace nada sin mi aprobación, milady. La carta que enviasteis quizá esté llegando ahora a manos del Lobo. Es demasiado pronto para recibir una respuesta.

Ella sintió una gran decepción.

—Sin embargo, seguramente ya sabe que huisteis de Castle Fyne y que habéis renunciado a vuestro compromiso matrimonial con sir Guy.

Por supuesto, pensó ella. Si su tío estaba exigiendo su regreso, entonces Alexander sabía que ella estaba con la reina. Miró a Elisabeth.

—¿Tengo permiso para hablar, Majestad?

Elisabeth la miró con los ojos entrecerrados.

—Por favor, hacedlo.

—Os ruego que reconsideréis que lo he arriesgado todo por venir a vuestra corte, y que os he jurado fidelidad al rey Robert y a vos. No puedo volver con Buchan. E Isabella tampoco.

La reina fulminó a Isabella con la mirada. Después miró con severidad a Margaret.

—Yo no puedo echar de aquí a Isabella. Tiene la protección de mi marido durante toda su vida.

Margaret miró a Isabella, que estaba pálida como un fantasma. En aquel sentido, estaba aliviada.

—Por favor, no enviéis a Margaret con Buchan —susurró Isabella.

—No os he dado permiso para hablar —dijo la reina, intentando dominar su ira, y miró de nuevo a Margaret—. Tendré que pensar detenidamente lo que hago con vos.

Margaret sintió una punzada de terror. No pronunció ni una palabra.

—Sin embargo, hasta el momento os habéis comportado de un modo agradable. Creo que todas mis damas os tienen simpatía, aunque seáis una Comyn. Parecéis bondadosa y sincera. Sin embargo, yo todavía no confío en vos.

Margaret miró con preocupación a sir Neil. Él tenía un semblante grave.

Elisabeth miró a los caballeros.

—¿Nigel? ¿Ha decidido Robert lo que deberíamos hacer con lady Comyn?

—Bruce ha ordenado que lady Comyn permanezca aquí, Elisabeth, contigo y el resto de las mujeres, hasta que él tome una decisión.

Margaret se echó a temblar de alivio. Sin embargo, ¿cuánto duraría aquel respiro?

Bruce quería que ella se casara con Alexander. ¿Acaso había cambiado de opinión?

Ella ya no tenía Castle Fyne, y no era un buen partido para nadie. Seguramente, el rey quería que uno de sus mejores jefes militares se casara con una heredera, con alguien que pudiera aportar un territorio estratégico.

Nigel se había acercado más a la reina, que les estaba indicando a Isabella y a ella que se marcharan. Ellas atravesaron el salón rápidamente, y sir Neil las acompañó. Los tres se detuvieron junto a la puerta, y sir Neil se volvió hacia Margaret. Al instante, le tomó ambas manos.

—No permitiré que volváis —le dijo.

Margaret miró hacia la reina, que estaba hablando en susurros con su cuñado.

—Puede que no tengáis otra elección —le respondió al caballero—. Recordad que ahora estáis al servicio de Alexander, sir Neil.

—Yo siempre os protegeré.

Se miraron a los ojos.

—Debo tener noticias de Alexander —dijo.

Sin embargo, sabía que era una tonta. Él ya no querría casarse con ella. La política y la guerra habían marcado un curso de acontecimientos distinto. Sin embargo, tenía la esperanza de seguir contando, al menos, con su protección.

Si le importaba algo, él no permitiría que se la entregaran a su tío.

Los días pasaron con lentitud y fueron convirtiéndose en semanas. Llegó el verano. Margaret siguió esperando la respuesta a la carta que le había escrito a Alexander, pero no llegó. Ella empezó a perder toda la esperanza de poder casarse con él.

Sin embargo, había muchas noticias de la guerra. Bruce seguía asediando la fortaleza de Strathearn, que había conseguido escapar, con la ayuda del conde de Lennox, de Atholl y de sus hombres de confianza, sir Christopher Seton, el marido de su hermana Mary, Neil Campbell y Alexander. Margaret se preguntaba si aquella batalla, que se libraba en Kenmore, era tan grande como para que, en medio del caos, Alexander no hubiera recibido su misiva. No quería albergar falsas esperanzas.

Le resultaba difícil mantener el buen ánimo. Isabella deseaba saber qué le ocurría. Marjorie comenzó a mirarla inquisitivamente, y Christina Seton también.

El primero de junio, la reina en persona la mandó llamar.

—¿Qué ha ocurrido para que seáis tan infeliz, lady Margaret? Cuando llegasteis aquí, sonreíais todo el tiempo. Hacíais que mis damas sonrieran. Ahora parece que estáis de luto.

Margaret había contestado. Estaba preocupada por su tío, por su hermano, y estaba preocupada por Alexander.

Las noticias continuaron llegando. El rey Edward había confiscado las tierras y los castillos de los rebeldes. Bruce estaba furioso. Kenmore cayó, y él dirigió sus ejércitos sobre otras fortalezas más pequeñas de Aberdeenshire.

Sin embargo, las tierras de Atholl permanecieron intactas. Margaret seguía sospechando de la fidelidad del conde. ¿Por qué no le habían arrebatado sus tierras? ¿Acaso esperaba el rey Edward recuperar el apoyo del conde si de verdad Atholl se había convertido en un rebelde?

El gran ejército del rey Edward seguía atacando a los rebeldes. El obispo Wishart se rindió después de una feroz batalla en Cupar, en Castle Fife, y Aymer de Valence se acercaba más y más a Perth.

La corte de la reina empezó a inquietarse. Desde Perth, Aymer podía enviar un ejército a Kildrummy con facilidad, y Bruce estaba demasiado ocupado como para acudir en defensa de la reina y de sus damas. Además, en Kildrummy escaseaban las vituallas; los sótanos estaban a menos de la mitad de su capacidad. Si sitiaban la fortaleza, podrían matar de hambre a todos sus ocupantes.

Las mujeres esperaban la noticia de que el ejército del rey había conseguido contener a Aymer de Valence, pero aquella noticia no llegaba.

Una mañana, Margaret estaba sentada en la cama, en la habitación que compartía con Christina y Marjorie, no con Isabella. Tenía cerca el tintero y un pergamino. Sabía que no debía suplicar, que debía conservar su dignidad y su orgullo. Sin embargo, quería escribir a Alexander una vez más, al menos para preguntarle cómo estaba.

Se sentía como si lo estuviera persiguiendo, y aquel no era un sentimiento agradable.

—¿Te has recluido? Es la hora de la cena —dijo Marjorie, desde el umbral de la alcoba. Como siempre, su tono de voz era amable.

Pese a las sospechas de Margaret, se llevaban bien. Sin embargo, había tensión entre ellas, una tensión que nunca había existido antes de la guerra. Margaret apartó lentamente el pergamino de su regazo y lo dejó sobre la cama.

—No tengo hambre, Marjorie.

—Deberías comer, Margaret, mientras todavía tengamos comida que poner en la mesa.

Margaret la observó atentamente.

—El otro día, tú recibiste una carta de Atholl.

—Sí, es cierto, y doy gracias a Dios por que esté bien. Lo echo terriblemente de menos.

Marjorie entró en la habitación y se sentó en la otra cama, frente a Margaret.

Margaret se miró las rodillas. No dudaba del amor que se profesaban la dama y su esposo, pero Marjorie le había escrito, y él había respondido a su carta, pese a la guerra.

—Echas de menos a Alexander —dijo Marjorie.

Margaret se ruborizó, pero decidió ser sincera, aunque Marjorie pudiera estar casada con un traidor.

—Sí.

—¿Todavía no te ha escrito?

Margaret se mordió el labio y se encogió de hombros, con un gesto que indicaba que no había recibido ninguna carta suya.

—Yo pregunté por él —dijo Marjorie, y ella se quedó asombrada. La dama sonrió un poco—. Está bien, Margaret.

—¿Y por qué has preguntado por Alexander?

—Porque somos amigas… porque estoy decidida a conservar nuestra amistad.

Margaret se quedó mirándola fijamente. Recordó aquella noche que habían pasado en Strathbogie, cuando los aliados de Buchan la habían interrogado, y su tío, Atholl y todos los demás habían jurado venganza contra Robert Bruce.

—Espero que seamos amigas —dijo cuidadosamente.

—¿Qué es lo que deseas decir en realidad? —preguntó Marjorie, con la misma cautela.

—Tu marido era un aliado de mi tío, Marjorie. Fueron amigos durante muchos años. Y ahora, sin embargo, está de parte de Bruce, y lucha contra mi tío.

—¿Y eso te provoca ira?

—No, me suscita dudas —dijo Margaret—. ¿Estabas de acuerdo en que tu marido se aliara con Bruce?

Marjorie no habló durante un momento.

—Sé que crees que es un traidor, y que no se puede confiar en él —dijo finalmente. Habló sin rencor, pero se puso en pie—. No es un traidor, Margaret.

Margaret también se puso en pie.

—Yo nunca he hecho semejante acusación.

—Pero lo piensas. Aunque tú hayas cambiado de bando, hay algunas personas que creen que eres una traidora. Ese es el motivo por el que nuestra relación ha sido tan tensa.

—Entonces, ¿vamos a hablar con franqueza?

—Creo que es lo mejor.

—Yo no sabía qué pensar. Él fue un amigo leal y un aliado de Buchan durante muchos años.

Marjorie dijo, lentamente:

—Nosotros odiamos a los ingleses. Siempre los hemos odiado. Era antinatural aliarse con el rey Edward.

Marjorie odiaba de verdad a los ingleses, Margaret no tenía ninguna duda. Y, hasta el año pasado, cuando el rey Edward había impuesto una tregua en la nación, Atholl había estado luchando contra los ingleses, al igual que Buchan. Todos despreciaban a los ingleses y al rey Edward.

—No fue fácil —dijo Marjorie— cenar con tu tío e Ingram y los demás aquella noche. Nosotros ya nos habíamos aliado con Bruce.

Margaret quería creerla.

—Yo también me sentí muy mal traicionando a mi tío. Y ahora, estoy aquí, en la corte de la reina de Escocia, mientras mi hermano y mi tío luchan de parte del rey Edward.

Margaret se acercó a ella y, tímidamente, le tomó la mano.

—Y pensabas que ibas a ser la esposa de Alexander.

El dolor que tenía en el pecho se intensificó.

—Ya no va a casarse conmigo. No tengo dote. Pensaba que todavía sentiría afecto por mí, que me protegería en estos tiempos difíciles, pero ahora tengo que ser sensata. Si quisiera hacerlo, ya me habría enviado un mensaje.

—Lo siento. Yo también creía que te casarías con él. Sin embargo, quizá no debas perder toda esperanza. Esta guerra terminará algún día, y el Lobo podrá atacar Castle Fyne. O tal vez Bruce le permita hacerlo antes.

Margaret no quería convertirse en una esclava de la esperanza. Si Alexander sintiera algo por ella, se lo habría hecho saber.

—He dado la espalda a mi familia en tiempos de guerra. He cambiado de bando.

—¿Y te arrepientes de haberlo hecho?

—Temo haberlo hecho por nada.

—¡Alexander es un tonto si ha decidido dejarte! Siento mucho que te encuentres tan sola, Margaret. Pero John y yo te defenderemos —dijo, mirándola con determinación.

Margaret se echó a temblar.

—¿Haríais tal cosa, cuando he tenido unas dudas tan graves sobre vosotros?

—Nosotras nos conocemos desde hace mucho tiempo, y John te conoce desde que eras niña. Sí, lo haremos.

Margaret titubeó, porque sus sospechas sobre John Atholl se habían atenuado, pero no habían desaparecido por completo. Sin embargo, las dos mujeres se abrazaron.

Marjorie se separó de ella primero.

—Me alegro de que hayamos hablado —dijo—. Y por fin hemos recuperado nuestra amistad.

Margaret sonrió. Siempre y cuando Atholl no fuera un traidor, habían recuperado su amistad. Sin embargo, seguía existiendo una posibilidad de que Marjorie no mereciera su confianza.

—Yo también me alegro de que hayamos hablado.

Marjorie la tomó de la mano y, juntas, bajaron a la cena.

A los pocos días llegó una noticia devastadora: Aymer de Valence había ocupado la gran ciudad de Perth.

El enemigo estaba muy cerca de Kildrummy Castle.

—¿Y por qué nos deja aquí? —preguntó Isabella, con la cara lívida.

Margaret la tomó de la mano. Aquella mañana casi nadie hablaba en el gran salón. Desde que se habían enterado de que el gran ejército de Aymer de Valence estaba en Perth, un ejército de caballeros y soldados bien entrenados, la corte estaba angustiada. Y la reina no estaba presente; estaba reunida, a puerta cerrada, con sir Nigel, otros caballeros principales, Marjorie y las hermanas de Bruce. Claramente, estaban manteniendo una importante conversación. No podían seguir allí, con tan pocas provisiones, esperando el ataque de Aymer.

Margaret no tenía ninguna duda de que uno de los jefes militares de Aymer de Valence era sir Guy. Tampoco tenía ninguna duda de que sir Guy estaría deseando atacar Kildrummy y atraparla a ella.

—¡Estás muy silenciosa! —le reprochó Isabella—. ¿Es que no puedes, al menos, fingir que tienes esperanza con respecto a nuestro destino?

Margaret se echó a temblar, y estuvo a punto de gritar a su amiga. Sin embargo, respondió con calma:

—Es hora de madurar. Corremos un grave peligro, y no tengo ganas de fingir lo contrario. Aquí hay cincuenta caballeros para defendernos. Aymer de Valence tiene un ejército de seis mil hombres. Sus caballeros son los mejores del país. Y sir Guy está con él; tengo esa certeza. Si nos capturan, él vendrá por mí.

Isabella jadeó.

—¡Soy una idiota! —exclamó, y la abrazó con fuerza—. Dios, él querrá castigarte por haberlo abandonado. Sin embargo, tal vez no sepa que tuviste una aventura con Alexander.

Margaret cerró los ojos. Tal vez, el hecho de que Alexander la hubiera abandonado la salvara de la rabia de sir Guy. Sin embargo, ella no lo creía.

De repente, se abrieron las puertas del salón, como si las hubieran empujado con un ariete. Varias de las mujeres gritaron. Entró sir Neil, seguido por cinco de sus hombres. Estaba muy pálido.

Margaret corrió hacia él.

—¿Qué ha sucedido?

Él se dirigía hacia la habitación del fondo, donde estaban reunidos la reina y sir Nigel, pero cambió de rumbo y se acercó a ella. La tomó de los brazos.

—¡Han masacrado al ejército de Bruce!

A Margaret comenzó a darle vueltas la cabeza.

—¿Qué?

—Ha habido una matanza horrible en Methven —gritó sir Neil.

Y, en aquel momento, ella solo pudo preguntarse si Alexander había sobrevivido.

Las mujeres comenzaron a sollozar, a gritar, a preguntar... Margaret miró a sir Neil, que tenía el pánico reflejado en la cara, y las puertas de la habitación del fondo se abrieron.

La reina, las mujeres y sir Nigel corrieron hacia ellos.

—¿Qué ha ocurrido? —preguntó Christina—. ¿Ha muerto Rob?

—¡El rey vive! —gritó sir Neil, por encima de las demás voces—. Pero cayó en una emboscada en Methven, ¡y su ejército ha sido masacrado!

Sir Nigel lo tomó del brazo.

—Calmaos y contadme lo que ha ocurrido.

Sir Neil asintió. Las lágrimas le caían por las mejillas.

—Bruce llegó a Perth y se dirigió directamente hacia las puertas del castillo, donde desafió a Aymer de Valence. Exigió que Aymer saliera a luchar, o que se rindiera. De Valence dijo que era demasiado tarde para luchar, pero que comenzarían la batalla a la mañana siguiente. Bruce retiró entonces su ejército a Methven, para pasar allí la noche. Algunos de sus hombres fueron a buscar comida, otros comenzaron a cocinar y otros estaban durmiendo, ya desarmados. Entonces, el ejército inglés los atacó.

Christina se atragantó. Mary tuvo que rodearla con un brazo.

—Se produjo un terrible caos —continuó sir Neil—. La mayoría estaban dormidos y desarmados, y los ingleses eran muy superiores en número. ¡A Bruce lo derribaron tres veces del caballo! Sir Christopher lo salvó e impidió que lo capturaran —dijo, mirando brevemente a Christina. Después se volvió hacia sir Nigel—. Hubo una matanza.

Sir Nigel se había quedado tan pálido como todos los demás.

—¿Pero el rey ha sobrevivido?

—Atholl, vuestro hermano Edward y Neil Campbell consiguieron defenderlo. Escaparon al bosque.

—Oh, Dios mío —gimió Christina—. ¿Y los demás?

—La mayoría fueron asesinados o apresados en el campo de batalla, pero sir Christopher consiguió escapar.

Christina empezó a llorar. Mary la abrazó para sostenerla, pero también estaba llorando. Marjorie se había quedado lívida.

—¿Y Alexander? —susurró Margaret.

Sir Neil se giró hacia ella.

—No sé si fue capturado, si escapó o si es uno de los muertos.

Margaret se echó a temblar. Isabella la tomó de la mano.

—¿Nos estáis diciendo —preguntó sir Nigel— que todo el ejército de Bruce ha sido masacrado? ¿Que han muerto más de cuatro mil hombres?

—Unos cien pudieron escapar al bosque.

Margaret se alejó, tambaleándose. Todo estaba perdido, y Alexander podía estar muerto.

Apretó los puños. ¿No había pensado ella que Robert Bruce no podía levantarse contra Inglaterra y ganar? Sin embargo, había arrastrado a Alexander a aquella espantosa guerra y, ahora, Bruce vivía, ¡pero ella no sabía si Alexander también estaba con vida!

—Hay más, sir Nigel —dijo sir Neil, con la voz ronca.

¿Cómo podía haber más que eso? Margaret se volvió hacia ellos y se dio cuenta de que la reina, pese a que siempre permanecía impasible, se había quedado tan lívida como todos los demás. Elisabeth estaba conteniendo las mismas lágrimas de horror y angustia que el resto de los presentes.

—El rey Edward ha hecho una proclamación real —dijo sir Neil—. Todas las esposas, hermanas e hijas que están entre nosotros son también culpables de traición, como los hombres.

Se oyeron jadeos.

—Deben ser apresadas —continuó el caballero, y miró a Margaret con horror—. Pero el castigo no será la horca.

La reina gimió. Marjorie y Christina la sujetaron para que no se desplomara. Margaret preguntó:

—¿Cómo nos castiga el rey Edward?

—Por decreto real, cualquier hombre puede secuestraros, violaros y asesinaros.

CAPÍTULO 18

Un ruido terrible la despertó.

Margaret se incorporó de golpe, y tardó un instante en orientarse. Desde que había llegado la noticia de la masacre de Methven, la organización de las alcobas había cambiado. Ella había recibido una invitación para compartir la habitación de la reina, e Isabella también. Ella había conseguido la estima de Elisabeth y, en cuanto a Isabella, Margaret sospechaba que Robert Bruce había ordenado a su esposa que la mantuviera cerca.

Era medianoche. Margaret se percató de que en el piso bajo había una gran tumulto. Oía gritar a los hombres en el gran salón.

—¿Nos están atacando? —gimió Isabella, agarrándose a su mano en el lecho que compartían.

Alguien encendió una vela; Margaret miró a la cama contigua y vio a Christina, que tenía la vela en alto, y a Mary, que estaba a su lado. Tenían los ojos muy abiertos, y una expresión de miedo.

Elisabeth, terriblemente pálida, se había levantado. Marjorie la estaba ayudando a envolverse en un manto. Los movimientos de Marjorie, que de costumbre eran delicados y suaves, ahora eran apresurados.

Margaret pensó frenéticamente. ¿Estaba atacando Aymer de Valence?

Oyó muchas voces que hablaban con urgencia, pero no percibió el entrechocar de las espadas ni los gritos de los soldados en la batalla. Las otras damas también se dieron cuenta de que el castillo no estaba sufriendo un ataque.

Alguien llamó con firmeza a la puerta, y Elisabeth dijo:

—¡Adelante!

En el umbral apareció sir Nigel.

—Tienes que bajar, Elisabeth —dijo rápidamente.

Ella ya estaba atravesando la habitación, seguida por Christina y Mary. Salieron al pasillo y desaparecieron con sir Nigel.

Margaret se levantó y encendió otra vela. Isabella también se levantó, y Marjorie se acercó a ellas. Las tres se miraron.

—¿Qué puede ocurrir, a medianoche? —susurró Isabella.

—No lo sé —respondió Margaret.

Tomó una manta y se la puso sobre los hombros. Después, las tres salieron rápidamente y bajaron al salón. Allí, la conversación era más contenida que al principio. Cuando Margaret llegó a la entrada, se detuvo.

Su corazón explotó.

Estaba de espaldas, pero era Alexander quien estaba hablando con la reina.

Alexander estaba en Kildrummy. ¡Alexander estaba vivo!

Las lágrimas le empañaron la visión. Isabella la tomó de la mano.

—Está vivo —susurró.

Margaret asintió. El alivio que sentía era tan grande que se había quedado sin palabras.

Alexander estaba vivo.

Sin embargo, hablaba rápidamente con la reina. Elisabeth estaba escuchando con suma atención y con una expresión de temor. Las hermanas de Bruce estaban a su lado, como sir Nigel y sir Neil. Había otro hombre a quien ella no conocía, pero su parecido con Bruce era tal, que supuso que se trataba de otro de sus hermanos. Todos tenían el miedo reflejado en el semblante.

Su alivio y su alegría fueron breves. ¿Por qué había ido Alexander a Kildrummy?

—¿Qué noticias puede traer? —susurró Isabella—. ¡La reina está muy asustada!

Ciertamente, parecía que Elisabeth estaba muy asustada. Y, en muy poco tiempo, Alexander iba a verla. ¿Qué ocurriría cuando se girara hacia ella? Hacía tres meses que no se veían, y él no había respondido a su carta...

—¿Qué vas a hacer? —le preguntó Isabella, al oído.

Ella ni siquiera miró a su amiga. No sabía qué iba a hacer, ni qué debía hacer.

La reina habló con Alexander, y después sir Nigel dijo algo. Mientras hablaba el hermano de Bruce, Alexander se giró y la miró.

Ella se quedó paralizada al encontrarse con sus ojos.

Él no sonrió. Se quedó mirándola fijamente durante un instante, con una expresión indescifrable. Entonces, la reina volvió a hablarle, y él se giró de nuevo hacia Elisabeth.

—No lo sé —respondió Margaret, por fin, y sintió una tremenda angustia.

—Me pregunto por qué ha venido —murmuró Isabella—. Tal vez haya venido a buscarte.

—No, Isabella. Ha venido a traer un mensaje del rey.

Isabella abrió mucho los ojos y tiró a Margaret de la manga.

Margaret se volvió, y vio a Alexander acercándose a ellas.

Se quedó helada. Ya no veía a la reina ni a sus damas, que seguían enfrascadas en una conversación con los hombres. Ya no notaba la presencia de Isabella. Mientras él se aproximaba, se sentía como si todo su futuro pendiera de un hilo.

Alexander se detuvo delante de ella.

—Lady Margaret —dijo cortésmente.

—Alexander —susurró.

Él la miró de pies a cabeza.

—Me alegré mucho al saber que habíais escapado de Castle Fyne.

Ella asintió, cuando en realidad quería decirle muchas cosas, y todas a la vez.

—Estáis bien —dijo ella.

—Estoy todo lo bien que puede estar un hombre en tiempos como estos.

—Lo siento muchísimo. Las noticias han sido horribles.

Él pestañeó.

—Han muerto muchos hombres buenos. Otros fueron capturados. Pero el rey vive.

—Y vos estáis vivo.

—¿Acaso lo dudabais?

—Cuando recibimos las noticias, nadie sabía si vos habíais sobrevivido, si habíais escapado o si os habían capturado —dijo ella, y se le llenaron los ojos de lágrimas.

—No es tan fácil capturarme ni matarme.

Ella pestañeó furiosamente al recordar la promesa que le había hecho Alexander: que, si ella lo estaba esperando, él siempre regresaría de la guerra. Se preguntó si él también la recordaba.

—También me alegré mucho de saber que William se recuperó —dijo él.

Estaba comportándose con mucha amabilidad, con mucha cortesía, como si nunca hubieran sido amantes.

—William estaba gravemente herido. Si yo no lo hubiera atendido, seguramente habría muerto.

Él asintió, sin dejar de observarla.

—Entonces, me alegro de que fuerais a su lado —dijo él. Entonces, vaciló. Miró hacia atrás, hacia la reina y su círculo, y se giró hacia ella de nuevo—. Me alegro de que estés bien, Margaret.

A ella se le aceleró el corazón cuando Alexander la miró a los ojos.

—Tenemos que hablar, pero este no es el momento. Nos marchamos en cuanto salga el sol.

Ella se alarmó.

—¿Adónde vamos? ¿Qué ha sucedido?

—Desde que el rey Edward ha declarado fugitivas a las mujeres, no estáis seguras en Kildrummy. Bruce quiere que la reina y su corte estén con él.

—¡Pero si está escondido en el bosque!

—Ahora está en Aberdeen, y yo voy a llevaros allí. Ninguna mujer tendría que huir y esconderse como fugitiva —añadió con ira—. Recoge tus cosas. Amanecerá rápidamente.

Entonces, ella lo tomó del brazo y lo sorprendió.

—¿Recibiste mi carta, Alexander?

—Sí —dijo él, con una expresión de cautela—. Quería responder, pero estos tres meses han sido difíciles.

Ella lo soltó. ¿No había podido encontrar ni un instante para enviarle una respuesta de un par de líneas? No, no lo creía. Además, ¿no se había dado cuenta ya de que la falta de respuesta de Alexander era la respuesta en sí?

Él la saludó con un movimiento de la cabeza, se dio la vuelta y volvió junto a la reina. Margaret se quedó mirándolo.

Todo había cambiado. Ya no eran amantes; más bien parecía que eran extraños. Ella tuvo que contener las lágrimas.

—Gracias a Dios que Bruce ha enviado a buscarnos —susurró Isabella.

Margaret se había olvidado de su presencia. Su amiga la abrazó y, por eso, ella sintió mucha gratitud.

Lo primero que vio Margaret fue el estandarte rojo y amarillo de Bruce, flameando por encima de su tienda, en el cielo azul.

Era mediodía. Bruce había acampado junto a las murallas de la ciudad, y Margaret se sorprendió al ver que su ejército era más grande de lo que esperaba, teniendo en cuenta lo que habían oído sobre la masacre de Methven. Las suaves colinas cubiertas de hierba que rodeaban la ciudad estaban llenas de tiendas, y los caballos pastaban libremente entre las ovejas y las vacas. Las puertas de las murallas estaban abiertas, y los hombres y las mujeres se movían afanosamente de un lado a otro. La escena era agradable, casi alegre.

Sin embargo, no tenía nada de agradable que el rey Robert se hubiera visto reducido a tener que esconderse en el bosque.

El séquito de la reina aminoró la marcha al acercarse al campamento. La reina encabezaba la cabalgata junto a sir Nigel y sir Edward, los dos hermanos de Bruce. Christina, Mary y Marjorie iban tras ella, y varias docenas de caballeros flanqueaban al grupo.

Alexander iba un poco por delante; había estado cambiando de posición constantemente. Algunas veces iba a la cabeza del grupo para hablar con sir Nigel y sir Edward, y otras veces se quedaba atrás, con los soldados de la retaguardia. Ella estaba segura de que había situado vigías a lo largo de la ruta que iban a seguir, para asegurarse de que podían viajar a salvo por el campo.

Había pasado una sola vez junto a ella, y tan solo se habían mirado el uno al otro. Sin embargo, para ella había sido muy importante.

Sir Nigel estaba ayudando a desmontar a la reina. Bruce salió de su tienda y, al verlo, sus hombres comenzaron a lanzar vítores.

—¡Rey Robert! ¡Rey Robert!

Por las murallas de la ciudad, los hombres y las mujeres también comenzaron a gritar.

—¡Rey Robert de Escocia!

Margaret miró a Isabella.

—Así que, al menos, aquí en el norte sigue siendo querido.

Isabella no respondió, y Margaret la miró con atención. No tenía cara de felicidad.

Se giró hacia Bruce y vio que estaba abrazando a Elisabeth como un esposo abrazaba a su mujer cuando habían pasado un periodo de separación. Elisabeth sonrió y él le acarició la mejilla.

Margaret miró a Isabella, que se había puesto furiosa.

—Es su esposa —le dijo.

Isabella no respondió, pero estaba muy sonrojada.

De repente, una mujer comenzó a gritar.

—¡John! ¡John!

Margaret vio a Marjorie corriendo. Atholl se dirigía apresuradamente a ella desde el otro extremo del campamento. Entonces, se abrazaron, y Atholl la estrechó contra sí, con fuerza, y la besó como si fueran amantes y no esposo y esposa.

Se sintió tan feliz por ellos, que ya no creyó que Atholl fuera un espía del rey Edward. Su vida había estado en peligro en Methven y, si el conde hubiera sido agente de los ingleses, habría escapado a sus filas durante la masacre.

Al verlos abrazarse, Margaret se dio cuenta de que a ella también la estaban observando. Alexander la estaba mirando fijamente, y ella se ruborizó. ¿Acaso se había dado cuenta él de que ella deseaba que la abrazara así?

Él se acercó a su caballo.

—Hay dos tiendas para las mujeres —dijo.

Después, las ayudó a desmontar a Isabella y a ella y las acompañó a una de las tiendas. Ella observó sus hombros anchos y su pelo negro y despeinado. Detestaba aquella tensión que había entre ellos dos. Tomó aire y dijo:

—¿Sabes cuánto tiempo vamos a estar aquí?

Él se giró e hizo una pausa para que ellas pudieran alcanzarlo. Pasaron por delante de una gran hoguera y de varias tiendas.

—No, no lo sé, pero Bruce ha planeado enviar a las mujeres a las islas Orcadas.

A ella debió de reflejársele la consternación en el semblante, porque él continuó diciendo:

—Necesita poner a la reina a salvo, Margaret. Su hermana Isabella es la reina viuda de Noruega. Ya ha enviado emisarios.

A Margaret comenzó a dolerle la cabeza. Deseaba quedarse allí; las Orcadas estaban muy lejos de Alexander. Él dijo:

—Esa tienda es para ti y para otras seis mujeres.

Ella no la miró.

—¿Y me van a obligar a ir a las islas?

—¿Y a qué otro lugar podrías ir? No es ningún secreto que te has unido a la corte de la reina Elisabeth y que has desafiado a Buchan. Toda Escocia sabe que te negaste a casarte con sir Guy cuando huiste de Castle Fyne.

Tenía razón. Si la reina se iba a las islas, ella tendría que marcharse también. No tenía otro sitio al que ir.

—Tengo miedo, Alexander.

—Lo sé. Margaret…

—¿Qué? Si tienes algo que decir, ¡por favor, hazlo!

—Tengo muchas preguntas —respondió él con sequedad—. Y ni siquiera ahora me gusta que estés asustada.

—Yo responderé a todas tus preguntas —dijo Margaret—. Solo tienes que formularlas.

Él la tomó del brazo y la alejó de la tienda hacia las afueras del campamento. Margaret se dio cuenta de que Isabella ya se había separado de ellos. No miró hacia atrás para ver dónde estaba, pero supuso que su amiga había ido en busca del rey Bruce.

—No me gusta esta tensión —dijo—. ¿Cómo es posible que nos hayamos convertido en extraños?

Él la miró mientras se aproximaban a un par de majestuosos abetos.

—Han pasado tres meses desde la última vez que hablamos.

—Te escribí una carta, pero tú no respondiste —dijo ella con desesperación.

—No entiendo lo que me estás preguntando, Margaret —replicó él.

—Antes sentías afecto por mí. Una vez deseaste casarte conmigo. ¿Hay otra mujer con la que desees casarte ahora, alguna que tenga dote? —le preguntó Margaret.

—No. Estamos en guerra.

—Bruce también quería que nos casáramos. ¿Ha cambiado de opinión?

Él se quedó mirándola durante un momento.

—Castle Fyne sigue siendo mi ambición.

¿Qué significaba aquello? Él no había respondido a su pregunta.

—¿Y tú, Margaret? ¿Has decidido enamorarte de otra persona? ¿Quizá de sir Neil?

Ella quiso decirle que solo amaba a un hombre, pero se había quedado muy sorprendida con su pregunta.

—No —respondió.

Él enrojeció. Entonces, dijo:

—Si no quieres a otra persona, ¿por qué me escribiste esa carta?

—Creo que no te entiendo, Alexander.

—¡Me escribiste como si fuéramos extraños! Casi no podía creerme que la carta la hubieras escrito tú.

Aquellas palabras le causaron perplejidad a Margaret.

—¿Y ese es el motivo por el que no me respondiste?

—La dama que me escribió no era la misma mujer a la que tuve entre mis brazos.

Ella comenzó a agitar la cabeza.

—¿Debería haberte jurado amor eterno, y rogarte que me correspondieras, cuando te separaste de mí con tanta ira? Soy una mujer orgullosa, Alexander. Sin mi dote, no tengo ningún valor como esposa, y los dos lo sabemos. La mayoría de los hombres habrían perdido el interés por casarse conmigo después de que sir Guy conquistara Castle Fyne. Sé que tú no eres como la mayoría de los hombres, pero seguramente querrás una prometida con tierras.

—¿Eso era lo que querías preguntarme? ¿Si todavía me importabas? ¿Si todavía te deseaba como esposa?

—Sí.

Él abrió mucho los ojos y, después de una pausa, preguntó:

—¿Y me amas para toda la eternidad?

Ella se echó a temblar.

—Claro que te quiero, Alexander. Por supuesto.

Él se emocionó.

—Te he echado de menos, Margaret.

Y, antes de que ella pudiera responder, Alexander la tomó en sus brazos y la besó. Margaret se aferró a él y correspondió a su beso, y así permanecieron durante mucho tiempo.

Y, cuando el beso terminó, él la miró.

—Voy a ir contigo esta noche.

—Se me había olvidado lo bella que eres —murmuró Alexander.

Margaret estaba entre sus brazos, y sus cuerpos desnudos estaban enlazados. Él le había dicho que iría a verla a medianoche, pero aquella misma tarde se habían reunido en la tienda de Alexander. Él la compartía con varios hombres más, pero evidentemente les había ordenado que les proporcionaran una hora de intimidad.

Margaret lo había echado tanto de menos…

—A mí no se me había olvidado lo guapo que eres tú —respondió, juguetonamente. Entonces se puso muy seria—. He tenido mucho miedo por ti.

—Yo también estaba muy preocupado por ti, Margaret —dijo él, y se movió para que pudieran mirarse con más facilidad—. He oído que tu tío ha repudiado a su esposa, y que también está furioso contigo.

—Ha amenazado a Isabella. Ruego al Cielo que no vuelvan a verse nunca más.

—Tú has sido leal a tu familia durante muchos años. Y le eras muy leal a Buchan. ¿Qué ocurrió en Castle Fyne?

La tensión se agudizó. Margaret sintió un dolor en la boca del estómago. No había vuelto a pensar en el intento de violación de sir Guy desde hacía meses; había enterrado aquel recuerdo deliberadamente. En aquel momento, las imágenes trataron de salir a la superficie, además de las sensaciones grotescas, la violencia y el miedo.

—¿Te hizo daño sir Guy?

Ella se apartó de él y se sentó. No podía respirar. No quería mirar a Alexander, no quería tener aquella conversación. Sin embargo, sus miradas se encontraron.

—¿Por qué no respondes?

Ella tomó aire, temblando.

—Él quería consumar el matrimonio. Yo me negué.

—¿Qué pasó exactamente?

—Llegó un mensajero y nos interrumpió. Tuve suerte.

Alexander también se sentó. La manta de piel le cayó hasta la cintura.

—¿Intentó violarte, Margaret?

Ella lo miró, y asintió.

Alexander no se movió.

—Voy a matarlo —dijo.

—Ya ha terminado, Alexander —susurró ella.

—Terminará cuando haya muerto —dijo él, y la estrechó contra su cuerpo—. No estaba allí para protegerte, Margaret. Lo que intentó hacer va a obsesionarme durante el resto de mi vida.

A Margaret se le llenaron los ojos de lágrimas.

Él le acarició el pelo.

—Si capturan a la reina y a sus damas antes de que lleguen a las islas Orcadas, sufrirán un destino horrible. Y tú podrías estar con ellas.

—Si me capturan, tal vez me entreguen a sir Guy.

—Si te capturan, le gritarás a todo el mundo que eres la sobrina de Buchan.

—Todo el mundo sabe que hui de sir Guy y que le juré fidelidad a Bruce.

—Negarás que le juraste fidelidad al rey Robert. Y sigues siendo la sobrina de Buchan, el señor más poderoso de toda la familia Comyn —respondió él. Entonces, vio su sorpresa y sus dudas, y dijo—: No he cambiado de opinión en cuanto a nuestro matrimonio, Margaret. Pero no me voy a casar contigo mientras siga en pie la proclamación del rey contra las mujeres. No me voy a casar contigo si pongo en peligro tu vida. Ahora tienes algo de protección, siendo la pupila y la sobrina de Buchan, si los demás creen que sigues siendo leal a tu tío.

—No sé si Buchan intentaría salvarme la vida. Y sir Guy dejaría que me colgaran.

—Sir Guy querrá casarse contigo para controlar legítimamente Castle Fyne y para conservar la alianza con Buchan.

—Yo no puedo casarme con él —respondió ella.

—Si te capturan, tal vez no te quede más remedio, y eso es mejor que la muerte —le dijo él con severidad—. Si nos casamos ahora, te colgarán por traición inmediatamente, porque serás la esposa del Lobo de Lochaber.

Margaret se dio cuenta de que él no tenía ninguna duda; sabía mucho más que ella de los asuntos de la guerra y la política.

—¿Y tú, Alexander? —susurró ella—. ¿Quién te salvará a ti si te capturan?

—Yo vivo a espada y fuego, Margaret. Algún día moriré como mueren los guerreros.

El castigo para el crimen de traición era la horca, o el descuartizamiento, y Margaret se preguntó si él consideraba que aquella era una muerte de guerrero. Y el ejército de Bruce había quedado reducido a unos cuantos cientos de hombres. Los ingleses eran miles.

—¿Es que Bruce no se va a rendir nunca? ¿De veras piensa que va a poder vencer al rey Edward? ¡Si pierde esta guerra, lo ahorcarán, y a sus aliados también!

—Bruce no se rendirá nunca, es el rey de Escocia —respondió él, mirándola con dureza—. Yo no tengo miedo a morir, Margaret, pero tengo la intención de vivir. Y Bruce tiene intención de formar un nuevo ejército con la ayuda de mi hermano. Se esconderá de los ingleses hasta que seamos fuertes otra vez, hasta que podamos luchar. Dudo que haya más enfrentamientos hasta la próxima primavera. Algunas veces se pierden batallas, Margaret, antes de ganar la guerra.

Margaret se estremeció al pensar que aquella guerra podía durar años y que, cuando terminara, habrían muerto muchos hombres. Alexander no creía que la causa estuviera perdida; ojalá ella también pudiera creerlo.

De repente, él la abrazó.

—Tal vez podamos pasar unos días o unas semanas aquí. No quiero discutir. Quiero abrazarte mientras pueda.

Había llegado el verano, con toda su gloria, al norte de Escocia.

Todos los días, el cielo estaba azul con algunas nubes blancas. El sol brillaba. Los pájaros cantaban alegremente y los halcones sobrevolaban el campamento. Los hombres de Bruce reparaban las armas, se entrenaban y cazaban, y se divertían con las mujeres del pueblo.

Era como si no existiera la guerra.

Margaret decidió disfrutar al máximo de todos los momentos de aquel extraño descanso. Era consciente de que los mensajeros de Bruce volverían en cualquier momento de Noruega, y de que la reina y sus damas, incluida ella, serían enviadas a las Orcadas.

Tenían mucho tiempo libre. Alexander la llevó a nadar, la adiestró en el uso del arco y las flechas y le regaló una pequeña daga. Daban largos paseos por el bosque, donde hacían el amor con el sonido de las ardillas y los pájaros de fondo. Por las noches, se retiraban cada uno a su tienda, él con los hombres y ella, con las mujeres. Sin embargo, por muy agradable que fuera el verano, todo el mundo sabía que era solo cuestión de tiempo que se vieran obligados a huir de nuevo del ejército del rey Edward.

Margaret temía la separación, pero no hablaba de ello.

Por primera vez desde que habían llegado a Aberdeen, el cielo estaba cubierto y parecía que iba a haber tormenta. Alexander le había dicho que iban a dar su acostumbrado paseo, y ella atravesó rápidamente el campamento para reunirse con él. Al llegar casi al borde del bosque, se encontró con Marjorie y Atholl.

El conde tenía el brazo alrededor de la cintura de su esposa y, claramente, venían de estar juntos en el bosque. Margaret sonrió a la pareja.

—¿Habéis visto a Alexander?

—No, no lo hemos visto —respondió Atholl—. Va a llover, Margaret. Yo no entraría al bosque si fuera tú.

Ella estaba de acuerdo, así que los acompañó de vuelta al campamento. En aquel momento, un ciervo salió de un salto de entre los árboles, por delante de ellos, y siguió corriendo por el camino.

Atholl tomó del brazo a su esposa justo cuando empezaron a oírse los cascos de un caballo. Entonces agarró también a Margaret y las apartó del sendero, justo cuando un jinete salía del bosque.

Era un highlander que iba a galope tendido. Su caballo estaba cubierto de sudor.

—Noticias —dijo Atholl, y echó a correr.

Marjorie y ella lo siguieron. Era un mensajero. El verano había terminado y había llegado la guerra.

Corrieron por las afueras del campamento, que estaba vacío; todo el mundo se había reunido junto a la tienda de Bruce para averiguar lo que estaba sucediendo. Margaret pensó que iban a estallarle los pulmones. Rogaba que las noticias contuvieran un pequeño rayo de esperanza.

Por fin, divisó a Robert Bruce junto al jinete, que permanecía a caballo. La mayoría de la corte se había reunido alrededor del rey y del highlander, incluidos la reina, los hermanos y hermanas de Bruce, sus nobles más cercanos, Isabella y Alexander.

Margaret y Marjorie se acercaron tambaleándose, agarrándose la una a la otra, con la respiración demasiado entrecortada como para hablar. Bruce estaba inmóvil, muy tenso.

—Oh, Dios —susurró Margaret cuando por fin pudo hablar.

Alexander la vio, y se acercó corriendo a ella.

—¿Qué ha pasado? ¿Qué ha ocurrido? —le preguntó.

Él la agarró de los hombros.

—Aymer de Valence está en el norte. Sabe dónde estamos y solo hay dos días de marcha entre nosotros y él.

—¿Cómo es posible?

—Atraparon a algunos de nuestros jinetes, los torturaron y los ahorcaron.

Margaret miró a los ojos a Alexander, y se dio cuenta de lo preocupado que estaba.

—¿Y qué va a pasar ahora? ¿Qué vamos a hacer?

—No lo sé. Debemos planearlo rápidamente.

Acababa de hablar cuando se oyó el grito desgarrador de una mujer. Era un grito de angustia y de protesta como ningún otro. Margaret miró más allá de Alexander.

Christina Seton estaba de rodillas delante de Robert Bruce, gritando de dolor. Bruce se arrodilló y la abrazó. Ella volvió a gritar mientras le golpeaba repetidamente.

A Margaret se le llenaron los ojos de lágrimas, y miró a Alexander. Él la rodeó con un brazo.

—Sir Christopher fue capturado y ahorcado.

Había aprendido a odiar el bosque.

Margaret iba en su yegua, en fila de a uno con los demás. Bruce, su corte y su ejército estaban recorriendo un estrecho desfiladero en Dalry. El rey y sus soldados dirigían la marcha, y la reina y sus mujeres los seguían. Tras ellas cabalgaban más caballeros y, tras ellos, los soldados de infantería. No había carros de provisiones. Habían tenido que huir con lo imprescindible.

Reinaba un silencio inquietante. No se oían cantos de pájaros, ni los ruidos de las ardillas en los árboles. Nadie hablaba;

no estaba permitido. Los únicos sonidos que reverberaban por las paredes del desfiladero eran el repiqueteo de los cascos de los caballos, el tintineo de las bridas, el crujido del cuero de las monturas.

Margaret también había aprendido a odiar el silencio. Lo temía.

¿Los había alcanzado el enemigo, y estaba acechando detrás de la siguiente curva, o eran ellos mismos quienes habían espantado a los animales?

Había perdido la cuenta de los días que llevaban viajando por el bosque. Había perdido la cuenta de las noches. Dormía en brazos de Alexander, pero resultaba imposible conciliar el sueño. Bajo las estrellas, escuchaban atentamente cualquier sonido que pudiera avisarles de la cercanía del enemigo, cuando el bosque cobraba vida. Los arbustos y las hojas susurraban, los búhos ululaban, los lobos aullaban… Tenían que escuchar porque, en medio de la oscuridad, no era posible distinguir al enemigo.

¿Cuánto tiempo podían seguir así?

Bruce creía que podían eludir al enemigo y buscar refugio en Argyll, las tierras de los MacDonald. En aquellos momentos estaban en Argyll, pero no en tierras del señor de las islas; estaban en territorio de los MacDougall.

Margaret no quería pensar en Alexander MacDougall de Argyll, el hermano de su madre. Él no había respondido a su única petición de ayuda en febrero, después de que Alexander hubiera sitiado Castle Fyne y, en aquel momento, su tío materno estaba en guerra con Bruce y con Alexander. Ella estaba impaciente por salir de sus tierras.

Miró brevemente a Christina, que estaba sumida en el dolor. Cabalgaba con la cabeza agachada y todo el cuerpo encorvado. Algunas veces lloraba. No había vuelto a decir una palabra desde que habían salido de Aberdeen.

Margaret sabía que ella estaría inconsolable si le ocurriera algo a Alexander. Sin embargo, quedaba una esperanza. Tal vez consiguieran llegar sanos y salvos a la fortaleza de MacDonald...

De repente, se oyeron gritos de guerra de las Highlands.

Margaret tiró de las riendas para detener a su caballo bajo la lluvia de flechas que caía en el desfiladero. Los soldados comenzaron a saltar sobre ellos desde las rocas y los árboles que había encima del camino, y los caballeros comenzaron a luchar. Delante de ella, un caballo cayó atravesado por una flecha, y Margaret se dio cuenta, con espanto, de que era la montura de Marjorie. Sin embargo, antes de que ella pudiera gritar, la batalla entre los atacantes y los hombres de Bruce se extendió por toda la columna y comenzaron a resonar los gritos de los hombres y las bestias. Los arqueros de Aymer derribaron a varios de los caballeros de Bruce.

Ella se dispuso a huir, pero el desfiladero era tan estrecho que no había espacio para hacerlo.

Un hombre la agarró y la desmontó de su caballo. El terror se transformó en alivio al darse cuenta de que era Alexander.

Él la arrastró por el desfiladero, entre los combatientes, los caballos y los cadáveres que ya cubrían el suelo, y la metió en una grieta que había entre varios salientes de roca.

—¡Marjorie! —gritó ella.

—Quédate aquí —le ordenó él.

Después, se dio la vuelta y marchó hacia el caos.

Margaret lo vio enzarzarse en una pelea con un caballero inglés y desarmarlo de un golpe, con suma destreza. Desmontó al caballero y lo atravesó con la espada. Después montó de un salto sobre el animal y se dirigió hacia el siguiente contrincante blandiendo la espada. Se movía con tanta rapidez y tanta agilidad que se convirtió en una imagen borrosa.

Margaret buscó frenéticamente a Marjorie con la mirada. El desfiladero estaba lleno de hombres a pie, aunque había una docena de caballeros junto a la grieta en la que ella estaba oculta, incluido Alexander. Todos estaban luchando a vida o muerte.

Por fin vio a Marjorie, que estaba agachada e intentaba correr por entre los hombres.

—¡Marjorie! —gritó.

Sin embargo, sabía que su amiga no podría oírla en el fragor de aquel combate. Saltó por encima de un cadáver justamente cuando un caballero inglés que iba a pie agarró a Marjorie violentamente.

—¡Marjorie!

Su amiga forcejeaba. Hasta ese momento, Margaret no se había dado cuenta de que tenía la daga firmemente agarrada. Con un aullido, dio un salto y clavó el puñal con todas sus fuerzas en la base del cuello del hombre, entre el yelmo y el peto de la armadura. Él soltó a Marjorie con un aullido de dolor. Margaret la tomó de la mano y tiró de ella.

La metió en la grieta y, cuando estaba a punto de ocultarse también, tuvo un horrible presentimiento.

Se giró rápidamente y vio un enorme caballo gris que bufaba y piafaba. Su jinete era un caballero inglés que la miraba de manera fulminante a través de la visera del yelmo.

Al instante, Margaret supo quién era.

—Perra traicionera —dijo sir Guy.

Desenfundó la espada mientras sonreía con frialdad.

No tenía honor, e iba a matarla.

En aquel momento, se quedó paralizada. No podía apartar los ojos; los de sir Guy ardían de odio. Y cabalgaba hacia ella…

Margaret se apretó contra la piedra, pero sabía que, si se daba la vuelta para entrar en la grieta, él podría atravesarla por la espalda.

—¿Cuánto tiempo has sido la puta de MacDonald? —gritó, arrinconándola contra la piedra.

Ella notaba la respiración del caballo en la cara. No se atrevió a responder.

—¡Dímelo, zorra! —le gritó él.

—¡Lo quiero! —respondió ella.

Entonces, sir Guy hizo que el caballo avanzara más y más.

Margaret gritó al ver que el animal, que no tenía otro sitio al que ir salvo hacia ella, se encabritaba. Vio sus cascos mortales encima de su cabeza...

—¡Por Donald! —rugió Alexander.

Margaret se tapó la cabeza con los brazos mientras el caballo de sir Guy posaba los cascos en el suelo, a pocos centímetros de ella, y oyó que las espadas entrechocaban violentamente. Miró hacia arriba y vio a sir Guy y a Alexander luchando con furia.

—¡Margaret! —le gritó Marjorie, para rogarle que se escondiera en la grieta.

Ella la ignoró. Los dos hombres seguían intercambiando violentos espadazos, y los dos eran hábiles y fuertes. Ambos querían matar al otro.

Entonces, sir Guy consiguió hacerle un corte a Alexander en el brazo. Al ver su sangre, Margaret se estremeció. Sin embargo, Alexander siguió luchando como si no estuviera herido. Intercambiaron una serie de golpes antes de hacer retroceder a sus caballos y, entre jadeos, desmontaron a la vez.

Mientras los animales se alejaban, Alexander y sir Guy comenzaron a moverse en círculo. Alexander tenía una sonrisa cruel y amenazante. Sir Guy sonreía con un gesto igual de fiero.

Los dos atacaron a la vez. Siguieron luchando hasta que Margaret pensó que no podría soportarlo más; justo entonces, la espada de sir Guy saltó por los aires.

Sir Guy se quedó paralizado con una expresión de miedo.

Alexander sonrió despiadadamente, elevó la espada y la abatió...

Margaret cerró los ojos, pero oyó el espantoso ruido que hacía la hoja de una espada al atravesar un cuerpo humano. Oyó el grito de sir Guy.

Hubo otro horrible sonido y un golpe. Un momento después, Alexander la tomó de los hombros.

—Se ha terminado. No mires.

Ella abrió los ojos y se encontró con sus ojos azules. No miró hacia abajo, porque sabía que sir Guy yacía en el suelo, probablemente decapitado. Margaret asintió, temblando.

Sir Guy había muerto, y ella apenas podía creerlo.

Entonces, se dio cuenta de que la batalla también había terminado. El barranco estaba lleno de cadáveres y de caballos muertos. Se desplomó contra Alexander, con alivio, y él la abrazó durante un segundo.

La reina. Isabella.

Margaret miró a su alrededor, frenéticamente, y vio a sir Nigel con la reina Elisabeth. Ambos estaban en pie, y parecía que estaban indemnes. Vio también a Isabella, a sir Neil, a Christina Seton y a Robert Bruce. El rey estaba montado en su caballo, dando órdenes a sus hombres.

Las lágrimas la cegaron. Aquellos a quienes quería habían sobrevivido, pero ¿por cuánto tiempo?

Alexander la rodeó con un brazo.

—Debemos atender a los heridos —le dijo—. Si puedes, nos vendría bien tu ayuda.

Margaret recuperó la compostura y asintió.

—Por supuesto.

CAPÍTULO 19

Margaret estaba sentada junto a Isabella. Las dos estaban agotadas, tomadas del brazo. Habían recogido a los heridos y habían huido del desfiladero. Cuando llegaron a una zona en la que podían defenderse con más facilidad, hicieron un alto y, durante toda la tarde, Margaret y las demás mujeres curaron a los hombres.

Margaret apoyó la mejilla en el hombro de su amiga. El campamento se extendía ante ellas. Los heridos estaban reunidos en una zona, y los que habían resultado ilesos habían ido a buscar comida. Los caballos estaban pastando.

—Estoy demasiado cansada como para moverme.

—Yo tengo miedo —susurró Isabella.

Margaret la tomó de la mano.

—Todos tenemos miedo.

Estaba tan cansada que no quería pensar. Sin embargo, tenía que pensar en el futuro. Bruce había perdido a cientos de hombres en aquel ataque, y su ejército había quedado reducido, prácticamente, a la nada. Sus hombres estaban exhaustos. Los caballos estaban exhaustos. No tenían provisiones. ¿Qué iban a hacer?

Ella había oído retazos de conversaciones aquella tarde. Sir Guy no había dirigido el ataque; lo había planeado y llevado a cabo el hijo de Argyll, John the Lame. Ellos seguían en territorio de los MacDougall, y todo el mundo temía y esperaba un segundo ataque.

Bruce estaba pensando en otra ruta para pasar a las tierras de su aliado más cercano, el conde de Lennox. Sin embargo, nadie había tenido noticias de Lennox desde la masacre de Methven...

Alexander se acercó lentamente a ella. Él también estaba muy cansado; Margaret lo notó en su modo de andar y en la postura de sus hombros.

Sin embargo, sonrió.

—¿Podemos hablar? —le preguntó.

—Por supuesto —respondió ella.

Entonces, se alejaron un poco.

—¿Qué vamos a hacer ahora?

Él volvió a sonreír y la tomó de la barbilla.

—Bruce ha decidido enviar a las mujeres a Kildrummy de nuevo. Aquí no estáis seguras y, ahora, él necesita viajar con rapidez para esconderse.

Margaret se echó a temblar.

—Yo no quiero volver a Kildrummy.

Él alzó una mano para indicarle que callara.

—Bruce va a enviar a los caballos con las mujeres. Será muy difícil encontrar pastos para ellos.

Margaret ya pensaba que la situación era desesperada, pero ¡esconderse en el bosque, sin los caballos!

—A pie no avanzarán tan rápidamente.

—Se moverán con rapidez si no llevan armadura.

—Entonces, ¿van a huir solo con una espada y una daga?

Alexander asintió.

De repente, Margaret se puso furiosa. Si los encontraba el ejército inglés, los aniquilaría. Un hombre a pie no podía enfrentarse a un hombre a caballo. Nadie sobreviviría a tal encuentro.

—Dios, ¿y tú vas a huir con ellos?

—No. Bruce me envía a Kintyre, a avisar a Angus de lo que ha ocurrido y rogarle ayuda y refugio.

¡Alexander iba a separarse de Bruce y de su ejército diezmado! Margaret sintió un inmenso alivio.

—Quiero que vengas conmigo, Margaret.

Ella respiró profundamente, pero antes de que pudiera hablar, él dijo:

—Kildrummy nunca ha sufrido un asedio, pero yo temo por la reina y su corte; Aymer controla mucho territorio en el norte. A mí también pueden capturarme, Margaret —le advirtió—. Y, si estás conmigo, a ti también te capturarán.

Ella asintió, con los ojos llenos de lágrimas.

—No me importa. Iré contigo, Alexander.

Se miraron el uno al otro durante un largo instante.

—Voy a decírselo a Bruce.

Dunaverty Castle, finales de agosto de 1306

—Estoy deseando que conozcas a mi hermano —le dijo Alexander a Margaret, sonriendo.

Ella no podía creer que ya hubieran llegado a la gran fortaleza de los MacDonald. Iban caminando juntos, y él la rodeaba con un brazo. Hasta hacía poco tiempo se había sentido exhausta, porque habían cabalgado durante cuatro días seguidos, y solo se habían detenido para descansar unas cuantas horas cada noche.

Acababan de atravesar Firth of Clyde, el fiordo, con un pequeño velero que le habían pedido prestado a un pescador. Soplaba un viento fuerte que los había llevado con rapidez hasta Kintyre. Margaret iba sentada en la proa y, al ver Dunaverty, el enorme castillo que dominaba el mar desde un gran acantilado, su agotamiento se había desvanecido. Inmediatamente, se había transformado en excitación y asombro.

Habían escapado. Habían dejado atrás la guerra.

Por fin estaban a salvo.

Y tal vez aquel fuera un nuevo comienzo…

Cuando llegaron al gran patio exterior del castillo, Margaret miró a Alexander y le sonrió. Él le devolvió la sonrisa.

«Él también piensa que esto es un nuevo comienzo».

La bandera de los MacDonald, con campo negro y un dragón rojo, ondeaba orgullosamente en una de las torres, sacudida por el viento. En el adarve había varios highlanders, y Margaret oyó que gritaban el nombre de Alexander a sus espaldas. Los dos se dieron la vuelta y vieron que los soldados se habían asomado para mirarlos.

—¡Alexander! ¡Ha vuelto el poderoso Lobo!

Ella sintió un escalofrío, y las lágrimas le llenaron los ojos. Aquellos hombres eran del clan de Alexander, y lo adoraban.

Su nombre comenzó a repetirse por las almenas, y se convirtió en un cántico.

—¡Alexander! ¡El Lobo ha vuelto a casa! ¡Larga vida al poderoso Lobo del clan Donald!

Él la estrechó contra sí.

—Bienvenida a Dunaverty, Margaret.

Ella le apretó la mano.

—Te quieren —susurró.

Él sonrió con un brillo en los ojos, un brillo que ella nunca había visto.

—Y dentro de poco tiempo, a ti también te querrán —dijo él—. Vamos, ven.

Ella se quedó rígida mientras él la llevaba hacia el gran salón del castillo. Lo que Alexander quería decir estaba muy claro: pronto, ella sería su esposa, lady MacDonald.

Pensó en su madre, Mary MacDougall. Por algún motivo, supo que su madre estaría feliz por ella, y que estaría satisfecha.

Margaret se olvidó de todo lo demás al entrar al gran salón del castillo. El altísimo techo era de viguería, y contaba con dos grandes chimeneas de piedra. Por lo demás, apenas había muebles, aparte de una mesa, bancos y sillas. Había hierbas aromáticas en el suelo, y estandartes colgando de las vigas. El fuego estaba encendido, y al final de la habitación había un hombre alto y moreno.

Aunque no hubiera llevado la tela tradicional de los MacDonald sobre los hombros, Margaret lo habría reconocido de inmediato. Se parecía tanto a Alexander que nadie podría dudar que eran hermanos.

Margaret calculó que tendría unos treinta y cinco años. Era más alto que la mayoría de los hombres, y tenía un cuerpo musculoso de pasar años blandiendo espadas y hachas. Tenía el pelo por los hombros y los ojos azules como el cielo. Era un hombre atractivo que exudaba poder y autoridad.

Angus Og, el señor de las islas, se les acercó. Tenía una sonrisa resplandeciente.

Alexander también sonreía. Los dos hermanos se abrazaron con afecto. Después, Angus se apartó y agarró a su hermano de los hombros.

—No te esperaba. ¿Qué noticias traes?

Alexander se puso muy serio.

—Ninguna buena noticia, Angus. Bruce está escondido en el bosque. Ha sufrido dos grandes derrotas este verano, en Methven y en Dalry. En Methven hubo traición y una masacre, y perdió la mayoría de su ejército. John the Lame y sir Guy de Valence nos tendieron una emboscada en Dalry. Sir Guy murió.

—Recibimos la noticia de Methven hace unas semanas, pero no la de Dalry. ¿Dónde está ahora Bruce? ¿Cuántos hombres tiene?

—Dejé a Bruce en Argyll, cerca de Dalry. Tiene pocos hombres y no tiene caballos, y las mujeres han regresado a Kildrummy Castle escoltadas por unos cuantos caballeros, aunque sin provisiones.

—¿Es cierto que Aymer tiene seis mil hombres?

—Sí, y controla muchos castillos que antes conquistó Bruce. Además, sigue dominando Perth.

—¿Y Bruce?

—Bruce tiene intención de pasar al oeste de Loch Lommond y después, a las tierras de Lennox. Pero no sabemos si Lennox sobrevivió a la masacre de Methven. Ha enviado a Neil Campbell en avanzadilla para conseguir barcos. Si puede atravesar el territorio de los Campbell, necesitará los veleros para cruzar hasta Dunaverty.

Angus lo miró con una expresión difícil de descifrar.

—Me ha enviado aquí para pedirte ayuda —dijo Alexander.

—Bruce es el rey legítimo de Irlanda. Yo le prometí mi apoyo hace mucho. Ahora, en su peor momento, lo tendrá.

Y, como si la conversación hubiera terminado ahí, Angus miró a Margaret brevemente. Se quedó sorprendido y la miró una segunda vez, antes de volver a fijarse en su hermano.

Alexander asintió con satisfacción.

—Entonces, ahora es cosa de Bruce, y de Lennox si sobrevivió, y de Campbell. Pero a mí me ha pedido que empiece a reunir un nuevo ejército para él.

Angus lo miró con una sonrisa.

—En las islas hay muchos que lo apoyarán. Más tarde nos sentaremos y hablaremos de todo esto —dijo, y volvió a mirar a Margaret—. Preséntame a tu dama, Alexander.

Alexander sonrió.

—Hermano, lo estoy deseando. Es lady Margaret Comyn.

Angus Og se acercó.

—La señora de Loch Fyne.

Margaret se había puesto nerviosa. Alexander y ella querían casarse, y ella quería que el hermano de Alexander diera su aprobación. Sin embargo, ella era una MacDougall, y su familia era la gran enemiga de aquel clan.

—Milord —dijo ella—. Soy lady Margaret Comyn. Espero no molestaros con mi presencia, ni abusando de vuestra hospitalidad en este momento de necesidad.

Sus palabras debieron de divertirle. La miró fijamente.

—Sé quién sois, lady Margaret. Ya he oído decir que intentasteis luchar contra mi hermano con mucho valor.

Margaret esperaba que aquello fuera un halago.

—En aquel momento, él era el enemigo, y no tenía otra opción.

—¿Cuántos años tenéis?

—Pronto cumpliré dieciocho.

—La mayoría de las mujeres no habrían intentando defender un castillo con un puñado de hombres.

Alexander dijo:

—Ella no es como la mayoría de las mujeres. Es poco común.

—Poco común en su valentía, poco común en su belleza. Entiendo por qué la has traído contigo, Alexander. Me recordáis a vuestra tía, lady Margaret.

Margaret se quedó sorprendida.

—Os parecéis mucho a Juliana. Ella es otra MacDonald valiente y bella, que se atrevió a amar a uno de mis hermanos.

Margaret no sabía qué responder.

Angus le preguntó:

—¿Amáis a mi hermano pequeño?

—Sí —dijo ella, y se mordió el labio—. Lo amo muchísimo... Espero que eso os agrade, milord.

—Me agradaría saber que habéis renunciado de verdad a vuestra lealtad para con los MacDougall.

—Milord... Yo siempre le seré leal a William, que es el único hermano que me queda. Siempre seré leal a mi padre y a mi madre, que Dios los bendiga, porque están muertos. Pero... amo a Alexander. Nunca quise amarlo, pero sucedió. Cuando hui de los ingleses, supe que estaba renunciando a mi antigua lealtad. Soy leal a Alexander, milord, para siempre.

Alexander le pasó un brazo por los hombros.

—Le he pedido que se case conmigo. Varias veces, en realidad. Ha aceptado hace muy poco.

Angus siguió mirándola pensativamente.

—La última vez que una MacDougall se casó con un Mac-

Donald, se pusieron a prueba lealtades muy antiguas. No es fácil amar al enemigo.

—Lo sé —susurró Margaret.

—Sin embargo, Juliana no vaciló, y mi hermano mayor no vaciló tampoco. Vos me recordáis a ella —dijo Angus Og. Se acercó a Alexander y le puso una mano sobre el hombro—. Si la amas como nuestro hermano ama a Juliana, ella será una mujer muy afortunada.

Margaret se echó a temblar y tuvo que contener las lágrimas. Angus Og acababa de darles su bendición.

Entonces, él les sonrió y, de repente, se dio la vuelta y salió del gran salón. Ellos dos se quedaron a solas.

Alexander le tendió la mano, y Margaret se la estrechó.

—¿Te vas a casar conmigo ahora?

Ella asintió.

Y él se echó a reír y la hizo girar por los aires. Después, le dijo con la voz entrecortada:

—Ahora puedo decirte que nunca pensé que llegaría este día.

—Yo tampoco.

Él la tomó en brazos y, al ver que la llevaba hacia las escaleras, Margaret jadeó.

—¡Alexander!

—Has dicho que sí —dijo él, bromeando, y comenzó a subir los peldaños.

—¡Ni siquiera es mediodía! —protestó ella.

—¿Y qué? ¡Da la casualidad de que sé que te gusta el sexo por las mañanas más que por la noche!

Ella no podía creer que hablara tan abiertamente, y notó que le ardían las mejillas. Por suerte, estaban solos cuando llegaron al descansillo y entraron al corredor; además, ella no tenía ganas de protestar.

La tradición escocesa del matrimonio era tan antigua como el tiempo. Ella había accedido a su unión y, en cuanto hicieran el amor y consumaran el matrimonio, serían marido y mujer.

Él abrió una puerta de una patada, y entraron a una alcoba.

Margaret se dio cuenta que era la de Alexander; allí había un viejo escudo oxidado colgado de la pared una cota de malla que necesitaba reparaciones, colocada sobre la réplica de paja de un hombre. Por instinto, Margaret supo que aquel escudo y aquella armadura habían sido de su padre, el último señor de las islas, Angus Mor.

Alexander cerró la puerta y la dejó sobre la cama. Después se tendió a su lado. Ella lo miró a los ojos.

—¿Te vas a casar conmigo ahora mismo?

—Sí.

—¿Y me serás tan leal como Juliana lo es a mi hermano?

—Sí.

—¿Hasta la muerte? —inquirió él, con la voz enronquecida de emoción.

Ella tampoco podía hablar, así que asintió.

—Te querré siempre, Alexander —susurró—. ¿Y tú? ¿Me serás leal, y me querrás siempre?

—Sí —dijo él.

Entonces, la besó.

Margaret nunca lo había querido más. Le sujetó la cara con ambas manos mientras él seguía besándola y, cuando se separaron, se dio cuenta de que estaba llorando.

Él le enjugó las lágrimas con los dedos y comenzó a desabrocharle el cordón de la saya.

Margaret se había quedado sin respiración. El deseo surgió de repente, intenso y cálido, y se unió al amor.

Él le quitó la túnica y le subió la camisa por los muslos. Después, se situó sobre ella y se hundió en su cuerpo, observándola. El placer les cortó la respiración. El amor también.

Y él dijo:

—Ahora somos marido y mujer.

Unas semanas más tarde, Bruce llegó a Dunaverty Castle.

La noticia de su llegada recorrió rápidamente el castillo.

Margaret estaba organizando la ropa que acababan de lavar, cuando una doncella muy joven se acercó a la puerta de la alcoba y gritó que Bruce había llegado. Margaret dejó la ropa y corrió tras la muchacha.

Salieron al adarve, que estaba lleno de hombres y mujeres. Todo el mundo gritaba.

—¡Bruce!

—¡Viva el rey Bruce!

Margaret llegó a las almenas y se asomó, con la respiración entrecortada. Soplaba una brisa fresca de otoño, y el mar estaba picado bajo el cielo azul. Vio seis galeones en la playa, bajo la fortificación, y vio a Bruce subiendo por el camino que conducía a las puertas de Dunaverty.

Tras él iban tres docenas de hombres. Todos llevaban sus espadas, pero nada más. Bruce estaba muy delgado y demacrado, como sus hombres, muchos de los cuales iban descalzos. Llevaban el pelo muy largo y la ropa hecha jirones. Margaret se quedó espantada.

Cuando Alexander y ella se habían despedido de Bruce, en Dalry, su situación no era tan terrible como ahora. Se le llenaron los ojos de lágrimas; no podía imaginarse lo que habían pasado mientras intentaban huir desde Escocia a Kintyre.

Sin embargo, los vítores no cesaron. Por lo demás, Bruce no había cambiado. Llevaba la cabeza alta y los hombros rectos. No parecía un hombre que hubiera sufrido derrota tras derrota. Sonreía, y alzó una mano. La bienvenida se intensificó. La multitud rugió de aprobación.

Cuando Bruce desapareció de la vista por la puerta de entrada, Margaret volvió a la torre y bajó rápidamente al salón, porque quería saber qué había ocurrido.

Bruce estaba con Alexander y con Angus junto a una de las chimeneas, y el resto de sus hombres estaba tomando vino. Margaret aminoró el paso al acercarse.

El rey la vio, y sonrió.

—Lady MacDonald. Enhorabuena. Habéis hecho una elección muy afortunada.

Margaret inclinó la cabeza.

—Majestad —dijo, y vio sus ojos azules.

Entonces, se dio cuenta de que su mirada era de determinación, y de que la fuerza se reflejaba en su rostro.

Tal vez Robert Bruce hubiera sido derrotado, pero nada había cambiado. Era el rey de Escocia.

Se giró de nuevo hacia Angus y Alexander. Margaret permaneció en un segundo plano, escuchando. Se enteró de que el rey y sus hombres habían tenido que sobrevivir comiendo raíces y bayas, y pequeñas piezas de caza. El invierno se acercaba, y habían pasado un frío terrible que les había hecho sufrir. Habían tenido que refugiarse en cuevas.

Habían podido evitar el peligroso viaje a través de las tierras de los MacDougall al encontrar una vieja barcaza con la que habían atravesado, por turnos, Loch Lommond. En aquel momento estaban hambrientos, así que Bruce dividió a sus hombres en dos partidas de caza, porque estaban desesperados por cobrar un venado. Y, por suerte, el sonido de sus cuernas de caza había alertado al conde de Lennox, que también estaba cazando aquel día. Se había producido una maravillosa reunión, porque cada uno de los dos hombres pensaba que el otro había muerto.

Bruce y sus hombres se unieron a Lennox en su campamento, porque él también estaba escondiéndose. Allí comieron y bebieron, y también pudieron ver a Neil Campbell, que había sido enviado por delante a Dalry, y que ya había conseguido dos embarcaciones.

Bruce hizo una pausa en su narración y le tendió la copa a una doncella para que se la rellenara de vino. Angus lo tomó del hombro.

—Pero estáis vivo. El rey de Escocia vive.

—¿Lo dudabas? —le preguntó Bruce, con su habitual petulancia—. No puede haber retrasos. Voy a enviar a mi hermano a Irlanda para reunir a hombres en mis tierras de allí, y visitaré a la esposa de mi hermano, Christiana de las Islas, que también me proporcionará soldados.

Margaret les oyó hablar de la invasión de Escocia en la primavera siguiente. No podía dar crédito. El ejército de Bruce había quedado reducido a unos cuantos hombres hambrientos, pero él quería reconquistar Escocia en cuestión de meses. Ella, horrorizada, dejó a los hombres.

Sin embargo, mientras subía las escaleras, empezó a pensar en que, hasta aquel momento, Bruce había robado la corona de Escocia y había sobrevivido a ataque tras ataque del ejército más poderoso del mundo. Su ambición no tenía límites. Si había alguien que pudiera reunir un nuevo ejército, era Bruce.

Estaba sola en su alcoba, cosiendo a la luz de las velas, cuando Alexander entró unas horas más tarde. Él sonrió.

—¿Cómo puedes bordar ahora? —preguntó.

Ella dejó la labor. En cuanto Alexander había entrado por la puerta, a ella se le había llenado el corazón de calor. Lo amaba profundamente, para bien o para mal.

—¿Podrá reunir Bruce un ejército lo suficientemente fuerte como para vencer al rey Edward?

—¿Y lo dudas? —le preguntó Alexander, acercándose a ella. La tomó entre sus brazos y dijo—: Sé que odias la guerra, pero te casaste con un guerrero, Margaret. ¿Te arrepientes de ello?

—Nunca podría arrepentirme de ser tu esposa —dijo ella, apretando la cara contra su pecho. Después, miró hacia arriba—. Me alegro de que Bruce viva, Alexander.

—Te estás convirtiendo en una MacDonald, Margaret —le advirtió él, con una leve sonrisa.

—Eso espero —respondió ella.

Alexander fue quien le llevó la carta de su hermano. Era un frío día de octubre; el cielo estaba gris, el mar oscuro y las olas muy altas.

—Tienes una carta de William, Margaret —le dijo él, sonriendo.

Su sonrisa le pareció extraña, pero la ignoró, porque estaba entusiasmada por recibir una misiva de William. Ella le había escrito poco después de su matrimonio, contándole que era la esposa de Alexander. Le había escrito una carta similar a Buchan. No sabía si su tío iba a dignarse contestar, pero estaba eufórica por tener noticias de su hermano.

Leyó con avidez todas las palabras.

—Está en Balvenie —le dijo a Alexander, y siguió leyendo—. Está disfrutando mucho, cazando y pescando —prosiguió—. ¡Pero no menciona cuál fue la reacción de Buchan al leer mi carta!

Alexander se sentó a su lado.

—¿Hay más? —le preguntó en voz baja.

De repente, Margaret se dio cuenta de que él tenía los ojos muy oscuros y una expresión triste. Había ocurrido algo horrible. Siguió leyendo la carta y sintió que se le encogía el estómago.

—Ha caído Kildrummy.

—Sí.

—«Sir Nigel y sir Neil defendieron valientemente el castillo, pero cayó el diez de septiembre» —leyó ella—. «Hubo traición dentro de la fortaleza, Margaret. De lo contrario, tal vez hubieran podido vencer a Aymer».

Entonces, William cambiaba de tema preguntándole cómo estaba, y terminaba diciéndole que en Escocia corría el rumor de que Bruce iba a volver, y que esperaba reactivar la guerra en primavera.

Margaret estaba horrorizada. Miró a Alexander y arrugó el pergamino con la mano.

—Las mujeres no estaban allí, Margaret.

Ella se atragantó de alivio.

—¿Cómo es posible?

—Nunca fueron a Kildrummy. Sir Neil y sir Nigel se quedaron allí para defender la fortaleza, mientras que las mujeres huyeron al norte, con Atholl.

—¿Y sir Neil? ¿Y sir Nigel?

Alexander titubeó.

Margaret se dio cuenta de que habían muerto.

—Los atraparon y los ahorcaron. No me pidas los detalles, Margaret —dijo él, y la abrazó.

Ella quería gritar y llorar. Su maravilloso sir Neil, ahorcado. Y sir Nigel, el guapísimo y valiente hermano de Bruce, ¡ahorcado con él!

—Esto es la guerra, Margaret. Los hombres mueren en la guerra.

Ella se echó hacia atrás y miró a Alexander. Estaba enferma de angustia, y también furiosa.

—Si hay más noticias como esta, tienes que decírmelo. ¿Está la reina a salvo? ¿E Isabella?

—Se refugiaron en San Duthac. Las capturaron, Margaret. Son prisioneras del rey Edward.

A ella se le llenaron los ojos de lágrimas.

—¿Y qué les va a hacer?

—No lo sé.

—Embustero.

—¡Margaret!

—¡Dime la verdad! —gritó Margaret—. ¿Es que piensas que no sé lo vengativo que es el rey Edward? ¡Sé lo que le hizo a sir Christopher, lo mandó arrastrar y lo descuartizó después de ahorcarlo! ¿Qué les hizo a sir Nigel y a sir Neil?

Él la abrazó de nuevo.

—No voy a decírtelo.

—¡De todos modos lo averiguaré!

Entonces, Margaret se echó a llorar contra su pecho. Alexander la abrazó y le acarició el pelo. Y, cuando ella desahogó una pequeña parte de su pena, lo miró.

—¿Dónde están Isabella, Marjorie y Christina?

—Las tenían prisioneras en Aberdeen. No sé dónde están ahora.

Ella se enjugó las lágrimas.

—Quiero verlas. Quiero ver a Isabella.

—No. No lo permitiré.

Mientras se miraban el uno al otro, Margaret se dio cuenta de que había pedido algo imposible. Si iba a visitar a sus amigas, Alexander y ella también serían apresados.

Pensó con rapidez. Buchan iría a visitar a Isabella, ¿verdad?

—Tengo que ver a mi tío, Alexander.

Él abrió mucho los ojos.

—¿Para qué? ¿Para pedirle que no descargue toda su ira en Isabella? ¡No puedes hacerlo, Margaret!

—¡Tengo que suplicarle que sea clemente! Buchan es un aliado del rey Edward. Si él quiere recuperar a su esposa, el rey se la devolverá. ¡Por favor! Tengo que convencer a mi tío para que se lleve a Isabella a casa. Ella estará mejor si es él quien la castiga. De lo contrario, ¡solo Dios sabe cuál será su destino!

Alexander agitó la cabeza con resignación.

—Debo de estar loco para acceder a tal locura.

Kilmory Knap Chapel, Loch Sween. Noviembre de 1306

Alexander y sus hombres habían entrado en la pequeña capilla de piedra en la que Margaret iba a reunirse con su tío. A pesar de las promesas que se habían hecho, él deseaba cerciorarse de que no les habían tendido una emboscada. Después de todo, la capilla estaba en territorio de los MacSween, y ellos eran aliados de los MacDougall; habían tomado las armas en contra de Bruce.

Sin embargo, era lady Luliana, la esposa de Alasdair Og, quien había organizado aquella reunión. Todo el mundo había pensado que Juliana podría reunir a ambos bandos, porque, aunque era una MacDougall de nacimiento, estaba casada con un MacDonald.

Para Buchan, el encuentro entrañaba pocos peligros. Aunque Alasdair Og había conseguido, a través de su esposa, la promesa de que serían respetados, estaban en medio del territorio enemigo. Alexander no confiaba en nadie. Margaret, tampoco.

Se estremeció mientras esperaba fuera de la capilla, montada en su yegua. Hacía mucho frío. La nieve cubría el suelo, los abetos, los picos de las montañas. El lago estaba oscuro como la noche.

Alexander salió de la capilla, envuelto en su manto de piel. Margaret tomó aire cuando se acercó a ella.

No estaba contento. Tenía una expresión grave.

—Están dentro, esperándote.

Ella sintió una terrible tensión. Casi no podía respirar, pero asintió.

Alexander se adelantó para ayudarla a desmontar.

—No tienes por qué entrar a verlo, Margaret. Todavía estás a tiempo de volverte atrás.

—No, no voy a volverme atrás —respondió ella.

Esperaba conseguir que su tío la perdonara por haberse enamorado de Alexander. Llevaba meses queriendo explicarle lo que había ocurrido y cómo había ocurrido. Sin embargo, sus deseos eran irrelevantes en aquel momento.

Tenía una verdadera ambición: salvar a Isabella.

Alexander la acompañó por el camino nevado que conducía a la capilla, y abrió la puerta. Ella entró en la antiquísima iglesia de piedra y vio a un grupo de hombres, entre los que estaban William y su tío.

Buchan la miró con la ira reflejada en el semblante. Ella se estremeció.

Sin embargo, William recorrió el pasillo central corriendo, hacia ella.

—¡Meg!

Su tensión desapareció. ¡No podía creer lo mucho que había crecido su hermano desde la última vez que lo había visto! Ya no parecía un muchacho, sino un hombre adulto.

—¡Will!

Los dos se abrazaron con fuerza, y después William se echó hacia atrás y la miró con asombro.

—¡Qué guapa estás!

Ella sonrió.

—Tú también estás magnífico. Soy feliz, Will —dijo.

Entonces, su hermano miró a Alexander, y ella vio a los dos hombres a los que más quería observarse largamente. Sintió alivio. Entendió que los dos hombres habían llegado a respetarse el uno al otro, por ella.

Miró a su tío. Él estaba furioso. Se acercó a él lentamente.

—Tío John.

—Me traicionaste.

—No quería enamorarme de él.

—¿Enamorarte? ¡El amor no tiene nada que ver con el matrimonio! —respondió Buchan con dureza.

—Tío, te quiero. Siempre te he querido, y siempre te querré. Pero me enamoré de Alexander, aunque no quisiera hacerlo. Luché contra todas mis emociones.

—¡Te casaste con él!

—Tuve que elegir.

—¡No tenías que elegir nada! ¡Yo hice la elección por ti!

Ella se enjugó las lágrimas.

—¿Es demasiado pedir que me concedas tu perdón?

—¡Nos diste la espalda a todos, a tu madre, a tu padre, a mí! —exclamó Buchan. Tenía la nariz roja y los ojos empañados—. No te lo voy a perdonar nunca, Margaret. Te repudié el día que huiste de sir Guy y le juraste fidelidad a Bruce.

Ella se echó a temblar.

—Quería obtener tu perdón, pero me resigno. Solo quiero que sepas, tío, que me causa un gran dolor perderte.

Él emitió un sonido desdeñoso.

—¿Para eso has pedido esta reunión? ¿Para pedirme perdón? Entonces, me has hecho perder el tiempo.

—Tenía que verte, darte explicaciones e intentar que me perdonaras. Pero hay más.

Él sonrió lentamente, de un modo desagradable y frío, como si ya supiera lo que iba a decirle.

—Por supuesto.

—Tío, deseo hablarte de Isabella.

—¡No menciones su nombre!

—Por favor, perdona a Isabella. Es joven, imprudente e impulsiva. No sabía lo que querían de ella, y no lo pensó bien. Bruce se aprovechó de ella, de una mujer muy joven e ingenua. Y, si ella no les hubiera ayudado, Bruce la habría obligado a hacerlo.

—Es una puta.

—¡Fue utilizada por un hombre mayor, poderoso e inteligente! ¡Tú la querías! Yo lo vi una y otra vez. ¿Cómo has podido dejar de quererla ahora?

—Dejé de quererla hace mucho tiempo.

Margaret lo creía. Nunca había pensado que su matrimonio pudiera rehacerse, pero quería salvarle la vida a Isabella.

—Te necesita. ¿Cómo puedes negarte a ayudarla? Entiendo por qué no puedes aceptarla como esposa de nuevo, aunque, ante Dios, ella siempre será tu mujer. Pero ¿quieres que la ahorquen? Ayúdala a escapar de la ira del rey, ayúdala a evitar una ejecución.

Buchan estaba temblando, pero sonrió con tirantez.

—El rey Edward no la va a ejecutar. Qué suerte para Isabella.

Margaret se quedó helada. Su sonrisa era tan feroz que, al verla, ella sospechó que el castigo ya se había llevado a cabo.

—El rey Edward ha ordenado que la enjaulen.

—¿Cómo?

—¡Está en una jaula, en Berwick! ¡Está enjaulada como si fuera un animal, exhibida ante todo el mundo para que todos puedan verla, insultarla y condenarla por ser una perra traicionera! Y se quedará en esa jaula hasta que muera.

Margaret se quedó mirando a su tío con asombro.

—¡Maldita sea ella, y maldita seas tú, Margaret! —gritó su tío, atragantándose—. ¡Confiaba en ti!

—Lo siento —musitó ella.

Se miraron. Los dos estaban llorando y, por un instante, ella creyó que su ti iba a perdonarla, después de todo. Sin embargo, él se giró y salió por la puerta trasera de la capilla.

William lo siguió.

—Te quiero —le dijo a Margaret, antes de salir—. ¡Y soy feliz por ti!

Después, desapareció detrás del conde de Buchan.

Margaret no se movió. Alexander la rodeó con un brazo, y ella lo miró.

—Ahora soy una verdadera MacDonald.

—Sí.

Castle Fyne, Escocia, enero de 1307

Margaret se detuvo en el umbral de su alcoba, la misma que había pertenecido a sus padres, acariciándose el vientre hinchado con ambas manos. Miró hacia abajo y sonrió amorosamente a su hijo.

—Ya estamos en casa, pequeñín —susurró—. Bienvenido.

Sentía incredulidad, y también un gran alivio. Castle Fyne era suyo de nuevo. Estaban en casa.

Alexander estaba en el salón, abajo, con sus dos hermanos. Habían estado planeando el ataque a Castle Fyne desde que ella se había reunido con su tío Buchan y Will en la capilla MacSween. Habían decidido hacerlo en enero. Recuperarían el castillo, lo fortificarían y, después, Alexander se uniría a Bruce.

Bruce había tenido que huir también de Dunaverty, porque los ingleses lo habían seguido hasta allí, y se había escondido en Rathlin Island. Sin embargo, seguía pidiendo ayuda a muchos grandes clanes, incluyendo a los de las islas del oeste. Las promesas de hombres y de armas habían empezado a materializarse. Bruce había enviado a un pequeño ejército a tomar un pequeño castillo en Arran, porque recibía provisiones de los ingleses. El ataque había sido un éxito, y Bruce estaba reuniendo varios ejércitos más y muchos barcos para atacar a los ingleses en Escocia.

La toma de Castle Fyne había sido muy rápida. Sir Guy estaba muerto, así que muchos de sus hombres ya habían abandonado la batalla. Los hombres que quedaban en el castillo no tenían demasiado interés en defender la plaza, así que había caído en manos de los MacDonald en un solo día.

Margaret sabía que no tenía derecho a la felicidad que sentía, pero su embarazo lo había cambiado todo. Aunque la guerra siguiera amenazándolos, nunca había sido tan feliz, y nunca había amado tanto a Alexander. Se acercó a la ventana de la alcoba y miró hacia el lago. Había grandes placas de hielo flotando en las aguas gélidas, y los árboles de la orilla estaban cubiertos de nieve.

Pensó en su madre, y se le encogió el corazón. Mary MacDougall estaría muy contenta; Margaret no tenía duda alguna. Su madre amaba a su marido, y le había dado Castle Fyne a su hija. Y en aquel momento, ella estaba siguiendo sus pasos: amaba a Alexander y, un día, podría hacerle a su hija el mismo regalo.

Casi le parecía una tontería, pero sentía su presencia, como si estuviera a su lado con una sonrisa.

Oía la alegre conversación de los hombres desde el salón. Los tres eran guerreros que estaban disfrutando de su victoria, entre brindis y bromas.

Recordó la primera vez que había visto a Alexander, bajo las murallas del castillo, cuando él había ido a exigirle que se rindiera. Sonrió. Entonces, él era un gran guerrero, y seguía siéndolo. Y era su esposo.

Qué miedo había pasado. Cuánto habían cambiado sus vidas durante aquel último año. Qué afortunada era por que los dos hubieran sobrevivido a los primeros meses de la guerra.

Entonces, se entristeció al recordar a Christina Seton y a Marjorie. Atholl había sido capturado junto a la reina y a sus mujeres, y estaba en Londres, esperando juicio. Nadie creía que pudiera sobrevivir; el juicio solo sería una farsa. Ella rezaba por las mujeres todos los días.

Rezaba por Isabella.

¡Cuánto deseaba visitarla! Ojalá pudiera enviarle una carta. Sin embargo, no podía hacerlo. Lo único que podía hacer Margaret era enviarle sus plegarias y su amor.

Alguien llamó suavemente a la puerta e interrumpió sus pensamientos. Margaret se volvió y sintió un arrebato de afecto.

Juliana MacDougall estaba allí, y se parecía tanto a su madre que nadie podría dudar de que eran hermanas. Era una mujer esbelta, bella, pelirroja y de ojos azules y brillantes. Se habían conocido cuando Alasdair Og y ella habían ido a Kintyre, y se habían hecho amigas enseguida. Juliana entendía lo que era amar al enemigo, y tener que anteponer ese amor a la familia.

Su tía entró en la habitación.

—Qué maravilloso día es este. Mary estaría muy orgullosa de ti.

Margaret la tomó de la mano.

—Me ha parecido que estaba aquí hace un momento. Qué tonta soy, ¿verdad?

—¿Es que no crees en los fantasmas? —preguntó Juliana con una sonrisa.

Claro que sí. Aquella era una tradición escocesa.

—Gracias por tu ayuda, y por la de Alasdair.

—Nos alegró mucho poder ayudarte a que te reunieras con Buchan y, más aún, poder ayudar al joven Alexander a que reconquistara Castle Fyne.

—Y yo estoy muy feliz de tener una nueva amiga —dijo Margaret, impulsivamente.

Juliana le estrechó la mano.

—Cuando llegue el momento del parto, avísame. Quiero estar aquí.

Margaret asintió, conmovida.

Se oyeron unos pasos rápidos, y Alexander apareció en la puerta de la habitación con cara de satisfacción.

Sonrió a Juliana.

—Mi hermano pregunta por vos, lady Juliana. Quiere que os sentéis con él a la mesa. ¡Dice que no os ha visto desde hace dos días! —dijo, riéndose.

A Margaret le entusiasmó aquel sonido, porque no era muy frecuente.

—Hombres —dijo Juliana, con resignación fingida—. Solo tienes que acordarte de hacer la voluntad de tu marido, y tu matrimonio irá bien —añadió, y le dio un beso a Margaret en la mejilla.

Después, saludó a Alexander y se marchó.

Margaret fue a sus brazos.

—Gracias.

Él arqueó las cejas.

—¿Por qué?

—Por recuperar Castle Fyne para nosotros, para nuestra hija.

Él abrió mucho los ojos.

—¿Es una niña?

—No lo sé, pero... sí sé que algún día tendré una hija, y Castle Fyne será su dote, como fue la mía.

—¿Y nuestros hijos?

—Tendrás que conquistar más tierras —le dijo ella, a la vez en broma y en serio.

Él sonrió.

—Lo haré, Margaret, si ese es tu deseo.

Ella tomó su cara entre las manos.

—Tengo tanta suerte...

—Yo soy el que tiene suerte.

Entonces, los dos se giraron para admirar la majestuosidad de aquel día en las Highlands, en mitad de aquel invierno nevado.

El lago brillaba como un diamante, y el bosque, oscuro y

espeso, se extendía hasta las montañas, cuyos picos nevados se recortaban contra el cielo. Las águilas sobrevolaban el castillo.

Margaret susurró:

—Es tan bello, tan calmo... Está tan lleno de paz...

—Sí.

Ella sabía lo que estaba pensando Alexander: que aquello solo era un pequeño receso en la guerra que Bruce mantenía contra los ingleses por la independencia de Escocia, y que estaba a punto de terminar.

—Tenemos que disfrutar mucho de estos próximos días —dijo.

Él la estrechó contra sí.

—No tengas miedo.

—No.

Pensó en valiente y osado que era Robert Bruce, y en lo grande que era su ambición. Había robado una corona, había ido a la guerra contra el poderoso ejército de Inglaterra y había sobrevivido a masacres y derrotas. Y, en aquellos momentos, estaba regresando para luchar nuevamente por Escocia.

Alexander estaría a su lado. Era un guerrero en cuerpo y alma. Ella lo supo antes de enamorarse de él, y lo sabía al casarse con él. No podía imaginárselo de un modo diferente. En tiempos de guerra, iría a la batalla. En tiempos de paz, como aquellos, estaría a su lado.

Ojalá el rey Robert derrotara a los ingleses y la paz llegara, por fin, a Escocia.

Ella estaba empezando a creer que podía conseguirlo.

Sonrió al darse cuenta de cuáles eran sus pensamientos.

—Me he convertido en una verdadera MacDonald.

—Bien —dijo él, sonriendo.

Bruce volvería, porque era el legítimo rey de Escocia, y lucharía para liberar a su país del yugo de Inglaterra. Y, si era la voluntad de Dios, triunfaría, con Alexander a su lado.

Mientras, ella estaría en Castle Fyne, cuidando a su hijo recién nacido.

Y, desde aquel momento, dejaría la política y la guerra para los hombres. Ella ya había tenido suficientes intrigas para toda una vida.

Queridos lectores:

Cuando mi editor me preguntó si me gustaría escribir una serie de novelas románticas ambientadas en las Highlands, mi respuesta inmediata fue que sí, si podía situarlas en el medievo. Y, cuando comencé a investigar sobre esa época, nunca me imaginé que podría surgir una historia tan épica como *Una rosa en la tormenta*. No hay nada que me inspire tanto como una protagonista inocente que se ve arrastrada por sucesos históricos que no puede controlar; en este caso, la guerra por el trono de Escocia.

Esta es una obra de ficción, pero he tratado de reflejar los hechos y los personajes reales con la mayor exactitud posible. Sin embargo, este periodo de la historia de Escocia está lleno de relatos contradictorios y de enormes lagunas de información; he podido elegir lo que quería escribir y qué huecos quería rellenar. También es un periodo de política y alianzas muy cambiantes. He hecho lo que estaba en mi mano por arrojar algo de luz sobre personajes y eventos confusos y, para que la narración resultara coherente, me he tomado unas cuantas libertades.

Margaret Comyn es un personaje ficticio, pero la gran familia Comyn, tanto el conde Buchan como el conde Badenoch, existieron. La familia Comyn acumuló un enorme poder en el norte y el sur de Escocia durante el siglo xiii, y su poder aumentó todavía más cuando un pariente suyo, John Balliol, subió al trono en 1292. El gran clan Dougall también adquirió poder durante su reinado. Alexander de Argyll se casó con una Comyn, y este matrimonio consolidó una gran alianza entre la familia Comyn y el clan Dougall.

Los Comyn y los MacDougall lucharon contra los ingleses por la independencia de Escocia hasta el día en que Bruce asesinó a Red John Comyn, señor de Badenoch, en una iglesia de Dumfries. Aquel día se rompieron las alianzas antiguas y se formaron las nuevas. Aquel día, tanto los Comyn como los MacDougall se levantaron en armas contra Robert Bruce y comenzaron a apoyar al rey Edward de Inglaterra.

Margaret pudo haber existido. La historia de aquellos siglos no es amable con las mujeres. Es normal encontrar el árbol genealógico de una familia en el que figuran los hombres de los hijos, pero no el de las hijas, aunque pueden aparecer el de sus maridos. Sin embargo, eso es lo interesante de este momento histórico: algunas veces abundan los detalles, pero frecuentemente, no. Y entonces, la afortunada autora, en este caso yo misma, tiene la oportunidad de llenar los vacíos.

Alexander MacDougall de Argyll sí tuvo dos hermanas, Mary y Juliana. Cuando inventé a Margaret, le otorgué una madre MacDougall: Mary MacDougall, un personaje de ficción. Imaginad cuál fue mi sorpresa al descubrir que Alexander de Argyll tenía de veras una hermana llamada Mary y que, por lo tanto, era tío carnal de Margaret. Sin embargo, en la realidad, Mary estuvo casada con otros tres hombres. Es una pura licencia por mi parte el hecho de haberla casado con William. A menos, claro, que se casara por cuarta vez…

Alexander MacDonald, el Lobo de Lochaber, también es un personaje de ficción. He basado la leyenda del Lobo de Lochaber, con bastante libertad, en otra leyenda. A finales del siglo XIV, el Lobo de Badenoch fue excomulgado por elegir a su amante en vez de a su esposa y, en venganza, quemó por completo una catedral y una villa. Fue imperdonable, y así nació el personaje de Alexander, el Lobo de Lochaber.

Sin embargo, también pudo haber existido en realidad. Angus Mor tuvo dos hijos, Alexander Alasdair Og y Angus Og, tal y como he descrito. La enemistad entre los clanes Donald y Dougall era antigua pero, sin embargo, Alexander Og se casó con Juliana MacDougall antes de 1292. No está claro por qué se produjo aquel matrimonio. Algunos historiadores creen que

Alexander Og murió en 1299 en la masacre del clan Donald. Otros piensan que murió en 1308, después de ser capturado en una batalla contra Bruce, dado que se había puesto del lado de la familia de su esposa en la guerra. Si murió en 1299, entonces nadie sabe quién era el otro Alexander MacDonald que vivió en 1308, ni de dónde provenía.

En 1309, Bruce llevó a cabo su venganza contra la familia Comyn en el norte de Escocia, y terminó con su poder para siempre. Tergiversé a propósito la batalla entre John the Lame y Robert Bruce a finales del verano de 1306, cuando Bruce y su ejército estaban escondidos, después de la masacre de Methven. Hubo dos batallas, no una. Después del primer ataque, Bruce envió a las mujeres a un castillo de uno de los lagos cercanos para ponerlas a salvo y, después, se produjo un segundo ataque que resultó devastador. Entonces, Bruce envió a las mujeres y a los caballos de guerra a Kildrummy, mientras él atravesaba Escocia de camino a Dunaverty.

Sir Guy también es un personaje de ficción (si bien Aymer tenía un tío llamado así). Sin embargo, el poderoso e impresionante Aymer de Valence, que era el jefe militar del rey Edward en Escocia y al año siguiente fue nombrado conde de Pembroke, vivió de verdad.

Y, finalmente, tenemos a Isabella, condesa de Buchan y condesa de Fife.

Pobre Isabella. Es cierto que huyó a medianoche para asistir a la coronación de Bruce en lugar de su hermano, el conde de Fife. Es lógico pensar que su esposo, el conde de Buchan, se enfureciera.

Fue apresada junto a las otras mujeres en San Duthac, y estuvo encerrada durante cuatro años en una jaula. Después la confinaron en un monasterio, tal vez porque seguía siendo una prisionera importante. A partir de aquel momento, su destino es desconocido.

Siempre me han fascinado la lucha de las mujeres por hallar el coraje y la fuerza necesarios para vivir en tiempos de grandes adversidades, cuando todo el poder estaba reservado a los hombres, cuando las mujeres no eran más que posesiones o títeres. Espero que hayáis disfrutado de la historia de lucha, desafío y supervivencia de Margaret. Y, sí, también de su historia de amor.

Afectuosamente,
Brenda Joyce.

Últimos títulos publicados en Top Novel

Sin nombre – Suzanne Brockmann
Engaño y seducción – Brenda Joyce
Una casa junto al lago – Susan Wiggs
Magnolia – Diana Palmer
Luna de verano – Robyn Carr
Amor y esperanza – Stephanie Laurens
Secretos de sociedad – Candace Camp
10 secretos de seducción – Varias autoras
El legado Moorehouse – J.R. Ward
Tras la traición – Brenda Joyce
A merced de la ira – Lori Foster
Palabras prohibidas – Kasey Michaels
El regreso del rebelde – Linda Lael Miller
Víctima de una obsesión – Deanna Raybourn
Los Cordina – Nora Roberts
Tierras salvajes – Diana Palmer
Algo más que vecinos – Isabel Keats
Sueños de verano – Susan Wiggs
Tiempo de traiciones – Rosemary Rogers
Nuevos comienzos – Robyn Carr
Pasión de contrabando – Brenda Joyce
Los Montford – Candace Camp
Tentando a la suerte – Suzanne Brockmann
De repente, un verano – Robyn Carr
Empezar de nuevo – Isabel Keats
Una luz en el mar – Susan Wiggs

www.ingramcontent.com/pod-product-compliance
Lightning Source LLC
LaVergne TN
LVHW101936220826
846093LV00006B/36

* 9 7 8 8 4 6 8 7 4 0 7 4 4 *